国家社科基金西部项目"中国当代西部散文研究"（批准号10XZW027）最终成果。

高地情韵与绝域之音

中国当代西部散文论

王贵禄 著

中国社会科学出版社

图书在版编目（CIP）数据

高地情韵与绝域之音：中国当代西部散文论/王贵禄著. —北京：中国社会科学出版社，2019.5
ISBN 978-7-5203-4346-6

Ⅰ.①高… Ⅱ.①王… Ⅲ.①散文—文学研究—中国—当代 Ⅳ.①I207.67

中国版本图书馆 CIP 数据核字（2019）第 080116 号

出 版 人	赵剑英
责任编辑	郭晓鸿
特约编辑	邱孝萍
责任校对	季　静
责任印制	戴　宽

出　　版	中国社会科学出版社
社　　址	北京鼓楼西大街甲 158 号
邮　　编	100720
网　　址	http://www.csspw.cn
发 行 部	010-84083685
门 市 部	010-84029450
经　　销	新华书店及其他书店
印　　刷	北京明恒达印务有限公司
装　　订	廊坊市广阳区广增装订厂
版　　次	2019 年 5 月第 1 版
印　　次	2019 年 5 月第 1 次印刷
开　　本	710×1000　1/16
印　　张	22.25
插　　页	2
字　　数	305 千字
定　　价	88.00 元

凡购买中国社会科学出版社图书，如有质量问题请与本社营销中心联系调换
电话：010-84083683
版权所有　侵权必究

目 录

第一章 西部散文的命名、概念及边界 ………………………………… 1
  一 散文的概念与艺术散文的特质 …………………………………… 1
  二 西部文学与西部散文的命名 ……………………………………… 6
  三 西部散文：概念与边界 …………………………………………… 10

第二章 历史分野与时段特征 …………………………………………… 18
  一 延安文艺：当代西部散文的发端 ………………………………… 19
  二 走向西部深处：探索期的西部散文 ……………………………… 24
  三 "西部"的隆起：深化期的西部散文 …………………………… 33
  四 流派的诞生：兴盛期的西部散文 ………………………………… 52
  五 多元中的主脉：分流期的西部散文 ……………………………… 84

第三章 西部散文的创作模式 …………………………………………… 93
  一 "游历—文化再现式" ……………………………………………… 94
  二 "体验—生命感悟式" ……………………………………………… 99
  三 "追寻—精神还乡式" …………………………………………… 105

第四章　西部散文的陕北想象 …… 117
　一　革命文化题材类型：故地重游与心灵返乡 …… 118
　二　乡土文化题材类型：风俗民情与乡土人生 …… 120
　三　历史文化题材类型：往事追思与精神探源 …… 122
　四　生命文化题材类型：生存体验与价值感悟 …… 124

第五章　西部散文的新疆想象 …… 127
　一　散文新疆：从地理环境到人文生态 …… 128
　二　西部精神：从意象、事象到人物形象 …… 134
　三　美学气象：以"悲"和"力"为基调的风格形态 …… 141

第六章　西部散文的藏域想象 …… 148
　一　民族志诗学：一种超越了文学范畴的写作 …… 149
　二　复述大地的光芒：自然、神性和人性 …… 153
　三　信仰的力量：藏域想象的文化根脉 …… 158

第七章　席慕蓉散文的蒙地想象 …… 166
　一　何谓"蒙地想象" …… 167
　二　山河记忆：父亲的草原母亲的河 …… 173
　三　回家的路：从文化诉求到文化焦虑 …… 182
　四　历史追怀：文献、遗存及考古 …… 194
　五　席慕蓉散文的文学史意义 …… 202

第八章　西部少数民族女作家的散文创作 …… 206
　一　民族文化的认同与反思 …… 206

二　地域风情的守望与抒写⋯⋯⋯⋯⋯⋯⋯⋯⋯⋯⋯⋯⋯⋯⋯ 211
　　三　女性话语的自觉与建构⋯⋯⋯⋯⋯⋯⋯⋯⋯⋯⋯⋯⋯⋯⋯ 216
　　四　散文文体的创新与实践⋯⋯⋯⋯⋯⋯⋯⋯⋯⋯⋯⋯⋯⋯⋯ 222

第九章　周涛的西部散文⋯⋯⋯⋯⋯⋯⋯⋯⋯⋯⋯⋯⋯⋯⋯⋯⋯ 228
　　一　精神结构：生命意识与西部精神的交相辉映⋯⋯⋯⋯⋯⋯ 229
　　二　文化维度：游牧文化与农耕文化的比照融合⋯⋯⋯⋯⋯⋯ 236
　　三　风格形态：雄浑壮美与锐智澄明的诗性组构⋯⋯⋯⋯⋯⋯ 246
　　四　周涛散文的文学史意义⋯⋯⋯⋯⋯⋯⋯⋯⋯⋯⋯⋯⋯⋯⋯ 253

第十章　马丽华的西部散文⋯⋯⋯⋯⋯⋯⋯⋯⋯⋯⋯⋯⋯⋯⋯⋯ 269
　　一　走过西藏：西藏风情的全景式再现⋯⋯⋯⋯⋯⋯⋯⋯⋯⋯ 271
　　二　文化立场：文化人类学视野中的雪域高原⋯⋯⋯⋯⋯⋯⋯ 285
　　三　风格趋势：史诗性风格的探索与生成⋯⋯⋯⋯⋯⋯⋯⋯⋯ 294

第十一章　西部文学的文学史叙事⋯⋯⋯⋯⋯⋯⋯⋯⋯⋯⋯⋯⋯ 305
　　一　"西部文学"作为思潮与流派⋯⋯⋯⋯⋯⋯⋯⋯⋯⋯⋯⋯ 305
　　二　西部文学的"入史"与"如何入史"⋯⋯⋯⋯⋯⋯⋯⋯⋯ 311

附录：中国西部散文作家简介⋯⋯⋯⋯⋯⋯⋯⋯⋯⋯⋯⋯⋯⋯⋯ 315

后　记⋯⋯⋯⋯⋯⋯⋯⋯⋯⋯⋯⋯⋯⋯⋯⋯⋯⋯⋯⋯⋯⋯⋯⋯⋯ 348

第一章　西部散文的命名、概念及边界

"西部散文"是伴随着"西部文学"而产生的一个子概念。按常理来说，只要西部文学的概念清晰了，那么，西部散文这个子概念也就随之清晰了，但事实上，要把握西部散文的内涵则不得不大费一番周折。"西部散文"是一个具有双重模糊性的概念，一是散文界说的多向性、散文品类的游离性和散文特质的潜在性所带来的模糊性；二是"西部"不仅是一种文学概念，更由于地理边界、历史传统，乃至国家经济策略和文化模式的介入而导致了其内涵的模糊性。这双重的模糊性，使西部散文这个概念表面看似人人都能明白，而实际上却似是而非、歧义丛生。因此，在我们看来，对西部散文的命名、概念及范畴进行学理性的追溯、探讨和界定是展开论述的基本前提。本章将对这些问题予以呈现与澄清。

一　散文的概念与艺术散文的特质

散文作为一种文体，在中国古代文学史上由来已久，有"文""笔""古文""散文"等多种称谓。刘勰《文心雕龙·总术》中列了十六种散文子文体，而这些子文体多是实用性文体，可见散文在很长一个历史时期都与文人的公务或日常生活联系在一起。梁昭明太子萧统《文选》对诗文的分类采用了简分法，以"韵"的有无作为区分诗文的标准，散文属于"无韵"的文体，这说明散文是一种极灵活的文体，不受格律束缚。唐宋时期散文被看作是与骈文相对立的"古文"，所谓"古文运动"就是散文运动。散文名称的正式出现，最早见于南宋末年罗大经所著的《鹤林玉露·刘锜赠官制》。明清两代散文称谓已较为通行，如徐师曾《文体明辨序说》、孔广森《答朱沧湄书》、袁枚《胡稚威骈体文序》等均使用了散文名称。在古代，散文概念显然经历了一个内涵逐渐丰富而外延逐渐缩小的过程，这个过程同时也是散文文体同各种实用性文体相分离的过程，而这个过程的完成宣告了文学散文的确立。

新文学更注重对文学散文的探讨与实践，涉及文学散文的方方面面，无论是在理论认知，还是在创作领域，都表明其对散文文体的特别重视。1917 年，刘半农在《我之文学改良观》中指出，"所谓散文，亦文学的散文，而非文字的散文"。[①] 刘半农的意义在于，明确了新文学中的散文是注重文学性的散文，这也为其后的理论探索奠定了基调。20 世纪 20 年代随着散文创作的兴盛，关于文学散文的认识得到了进一步的深化，周作人的《美文》是一篇宣言性质的短文，其认为，"外国文学里有一种所谓论文，其中大约可以分作两类。一批评的，是学术性的。二记述的，是艺术性的，又称作美文"[②]，周作人对"美文"的倡导，为文学散文的发展无疑在理论上起到了引领作用。随后，王统照提出"纯散文"的说法，胡梦华提出"絮语散文"的说法，强调散文的个性特征、艺术本性和唯美气质，他们这是试图将文学散文导向艺术散文。在周作人、沈从文、朱自清、冰心等作家的共同努力下，艺术散文终于成为中国现代散文的主脉。20 世纪 30 年代，小品散文得到了长足的发展，林语堂、钟敬文、李伯素等都对其有理论言说。如林语堂认为，"盖小品文，可以发挥议论，可以畅泄衷情，可以摹绘人情，可以形容世故，可以札记琐屑，可以谈天说地，本无范围，特

[①] 刘半农：《我之文学改良观》，载《新青年》第 3 卷第 3 号，1917 年 5 月 1 日。
[②] 周作人：《美文》，载《晨报副刊》1921 年 6 月 8 日。

以自我为中心，以闲适为格调，与各体别，西方文学所谓个人笔调是也"。①这就是说，小品散文无题材限制，议论、抒情、叙事皆可，而"以自我为中心，以闲适为格调"。但林语堂的观点受到鲁迅、茅盾等左翼作家的批驳，鲁迅《小品文的危机》、茅盾《关于小品文》认为小品文不应成为"小摆设"之类"麻醉性的作品"，而应该凸显其社会批判功能，这类小品文即杂文。20世纪40年代，人们对于散文概念的认识已趋于成熟，葛琴《略谈散文——散文选序》认为，散文是区别于报告文学、杂文的"抒情的小品文"，而叶圣陶、朱自清、唐弢等在《关于散文写作——答编者问》中指出，散文应该是包括杂文、小品散文和报告文学在内的广泛的文学散文。

新中国成立后，关于散文的文体属性出现过两次较大规模的讨论，即20世纪60年代初期的"笔谈散文"和20世纪80年代初期的"复兴散文"。在20世纪60年代初期的讨论中，徐迟就提出狭义散文和广义散文的观点。徐迟认为，"有一些同志，说散文时限于抒情散文。殊不知抒情散文只是散文流别之一种。他们不注意狭义与广义的散文之分。他们所喜爱的抒情散文，实际上是一种狭义的散文。另外，还有着广义的散文，种类甚多"，"广义的散文好比是狭义散文的塔身、塔基。狭义散文好比是广义散文的塔顶、塔尖"。② 徐迟的观点得到了广泛的认同。不难发现，散文概念广狭二义的说法虽然是在20世纪60年代才出现的，但也秉承了现代散文的艺术散文、杂文和报告文学这三股分流的态势而来。根据这个状况，我们认为，狭义散文是指艺术散文，而广义散文则是除了艺术散文之外，主要指杂文和报告文学，当然也包括信札、日记、笔记、祭文等。广义散文似乎又回到了文学性与非文学性散文相混杂的状态。

从这些简要的梳理可以看出，散文的概念是相当复杂模糊的，而散文的类别也是多种多样的。那么，到底什么是散文呢？台湾学者郑明娳认

---

① 林语堂：《发刊〈人间世〉意见书》，载《论语》第38期，1934年4月1日。
② 徐迟：《说散文》，见《笔谈散文》，百花文艺出版社1980年版，第150页。

为,"我们可以说,现代散文经常处身于一种残留的文类。也就是,把小说、诗、戏剧等各种已具完备要件的文类剔除之后,剩余下来的文学作品的总称,便是散文"。① 这种说法虽然能给人启发,但说得太过模糊,仍让人难以把握散文概念的确切内涵。童庆炳主编的《文学理论教程》对散文的概念、基本特征做了这样的概括,"散文有广义的散文与狭义的散文。广义的散文既包括诗歌以外的一切文学作品,也包括一般科学著作、论文、应用文章。狭义的散文即文学意义上的散文,是指与诗歌、小说、剧本并列的一种文学样式,包括抒情散文、叙事散文、杂文、游记等。文学散文是一种题材广泛、结构灵活,注重抒写真实感受、境遇的文学体裁。它的基本特征是:题材广泛多样、结构自由灵活、抒写真实感受。"②在文学理论类著作中,童著对散文概念的阐释较全面清晰,但对文学散文的界定仍有商榷的余地,就是这个概念的所指仍太宽泛,在真正的研究中可能会产生歧义,故应将概念的所指缩小,即以"艺术散文"表示更为合理。

既然这样,那么,什么才是艺术散文呢?刘锡庆《新中国文学史略》有这样的说法,"散文姓'散'名'文'字'自我'。创作主体以第一人称的'独白'写法,真实、自由的'个性'笔墨,用来抒发感情、裸露心灵、表现生命体验的艺术性散体篇章,即谓之散文。这样的散文亦可称之为'艺术'(审美)散文,以强调并突出它高雅、纯正的艺术品位。"刘著明显继承了周作人的"美文"理论与林语堂的小品文理论,并有所取舍和发挥,对艺术散文的内涵揭示得较为严密。刘著同时对艺术散文的特质做了这样的说明,"自我性(所谓'篇篇有我'、'自我'成为艺术关照的'对象')、向内性('内'即内宇宙,人的感情、心灵世界,外部世界可以并应当反映,但它必须要经过感情的发酵、心灵的'过滤'这个'内化'过程)、表现性(情感的流淌、心灵的倾吐都是由内而外的'表

---

① 郑明娳:《现代散文类型论》,台北大学出版社1987年版,第22页。
② 童庆炳:《文学理论教程》(修订版),高等教育出版社1998年版,第174页。

现'，虚实结合、内外相映，重'写意'、求'神韵'是'表现'的要求）是这种艺术散文的审美特征"。① 不可否认，刘著关于艺术散文的特质阐述得极有见地，特别强调了艺术散文的审美气质（即情感性）。傅德岷则将散文的艺术特质概括为写实性、抒情性、随意性和时代性②，这是就广义散文而言的，对艺术散文来说就更不例外。散文的写实性要求写实人、实事、实物、实情；散文较小说、戏剧来说其抒情性更为强烈，作家充沛的感情往往见于笔端，而倾注于人、事、景、物的描述之中，这又是它区别于诗歌抒情的地方；散文的随意性表现在题材广泛、形式灵活、联想丰富和艺术技巧多变；散文的时代性则体现在迅速、敏锐地反映和表现在时代生活上。

综合上述说法，我们认为，散文有广义和狭义之分，广义散文是与小说、诗歌和戏剧并列的一种文学体裁，包括艺术散文、杂文、报告文学等各种散行文字作品；狭义散文则主要指艺术散文。艺术散文是一种题材广泛、结构灵活，注重表现作家的情感、情绪和情思，以及现实境遇和生命体验的文学散文。艺术散文具有自我性、向内性和表现性的审美特征，体现着写实性、抒情性、随意性和时代性的艺术特质。艺术散文又可分为抒情性艺术散文、叙事性艺术散文和议论性艺术散文，这种分类当然是大致的，因为在很多艺术散文作品中，常常是抒情、议论和叙事并存的，很难截然分开。特别需要提醒的是，当我们使用"西部散文"这个概念时，"散文"二字指的就是艺术散文，而不是指杂文、报告文学等广义散文。我们用了较大篇幅探讨散文的概念、源流、分类等，目的就是让读者获得这样的认识。

---

① 刘锡庆：《新中国文学史略》，北京师范大学出版社1996年版，第229页。
② 傅德岷：《散文艺术论》，重庆出版社2006年版，第11—19页。

二　西部文学与西部散文的命名

必须明白的是，从最根本的意义上而言，所有作家都是面向人类的创作，并非只为特定地区的人群而创作。这个道理并不深奥，举例来说，我们不能因为鲁迅的作品写到了"鲁镇"，就说鲁迅的作品是鲁镇文学；同理，我们不能因为美国作家福克纳以密西西比河畔的奥克福县为蓝本进行写作，就说福克纳的作品是奥克福文学。在1949年的诺贝尔文学奖颁奖大会上，瑞典学院对福克纳的创作做了如此的评价，"威廉·福克纳是一位地域性作家"，但"几乎随着每一部新作的问世，福克纳都更深刻地刺进人的灵魂，刺进人的伟大和自我牺牲的力量、权力欲、贪婪、精神的贫困、褊狭的胸襟、滑稽的顽固、极度的痛苦、恐惧、退化了的变态"，而"他的小说难得有两部在技巧上相类似，好像他想凭借着这种不断的更新，以达到他的不论是在地理上还是在题材上的有限的世界所不能给予他的不断扩充的广度"，"福克纳的窘境可以这样表达出来：他悲悼并且作为一名作家夸张了一种生活方式，可他本人由于他的正义感和人道主义却又永远也不能忍受这种生活方式。正是这一点使得他的地域主义具有了普遍意义"。① 我们从这个评价中能获得什么样的启示呢？不言而喻，福克纳是将奥克福县作为其观察人的生存方式、生活方式和生命方式的一个窗口，而他的视野、目光和思想已远远超越了奥克福县乃至美国的整个南方。福克纳根本就不是一个地域主义者，他真正关注的是人类的命运。福克纳的人生与创作为我们研究地域文学提供了一个典型的案例。

这样的认知似乎使我们置于悖论境地——以文学的本质而论，文学没有边界，没有地域性，最终来看则是没有地域文学，而我们却在进行地域

---

① 吴岳添：《诺贝尔文学奖辞典1901—1992》，敦煌文艺出版社1993年版，第623—625页。

文学的研究。该如何解读这种悖论现象呢？很显然，这里所谓"悖论"的形成，是由于混淆了文学的本质与文学的表象。文学的本质是所有文学表现出来的共同规律，是抽象的，当然不可能有地域性；而文学的表象是具体的文学表现出来的某些特征，是具象的，这就可能存在着地域性。应该看到，那些被我们视为地域文学的文学，是鲜明而充分地表现地域性文化与环境的文学，这也是从文学的表象层面来说的。中国文论家很早就注意到地域性文化与环境对文学的影响，如李延寿《北史·文苑传》有这样的说法，"江左宫商发越，贵于清绮；河朔词义贞刚，重乎气质"[1]；王骥德《曲律·总论南北曲第二》认为，"曲之有南、北，非始今日也"，"古四方皆有音，而今歌曲但统为南、北"[2]；刘师培《南北文学不同论》则说得更清楚，"岂非北方文体，固与南方文体不同哉？自子山、总持身旅北方，而南方轻绮之文，渐为北人所崇尚。又初明、子渊，身居北土，耻操南音，诗歌劲直，习为北鄙之声，而六朝文体，亦自是而稍更矣"[3]。南北朝时期庾信创作的转变，更说明具体的文学确实存在着地域性的差别，庾信自幼在南方长大，早期诗文风格清丽而浮华，但出使西魏被滞留北方后，风格变得沉雄而质朴。

尽管地域性文化与环境对具体的文学有着深刻影响，尽管具体的文学可能鲜明而充分地表现着地域性文化与环境，尽管我们将这样的文学常常视为地域文学，但任何所谓地域文学都不过是出于研究的需要而进行的某种相对性的认定，"地域性"不过是人们在研究文学时择取的一种视角。将某种文学视为地域文学，是要探寻地域性书写如何传达其普世性价值，探寻地域性书写如何超越地域性。文学是本质与表象的统一体，始终在体现

---

[1] 李延寿：《北史·文苑传》，见郭绍虞、王文生主编《中国历代文论选》第1册，上海古籍出版社1979年版，第361页。

[2] 王骥德：《曲律·总论南北曲第二》，见郭绍虞、王文生主编《中国历代文论选》第3册，上海古籍出版社1980年版，第177页。

[3] 刘师培：《南北文学不同论》，见郭绍虞、王文生主编《中国历代文论选》第1册，上海古籍出版社1979年版，第362页。

表象特征的同时也要体现本质规律,也就是在体现地域性文化与环境的同时更体现作家对人类境遇的思考。这就是说,任何具体的文学都奔涌着打破地域性局限的冲动。本质是虚的而表象是实的,这就好比人是灵体与肉体的结合体,人如果只有肉体而丧失灵体就成了动物学意义上的人而不是社会人,而如果只有灵体而丧失了肉体则这个人就不可能存在。这个道理反映在文学上也是一样的,因为任何作家都是在特定的文化时空中成长和生活的,这"特定的文化时空"将成为他从事文学创作的基本背景,形成其作品的表象。倘若他漠视或背离"特定的文化时空",则其作品将无所依傍,成为抽象的东西。如此说来,从"地域性"的视角研究文学是极为必要的,因为通过此种方式可深入解析文学,进而把握文学发展的内在规律。根据这样的逻辑,当我们说到"西部文学"的时候,就意味着要对这类文学从地域性——"西部"视角进行观察、分析和判断,而所谓西部文学的认定也不过是某种相对性的认定。那些被我们视为西部文学的文学,应该在表象层面体现着西部的文化与环境,否则,将此类文学看作"西部文学"毫无意义,这也是我们认定西部文学的基本准则。

西部文学是作为一种地域文学而现身于文坛的。1982年,甘肃酒泉的《阳关》杂志率先发出创建"敦煌文艺流派"的呼声,随后在甘肃、新疆等地掀起了"新边塞诗"的讨论。两年之后,唐祈、孙克恒等著文指出,正在兴起的表现西部风情的诗歌是一种"新型的地域性文学"。1984年,电影理论家钟惦棐在西安电影制片厂举行的"电影创作座谈会"上,提出了创作中国式西部片的主张,引起与会者的强烈共鸣,迅速在西部的众多文艺领域得到回应。虽然钟惦棐是就电影创作而言的,直接受美国西部片的启示,有"照搬"的嫌疑,但"西部"二字对其时身处西部的艺术家形成了难以拒绝的吸引力。因为此前有"敦煌文艺流派""新型的地域性文学"等说法的铺垫,"西部文学"这一命名的出现似乎是水到渠成的。1985年是"西部文学"命名被全面论证的一年,也是取得较大理论研讨成绩的一年,其后的许多话题实际在本年度的研讨中均已涉及,"西部文学"的命名已被很多研究者所认可。新疆作协将其主办的刊物《新疆文学》更名为《中国西部文学》，而《青海湖》《伊犁河》《绿风》《朔方》《绿洲》《小说评论》等杂志均开设了讨论"西部文学"的专栏。《当代文艺思潮》1985年第3期的"西部文学笔谈"栏目（专栏），荟萃了其时着力于西部文学研究的众多学者的观点，其中有谢冕、肖云儒、周涛、谢昌余、周政保、孙克恒等人的文章，同期还刊出了昌耀、余斌、肖云儒就西部文学答《当代文艺思潮》编辑部的文章。"西部文学"不仅作为一种命名，而且作为一种文艺思潮引起了学术界的普遍关注。

西部文学命名的合法化，对西部作家而言其作用是双重的，也就是说，既成就了他们又局限了他们。所谓"成就"了他们，即这一命名本身具有不可替代的凝聚力，呼唤他们将创作目光沉潜于地域性文化与环境中加以发掘，以便更好地形成其创作特色，敞亮其本土资源和叙事优势；所谓"局限"了他们，指他们可能太过于突出创作中的地域性因素，往往又容易忽略创作中可能生发的（或者说走出地域的）文学理应具有的普遍的人性、人道以及"人类性"的诸种内涵及价值，使创作的广度和深度受到限制。况且，如果过于强调西部文学的地域性，显然使其在总体上可能造成这样几个误区：一是可能沉迷于渲染西部陋习的想象化描写；二是可能使题材形态、主题范型、表述方式诸方面趋于单调；三是可能形成政策化的文学叙事。因此，西部文学要摆脱"沉重的翅膀"，就应该在立足本土、面向全国与世界、放眼未来中去促进其与外部文学的对话和互动，以建构自身的文学史形象。

以西部文学的构成谱系而论，就有西部诗歌、西部小说、西部散文，以及其他一些文学样式（如西部报告文学、西部戏剧文学等），西部散文是西部文学的一个构成要件。既然西部文学的命名是成立的，那么西部散文的命名也是成立的。事实上，在1985年前后论证西部文学命名的合法性的时刻，西部散文已被某些研究者提到了议事日程。西部散文这一命名所面临的优势和困境，与大概念西部文学相较并无二致。我们所认定的"西部散文",也是以"西部的文化与环境"为背景而创作的散文,那些远离"西部的文化与环境"的散文就没有必要进入我们的研究视野,因为我们的研究对象是"西部散文"。应该看到,受"西部的文化与环境"的深度影响,西部散文在创作模式、价值取向、风格诉求、语言表达等层面都表现出了独特性,这些独特性理应是我们研究的重要切入点;同时,我们还应思考地域文化与区域文学传统在不断滋养西部散文的时候,又如何掣肘了西部散文;西部散文要有所突破,该如何从纵横两个维度上进行开掘。这些问题也是我们选择西部散文作为研究对象的初衷。

三 西部散文:概念与边界

西部散文的命名虽被人们所接受,但更让人困惑的问题则是,到底什么样的散文才是西部散文呢?很显然,"西部散文"是一个限定性的词组,这个词组中的"散文"指的是艺术散文,这在前文已作了说明。问题的复杂性在于"西部",人们不仅对西部的认定众说纷纭,而且对西部作家的界定也是相当模糊的,遂使"西部散文"概念似是而非。

不能不承认,"西部"是一个具有多重意义的概念,即具有地理的、经济的、历史的、文化的等内涵不同的"西部"。从地理意义上来说,所谓"西部",指的是黄河与秦岭相连一线以西,包括大西南和大西北,西南指五省市区(四川、重庆、云南、贵州、西藏),西北指五省区(陕西、甘肃、宁夏、青海、新疆)。从经济意义上来说,中国版图被划分为三大经济板块,即东部、中部和西部,所谓"西部",指的是经济欠发达需要加强开发的地区,西部区域近年有"10+2+2"之说,所指除了西南和西北的十省市区外,还包括了内蒙古、广西,以及湖南的湘西、湖北的恩施土家族苗族自治州。从历史意义上来说,中国古代并无"西部"的称谓,却有"西域"和"西夏"的概念,它们略相当于今天人们所说的"西部",但实际的地理区域却相差很大。"西域"概念在汉代就出现了,有狭义、广义之别,狭义的西域指的是玉门关、阳关以西,葱岭(即今帕米尔高原)以东,巴尔喀什湖东、南及新疆广大地区,汉武帝时有"西域三十六国"之说,皆归属于汉朝,这是从狭义上来说的。广义的西域指的是凡通过狭义西域所能到达的地区,包括亚洲的中部和西部、印度半岛、欧洲东部和非洲北部在内。1038年西夏立国时,其疆域范围包括今天的宁夏、甘肃的西北部、青海的东北部、内蒙古以及陕西的北部地区,东尽黄河,西到玉门,南接萧关,北控大漠,面积约83万平方公里,其大片区域为沙漠地带。从文化意义上来说,在漫长的历史演变中,西部相继建立了一系列邦国性质的地方政权或酋长性质的土司政权,这些政权在创造自己历史的同时,也创造了多样的民族文化,由此形成了灿烂的西部文化,其具有多元性、地域性和原生态性特征。西部文化大致可分为以黄河流域为中心的黄土高原文化圈、西北地区的伊斯兰文化圈、北方草原文化圈、天山南北为核心的西域文化圈、青藏高原为主体的藏文化圈、长江三峡流域和四川盆地连为一体的巴蜀文化圈、云贵高原及向东延伸的滇黔文化圈等。

  地理意义上的西部无疑是相对稳定的,即包括大西北和大西南,由于地形地貌、气候条件和生态资源的不同,使西北与西南表现出了较大的差别。相对来说,四川盆地和关中平原是西部的肥沃富饶之地,云贵高原虽然是边塞地区,也是少数民族聚居区,但气候湿润,雨量较为充沛,这使它们与西部绝大部分地域相比都显示了"不同类性"。整体看来,作为西部制高点的帕米尔高原,矗立于欧亚大陆的中心,向四面八方"辐射"出多座山脉,像拱起的脊梁,支撑着西部——这块地球上最大的陆地。西部每一道山的褶皱中,都有如生命般奔涌的河流,黄河与长江是其中最著名的两条大河。山与河之间,则是无垠的黄土地、大草原和大戈壁。就地理态势而言,中国大陆的自然地貌在总体上呈现出"西高东低"的三级阶梯状,西部处于第一和第二阶梯,其中第一阶梯涵盖了青藏高原,第二阶梯则包括内蒙古高原、黄土高原的西北部以及整个新疆维吾尔自治区等广大地区。

同中原腹地和沿海地貌相比，西部较为显著的特征就是高原和山地众多，且大都处于干旱或半干旱、荒漠或半荒漠的自然状态中，属于典型的"高地"环境。辽阔的中国西部地区，由于崇山峻岭的封闭、漫天风沙的肆虐、节令气候的恶劣，以及草木土壤的贫瘠，不可能成为国家政治、经济的中心，同时也难以建构起坚实的自成体系的文化主体。西部的地理状况形成了西部人特殊的生存环境。

地理意义上的西部是我们建构"文学西部"（包括散文西部）应着重考虑的因素，它给我们圈定了一个大致的"西部"轮廓，但因为四川盆地、关中平原、云贵高原与其他地区的显著不同，故在建构我们的"文学西部"概念时应有所区别。经济意义上的西部虽有一定的参考价值，全国尚未实现温饱的贫困人口大部分分布于西部，但对"文学西部"概念的建构却是意义不大，所以我们不予考虑。历史意义上的西部较为重要，它为我们创造了一个"西部"的雏形，古代文学所关涉的西域与西夏的生存环境，以及与西域或西夏相接壤地区的生存环境，都让我们触摸到了典范的西部形态。更为重要的是文化意义上的西部对我们的启示，因为中华民族传统的文化形态更典型地体现在西部。黄土高原和黄河流域是民族史上最早的农耕区，传统文化的各种形态在这里集结并沉淀下来，最终演变为西部精神文化的基因。甘青宁新蒙藏诸省区作为多民族的集聚地，生活着汉、藏、回、蒙古、维吾尔、哈萨克等43个民族，在这里中原农耕文化与西部游牧文化相交融，儒道文化与佛教文化、伊斯兰文化相交汇，使西部文化呈现出驳杂的多元状态。这里也是一个边缘地带，自然的荒漠与人为的争斗形成的长期动荡，加之远离中原，使这里的自然地貌与人文精神呈现出被剥夺殆尽后的老迈之态。整个西部，因为深厚的传统文化的积淀、地域的闭塞、信息的阻隔和心态的保守，使这块大地在由农牧业文化向工业文化转型的过程中其步履显得格外滞重。当沿海地区的人们已经在享受现代工业文明硕果的时候，西部仍在传统的文明形态中步态蹒跚。西部的地理人文环境，作为西部人世世代代生活的栖息地，构筑了西部人独特的生命寄托和精神寄托，而西部久远的历史演进与社会变迁，亦渐次形成了西部人特有的地域文化心理结构，影响着西部人的生命活动，在意识形态文化和无意识文化心理上呈示出来，并在西部人认知世界、审美和把握世界的活动中造就了异于其他区域的独特风貌。

根据上述论证，应该看到"文学西部"是对地理西部、历史西部和文化西部的综合呈现。丁帆主编的《中国西部现代文学史》认为，其所讨论的"西部"，"是一个由自然环境、生产方式以及民族、宗教、文化等因素构成的文明形态的指称，与地理意义上的西部呈内涵上的交叉"，而这个文明形态主要是涵"以新疆维吾尔自治区、内蒙古自治区、西藏自治区、宁夏回族自治区和青海、甘肃两省为主体的游牧文明覆盖圈"。① 这就是说，其也认为文学西部是对多种意义上的西部的综合呈现，尽管其在文学西部的边界的认定上还有值得商榷的地方，但在"文学西部的交叉性"这一点上与本文是一致的。地理西部为文学西部圈定了一个大致的地域（有人曾试图对"文学西部"做清楚的界域划分，这样做不仅毫无意义，而且会使自己置于自相矛盾的境地），包括青海、宁夏、新疆、内蒙古、西藏，及陕西的西北部、甘肃的西北部、四川的西北部，因为这片地域在地形地貌、气候条件和生态资源等方面较为趋近，我们所认定的这片区域就是文学西部的大致边界。历史西部为文学西部提供了西部形态的标本，能使文学西部因之获得时间上的纵深感，并从中不断汲取历史滋养，增加文学西部的厚重感。当然，历史西部还包含着那些为西部多民族所创造的各种历史典籍，如藏族的《格萨尔》、蒙古族的《江格尔》、柯尔克孜族的《玛纳斯》等英雄史诗。文化西部始终是文学西部的动力所在与精神源泉，文化西部是一个多民族话语的展演空间，是一个农耕文明与游牧文明相交织的区域，是一个汉唐文化、陇右文化、敦煌文化、草原文化、雪域文化、大漠文化、绿洲文化相寄相依并生的大地，是一个伊斯兰教文化、佛教文化、道教文

---

① 丁帆主编：《中国西部现代文学史》，人民文学出版社2004年版，第1—2页。

化、基督教文化等宗教文化相融汇的场所，文化西部为文学西部提供了取之不尽用之不竭的题材资源。

厘清了西部意义的多重性及其在文学西部中表现的综合性，我们就可以对"西部散文"概念做出这样的阐释，所谓西部散文，是以"西部的文化与环境"为背景的艺术散文，或直接表现"西部的文化与环境"的艺术散文，而"西部的文化与环境"是由地理西部、历史西部和文化西部交叉形成的，"西部"在这里具有意义的多指性。无疑，这个概念是紧紧围绕"地域性"而被展开阐释的。需要注意的是，我们虽然说"西部的文化与环境"构成了西部散文创作的基本背景，但它本身不是文学的，具有历史的真实性，只有在历史真实的基础上创造出艺术真实，"西部的文化与环境"才是文学化的，也才具有审美的意义。

虽然说我们对西部散文的概念与边界作了较为清晰的阐释和说明，但真正要形成完整的"西部散文"概念，还需要厘清另一个与其相关的概念——"西部作家"。"西部作家"是个大概念，"西部散文作家"只是它的一个子概念。但人们对"西部散文作家"可能会产生两种解读，一是"西部"的"散文作家"，一是创作"西部散文"的"作家"。哪一个才是更合理的解读呢？西部有不少的散文作家，这是事实，但一个身处西部的作家不一定非得去创作以"西部的文化与环境"为背景的艺术散文，或创作直接表现"西部的文化与环境"的艺术散文，他可能一生都在创作与西部无关的艺术散文，因此，以一个作家所处的地理位置来简单认定他是不是西部作家就不太合适。而认为创作西部散文的作家有可能就是西部作家，这样的判断是比较符合实际的，它不仅突出了"西部散文"作为研究对象的中心地位，而且也使"西部作家"的外延显示了开放性。为什么这么说呢？我们知道，创作西部散文的作家分好几种情况，一是西部本土作家（如贾平凹、刘亮程），他们在散文创作中自觉呈现"西部的文化与环境"，其创作视野几乎未曾离开西部；二是不在西部出生但在西部生活多年的作家（如周涛、马丽华），这些作家已全身心地融入西部，他们对于其出生地来说则变成了"局外人"或"过客",他们的精神故乡在西部;三是并非出生于西部且未在西部长时间生活,然而到西部通过文化考察后创作了西部散文的作家(如刘元举),这类作家对西部也有着特殊的感情,他们的西部之行不是浮光掠影的旅游,更不是怀着某种优越感对西部做猎奇式的评价,而是用心来感受西部的文化与环境对其造成的撞击;四是在西部出生并在西部成长,因为工作调动或移居他乡而离开西部的作家(如杨志军),他们的创作视野仍在西部,他们的心仍在西部,无论身在何方,其散文作品似乎总是说"我是从西部来的";五是并非出生于西部但在西部有过生活经历,虽然当下他们并不在西部工作,但他们经常到西部来,心系西部,这类作家(如张承志)创作的西部散文同样表现出了强烈的地域性。这五种类型可涵盖创作西部散文的作家,但是不是西部作家还有待进一步考察。

我们在这里使用了两种称谓,即"创作西部散文的作家"和"西部作家"(西部散文作家),这不是绕口令,而是要根据创作西部散文的"量"来确认一个作家的"身份"。我们先来看"创作西部散文的作家"这个称谓,这个称谓中的"创作"其实包含四种时态,即"创作了"(过去时态)、"正在创作"(进行时态)、"将要创作"(将来时态)和"从过去到现在一直在创作"(完成时态)。很显然"正在创作"和"将要创作"不足为凭,因为其作品还未面世,"创作了"和"从过去到现在一直在创作"表示其作品不仅是可见的,而且有量的差别。偶尔创作西部散文的作家不能始终被认定为西部作家,因为其西部散文的创作量有限。我们所认定的西部作家,必然是西部散文的创作量比较大,而且在西部散文的创作上有持续性。前者如刘元举,我们能发现的其创作的西部散文作品为《西部生命》,此后便很少涉及西部散文,因此他的"西部作家"这种身份具有暂时性。这就是说,当我们涉及《西部生命》这部散文集的时刻,可认定刘元举为西部作家,而不涉及这部散文集的时刻就不必认定其为西部作家。我们前面所说的五种作家类型(刘元举属于第三种类型)中,其他四种类型的作家都可认定为西部作家,他们不仅创作的西部散文的量比较大,而且在西部散文的创作上具有持续性。当然，第一、二种类型的作家是西部散文创作的中坚，第四、五种类型的作家虽较为少见但也是存在的，故我们不能不提到他们。以上是我们描绘的西部作家的分布图。

现在我们可以对第一章的内容做一个总结了。我们认可散文的广义、狭义之分，广义散文即文学散文，是与小说、诗歌和戏剧并列的一种文学体裁，包括艺术散文、杂文、报告文学等各种散行文字作品；狭义散文则指艺术散文。艺术散文是一种题材广泛、结构灵活，注重表现作家的情感、情绪和情思，以及现实境遇和生命体验的文学散文。艺术散文具有自我性、向内性和表现性的审美特征，体现着写实性、抒情性、随意性和时代性的艺术特质。艺术散文又可分为抒情性艺术散文、叙事性艺术散文和议论性艺术散文。当我们使用"西部散文"这个概念时，"散文"就是指艺术散文（即狭义散文），而不是指广义散文。

对文学的本质与表象进行区分，是我们认定地域文学的基本依据，那些被我们视为地域文学的文学，是鲜明而充分地表现地域性的文化与环境的文学，这是从文学的表象层面来说的。当我们说到"西部文学"的时候，就意味着要对这类文学从地域性——"西部"视角进行观察、分析和判断，而所谓"西部文学"的认定也不过是某种相对性的认定。应该看到，受"西部的文化与环境"的深度影响，西部散文在创作模式、价值取向、风格诉求、语言表达等层面都表现出了独特性，这些独特性理应是我们研究的切入点；同时，我们还应思考地域文化与区域文学传统在不断滋养西部散文的时候，又如何掣肘了西部散文；西部散文要有所突破，该如何从纵横两个维度上进行开掘。这些问题是我们进行研究的重点。

"西部"是一个具有多种意义能指的概念，即具有地理的、经济的、历史的、文化的等内涵不同的"西部"。地理西部为文学西部圈定了一个大致的地域，包括青海、宁夏、新疆、内蒙古、西藏及陕西的西北部、甘肃的西北部、四川的西北部。历史西部为文学西部提供了西部形态的标本，文化西部是文学西部的动力所在与精神源泉，为文学西部提供取之不尽用之不竭的题材资源。厘清了西部意义的多重性及其在文学西部中表现的交叉性，我们就可以对"西部散文"的概念做出这样的阐释，所谓西部散文，是以"西部的文化与环境"为背景的艺术散文，或直接表现"西部的文化与环境"的艺术散文，而"西部的文化与环境"是由地理西部、历史西部和文化西部交叉形成的，"西部"在这里具有意义的多指性。

"西部作家"是一个与"西部散文"息息相关的概念。我们认为，不能以一个作家所处的地理位置来判断其是不是西部作家，而应该以其是否创作了西部散文作为判断的前提。这就是说，不仅要判断其创作西部散文的质，而且要考察其创作西部散文的量，我们所认定的西部作家，是那些作品有一定影响力且有一定创作量的作家，其西部散文创作还具有持续性。西部作家可分为好几种类型，有西部本土作家、在西部定居或工作的作家、客旅西部的作家、本土出生而移居他乡的作家、非本土出生而心恋西部的作家等。这就是西部作家的分布图。

第二章 历史分野与时段特征

　　中国当代西部散文起于何时？它的发展演进与中国当代文学主潮构成了什么样的关系？中国当代西部散文经历了哪些潮起潮落？它何时形成了自己的个性特征并呈现了流派气象？随着中国式消费社会的到来，当代西部散文又面临着怎样的抉择？毋庸置疑，诸如此类的问题都关涉西部散文的历史分野，也关涉对当代西部散文发展史的整体性认知。在我们看来，讨论当代西部散文起于何时的问题，是要对当代西部散文的起点有一个大致准确的定位，倘若没有这个起点的定位，而讨论它的发展演进，难免要失去参照系，论述也势必不着边际。有了这个起点的定位，我们接下来就应该观察其与当代文学主潮之间所构成的关系，无论怎么说，当代西部散文只是当代文学的一个支流和构成部分，由于深受地域性文化与环境的影响，它虽然有跟进潮流的一面，但也有独立发展的一面，而探讨其与文学主潮之间的复杂关系便成为研究课题中的应有之意。当代西部散文的发展不可能是一帆风顺的，它也有潮起潮落，这些潮起潮落自然与时代风气息息相关，但同时与西部的人文变迁也有着密切的关联，而对时代以及西部人文变迁的探讨，则事关西部散文发展的内在机制，因此也应纳入本章的讨论范畴。当代西部散文成熟的标志，则是地域风格的形成，而地域风格的形成是西部作家共同努力的结果，本章理应在论述中揭示这种地域风格的内涵。进入20世纪90年代中后期，随着中国式消费社会的到来，当代文学受到空前的冲击，影响及于西部散文，但西部散文并未完全被消费意识形态所同化，而是走上了独立发展之路，本章将探析西部散文在消费语境下进行了怎样的选择。当代西部散文的发展史，既是对当代文学主潮的回应，又是对地域性文化与环境的映像。我们结合当代文学演进的主潮，以及西部作家创作的自觉程度，将当代西部散文的发展史划分为五个阶段，即1935年到1949年为发轫期，1949年到1976年为探索期，1976年到1992年为深化期，1992年到2000年为兴盛期，21世纪以来为分流期。本章将以这五个阶段来带动上述问题而展开论述。

一 延安文艺：当代西部散文的发端

新文学是20世纪初从北京、上海、武汉等这些东南部的大城市兴起的，故带有明显的都市色彩与东南文化特质。在新文学发展史的前两个十年，西部几乎一直被新文学作家所忽略，虽然偶尔有来自西部的力图融入新文学潮流的作家发出了微弱的声音，但远未引起人们的注意，那时的西部是一块真正沉默的大地。在20世纪30年代中期，随着国内外矛盾的加剧，随着工农红军在西部不断开辟根据地，尤其是将延安定格为中国革命的圣地，西部——这沉默的大地才逐渐进入新文学作家的视野。如果我们翻阅1935年之后的散文作品，其中标识着西部自然山川的名称已浮出水面，如肖华的《南渡乌江》（1936年）、杨朔的《潼关之夜》（1938年）、师田手的《延安》（1939年）、舒湮的《西行的向往》（1939年）、殷三的《碛口胜利》（1940年）、黄玉山的《忆过草地》（1944年）、李立的《渡金沙江》（1944年）。延安文艺时期的散文是战时背景下的创作，多半是在马鞍上、行军途中，或是在战斗的间歇里完成的，因此字里行间似乎还弥散着战争的硝烟，但即使这样，西部人、西部环境乃至西部人的生存方式也不时成为这些散文作品的言说对象，从而显示了不同的气象。从正本清源的意义上说，延安文艺时期的某些散文确可视为当代西部散文的先声，具有示范的作用。

茅盾20世纪30年代末和40年代初曾在乌鲁木齐和延安两地讲学，对西部的感受很深，这些感受被其以散文的方式记录了下来，其发表于1941年的《风景谈》和《白杨礼赞》是这方面最具代表性的作品。《风景谈》通常被认为是歌颂延安、歌颂一种新生活的散文，这当然没有错，但如果我们从"西部散文"的视角来观察这篇作品，则可发现它是一篇地道的西部散文。作品始终围绕西部的自然环境和人文环境而展开言说，以其极富质感和动感的语言描绘了沙漠驼铃、高原晚归、延河夕照、石洞雨景、桃林小憩、北国晨号等西部场景，为我们呈现了一个真实而富于历史意味的西部。这里所谓"真实"，是从作品描述西部的自然景观而言的，而所谓"富于历史意味"，是从作品描述西部的人文景观而言的。沙漠、驮队、高原、石洞、桃林等这些西部常见的景观，被茅盾规模化地呈现在作品中，从而让人生成某种苍凉壮美的西部印象。茅盾的这种写法在当代西部散文中比比皆是，可见其对当代西部作家的影响之广。更重要的是，作者在西部景观的呈现中将人的活动作为主体来抒写，尽管如"高原晚归"和"延河夕照"中"鲁艺"学生唱着雄壮的歌曲劳动归来，这种场景已回归历史性，但"以人的活动为主体"来观察和书写西部，却被当代西部作家普遍认同，无论是周涛的《游牧长城》、马丽华的《走过西藏》，还是刘亮程的《一个人的村庄》、铁穆尔的《星光下的乌拉金》，都体现出这种创作倾向。如果说《风景谈》着力呈现了西部的自然景观和人文景观（即"风景"），那么，《白杨礼赞》则揭示了某种西部精神（即"白杨精神"）。作者是以直抒胸臆的方式来书写白杨树的，"白杨不是平凡的树。它在西北极普遍，不被人重视，就跟北方农民相似；它有极强的生命力，磨折不了，压迫不倒，也跟北方的农民相似。我赞美白杨树，就因为它不但象征了北方的农民，尤其象征了今天我们民族解放斗争中所不可缺的质朴，坚强，以及力求上进的精神"。[①] "西部精神"是西部文学研究中一个被人反复言说且常说

[①] 茅盾：《白杨礼赞》，见《延安文艺丛书·散文卷》，湖南文艺出版社1987年版，第221—222页。

常新的话题，有人说西部精神的主要内涵是忧患意识、开拓意识①，还有人说是苦难意识、英雄意识②等等，应该说这些看法都不同程度地触及了西部精神的核心，但我们认为，将茅盾在《白杨礼赞》中所揭示的白杨精神看作西部精神也许更为恰当。白杨树正如西部人，在默默承受生活的重压而绝不颓唐，在持久忍受内心的寂寞孤独而决不丧失对生活的热爱，甘于平凡而不乏奉献精神，这样的西部精神也许更具代表性和广泛性。

丁玲于1944年创作的《三日杂记》虽是一篇不太引人注目的散文，但颇具西部散文的风致，今天读来别有一番情趣。作品由五个部分构成，分别是"到麻塔去""老村长""娃娃们""看谁纺的好""五月的夜"。不同于丁玲同时期作品的是，她在这篇散文中并没有渲染战时的紧张气氛，而是以轻松舒缓的语气叙述了一次难忘的差旅。第一部分"到麻塔去"便给我们呈现了两种西部景观，一种是自然景观，另一种是人文景观。她是这样描述自然景观的，"我告诉你我是在一条九曲十八弯的寂静的山沟里行走。遍开的丁香，成团成片地挂在两边陡峻的山崖上，把崖石染成了淡淡的紫色。狼牙刺该是使刨梢的感到头痛的吧，但它刚吐出嫩绿的叶，毫无拘束地伸着它的有刺的枝条，泰然地盘踞在路的两边，虽不高大，却充满了守护这山林的气概。我听到有不知名的小鸟在林子里叫唤，我看见有野兔跳跃，我猜想在那看不见底的、黑洞洞的、深邃的林子里，该不知藏有多少种会使我吃惊的野兽，但我们的行程是新奇而愉快的"。③寂静的山沟、遍开的丁香、陡峻的山崖、跳跃的野兔、神秘的树林、不知名的小鸟、盘踞在道路两边的狼牙刺，这些自然意象组构在一起，能瞬间令我们形成一幅层次感极强的西部自然图。但作者并不满足于此，她笔锋一转，紧接着开始描述人文景观了，"在路上我们发现了新的牲口粪，我们知道目的地快

---

① 参阅肖云儒《中国西部文学论——多维文化中的西部美》，青海人民出版社1989年版，第98—116页。
② 参阅李星《西部精神与西部文学》，《唐都学刊》2004年第6期。
③ 丁玲：《三日杂记》，见《延安文艺丛书·散文卷》，湖南文艺出版社1987年版，第136页。

到了。不远,我们便听到了吆牲口的声音,再转过一个山坡,错落的窑洞和柴草堆便出现在眼前,已经有炊烟在村庄上飘漾,几只狗跑出来朝我们狂吠,孩子们远远地站在树底下好奇地呆呆地望着,而我们也不觉地呆呆地注视这村庄了。它的周围固然也有很宽广的新辟的土地,但上下左右仍残留着一丛丛的密林,它是点缀在绿色里面的一个整齐的小农村。它的窑洞分上中下三层,窑前的院子里立着大树,一棵,两棵,三棵,喜鹊的巢便筑在那上边"。① 作者从视听感受出发,从容不迫地描述了一幅充满原生态气息的陕北农村图,这个段落虽采用了纯白描的手法,但深具那种繁华落尽见真淳的美感,能给人留下纯净而美好的印象。值得关注的是,丁玲在这篇作品中有意识地刻画了西部人的群像,如吃苦耐劳、平和公正的老村长崞克万,虽身残而自信开朗的中年妇女崞丕珍,活泼调皮而略带羞涩的望儿媳妇,备受父母宠爱但勤快懂事的小女孩兰道,性格温和沉静的小女子任香,整天嚷着要纺车的七岁女孩金豆,酷爱音乐且芦笛从不离身的老高,擅长山西小调的王丕礼。在"看谁纺的好"和"五月的夜"这两部分,作者更是以她举重若轻的笔法为我们展现了生活气息浓郁的场面,前者是纺线比赛,后者是唱歌比赛,前者是组织的,后者是自发的。通过这两个场面的展现,作者让我们深深地领略到艰难时世西部人也不曾丧失对生活的热爱,他们善于将平凡而简单的生活诗意化。丁玲《三日杂记》所呈现的散文笔法,在贾平凹 20 世纪 80 年代初创作的《商州初录》中被广泛采用,由此可见两者之间的渊源,这无疑可看作是延安文艺影响当代西部散文的一个例证。

从上述分析我们可以发现,延安文艺对西部散文的开拓是多方面的,值得我们重视。首先,"西部"开始进入作家的文学视野,西部大地上所发生的政治事件、民族斗争、生活变迁,乃至西部的民风民俗都成为作家的书写对象,研究者指出,文学视野的这种转移,"表现了文学观念的从比较

---

① 丁玲:《三日杂记》,见《延安文艺丛书·散文卷》,湖南文艺出版社 1987 年版,第 136—137 页。

重视学识、才情、文人传统，到重视政治意识、社会政治生活经验的倾斜，从较多注意市民、知识分子到重视农民生活的表现的变化。这会提供关注现代文学中被忽略的领域，创造新的审美情调的可能性"。[1] 其次，延安文艺自觉呈现了西部的地理环境和人文环境，以及在这种环境中生活着的人，茅盾的《风景谈》和丁玲的《三日杂记》为当代西部作家提供了足具参考价值的示范。再次，延安文艺还将笔触深入到西部的历史文化层面，这使西部地理环境和人文环境的展示具有了历史的纵深感。如舒湮《西行的向往》有这样的叙述，"延安北门外，依偎山麓是一片广漠的草原，零落的荒冢和断碑残碣，湮没在榛芜的衰草中。当日薄崦嵫，山中吹起了数声号角，牛羊踏着斜阳归去了。粗犷的牛鸣，绵软的羊咩，再夹着清脆的铃声，搅拌着山野人居的炊烟。边城的萧索，使我想起前人戍边的劳苦。当宋代西夏强大时，范仲淹和狄青都曾经驻守延安"。[2] 最后，延安文艺已触及"西部精神"的言说，这在茅盾的《白杨礼赞》和丁玲的《三日杂记》中表现得较为显著。

正是由于上述原因，我们将当代西部散文的"根"追溯到了延安文艺。不仅延安时期的作家为西部散文开拓出了一片广阔的天地，而且延安也为西部散文在当代的演进输送了第一批实力派作家，我们将在下文对此展开分析。尽管如此，我们却应该清楚，延安文艺不是一种纯粹的地域性文学，它是一种实验中的国家文学，代表了20世纪40年代中国文学的主潮。这就是说，延安文艺中的西部叙事并非主流，我们将其看作当代西部散文的发端，也是从其造成的影响而言的。整体来看，延安时期的西部叙事具有这样一些特点：第一，可看作"西部散文"的作品数量相当有限，很多作品只是模糊地或不经意地涉及西部，所以，所谓"西部散文"远未形成气候；第二，虽然有作家自觉呈现了西部的自然景观和人文景观，但也是将其作为展开宏大叙事的背景，它们其实都不以西部言说为落点；第三，即使是

---

[1] 洪子诚：《中国当代文学史》，北京大学出版社1999年版，第31页。
[2] 舒湮：《西行的向往》，见《延安文艺丛书·散文卷》，湖南文艺出版社1987年版，第165页。

那些创作了具有"西部散文特质"作品的作家，如茅盾、丁玲等，也没有持续创作这类作品，西部言说在他们的创作中不过是不太起眼的朵朵浪花；第四，延安作家所涉及的西部，主要是延安及其周边地区，广阔的西部地域还没有大规模地进入作家的视野，由此看来，他们并没有形成初步的"西部"概念。这些特点，说明当代西部散文还处于酝酿期和朦胧期，但毕竟已经浮现，更为自觉和规模化的西部散文将在1949—1976年的文学实践中逐渐铺展开来。

二 走向西部深处：探索期的西部散文

中国当代文学史著作通常将1949—1966年的文学看作是一个阶段（即"十七年"时期），这是因为，此时段的中国文学整体来看是对延安文艺路线的沿承与发展。对于西部散文史而言，这样的时段划分也是契合的。当代西部散文的第一代作家，多是从延安或其他解放区成长和成熟起来的，如李若冰、碧野、柳青、杜鹏程、玛拉沁夫等，他们都坚信毛泽东《在延安文艺座谈会上的讲话》的导向性，倾其一生都在践行延安文艺的精神指向。这就意味着，"十七年"的西部散文与延安文艺有着密切的联系，而与当代文学主潮保持着同步演进的态势。对延安文艺思想的坚守，使第一代西部散文作家将其文学活动与西部社会乃至国家命运联系在一起，在他们看来，文学是"服务于革命事业的一种独特的方式。"[①] 李季和闻捷的发言可以说表达了这一代西部作家的共同心声，"我们的诗必须为工农兵服务，发挥阶级武器、党的工具的战斗作用"，"歌唱工农群众创造性的劳动、无穷的智慧和不断革命的斗争精神，就是歌唱了我们生活的本质、我们社会

---

① 洪子诚：《中国当代文学史》，北京大学出版社1999年版，第31页。

精神、我们时代的特征"。① 像新中国成立初期的其他作家一样，西部作家将其声音也汇聚到时代的洪流之中，抒写着民族国家形象，讴歌着新生的人民共和国，塑造着各种各样的"新人"形象，释放着充沛的时代激情。

对这一代西部作家产生重大影响的，除了时代主潮之外，还有1949年以后的"西进热潮"，此时期的西部散文在题材取向上多与之相关。首先，人民解放军以"进疆""进藏"等方式，推翻和消灭了盘踞在西部地区的封建农奴制，使西部少数民族得以解放，并确立了其主人翁的地位，因此，反映西部少数民族在新时代的精神面貌成为新中国成立初西部散文的重要题材，例如《翻身后的两位老人》（宝音达来）、《一个年青的牧女》（钦达木尼）、《哈亚恩格尔村的幸福生活》（额乐苏）、《草原七日》（若松）等作品，就映像了内蒙古各族人民翻身作主人后的新面貌，洋溢着"自从来了共产党以后，有了蒙古包，也有了牲口，更有了像人样的生活"的幸福感。其次，1949年以后在西部展开的狂飙突进式的开发和垦荒，与西部历史上任何一次拓边迁徙与平定战乱的"西进"行为不同，其目的是为了建立和巩固新的人民政权，实现民族国家的真正统一，也是为了在闭塞落后的边陲僻地建设与中国内陆同样美好的新家园，向人烟稀少的荒原戈壁寻找建设新中国的原动力；青藏、川藏、甘青等公路的修通，兰新线、包兰线、京包线、兰青线等铁路的运行，打通了西部与内陆的联系；发电站、工厂、医院、学校等基础设施、现代工业和文化机构的拔地而起，结束了西部少数民族地区自给自足的封闭状态；不难理解，这就是"开发""勘探"和"垦荒"何以成为第一代西部作家主要的题材选择。李若冰的散文集《在勘探的道路上》《柴达木手记》等，朱奇的散文集《草原秋色》，以及杜鹏程的《沙漠青色》《塞上行》《大巴山的人》等篇什，陈清的《冷湖的青春》、剧谱的《戈壁滩上的姑娘们》等都是这类题材的代表性作品。最后，"西进"热潮使西部各民族文化形成了大交融，改变着西部人旧有的生活观念

---

① 李季、闻捷：《诗的时代、时代的诗——在中国作家协会第三次扩大理事会上的发言》，《红旗手》1960年第8期。

和生活方式，而亘古未变的千里荒原也在开拓者雄健的脚步声中开始苏醒，碧野的散文集《边疆风貌》《在哈萨克牧场》，储安平的著作《新疆新面貌》中的些许篇什，翦伯赞的作品《内蒙访古》，黄钢的作品《拉萨早上八点钟》等，都表现了民族文化的交融和"人民"的逐渐觉醒。

在风格诉求上，这个时期的西部作家普遍追求浪漫主义的抒情风格，极力塑造"大我"形象，呈现了崇高的壮美特色。这里所谓"大我"形象，指超越了个体自我的国家形象或民族形象。应该看到，"大我"形象的塑造，有赖于创作主体的人格精神和历史使命意识，是一个作家"伟大心灵的回声"①。"大我"形象的塑造，能使人触摸到一种崇高的壮美，而这种崇高美又基于主客观因素的共生。就客观因素而言，西部自然界到处都有崇高的事物，如高山大河，如戈壁险滩，如草原风暴，如春回大地，这些事物无不体现出大自然的宏大、邈远和超迈，崇高美就蕴存于这些比个体自我更神圣的事物之中。就主观因素而言，人生来就具有一种追求崇高事物的本性，作庸俗卑陋的生物并非人的愿望，人生存于天地之间，经常可领略到自然界精妙、堂皇、美好的事物，久而久之，潜移默化，便养成一种向往崇高的审美理想和热爱崇高的审美情趣，培育出由伟大的思想和激动的感情所构成的伟大心灵。② 如果说书写大自然的宏大与超迈是形成崇高美的外在元素，那么，由主体人格精神和历史使命意识生发的精神力量和时代激情则是形成崇高美的内在机制。我们今天重读第一代西部散文作家的作品，总能使人感受到这种崇高美的坚实存在，这不仅是因为其规模化地描述了西部自然的苍凉、浩大和丰硕，西部的高山大河、戈壁险滩、草原森林、沙漠荒原等都带着那种原生态气息被呈现在我们眼前，而且更因其回荡于作品之中的主体人格精神和历史使命意识，西部作家那投身于建设热潮的敢叫日月换新天的豪迈，拒绝享乐和甘于清贫的姿态，追求精神

---

① 郎加纳斯：《论崇高》，见伍蠡甫主编《西方文论选》（上），上海译文出版社1979年版，第125页。
② 参阅胡经之主编《西方文艺理论名著教程》（上），北京大学出版社1986年版，第96页。

境界的执着，以及时刻关注国家命运的忧患，似乎能使人荡涤心中的一切庸俗与卑污。碧野的天山书写和李若冰的柴达木叙事无疑是体现西部散文崇高美的典范。当这些体现崇高美的西部散文汇聚在一起，则又超越了西部散文本身，而形成了一个处于急剧上升时期的国家形象和奔赴美好未来的民族形象。如碧野的名篇《天山景物记》所呈现的抒情画卷之所以如此动人，不仅是因为其将景、物、情、"我"融为一体，"高原平湖、溪涧湖泊、飞潜动物、日月星空、饮食男女，都在这里出现了，它们各自呈现了不同的气势、格调、风貌和情感，给人们以不同的美感与情趣，这就使得文章的风神骨力各臻其妙"①，而且更因为作品对"新国家""新人"这样的时代主题的呼应，从而凸显了伟岸的国家形象与民族形象。

"十七年"西部散文极大地拓宽了其可能的边界，西部作家自觉地以"西部的文化与环境"为背景展开叙事，值得注意的是，他们有意识地将"西部的文化与环境"审美化，在叙事中交叉呈现了西部地理的、历史的、文化的等多方面的内涵，而以西部人的活动为叙事的中心线索，则在很大程度上奠定了西部散文的基本样态。"十七年"西部作家不断向西部深处走去，以浪漫情怀抒写他们眼中的西部，"西部"第一次被大规模地展现在读者面前。"十七年"西部作家最早发现了西部美并且表现了西部美，对其后的西部散文影响深远。

碧野20世纪50年代初曾两度进疆，1959—1960年还任新疆文联委员。碧野的新疆经历使其有机缘走向西部深处，其足迹几乎踏遍了天山南北，西部雄奇壮美的自然风光、多姿多彩的民族文化和热火朝天的建设景象在其心中产生了强烈的共鸣，这使其连续创作了《我们的农场好风光》《在哈萨克牧场》《天山南北好地方》《边疆风貌》等散文集，其中多篇作品都可视为西部散文的上乘之作。碧野对西部散文的最大贡献，就是大规模地、全景式地再现了西部的地理环境。在碧野之前，很少有作家怀着如此饱满

---

① 汪柳：《彩墨挥洒绘天山》，见杜秀华编《碧野研究专集》，长江文艺出版社1985年版，第310页。

的热情耐心而细致地书写西部的自然山川，他是自觉将西部的自然山川作为审美对象的作家。更为重要的是，西部的自然山川在他的笔下展现出了极致般的美感，那雪峰、溪流、森林、牧场、雪莲等在阳光的映射下争相幻化出醉人的光影，那野马、野羊、草鹿、野牛、旱獭、野骆驼等野生动物信步穿行在高山、草地或密林之间，那明澈幽静的天然湖、那野果飘香的果子沟、那碧绿青翠的蘑菇圈，又勾起了人们几多遐想。碧野的目光所及，有西部河流如塔里木河、伊犁河、阿克苏河、开都河、玛纳斯河，有西部山脉，如天山、昆仑山、阿尔泰山，有西部盆地，如准噶尔盆地、吐鲁番盆地，还有西部荒原，如克拉玛依大戈壁、塔克拉玛干大沙漠。碧野可说是一个真正意义上的西部散文作家，他为其后的西部散文"如何将西部地理环境审美化"做出了示范。

李若冰自20世纪50年代初就和地质勘探队一起奔走于西部大地，他一路向西，从陕北高原到酒泉戈壁，再到柴达木盆地，多年的勘探生活，使其形成了深切的西部体验和认知，这为其创作散文集《在勘探的道路上》《柴达木手记》等积累了丰富的素材。作者曾这样回顾他的勘探人生与文学人生之间的关系，"从五十年代初，我到陕北石油探区跑了一转，发现感情上有某种难以分割的缘分，于是就欣然加入了石油勘探队伍的行列。我跟随他们奔向大西北，越过长城线，走出嘉峪关；一起爬祁连，登昆仑，走戈壁，入沙漠；一起在雪山上滚打，在寒夜里跋涉，在驼背上放歌，在沙窝里同眠。勘探者的生活是漂泊不定的，日日夜夜地跑，长年累月地跑，既尝到难以意料的苦味，又享受到人生莫大的快乐，生活充满着幻想、豪迈和绮丽的色彩。我完全沉迷在这种生活里了。我以能够成为勘探者中间的一员，感到由衷的喜悦。这本集子里收编的大多数散文，如从最初发表的《陕北札记》《勘探者的足迹》《在柴达木盆地》等开始，就是我和勘探朋友们一起在野外活动时候写的"。[①] 相对于碧野，李若冰的西部散文创作

---

① 李若冰：《柴达木手记·序》，人民文学出版社1981年版，第1页。

更执着，也更具延续性，从 20 世纪 50 年代初一直延续到 80 年代，他的文学人生与西部散文是分不开的。李若冰的西部散文虽然涉猎的题材范围不是很广，主要是野外勘探生活的书写，但他对西部散文样态的形成却是功不可没，是西部散文史上做出了重要贡献的作家。首先应该看到，李若冰真实呈现了西部环境的本相，其以近乎白描的笔法叙述了西部的苍凉、空旷和沉寂，他的观察细致入微，常常寥寥数笔便使西部的某种地理环境跃然纸上，并伴随着丰富的心理活动的展现。如《在柴达木盆地》中的这个段落："通往西北方的道路是荒凉的。一个人也看不见。前面是一望无际的戈壁。那被狂风吹起的小沙丘，和戈壁中孤独低矮的小树，时常会叫人迷惑一阵子。有时候，突然，眼前会闪过去一群惊慌的黄羊儿，它们飞跑着，白色的尾巴像小流星似的。有时候，一群野骆驼横立在大道上，痴呆地瞭望着，当人要接近的时候，它们才摇摆着头，托起步子，向山野里迅速地却又笨拙地跑去了。每天，我们总是怀着美好的想望，行走在崎岖不平的道路上，憩息在空旷的荒滩里。我们走了一天又一天，什么时候才能到柴达木盆地呢？什么时候才能看见一个人哩？在这里，能看见一个人那该多好啊！"[1] 作者在这里只"摄取"了几种西部的自然物象和野生动物，如"一望无际的戈壁""被狂风吹起的小沙丘""戈壁中孤独低矮的小树""一群惊慌的黄羊儿""横立在大道上的野骆驼""崎岖不平的道路""空旷的沙滩"，那千里无人烟、念之断人肠的凄惶便在人的心中陡然而生。但李若冰的本意并不在描述那些让人凄惶的西部场景，也不是要叙述西部的苍凉、空旷和沉寂，他更多的时候则是抒写西部在苍凉、空旷和沉寂的表象之下潜藏的温情、大度和慈悲。在他的笔下，西部有一种特别的美，那是一种大自然不加修饰的美，一种大浩劫之后的沉静、浩大、辽阔的美，一种充满英雄般感慨的美，那是一种真正的壮美和大美，李若冰就这样书写着他心目中的西部。李若冰的西部散文总是视野开阔而境界高远，意象新奇而

---

[1] 李若冰：《柴达木手记·序》，人民文学出版社 1981 年版，第 54—55 页。

笔力雄健，叙述语言透射着情感的温热，没有对生活热切的期望，没有对西部诚挚的眷恋，断然写不出这样富于诗性的文字来。

李若冰在其散文叙事中刻画了许多栩栩如生的人物形象，这些人物往往都着墨不多，但能抓住性格特征，三言两语便神形毕现。如身经百战而转战建设岗位仍豪情不减的慕生忠将军，如在戈壁荒滩上硬是栽植出果树和花卉的魏承淑老人，如潇洒活跃而好学敏感的小韩，如不善言谈而事业心极强的小丘。特别值得注意的是，作者在多处呈现了西部人的生活方式与情态，这对后来的西部散文启发甚大。譬如在《酒泉盆地巡礼》这篇作品中，就对酒泉城周末的生活盛况做了详细的叙述：每逢周末，孩子们都穿着新衣裳等待探矿或采矿的爸爸归来，妇女们则在为丈夫的归来准备着可口的饭菜，所有的百货公司都挤满了人，祁连秦剧社更是人山人海，夜间的石油新村不是放电影，就是举行歌舞晚会。尽管这是新兴工业区的生活情态的呈现，还不能代表西部生活的主流，但也透露出全面映像西部的态势。苍凉沉寂的戈壁荒滩，因为有了人的活动才显示出无限的生机，故对人的活动的书写始终是李若冰叙事的焦点，但他不是平铺直叙，而是能够做到情景交融，从视听、色彩、心理等层面立体性地进行叙述，读起来跌宕起伏、酣畅淋漓而又不乏让人反复回味的余韵。

在李若冰创作的西部散文中，《山·湖·草原》是一篇非常别致的作品，其别致之处就在于，除了对青海的地理环境做全景式的扫描之外，还特别对日月山、青海湖这两处名胜从实景、历史、传说、地方志等不同层面做了综合性的描述，这使作品显得空灵而富生气，实中寓虚，虚中有实，给人以无限的想象空间。西部有着极为深厚的历史积淀和文化传统，合理运用这些历史积淀和文化意象，是增加文本内涵密度的有效途径，所以，这篇作品对后来的西部散文无疑具有启示意义，对西部少数民族地区作家的启示性就更大。李若冰的西部叙事的独特之处，还在于其能将一个无限悲情的故事转化成一支催人奋进的战歌。唐初为稳定藏区文成公主远嫁藏王，她从此踏上了一条西行之路，穿越了陕、甘、宁、青、藏等省区，而这条路几乎是不归路，以唐代西部的交通条件和开发程度而言，其行之艰、其状之悲、其情之戚，都不难想象，面对眼前的坎坷路和人生的重大抉择，文成公主终日以泪洗面是完全可以理解的。金日、金月和倒淌河的传说，寄托着西部人对文成公主的同情与景仰，一个弱女子踏上这条西行路，虽然身心经受了难言的痛苦与折磨，但她毕竟成就了感天泣地的英雄壮举，因为踏上这条路，就是一个七尺男儿也不能不心存畏惧。文成公主走过的这条坎坷路，在李若冰时代已修筑了宽敞的公路，可想而知，那些修筑公路的人们一定付出了巨大的牺牲，一定创造了许多惊天地、泣鬼神的奇迹，这是新中国成立初西部建设者创造的光辉业绩之一例。神秘西藏的大门被打开了，现代生活正向着西藏"无限正常地而又豪迈地行进了"。如果说对日月山的描述因为历史和传说的介入而显得格外空灵的话，那么，其对青海湖的描述则因为地方志和古诗词的运用而显得底蕴充沛、妙趣横生，这无疑是李若冰西部叙事的创造。

我们用了较大篇幅介绍了李若冰的西部散文，这是因为，其与碧野等作家的创作奠定了西部散文的基本格局，在西部散文的发展史上具有重要意义。但李若冰等作家的西部散文创作也有其弱点，这就是由于过于注重对时代主题的张扬，而相应忽视了对西部民风民俗和农村生活（这是西部生活的主要形态）的表现。我们这样说，并不意味着"十七年"的西部作家就没有意识到这些问题，如柳青的散文特写就很注重对农村生活的表现，青海作家王歌行的系列散文《土族风情录》则有效弥补了西部风情录的空白，值得我们注意。

王歌行在新中国成立初就投身青海土族的土改运动，20世纪50年代中期，又参加了土族山乡的"普查"工作，其足迹几乎踏遍了土乡的每个角落。在土乡工作期间，王歌行从土族长者那里多次听到其创世史诗《心母思里》，深深地为这个弱小民族神奇的想象、丰富的情感和充满苦难的历史，以及生生不息的生存意志所打动，遂萌生了叙述土族历史和描述土族风情的想法。20世纪60年代初，王歌行陆续发表了以《土族风情录》为题的系列散文，作品真实地记录了青海土族的历史与现状，作者认为，"作为党的汉族文艺工作者，自觉地通过文学形式，历史地、具体地、真实地反映它的过去与现在，理应是义不容辞的神圣职责"。[①] 现在看来，这个系列散文的意义在于，作者能够从文化意识出发，对土族历史和民俗风情进行较为全面的审视与细致的叙述。例如，系列散文所记录的有关土族祖先赫汗布勒的传说，土族漂亮女子阿姑嘉姆索的故事，婚礼上娶亲人与娘家人的相互调侃对歌，婴儿"洗三"的乡俗，欢快喜庆的"安昭舞"，女人衣袖上象征性的彩虹七色绣等。这一切，既是对土族历史文化和生活形态的抒写，又是对土族民间审美趣味的直接表现，研究者认为，"这里有主流文化难以化约的民族民间文化中对自由的向往，对自然人性的尊重，以及积淀在这个民族骨髓中的奔放与洒脱，还有浸透于甘甜醇醪之中的梦幻与想象，可以说，王歌行正是切入了土族文化的肌理，触摸到了土族文化的精魂，才描绘出了这一幅幅色彩斑斓、诗意盎然的风情画"。[②]

西部散文在"十七年"期间取得了不容忽视的成绩，众多的作家为西部散文的成形做出了各自的努力，尽管他们对西部散文的贡献有大有小，譬如，李若冰、碧野等作家在这时期的创作成绩要相对突出，但正是由于众多作家的共同参与，才使西部散文引起了人们的注意。西部散文在"十七年"期间表现出的特征是，"西部"已切实作为散文叙事的基本背景而存在，"西部"有时直接被作为审美对象而展开，但西部作家并不满足于对西部浮光掠影的记录，而是不断走向西部纵深，立体呈现西部丰富的地理生态、人文生态和精神生态，西部地理的、历史的、文化的意象被陆续组构在散文叙事中，从而使西部散文显示了鲜明的地域性特征。在风格诉求上，这时期的西部散文普遍追求浪漫主义的抒情风格，极力塑造"大我"形象，表现出崇高的壮美特色。今天看来，"十七年"期间的西部散文依然具有其艺术感染力，"十七年"西部散文给我们创造了一种永远值得记忆的文学空间。

---

① 王歌行：《土族风情录·后记》，青海人民出版社 1983 年版，第 195 页。
② 刘晓林、赵成孝：《青海新文学史论》，青海人民出版社 2007 年版，第 92—93 页。

三 "西部"的隆起：深化期的西部散文

新时期是西部散文发展演进的一个重要时期，西部散文无论在题材领域的开拓、主题意蕴的生成，还是表现手段的创新和文体风格的多样等方面都取得了长足的进展，为西部散文的走向繁荣奠定了坚实的基础，这个时期我们可以看作是西部散文的全面深化期。在这个时期，西部作家对于题材形态的开拓首先值得关注，其中引人注目的是乡村题材、边地题材和荒原题材，这些题材领域与西部的地理环境和人文环境息息相关，能够将读者快速带入西部特有的文化时空。主题意蕴的生成方面，特别需要注意西部作家对于人与自然关系的体悟与书写，对于生命力的崇尚和对于民族历史文化的反思，这些主题意蕴是此前的西部散文所忽略的，而它们的生成，使西部散文焕发出了本然的诗性魅力。相对于探索期而言，深化期的创作队伍开始日益壮大，一些此前从事诗歌创作或小说创作的作家陆续介入散文创作，这些作家为散文文体的创新功不可没，散文在他们手中释放出了巨大的文体能量。西部散文在深化期的一个重要标志是，西部作家开始注重和形成各自的文体风格，从而使西部散文预示出这样的征兆——繁荣即将到来。我们在这一节，将围绕上述问题展开相应的论述。

乡村题材并不是在这个时期才出现的，丁玲创作于1944年的《三日杂记》可算是较早面世的以乡村为书写对象的散文。但丁玲等发轫期和探索期的西部作家，只是对乡村题材偶有涉及，并没有将西部乡村作为主要审美对象而展开，因此，他们的乡村书写还不具规模，"乡村"所潜在的审美可能尚未得到基本的呈现。乡村题材在深化期得到了较大程度的开拓，西部作家凭借此类题材，对西部地域文化、民俗文化、神秘文化的映像，以及对乡民文化心理的揭示，都使乡村题材显示出其重要性和不可替代性。贾平凹、刘成章、史小溪等作家都曾致力于乡村题材的书写，他们的共同努力使乡村题材在西部散文的题材系列脱颖而出，并使"乡村"成为一个能够传达多种文学意蕴的符号序列，贾平凹及其《商州三录》可视为代表。贾平凹在1983年和1984年，先后四五次深入故乡商州的乡村进行文化考察，先后发表了《商州初录》《商州又录》和《商州再录》（合称《商州三录》）。

贾平凹的《商州三录》是将西部乡村的地域风情作为一种审美实体而抒写的，在这些被抒写的地域风情之中，饱含着作者丰富的情感体验，负载着多重的文化意蕴，具有较大的隐喻功能。贾平凹不止一次地说过，他是个乡下人，是在山路上滚爬长大的，是故乡的大山养育了他，而他也慢慢读懂了大山。这就可以理解，贾平凹对于乡野自然的观照，将牵动他怎样的情思，商州的山石明月、草木溪流、莽岭荒野，乃至鸟叫虫鸣、水涨水落，无不寄托着他的乡土情结和真诚感动。在他看来，商州乡村虽是偏僻的、贫穷的，然而却是异常美丽的，具有魅人的文化氛围，这里有山寨古堡、石洞地穴，有十三个王朝的陵墓，老农在田间耕作，常常能翻出商朝的磬、周朝的樽，以及秦砖汉瓦。作者对乡村世界怀着持久的好奇心，并能将其所见所闻从审美的高度予以诗化抒写，你看那棣花镇的秀美、白浪街的奇特、黑龙口的险峻、龙驹寨的神秘，经过作者的诗化处理，让人看了叹为观止。作者对商州民俗的抒写，更使作品充盈着浓郁的生活气息，强化了作品的文学价值。《棣花》写到正月初一的社火，这是西部乡村的狂欢节，锣鼓只要在一个村庄响起，便村村应和，十几个小队的社火在正街集合，然后由西到东，再由东到西绕转，高跷队、狮子队、竹马队浩浩荡荡地来回奔走，所到之处鞭炮齐鸣，锣鼓喧天。作者写到迎亲，你看迎亲的队伍走在长满黄蒿的山路上，伴随着呜呜哇哇的唢呐声，两抬花轿简易却奇特，裹着红布，上边有一把座椅，新郎和新娘各坐一轿，轿子在山路上颠颠闪闪地被抬着走，一群未婚的后生扛着陪嫁的箱子、被子、单子、盆子、镜子等物件，老老幼幼则尾随在迎亲队伍的后边赶热闹。《商州三录》所叙述的极具地方特色的风俗不可胜数，有关涉婚丧嫁娶的、生儿育女的、节庆礼仪的、待人接物的各种风俗，这些风俗的呈现，为作品增添了无尽的魅力。《商州三录》的风俗抒写，引人瞩目之处，还在于神秘文化的渗透，神秘文化涉及人与人、人与自然、人与神的关系，举凡祭祀崇拜、避疾陋俗、禁忌问吉，乃至各种养生术、预测术和杂术，都属于神秘文化的范畴，作品中所叙述的神秘文化是作为风俗文化的一个重要部分而存在的，如这里的乡民崇拜鬼魂，于是便有了招魂、赶鬼等风俗，神秘文化与其他风俗文化一起构成了商州特有的人文环境。

《商州三录》对乡村题材的开拓与深化，主要体现在如下三个方面：重温乡土伦理的温情，追述家园情怀的美好和对变革大潮中乡村温情日渐淡化的怅惘。《商州三录》首先展现了乡村世界的温情，这里的人们重人情、讲信用，民风敦厚，俗尚朴野，人们生活在一种和谐的氛围中。《刘家兄弟》叙述了一个叫加力的老汉，他为了替兄弟加列赎罪，为四乡八村的人们盖房修院，却分文不取。《莽岭一条沟》讲到身怀医骨绝技的老人，得知自己医治过的恶狼曾残害儿童，不胜悔恨而跳崖自杀以谢罪。《白浪街》叙述了来自陕西、湖北、河南三省的人们，和谐地生活在同一条街上，他们没有新仇，也没有宿怨，各自保持着本省的尊严，但团结友爱却是他们共同的追求。在贾平凹的眼中，商州乡村是他的精神家园，是他的灵魂的栖息地，如其所叙，"外面的世界愈是城市兴起，交通发达，工业跃进，市面繁华，旅游一日兴似一日，商州便愈是显得古老，落后，撑不上时代的步伐。但亦正如此，这块地方因此而保持了自己特有的神秘。日今世界，人们想尽一切办法以人的需要来进行电气化、自动化、机械化，但这种人工化的发展往往使人又失去了单纯，清静，而这块地方便显出它的难得处了"。[①] 商州乡村被贾平凹描述为一个让人远离嘈杂、冷漠和烦恼的诗意世界，这里的人们过着一种安静、恬淡、自如的生活，他们惬意于山草山花的清香，陶醉于山溪山露的甘甜，不羡慕繁华的城市，也无意于功名利禄，

---

① 贾平凹：《商州初录·引言》，见《贾平凹长篇散文精选》，陕西人民出版社2003年版，第3页。

他们满足于粗茶淡饭、村舍茅屋，他们的脉搏顺应着山水的节律而跳动，他们从山水的变换中领略到了顺应自然的人生智慧，因此，这里的人们没有烦忧，也少了心灵的束缚。这样的乡村世界真是灵魂可以安家的地方。但经济大潮的冲击无处不在，即使偏远乡村也在所难免，伴随着社会生活的变革，商州乡民的内心也在经历着某种震荡，一些人已不再留恋土地，对祖宗的遗训也表现得漫不经心，他们开始向往城市，向往灯红酒绿，对发展商品经济跃跃欲试，老实淳朴的乡民几乎在一夜之间，变成唯利是图、自私贪婪的生意人了。作者面对这一切，不能不产生怅惘之感，这也使作品平添了几分沉重、几分厚度。总体来看，《商州三录》体现了"寻根文学"的特点，即作者紧紧围绕"文化基因"这个中心，多角度、多层次地进行了开掘，其将传统文化与现代文明交叉地呈现了出来，以当代的审美眼光去解读中国传统文化，因此，《商州三录》"被认为是贾平凹风俗文化散文创作的典型和高峰的标志"[1]。这个评价无疑是准确而公允的。

与乡村题材并行不悖的是边地题材，这类题材在西部散文谱系中不仅是一个特色独具的题材形态，而且也是一个值得反复研究的话语空间。边地书写属于一种极致的空间体验，包含着现代/传统、全球化/本土化、中心/边缘等多重矛盾及其张力。虽然边地书写不属于文学的主流，但由于它更多地关注和体现了历史积淀、民间话语和边缘文化，故此构成了观察中国问题的一个现实视角，而且也是能够在深层次上反省和把握民族文化心理的视角。研究者这样强调空间体验之于中国现代文学的重要性，"中国现代文学的诸多'现代'问题归根结底其实都属于这种极具中国特色的空间关系问题，诸如京派海派的分歧冲突问题，抗战时期国统区与解放区的文学追求及后者对于前者的整合所构造的当代文学性质问题，中国作家之于城市与乡村的矛盾体验的问题，文化中心与边缘之于中国作家的不同影响问题，乡土文学与区域文学的存在与发展的问题等，可以说正是这些空间

---

[1] 廉文澂：《贾平凹的散文观及其艺术风格》，《唐都学刊》2006年第2期。

问题构成了中国现代作家其他时间意识的基础,中国现代作家之于传统/现代体验的个体差异都可以在空间的分割与空间的压力差异中获得深刻的解释。"① 这个论断中其实始终都存在边地体验的问题,而从西部散文来讲,边地书写是作为一条重要线索贯穿于西部作家的创作之中的,如20世纪五六十年代,碧野、李若冰的散文开启了边地书写的先声,到八九十年代,许淇、张承志、周涛、马丽华的创作使边地题材得到了极大的拓展。21世纪以来,范稳、红柯、王族等作家持续探讨着边地题材可能的表述形态,他们往往能将笔触延伸到历史文化的深层,钩沉潜隐于历史文化深层的民族心理积淀,从而使边地题材更趋完形。许淇和张承志是新时期以来较早着力于边地题材的西部作家,周涛和马丽华在90年代的边地书写取得了某种标志性的成就。我们在这个时段主要讨论许淇和张承志涉及边地题材的作品,因为他们的边地书写具有承先启后的文学史意义,周涛和马丽华的边地书写我们在所列专章中将会加以介绍。

许淇1937年出生于上海,1956年"支边"来到内蒙古包头市,雄奇壮美的边地风光和边地少数民族的生活情调激发了他的创作热情,继1958年在《人民文学》发表处女作《大青山赞》之后,则一发不可收,到"文革"前的1965年,他先后发表了百余篇散文作品,1974年出版了第一本散文集《第一盏矿灯》。进入新时期,许淇重续了散文创作,并于1981年出版散文集《呵,大地》,1983年出版散文诗集《北方森林曲》,1986年出版《许淇散文选集》。我们在这里主要讨论散文集《呵,大地》,因其是新时期创作的边地题材的作品。许淇在这部散文集中,尽力呈现了边地特有的民风民俗、自然风光和历史文化,使边地题材彰显了其张力与魅力。内蒙古是一个有蒙古族、汉族、鄂温克族、达斡尔族、鄂伦春族等多民族聚居的地区,由于地理环境和人文环境的不尽相同,形成了不同的民族风俗。许淇的散文为我们展现了众多具有民族特色的风俗画,如《在鄂伦春猎乡》

---

① 李怡:《"重估现代性"思潮与中国现代文学传统的再认识》,载《文学评论》2002年第4期。

再现了鄂伦春猎人庆祝生日和林中围猎的风俗;《我和我的驯鹿依肯》叙述了鄂温克族以驯鹿求婚的习俗,陪嫁的婚俗和将尸体放置在树上的葬俗;《花的春潮》将我们的目光引向嫩江岸边,使我们领略了达斡尔族的民间风俗,尤其是打曲棍球的习俗;《贺兰山高草原宽》叙述了17世纪从新疆迁移到阿拉善草原的蒙古族的一个部落,他们赶着羊群、牛群、马群和骆驼队,驾着勒勒车,经过千里跋涉,来到贺兰山下扎根生存;《远方的喜筵》叙写了蒙古族传统的婚俗,包括迎亲、抢亲、成亲、嫁歌、酒歌等多种仪式;《车马大店》《乡村老画匠》《在峡谷里》《山村即景》《采风记》等作品,叙述了在河套平原、伊盟山川生活着的一群汉族人,他们养成了不同于内地的风俗民情,这里的人们爱唱一种名为"爬山调"的山歌,高亢的唢呐声抒发着他们或悲或喜的情感,头裹白羊肚毛巾的牧人远在峡谷深山中,隆冬时节的农人夜话在热炕头,逢年过节家家在窗纸上贴满新剪的纸花,灶台被抹得油光锃亮,炕沿上漆着绚烂的图案,躺柜擦得光彩照人。许淇还深入塞北高原纵横笔墨,映像着塞北的民族风情,由于天高地远,置身荒野,这里的人们似乎永远沿袭着一成不变的生产生活方式,这里的文化传统经历了岁月风雨的浸润、淬砺和剥蚀而愈加显得朴野与落后,但生于斯长于斯的人们,却与荒原野草、黄河故道、深山老林相适应,从那古老的生产生活方式升华而出的精神气质,成为了西部精神的必要构成。事实上,许淇描述边地各民族的风俗民情,是为了揭示出活跃于它们中的合理内核,即民族精神,如其所言,到民间去"采风","是了解历史的'风'在人民生活中激起的波澜,时代的'风'在人民心中产生的动力"[①]。他关于民俗风情的叙述,是为了彰显民族精神的存在,这民族精神就是西部精神,是激励西部各民族生生不息的原动力。

许淇对于边地风光的抒写是匠心独运的,他集作家与画家于一身,能够以画家的审美眼光看待边地风光,对于他来说,作文犹如作画,于是就

[①] 许淇:《许淇散文选集》,内蒙古人民出版社1986年版,第217页。

出现了一幅幅边地风光图。譬如,扎龙保护区的仙鹤行吟图、伊敏河畔的夕阳晚照图、贺兰山巅的放目眺河图、阿拉善草原的吉普越野图,还有深山月夜渔猎图、沙漠驼队跋涉图、荒径马车雨奔图、旷谷空山无人图,乃至山村雾景图、毡包望星图、球赛万人图,以及牧羊图、围猎图、夜宴图、娶亲图等。作者所到之处,都绘景状物,将边地风光绘声绘色、历历在目地呈现在人们面前,且看其描绘的这个塞北群峰图:"我看到一幅恢廓的图景,不由得我站立在车上,俯瞰眼下绵延的群山,千重万重,一直和很远很远的白云相连;远山青苍紫黑,映衬着受阳光照染的部分,仿佛用纯金铸成。飞行的云朵投射幽蓝、幽蓝的暗影,烟似的潮似的没过这个峰尖,投向那个浪谷,清晰地凸现出峡谷里的村落、蒙古包、散漫的牛羊……强劲的风从天外吹来,奔雷一样地轰鸣着,去追赶野马疾驰般的群山;风扯动我的头发和衣领,呛得我喘不过气。"① 这个塞北群峰图显示了作者过人的观察力,色彩的运用尤为出色,看这些词语,"白云""青苍""紫黑""金黄""幽蓝",作者似乎是在画一幅油墨画,浓墨重彩地描述着群峰,给人以强烈的印象;动词的运用也很精到,如"投射""投向""轰鸣""扯动""追赶"等动词的采用,将塞北高原那苍山如海、万壑奔涌的气势生动地呈现了出来;作者还善于以动来表现静,群山竟然如"野马疾驰",可谓想象奇绝,用笔如椽,将塞北高原阔大、辽远而峥嵘的气象表现得淋漓尽致。许淇对于边地的感受是强烈的,感情是真挚的,认知是全面的,思考是深入的,这是他能展现边地无限风光的秘诀。他如是说,"若当一个风景画家,首先应该去把握住自己国家异于其他地域的特殊景物,再进一步,透过这些特殊景物去把握住民族的灵魂。在他的笔下,一草一木,都应该是他性格的外延,是艺术家人化了的自然"。② 诚如许淇所言,他笔下的边地风光,不是纯客观的描写,而是其"性格的外化",是"民族的灵魂"的再现,是浸染了其情感情绪的"人化了的自然",传达着其对边地的深情。

---

① 许淇:《许淇散文选集》,内蒙古人民出版社1986年版,第160页。
② 同上书,第156页。

张承志于1989年出版第一本散文集《绿风土》，在1990年完成长篇小说《心灵史》的写作之后，他的创作开始转向。《绿风土》的问世，标志着张承志的创作进入散文时代，此后他先后出版《荒芜英雄路》（1994年）、《清洁的精神》（1996年）、《牧人笔记》（1996年）、《鞍与笔》（1998年）、《以笔为旗》（1999年）、《一册山河》（2001年）、《谁是胜者》（2002年）、《聋子的耳朵》（2007年）、《你的微笑》（2010年）、《涂画的旅程》（2011年）、《相约来世：心的新疆》（2013年）等散文集。《绿风土》虽然是张承志的第一部散文集，但收集了他极看重的数篇作品，如《初逢钢嘎·哈拉》《荒芜英雄路》《背影》《北方女人的印象》等。《绿风土》共分四辑，收录的作品并没有一个统一的线索，第1辑中的九篇作品，主要叙述了其1984年前后访问蒙古、西德、日本、美国四个国家的旅途经历与心灵感受；其他三辑则有叙述边地经历的、阐发关于民族历史文化见解的，以及阐发文学主张、人生思考和学术研究的随笔性散文，我们在这里主要讨论其边地叙事。人们必然要问，《绿风土》中的边地叙事到底给西部散文带来了什么呢？我们认为，边地的神圣化、边地意象的创造和历史事件的追问等值得关注，它们是这部散文集里边地叙事所表现出的较为明显的取向。

张承志在《绿风土·编后小记》中说，"我希望我这回又一次勾勒了我立命的三块大陆——内蒙古草原、新疆文化枢纽、伊斯兰黄土高原"。[①] 作者的表白，说明他对这部散文集最为看重的是边地叙事。在他的眼中，边地是神圣的，边地的人，以及边地的草原、大漠、黄土地，乃至黑色的骏马、湍流的河水、辽阔的牧场，统统被他神圣化了。这里的人们没有太多的雕饰，也没有太多的实用主义，他们的生活可能贫穷、艰难，但从不缺少激情，表现出来的却是精神层面的高贵。《金钉夜曲勾镰月》是这样叙述边地人的生活激情的，"新疆比内蒙古复杂得多，它要求人的感性有血缘般的先天色彩"，"你能想象他们在激动时跳一次高么？你能想象他们突然骑

---

① 张承志：《编后小记》，见《绿风土》，作家出版社1992年版，第293页。

着自行车不知不觉唱出声来么?你能想象他们因为在魏公村胡同的维吾尔族人小吃铺里吃了顿拉条子而真正发自深心地喜悦和满足么?"① 同样是在这篇作品中,作者还叙述了一个维吾尔族乞丐,这个乞丐近乎嘶哑的歌声唤醒了作者"浪漫的血性",因而"在我的心中矗立的诗人歌手不是惠特曼及其附和者,而是一个嘶声唱着满身褴褛的维吾尔乞丐。1976年我第一次看见他时他的粗哑怂怂的歌子和傲慢不驯的眼神就攫住了我,十年来我反复品味着那乞丐,从中我感到了真正的高贵,这种高贵我没有在任何一个诗人身上发现过"②。一个乞丐身上能表现出"真正的高贵",这竟然是"我没有在任何一个诗人身上发现过"的,作者的赞叹无疑是真诚的,他从这个维吾尔族人的歌声中,体验到了一种美的力量,这种力量远远超越了世俗,超越了如潮如涌的喧嚣。张承志还在边地少数民族的精神世界里,发现了一种神圣的体验,这是他在都市社会绝难体验到的,在贫穷、兵乱、灾荒的年月里,那些颠簸于死亡边缘的回族人表现出了非凡的生命力,他们可以忍受一切苦难,可以在荒寒贫瘠之地顽强地生存下来,而保留着心中的圣地,追求着崇高的精神境界,作者不由得对"北方女人"发出了这样的赞叹,"我听过的斩尽杀绝太多了。我听过的寡妇村、无人村太多了。我因为已经走遍了这片山区所以我才能够震动:一些冥冥之中从不抛头露面的女人们,她们在不断制造着一个最强悍自尊的民族,靠着血的生殖和糠菜洋芋的乳水。"③ 对于张承志来说,边地草原犹如他的精神之母,涵养了他的血性,涵养了他的英雄情怀,涵养了一种原始的、带有强力的生命冲动,他热爱草原,热爱草原母亲,这同样是对边地的神圣化。他是这样描述草原额吉的,"我站在她的身边。一天我觉得自己像个英雄力士般站在她身边时,我突然忆起那年她在山坡上教我骑马;那时她就像此刻正一边爽声大笑一边高声嚷着的,她的儿媳妇一样","我站在她的影子里看清了

---

① 张承志:《金钉夜曲勾镰月》,见《绿风土》,作家出版社1992年版,第151—152页。
② 同上书,第153—154页。
③ 张承志:《北方女人的印象》,见《绿风土》,作家出版社1992年版,第288页。

所有蒙古草原的女人","她们像一盘旋转不已的古老车轮,她们像循年枯荣的营盘印迹,在她们酷似的人生周始中,骑手和摔手们一代代纵马奔来了。"① 有研究者认为,"张承志恰恰在边塞的文明中找到了自己心灵的对应物。他在苍茫的戈壁和葱绿的草场之中,捕捉到内心所需要的东西。大块大块的底色之中映衬着他自己的心绪,在苦苦地追求、探寻的双眸里,我感到他急于寻到精神归宿的心境。他自己立命的三块大陆,与其说有很高的认识价值,不如说具有浓厚的审美价值,它为我们的作者提供了十分惬意的底色"。② 这个论断准确把握住了张承志将边地神圣化的精神和情感依据。

张承志在《绿风土》中创造了众多的边地意象,有关于边地自然环境的,有关于边地人文环境的,有关于边地人的,也有关于边地历史文化的,这些边地意象承载着作者丰富的主观情思,寄寓着作者对人生经历的回顾和对人生真谛的领悟,它们融注了作者的情感激流与价值判断。创造这些边地意象的意义在于,由于其携带着多种西部信息,能够使读者迅速进入边地时空,触摸到边地特有的地理人文环境,从而帮助读者建构起具象化的富于内蕴的边地形象。张承志这方面的领悟与创造,对于提升边地题材的审美价值无疑具有重要的启示性。关于边地自然环境意象,我们不妨品鉴"阿勒泰夏季牧场"意象,"肥美的绿草无声地涌着,五畜归牧,毡房上的炊烟浓浓。远方有些骑手的影子在疾忽地闪着,像在捕一匹马子。浴着最后一抹金晖的山坡上,两条狗终于舒服得禁不住伸伸懒腰,然后打着滚滑下坡来。女人们悄然游来游去,孩子们默默地盯着凝视。沉甸甸的蓝黑降下来,溶进苍茫的夕照。一位哈萨克老者恭敬地把手抚住胸,好像朝我们问了好。他背后有一道蓝醉的溪水,静静地碎成斑斓的紫缎色"。③ 作者所描述的这个夏季牧场,表现了边地草原特有的自然环境,它犹如一个自

---

① 张承志:《北方女人的印象》,见《绿风土》,作家出版社1992年版,第290页。
② 孙郁:《"绿风土":张承志的圣火》,《当代作家评论》1992年第3期。
③ 张承志:《荒芜英雄路》,见《绿风土》,作家出版社1992年版,第180页。

在的桃花源，这里野花盛开，景色壮美，一派生机勃勃的景象，这里的人们生活得自由、和谐、快乐，作者欣赏这里的一切，对这里的一切都充满了深情，这是作者能创造出这个意象的原因。诚如作者所言，"在我的意识中，我从未把自己算做蒙古民族之外的一员。我更没有丝毫怀疑过我对这种牧民的爱与责任感"。① 我们再看"汗乌拉小学"意象，"1970年春，我正在东乌珠穆沁茫茫无边的大草原上，衣衫褴褛地和一伙肮脏的孩子在一起迎送我们的生涯。那就是我们的汗乌拉小学。可悲的油印的'乡土教材'，每人一把炒米和一小块砖茶，一头壮健的牛和一顶黑污的毡房，还有那快活嘹亮的童音齐唱的歌声。我一直认为那是我一生中最有意义的一段生活，也是我显示我这个人的能力最充分最酣畅的一段历史"。② 这个意象将我们拉向边地艰难岁月的人文环境，那个时期的边地，除了物质的极端贫乏，文化生活也极为匮乏，即使这样，"我"仍然非常怀念那段生活、那段历史，因为"我"充分展示了个体的创造性，"我"从那种创造性生活中体会到了人间最美的温暖与快乐。边地人意象上文其实已有涉及，如草原额吉、"北方女人"，需要注意的是，边地人意象不同于边地人形象，因为在这些"意象"中，融合了作者更多的关于人生哲理的思考。且看这个"牧民"意象，"牧民在生活中的一个个影子在晃动着，仿佛在与我进行着一种纯学术的讨论。他们那么豪爽剽悍又老实巴交，那么光彩夺人又平淡单调，那么浪漫又那么实际，那么周而复始地打发生涯又那么活得惊心动魄。他们的生活那么洋溢着古朴动人的美又那么迟滞而急需前进"。③ 这里的"牧民"显然是一个抽象的群体，是作者所创造的一个意象，这个意象聚合了牧民的共性特征，是对牧民性格与生活的概括性抒写与反映，渗透了作者对于牧民的深情厚谊，也表达了作者对其未来命运的些许隐忧，这个意象的内涵之丰显然不是"牧民"形象可比的。作为一个历史学者，张

---

① 张承志：《初逢钢嘎·哈拉》，见《绿风土》，作家出版社1992年版，第105页。
② 张承志：《又是春天》，见《绿风土》，作家出版社1992年版，第96—97页。
③ 张承志：《初逢钢嘎·哈拉》，见《绿风土》，作家出版社1992年版，第106页。

承志对于历史事件的追问与思考，往往能突破正统的认知而赋予新的内容，他多采用创造历史意象的方式，以曲折地表达他的思想，如其创造的"李陵叛国"意象，"我心中轰响着李陵的句子：子归受荣，我留受辱"，"不知为什么那样感慨击心。好像在判断着将来冥冥中的一个朦胧前途。杭盖北麓一片静寂，雪白的毡庐纯洁得难以置信。我吸着清冷醇浓的空气，总怀疑这宁静那么不稳定。静若处子，动则如虎，人在不测中遭逢这种前途并不是不可能的。尤其是当他无家可归，祖国执行不义的时候，叛变也许是悲壮的正道"。[①] 李陵是一个充满了悲剧色彩的历史人物，是一个失败的英雄，李陵在不得已的情况下假降，以图日后重返故国，但汉武帝听信谗言，诛灭了李陵三族，斩断了他的归路，从此他报国无门，假降变成了真降。作者创造的这个"李陵叛国"意象，弥散着一种悲壮的沧桑感，这种沧桑感能深度撞击人的灵魂，使人深切感受到作者对经历了剧烈创痛的历史悲剧人物的同情。张承志深受边地文化与边缘文化的影响，并由此生成了一种审美情绪，他常常将这种情绪带到对中华民族文明史的考察之中，从而使其表述显示出历史的厚重感，这在《荒芜英雄路》《历史与心史》《雪中六盘》《金积堡》等作品中都表现得比较明显。

荒原题材是这个时段值得详述的另一个重要的题材形态，这种题材形态同样可以追溯到碧野、李若冰等作家的创作，当他们走向西部深处，其实也就走向了西部荒原，但他们的荒原叙事，重在呈现"改造"，而新时期以降的荒原叙事，已发生了叙述的转移，我们这里主要讨论新时期西部作家就这个题材形态的开拓性表现。说到荒原题材，我们有必要先澄清与其相关的另一个概念：荒原意象。荒原意象在西方文学传统中可谓源远流长，它早已超越了荒原的本义而被赋予不同的精神象征功能，到了20世纪，西方文学表现出巨大的哀伤情调，它更多的是对西方文明的绝望和对精神无所寄托的悲伤——于是，"走向荒原"便成为西方作家一种重要的价值选

---

① 张承志：《杭盖怀李陵》，见《绿风土》，作家出版社1992年版，第40—41页。

择，但正如研究者所言，"从世纪之交的杰克·伦敦到卡夫卡、艾略特，荒原完成了由自然化向心灵化的转换，当人们的进击对象由自然的荒漠向精神的荒原转化后，他们发现这个精神的故乡比自然的家园更难以接近。"[①]可见，荒原意象在西方文学中经历了从自然化向心灵化的转换过程，并在这种转换中使荒原的本义渐趋消失。需要注意的是，由于文化背景和文学传统的不同，我们在这里将要讨论的中国西部作家的荒原叙事，虽然与西方文学的荒原意象有某种关联，也就是说，虽然也有精神象征的能指，但它的着眼点更集中于荒原的本义。荒原的本义是"荒凉的原野"[②]，即那些人烟稀少而冷清凄凉的空旷之地，西部的戈壁荒滩、草原大漠、荒川旷野、峻岭雪域等都属于荒原范畴。

所谓荒原叙事，我们认为，即叙述置身于荒原情境中的人的种种生存事件和心灵事件，以及人性在自然事件中的衍变轨迹。荒原叙事因为题材形态的特殊性，在主题形态上更接近人的本质存在，而在自然意象的把握和叙述意境的营构中所生发的美学内涵，都使其成为西部散文谱系中重要的叙事类型。荒原情境更属于一种极致体验，因为远离人群，故置身于这种情境中的人的社会性大为减弱，而在复杂的社会性关系被清除之后，人的问题空前地凸显出来。某种意义上说，荒原只有在与都市社会的两相比照中才会显示出其全部特殊的意味。诚如周涛所述，"有一个简单的道理，长期生活在城市繁华里巷的人不易知道。那就是，当人被置于阔大的背景之上时，就很容易原形毕露。孤独的人，被放置在海洋、天空、茫茫的荒野或群山之间，他的社会联系被隔断，文化的鳞片一点一点剥落，这时候，不管他是绝顶的聪明还是高度的愚蠢，他都会有一种不可言传的情绪升起来，笼罩住他，使他凄凉、悲哀，感到

[①] 刘成纪：《西方现代荒原精神流变观》，载《郑州大学学报》（哲社版）1994年第6期。
[②] 韩敬体等编：《汉语新词典》，汉语大词典出版社、商务印书馆（香港）1996年联合出版，第344页。

自己是那样软弱空虚无力，仿佛一下子失落了整个早已习惯了的文明意识。"① 如果说在都市社会，人是通过与"他者"对话以确认某种人性的话，那么，荒原情境中的人则通过与自我、与大自然的对话来获得人性的认可，与自我的对话形成了心灵事件，而与大自然的对话又形成了生存事件。这也就不难理解，荒原叙事总是呈现出人性与自然的双重变奏——人性的自然化和自然的人性化。在荒原情境中，人必须抛弃那些矫揉造作和虚情假意，真诚地面对自我、面对自然，人才能够适应荒原而存在，这个适应过程就是人性的自然化过程；同时，荒原在人的文化行为中变得不那么狰狞、那么可怖，荒原有类似于人的喜怒哀乐，有类似于人的价值取向——荒原分身为无数具体的自然物，花花草草都具有人的情感，这种文化行为的过程就是自然的人性化过程。还需要注意的是，荒原叙事与我们前文所述边地叙事有着相同点与不同点，荒原有时就是边地，而边地有时就是荒原，它们之间可能存在外延上的交叉，但它们之间的区别还是比较明显的。如果说边地叙事重在叙述作者对于边地的风情民俗、民族精神以及历史文化的呈现与揭示，那么，荒原叙事则重在叙述作者置身于荒原情境时的心灵感受与人性感悟。这就是说，尽管荒原叙事与边地叙事有交叉，但其区别点却显示了这是两种不同的叙事形态。我们将结合作品对这种题材形态进行解读。

自然的人性化是荒原叙事表现出的第一个特征。置身于荒原情境，要么你相信神的存在而从荒原获得启示，要么你不相信神的存在而被荒原所遗弃，没有信仰的人无法在荒原情境持续生存。那么，神又是什么？神是人与荒原的心心相印，神也就是"自然的人性化"的文化心理过程。只有你心中有神的存在，你才能感受到荒原世界的伟大超迈和高远淡泊，也才能让你的灵魂飞升起来。弗雷泽曾将这种文化行为视为一种宗教，"我说的宗教，指的是对被认为能够指导和控制自然与人生进程的超人力量的迎合

---

① 周涛：《蠕动的屋脊》，见《周涛散文》（第1卷），东方出版中心1998年版，第91页。

或抚慰。这样说来，宗教包含理论和实践两大部分，就是：对超人力量的信仰，以及讨其欢心、使其息怒的种种企图。这两者中，显然信仰在先，因为必须相信神的存在才会想要取悦于神"。① 打开马丽华的《藏北游历》，"自然的人性化"可说是其叙述的一个发力点，在第一章《西部开始的地方》，作者不厌其烦地叙述了有关唐古拉山的种种传说。唐古拉山坐落在当雄草原上，是莽莽苍苍的一大片冰封雪岭，其主峰为当拉山，海拔7000多米，它在皑皑的雪山丛中最为高峻，凡是沿青藏公路去拉萨的人都能看见它的高峻。藏民们崇拜唐古拉山，将它视为神山，视为数以百计的保护藏北人的神山之首，"人们无论走在藏北的什么地方，都可以听到有关念青唐古拉和纳木湖最古老的和最新鲜的传说。这一点很容易解释：神山圣湖都是有生命的，它们的故事当然应该继续"。② 这对神山圣湖外貌雍容华贵，传说还施予它们无上的财产和权力，它们是神界贵族，湖畔草原是它们的牧场，四周山族是它们的佣人，那些佣人山各负其责，有放马的、放牛的、牧山羊的、牧绵羊的，还有磨糌粑的和喂狗的，民间传说中的念青唐古拉大神的形象令人感到亲切，充满人情人欲，由于它的狭隘和嫉妒，就越发可爱了。念青唐古拉至少还有另外两位夫人，一个是羊八井的白孜山，一个是尼木县马尔姜乡的其姆岗噶山。作者对这些神话传说的叙述，显然增加了行文的趣味性与文化意味，事实上，藏北作为中国最大的荒原地带之一，倘若没有宗教信仰，没有神话传说（主要是"自然的人性化"），这里生活着的人们将难以度过漫长的岁月，可见作者抓住这一点展开叙述是合乎情理的。

人性的自然化是荒原叙事表现出的第二个特征。在荒原情境生活着的人们，总是抑制不住对荒原的近乎神圣的敬畏与赞美，并由此生发出人们对自然生命状态的向往与模拟，久而久之，人的心灵得到了净化，人也就能够从延绵的雪山、神秘的莽林、空旷的旷野、无涯的戈壁中，领略到荒

---

① [英]詹姆斯·乔治·弗雷泽：《金枝》，徐育新等译，大众文艺出版社1998年版，第77页。
② 马丽华：《走过西藏·藏北游历》，作家出版社1997年版，第22页。

原给人的最深情的目光和抚慰——这个过程是人性与自然双重变奏的过程。且看马丽华在《西部开始的地方》对荒原的抒写,"这是博大苍凉的藏北之魂的写照:已返青的草场仍以枯黄为主调,只泛着细细碎碎的绿,牧草稀疏短浅,从不会临风摇曳,这是藏北腹地独有的景致;孤零零的牦牛头,瘦筋筋的牧羊狗,天地间无与伦比的空旷、纯净与明亮,无一不是非此地莫有"。① 荒原广阔无边,莽莽天地间有着无与伦比的空旷、纯净与明亮,置身于这种情境,一切所谓的患得患失都显得无足轻重,一切来自于社会层面的荣辱利害都被荡涤一空,这里只有自然与人,只有自然与人的对话,人只有适应自然才能更好地生存下去,这个文化心理过程,就形成了人性的自然化。在《藏北:一片不可耕的土地》中,马丽华叙述了牧人顺应自然的生活方式,"牧人代表了人类,悲壮地占领着这片高地。生活就这样被固定下来:以牛羊为生命,以日月风雪为伴侣,与自然万物比邻而居,成为大自然一个元素"。这种顺应自然的生活方式,造就了牧民人性的自然化,他们几乎无欲无求,没有贪婪,没有苦难感,甚至也没有挫败感,他们认为一切都是命中注定的、天经地义的,"前辈就这个样子,后代也就这样子了吧。就像我从文部到双湖途中,所见那位盘坐在蒙式炉前的牧人,左手握着羊皮风袋,右手向炉内撒羊粪蛋儿的情景时,脑海里不期然闪现的那句斯文的话:'他以祖先的姿势坐在那里'"②。也许,有人会认为牧民"不思上进","不求改变"是人性的堕落,但人的力量与荒原的广阔无边相比,又算得了什么呢?荒原是不可改变也无法改变的,既然如此,就只有适应荒原,适应季节的变化,更重要的是要心平气和,要化解心中的怨愤,一代又一代的牧民早已知晓,走向人性的自然化才是他们唯一的通途。

叙述作者在荒原情境中的人性感悟是荒原叙事表现出的第三个特征。身处空旷无际的荒原地带,你或者与自然对话,或者与自我对话,与自我对话叙述的是一种心灵事件,往往走向对人性的领悟,我们不妨以周涛作

---

① 马丽华:《走过西藏·藏北游历》,作家出版社1997年版,第64页。
② 同上书,第101页。

于1987年的长篇散文《蠕动的屋脊》为例,来把握荒原叙事的第三个特征。《蠕动的屋脊》在开篇,就叙述了"我"有一天从梦中醒来,仿佛听到了"神谕","神谕"告诉他,应该到世界屋脊去走走。通读全文,我们不难发现,这"神"就是大自然,就是荒原,而"谕"就是人性启示与人性感悟。很显然,作者在开篇已经奠定了叙述的基调,那就是参悟人性,文中有关人性感悟的叙述很多,我们可列举两个有代表性的略加分析。我们先来看作者创造的"黄铜茶炊"意象,作者一直没有解透诗人昌耀赠予他的两句诗——"前方灶头/有我的黄铜茶炊",当其在通向"屋顶"的路上,才发现昆仑山脉犹如一个"灶头",昆仑山脉那起伏翻滚的山丘则犹如一个个"黄铜茶炊","黄铜"指山丘所呈现的古铜色,"茶炊"则指山丘的不规则,山丘就在那儿,不管丑陋也好,美观也罢,均以本原模样示人。那么,当作者看到荒原上这"黄铜茶炊"的时刻想到了什么?"前方没有巅顶,不是终点,更非领奖台和极乐园,而是'灶头';人生所能真实求得的东西,也不是封号或冠军,而是'黄铜茶炊'","这固执的彻悟,平静的珍惜,把远的、大的看近看小,把朴素的、寻常的看出辉煌来,时隔几年我才掂出了这平淡诗句里所含的分量"。[①] 我们不难推测到作者的意思,其从"黄铜茶炊"这个意象领悟到,人生历程就是不断走向"本性"的历程,只有找到"本性"的人生才有高度,才有境界,这是作者与荒原、与自我在对话中逐渐领悟到的。作者对荒原的感受是强烈的、深刻的,这也注定其将不断解开人性的密码,我们且来看其创造的"昆仑山月"意象。"昆仑山的鬼月亮,又大、又圆、又低。这月亮本是同一个,看起来却像是昆仑山自家独有的一轮,苍白的第一,凄清的冠军。一看就知道它准是那'秦时明月',夜深还过女墙来。想告诉我们什么,却又不语;不告诉我们什么,却有满面清光如泣如诉。"这个昆仑山月意象,使我们仿佛置身于昆仑山那如梦如幻的情境中,这是我们完全陌生的一种荒原情境,在

---

① 周涛:《蠕动的屋脊》,见《周涛散文》(第1卷),东方出版中心1998年版,第85页。

这样的情境中，我们所熟悉的一切似乎已经远去，而月光、自我却开始膨胀。月光是这样膨胀的，"这纯粹又是一个夜半钟声到客船，月光的钟声，明亮的无言，是跨越了一切界限的永恒诗句，超脱了一切现实藩篱的伟大音响，是叮咛，是怀念，是生者对死者的拥抱，是死者对生者的接见……只有在这样的月光下，在这庞大而又宁静、蠕动而又肃穆的世界里，才能产生奇幻，产生比真实更可信赖的奇幻"。这段描写可谓鬼斧神工，作者纯熟地运用了通感、博喻等文学手段，将月光下昆仑山中所见、所闻、所感立体地呈现了出来，而呈现这一切是为了引出这样一个问题：奇幻有时比真实更容易被信赖。月光的膨胀引发了自我的膨胀，"我"同样被带入奇幻与真实难以分辨的困惑中，"我们是谁？是蝴蝶化成的庄周还是庄周化成的蝴蝶？是无尽的群山驮着我们移动还是我们其实正和这些山一起在月下蹲伏了300万年？我们从哪里来？（问得好）我祖宗是伟大残忍的马上取天下的帝王，也是善良愚钝土里刨食的农民。我们到哪里去？不知道也不清楚"。① 我们是谁？我们从哪里来？我们到哪里去？这些关涉人类存在的根本性问题，在荒原情境中被凸显了出来，也许只有在荒原情境中，这些问题才会如此清晰地摆在人们面前，而"我们是谁"却是问题中的问题，这个问题其实也是一个人性的根本性问题。作者虽没有直接阐述人性的具体内涵，但通过创造昆仑山月意象，却暗示了人性可能的摇摆性与朦胧性。

从以上分析可以看出，西部作家在深化期对西部散文的题材形态进行了深度的开掘，乡村题材、边地题材和荒原题材等题材形态取得了较大的成就。西部作家凭借乡村题材，对西部地域文化、民俗文化、神秘文化的映像，以及对乡民文化心理的揭示，都使这种题材形态显示出重要性和不可替代性。贾平凹、刘成章、史小溪等作家都致力于乡村题材的书写，他们的共同努力使乡村题材在西部散文的题材系列中脱颖而出，并使"乡

---

① 周涛：《蠕动的屋脊》，见《周涛散文》（第1卷），东方出版中心1998年版，第90页。

村"成为一个能够传达多种文学意蕴的符号序列。与乡村题材并行不悖的是边地题材,这类题材形态包含着现代/传统、全球化/本土化、中心/边缘等多重矛盾及其张力,虽然边地书写不是文学的主流,但由于它更多地关注和体现了历史积淀、民间话语和边缘文化,故此构成了能够在深层次上反省和把握民族文化心理的视角。许淇、张承志在这个时段的边地书写具有代表性。荒原题材是这个时段值得重视的另一个题材形态,荒原叙事的侧重点,在于叙述自然的人性化、人性的自然化和叙述者在荒原情境中的人性感悟。马丽华、周涛的荒原叙事可视为代表。

深化期的西部散文,在主题意蕴的生成方面也表现出相应的特点。例如,西部作家对于人与自然关系的体悟与书写,对于生命力的崇尚和对于民族历史文化的反思,这些主题意蕴是此前的西部散文所忽略的,而它们的生成,使西部散文焕发出了本然的诗性魅力,贾平凹、周涛、张承志、马丽华、许淇、史小溪、刘成章等西部作家的作品表现得相当明显。这个时段的创作队伍开始日益壮大,主要表现在,一些已取得文学成就的人陆续介入散文创作,此前从事诗歌创作的诗人,如周涛、马丽华,以及从事小说创作的作家,如张承志、贾平凹,这些作家对散文文体的创新和表达内容的丰富功不可没,散文在他们手中释放出了文体能量。从前文所举案例不难发现,周涛、马丽华的散文创作重视意象的创造和意境的营构;而贾平凹的散文创作表现出小说化的倾向,如其经常借助第一人称视角来叙述故事,某个人物成为叙述的焦点,从而使人物命运显现出鲜明的个性化特征,作者有时还采用舒缓的语调去叙述故事,以凸显出其对时代、社会的思考与批判。西部散文在深化期的一个重要标志是,西部作家开始注重和形成各自的文体风格,周涛散文的雄浑壮美、贾平凹散文的疏朗从容、张承志散文的激越深刻、马丽华散文的大气沉着、许淇散文的优美凝练、刘成章散文的激情昂扬等,都使西部散文创作走向了新的境界。深化期的西部散文在西部文学史上具有承先启后的重要意义。

四　流派的诞生：兴盛期的西部散文

西部散文在20世纪90年代获得了长足的发展，迎来了一个相对繁荣的时期，因其创作成就突出，被研究者视为"世纪末最后一个散文流派"[①]。西部散文在20世纪90年代的繁荣，很容易使人和这个时期的"散文热"联系在一起，并将其视为"散文热"中的一部分，这样看倒也无可厚非，因为无论如何，西部散文不可能完全脱离当代文学的整体语境而存在。20世纪90年代被人称为"散文的时代"，散文在这个时代的勃然兴起，与整个社会的转型有着密切的关联。有人指出，"90年代骤然升温的散文热，以最隐秘的社会阅读心理动机来看，是淡出政治的国人自觉或不自觉地规避政治话语的文学表现，是在风雨如磐的20世纪中，国人渴求摆脱长期的精神紧张与心灵重负，寻觅生命的温馨、轻灵与圆润的一次集体尝试。无论读者还是作者，都是在这两种意义上找到了他们之间的精神默契。"[②] 这是从社会心理层面，对散文热的兴起做出的阐释。还有人分析了散文热兴起的外部原因与内部原因，认为"外部原因是生活节奏加快，人际交往加多，竞争程度加剧，心身疲惫加重。人们在少得可怜的业余时间里，愈加相对需求心灵的轻松与消遣、精神的寄托与宣泄、知识的补给与校正、灵魂的安慰与解脱。于是，人们在寻找着适应这一切需求的文体形式"，"内部原因是从大散文概念上看，散文是最自由的文体"，"正是这种自由和随意，这种无所不包、无所不在、无所不能、无所不备，使人们在上面提及的寻求之中必然选择了散文"。[③] 散文热的兴起与持续，客观上为西部散文的广泛传播创造了极好的时代氛围，全社会都在关注散文，西部散文当然也在

[①] 范培松：《西部散文：世纪末最后一个散文流派》，《中国文学研究》2004年第2期。
[②] 谭桂林：《散文热的文化透视》，《理论与创作》1997年第1期。
[③] 孙武臣：《解说"散文热"》，《文学报》2001年3月1日第3版。

关注之列，这对西部作家来说，大大增强了其创作自信，也使成长中的新生代看到了西部散文的发展前景。尽管如此，我们却不能认为西部散文的兴盛，完全是对散文热的回应，我们只能说西部散文的兴盛恰逢其时，顺应了文学发展的时代潮流。从更深层的缘由上来说，西部散文在20世纪90年代的兴盛，是西部散文自身发展演进的必然趋势。经过30年代至40年代的发轫期，"西部"开始了散文化的历程；从50年代初到70年代末，西部作家已不再满足于对西部做浮光掠影的记录，而是不断走向西部纵深进行探视，立体呈现了西部丰富的地理生态、人文生态和精神生态，从而使西部散文显示了鲜明的地域性特征；70年代末到90年代初，是西部散文承先启后的发展时期，众多作家的加盟，三大题材形态的基本确立，风格形态的多样化表现等，为西部散文的走向繁荣提供了极大可能。

20世纪90年代西部散文的繁荣，表现在如下几个方面：首先，是西部散文的创作阵容空前壮大。如果说80年代的西部散文创作以中生代作家为主要力量（如张承志、周涛、贾平凹、马丽华等），老生代作家为辅助力量的话（如杜鹏程、李若冰、许淇等），那么，进入90年代，西部散文创作则形成了中生代作家和新生代作家平分秋色的局面。新生代西部作家的文学之路大多起步于80年代，那时的他们尚处于成长阶段，经过数年的历练，刘亮程、马步升、冯秋子、鲍尔吉·原野、尚贵荣、刘元举、刘志成、郭文斌、铁穆尔、王若冰等显示了强劲的创作势头。新生代西部作家大多有大学学习的经历，他们文学观念开放且思想活跃，他们对西部和文学有着同样深切的感情，他们更愿意以自己特有的审美眼光感知和抒写西部，其创作为西部散文带来了无限的活力。其次，是代表西部散文高度的作品纷纷涌现。张承志陆续推出了《荒芜英雄路》《清洁的精神》《牧人笔记》《鞍与笔》《以笔为旗》等引起极大反响的散文集，周涛推出了《稀世之鸟》《游牧长城》《兀立荒原》等有分量的散文集，马丽华在《藏北游历》获得极大成功之后，又接连推出《西行阿里》《灵魂像风》等长篇，杨闻宇推出了其代表作《绝景》，而新生代作家刘亮程的《一个人的村庄》、马步升的《一个人的边界》、刘元举的《西部生命》、鲍尔吉·原野的《善良是一棵矮树》等散文集的问世，表明新生代西部作家具有不可估量的创作实力。史小溪主编的《中国西部散文》，由东方出版中心1998年出版，分上、下两卷，该散文集的出版，在西部散文史上具有重要的意义。研究者认为，"它在当代散文中拉出了一道新风景，西部散文风景。第一次将西部散文作为新时期文学创作的一个现象提出来，使散在的西部散文创作成为一个群体，形成了集束的力量"。① 再次，是西部散文的三大题材形态趋于稳定，乡村、边地、荒原等题材形态被越来越多的西部作家所认可，并孜孜于各自的探索，西部作家借助于这些题材形态，从不同角度展示着西部的自然景观和人文景观，从奇诡而新异的民俗之中，从古老或新近的故事之中，开掘出西部人的文化心理内涵或象征性意蕴，发散着西部人的精神气质。下文将对其做相应分析，故在此不予展开。最后，是西部作家具有了引领潮流的魄力，"大散文"概念的提出，体现了西部作家渴望走出西部进而影响全国的散文走向，他们的"大散文"创作（如贾平凹、周涛、马丽华的实践）证实他们具有这样的能力，他们叙说着西部故事，张扬着西部精神，而有意与国内私语化、女性化、庸俗化的文风形成对照。研究者对此做出了精彩的概括，认为"这里看不到在当下社会文化和精神领域泛滥的那种物欲和小器，而是和西部高山大河，高天远云，和西部的生命悲剧感、历史人生感相适应的大气度、大境界。它和当下流行的那种小女人散文、小市民趣味、七零八落的小感悟，形成强烈的反差。它从总体上所涵纳的是一种高悬于西部宇空的形而上追求，这里有人与自然生命层次的对话和共振，有历史感和当代性、忧患意识和达观精神、文化封存和文化开放、民族主体意识和心态杂化的大交汇。其生命、历史、心灵和哲思信息的密集

---

① 肖云儒：《中国西部散文·序言》，见《中国西部散文》（上），东方出版中心1998年版，第5页。

程度，都是当下一些小散文望尘莫及的"。① 研究者的这个概括，将西部散文的精神取向阐释得清楚明了，揭示了其共同的特征。正是看到了西部散文繁荣的种种表现，研究者才将其视为"世纪末最后一个散文流派"。

乡村题材是这个时期被西部作家所倚重的一种题材形态，与深化期的此类题材相比，尽管西部作家仍重视地域文化、民俗文化、神秘文化的再现，重视乡民文化心理的揭示，但也不难看出一种明显的转向，即"乡村"的象征性越来越强，心灵的渗透与哲思的呈现成为许多作家把握此类题材时的共同表征。贾平凹在20世纪80年代，以《商州三录》极大地开拓了乡村题材的审美空间，对地域风情的再现引人注目，而在90年代，其乡村题材的创作中明显加大了心灵的渗透与哲思的呈现，这在长篇散文《我是农民——乡下五年的记忆》中表现得相当清晰。作者对苦难岁月中亲情的叙述细致入微，读来感人至深，如其叙述的"玉米地遇狼"的故事，"父亲"常常对"我"说起，一次抓丁，村里人都跑了，"祖母"抱着他在牛圈里藏了一天，黄昏时做饭吃，但家里已没了米面，用麦麸面在案板上拍成片儿，拿刀拨着下到锅里，没有盐，仅调了辣面。他吃得特别香，然后"祖母"背了他逃进苞谷地里，苞谷地里的狼多，"祖母"背着他，又害怕狼从后边把他叼去，就双手抓着他的脚，结果真的就遇见了狼，狼在地塄看他们，他们在地塄下看着狼，就那么对峙着，"祖母"突然背着父亲就地一滚，狼竟吓得转身跑去，稀屎拉在了地塄上。"祖母"对"父亲"的爱是深切的，尽管家里孩子多，也没有减弱其对"父亲"的疼爱，她抱着"父亲"在臭烘烘的牛圈里藏一天而不言其苦，又将仅有的一碗面给"父亲"吃，自己舍不得吃，在玉米地遇狼，"祖母"因爱子心切而毫不畏惧，敢于与狼对峙并最终吓跑了狼。作者以看似平淡的语气叙述了这个惊心动魄的故事，这平淡语气的背后，其实翻滚着一股情感的激流，那是作者对"祖母"和"父亲"的刻骨思念，是对苦难岁月里亲情的悲催追念。没有心灵

---

① 肖云儒：《中国西部散文·序言》，见《中国西部散文》（上），东方出版中心1998年版，第6页。

的渗透，没有情感激流的浸润，是断不会叙述出如此动人的故事来的。20世纪90年代乡村书写较为显著的内涵变化，就是对乡村与城市进行比照，而乡村自然就成了"家园"的代名词，这种内涵上的变化与城市化步伐的加快相关，那些来自乡村的城市寄寓者（有人称之为"乡下人进城"），对乡村与城市有着不同的价值判断，与城市相比，乡村虽然也不乏苦难，但终究是美好的，而城市尽管繁华，却是冷漠的、缺乏人情味的，这种差异性价值判断，强化了乡村书写的象征性能指，强化了以乡村为思考对象的哲学性呈现。如同在《我是农民——乡下五年的记忆》中，作者对乡村经历作了这样的总结，"我坐车走了，走出了巩家河沟口，就进入商县地面了，我回过头来，望了望我生活了19年的棣花山水，我眼里掉下了一颗泪子。这一去，结束了我的童年和少年，结束了我的农民生活，我满怀着从此跃入幸福之门的心情要到陌生的城市去，但20年后我才明白，忧伤和烦恼在我离开棣花的那一时起就伴随我了！我没有摆脱掉苦难，人生的苦难是永远和生命相关的，而回想起在乡下的日子，日子变得是那么透明和快乐。"[①] 在作者的叙述中，乡村度过的童年和少年是苦难的，但只是物质生活的苦难，而精神生活却是富有的，亲情、友情、乡情一样都不少；在城市度过的二十多年，作者体验到的却是另一种苦难，这是精神生活的真正苦难，是乡下人进城的苦难，是离乡漂泊的苦难，这种精神体验直接影响了作者的乡村书写与城市书写，"回乡"与"返城"成了其散文创作的两大趋势。

刘亮程是一个执着于以乡村题材为主要取向，并且将"乡村"象征化和符号化的西部作家，"乡村"在刘亮程的散文世界，已不单纯是地理意义上的场所，而更是哲学意义上和精神意义上的思考对象。如其所言，"我全部的学识就是对一个村庄的见识"，"真正认识一个村庄很不容易，你得长久地、一生一世地潜伏在一个村庄里，全神贯注地留心它的一草一木一

---

① 贾平凹：《我是农民——乡下五年的记忆》，《大家》1998年第6期。

物一事"。① 他的代表作《一个人的村庄》(新疆人民出版社 1998 年版),以一个位于新疆沙湾县的名叫黄沙梁的村庄为中心,通过创造各种乡村意象,将其对世界的理解融构到这个"村庄"里,传达了其对生命、命运和心灵的哲学性思考。他对此直言不讳,"每一个作家都在寻找一种方式进入世界,我对世界和人生的认识首先是从一个村庄开始。"② 他怀着极大的兴趣和耐心去观察与倾听黄沙梁周遭的所有生命,他可以从一只衰老的狗,从一个草根底下的虫子,从一只偷运麦子的老鼠,从一个滚粪球的蜣螂,从可以刮走气味的风,从任何平凡的乡村生活中发现生命的意义。他眼中的生命是平等的,没有高低贵贱之别,他从牲畜的死亡看到了人的死亡,看到了生命的悲剧性存在,正因为这样,"我"与所有的生命体已融为一体,"我的一生也是它们的一生。我饲养它们以岁月,它们饲养我以骨肉。"③ "任何一株草的死亡都是人的死亡。/任何一棵树的夭折都是人的夭折。/任何一只虫的鸣叫也是人的鸣叫。"④ "等物齐观"的生命观,使他对卑小生命也充满了同情,使他能欣赏任何生命体所迸发出的美,如他是这样叙述野花的,"这不容易开一次的花朵,难得长出的一片叶子,在荒野中,我的微笑可能是对一个卑小生命的欢迎和鼓励。就像青青芳草让我看到一生中那些还未到来的美好前景"。⑤ 他怀着悲悯之情去看待孤独的生命体,如他对一只鸟的处境表现出了忧戚,"离开野地后,我再没见过和那只灰鸟一样的鸟。这种鸟可能就剩下那一只了,它没有了同类,希望找一个能听懂它话语的生命。它曾经找到了我,在我耳边说了那么多动听的鸟语。可我,只是个种地的农民,没在天上飞过,没在高高的树枝上站过。我怎

---

① 刘亮程:《黄沙梁·对一个村庄的认识》,见《一个人的村庄》,春风文艺出版社 2006 年版,第 51—52 页。
② 刘亮程:《对于一个村庄的认识》,《南方周末》2000 年 6 月 9 日。
③ 刘亮程:《通驴性的人》,见《一个人的村庄》,春风文艺出版社 2006 年版,第 7 页。
④ 刘亮程:《剩下的事情·风把人刮歪》,见《一个人的村庄》,春风文艺出版社 2006 年版,第 29 页。
⑤ 刘亮程:《剩下的事情·对一朵花微笑》,见《一个人的村庄》,春风文艺出版社 2006 年版,第 34 页。

会听懂鸟说的事情呢"。① 作者对人生的短暂有无限感慨,但叙述的诗意而具象,他略去了时间过程,而以意象组合的方式,来传达其对生命的哲思,如"磨掉多少代生灵路上才能起一层薄薄的塘土。人的影子一晃就不见了,生命像根没咋用便短得抓不住的铅笔。这些总能走到头的路,让人的一辈子变得多么狭促而具体","走上这条路你就马上明白——你来到一个地方了。这些地方在一辈子里等着,你来不来它都不会在乎的","一个早晨你看见路旁的树绿了,一个早晨叶子黄落。又一个早晨你没有抬头——你感到季节的分量了。"② 在这里,作者通过将"塘土""路""铅笔""人影""树""季节"等意象组构在一起,形成了一种意境,而让人感受到生命的动态,感受到生命的短暂、更替和轮回,感受到生命有限的无奈。

　　关注生命万物,关注生命万物的存在状态,这是"等物齐观"的生命观使然,这种生命观还促发作者不断思考生命体存在状态的变化过程和时间过程,这就形成了作者特有的命运观,《我改变的事物》③ 是集中表现其命运观的一篇作品。在作者看来,命运具有极大的偶然性,如"我在一头牛屁股上拍了一锹,牛猛蹿几步,落在最后的这头牛一下子到了牛群最前面,碰巧有个买牛的人,这头牛便被选中了。对牛来说,这一锹就是命运。"再如,一棵斜长着的胡杨树,被作者偶然看到,于是拴在邻近一棵树上被拉直,结果两年后长得挺拔而壮实;正在交配着的黑公羊被赶走,而改变了羊羔的基因;一片荒地,因为作者偶然挖掘的几个坑而改变了野草的布局与长势。命运具有偶然性,这使命运显示了不可预知性,但命运又具有必然性,这又使其显示着可预知性,如"在我年轻力盛的时候,那些很重很累人的活都躲得远远的,不跟我交手,等我老了没力气时又一件接一件来到生活中,欺负一个老掉的人。这也许就是命运。"年轻与衰老是两

---

① 刘亮程:《剩下的事情·孤独的声音》,见《一个人的村庄》,春风文艺出版社2006年版,第39页。
② 刘亮程:《一条土路》,见《一个人的村庄》,春风文艺出版社2006年版,第41页。
③ 刘亮程:《我改变的事物》,见《一个人的村庄》,春风文艺出版社2006年版,第4—6页。

种不同的生命状态，处于这不同的生命状态，一切事物都显示着不同的意义，而人的精神状态也会随之发生变化，对于任何人来说，从年轻走向衰老都是必然的，是不可逆转的。命运具有必然性，这必然性表明人都会老去、死去，命运又具有偶然性，这偶然性表明，没有人能准确预测到命运到底会发生哪些变化，既然这样，是不是只需要静静地等待命运的改变呢？作者显然不这样认为，他主张积极地面对命运，并在力所能及的范围内改变命运（自我的或别的事物的），"我相信我的每个行为都不同寻常地充满意义。我是一个平常的人，住在这样一个小村庄里，注定要闲逛一辈子。我得给自己找点闲事，找个理由活下去"。一个生活在偏远地方的寻常的人，要改变自己的命运很难，"注定要闲逛一辈子"，但"我"却可以改变别的事物的命运，认识到这一点，也就找到了"活下去"的理由，而只有这样，"当我五十岁的时候，我会很自豪地目睹因为我而成了现在这个样子的大小事物，在长达一生的时间里，我有意无意地改变了它们，让本来黑的变成白，本来向东的去了西边……而这一切，只有我一个人清楚。"生命是短暂的，在短暂的生命过程中如何赋予生命以意义，这是古往今来一切智者所思考和探寻的问题，作者也给出了他的答案，这就是积极地面对和改变命运，命运的改变不一定是对自己而言，可能是对别的事物而言，这样，有一天当你老了，你就可以笑对死神，并且说"我的人生是有意义的"。

刘亮程的《一个人的村庄》在 20 世纪末问世，引起了评论界的广泛关注，并且在很短的时间里形成了"刘亮程现象"。这意味着这部散文集必然带来了人们所渴望的东西，必然触动了人们心灵深处的什么。应该看到，20世纪 90 年代初，随着中国式消费社会的降临，消费主义思潮逐渐向中国大地的各处蔓延，人们习以为常的农业社会所形成的循环时间观被工业社会的线性时间观所取代，个人要发展、社会要进步、国家要强大的焦虑日益加剧，这种时代语境使人们逐渐丧失了从容，丧失了诗性，人们在适应"快速发展"等"快"节奏中，变得功利而浮躁，变得短视而急切，这一切所导致的后果是，人们几近忘记了生命本身，忘记了精神家园，忘记了探寻人生的意义。《一个人的村庄》以散文的方式，提醒人们要从工具理性的桎梏中解放出来，而重新回到人本身，回到生命本身，回到生活本身，这或许是这部作品最触动人们心灵的地方。刘亮程散文给人们呈示了别种不大相同的生命和生活形态，这里的一切都是从容而舒缓的，处在一种慢的节奏中，这里到处都能听到天籁之音，有狗吠、驴叫、虫吟、牛哞、鸡鸣、猪嗷，有风吹过麦田发出的声音，有野兔奔跑在玉米地中的声音，有田野上的虫声、蛙声、谷物生长的声音交织在一起的催眠曲，置身于这样的环境中，人真正进入了"天人合一"的自由状态。当人们的心灵从快节奏的重压下得以疏解，而不再汲汲于无尽的欲望，便能重新关注身边的一草一木、一山一水，于是周围的一切都变得真实而有意义。冯牧文学奖评委会对刘亮程做出的评价是，"他单纯而丰饶的生命体验来自村庄和田野，以中国农民在苍茫大地上的生死哀荣，庄严地揭示了民族生活中素朴的真理，在对日常岁月的诗意感悟中通向'人的本来'"。[①] "通向'人的本来'"，可谓一语道破了天机，一个人的存在意义不是因为活着，更不是为满足各种欲望而活着，而应该如海德格尔所说的"诗意地栖居"，即自由地、审美地生活。在这样的意义上来审视《一个人的村庄》，我们发现，它走向了人们心灵中最柔软的地方。还有人认为，"刘亮程之所以没有流于虚无主义，就在于他在日新月异的时代里重新发现那些恒久不变的东西，将人生的速度转化为生命的广度。它在否定生命的线性进步的同时，把注意力转向生命的横断面，把目光从不可知的未来转向更可把握的当下。换句话说，它为我们呈现了另一种探寻自我、观察世界的方式，为关注生命的意义提供了新的可能性。"[②] 这个论断准确把握住了文本的写作姿态与意义指向。

杨闻宇的乡村题材散文展示了另一种创作思路，他以理想主义的情怀

[①] 《第二届冯牧文学奖评语·关于刘亮程》，《南方文坛》2001年第3期。
[②] 黄增喜：《刘亮程散文中的"慢"哲学——以〈一个人的村庄〉为例》，《南京师范大学文学院学报》2015年第2期。

观照乡村生活,着眼于再现故乡农村的风俗民情、童年趣事和成长经历,生活气息浓郁而叙述充满深情,读来令人怦然心动。有人认为,"杨闻宇的散文创作颇丰,大致说来,他的作品可以分为'怀乡类'、'游记类'与'杂感类'三大部分。无论哪一类作品,流露于其中的思想都充满了鲜明的理想主义的色彩,这也是他的作品显现出来的美学特征之一"。① 对杨闻宇的散文创作进行了分类和美学特征的概括。杨闻宇1943年出生于陕西关中的乡村,1976年进入兰州军区政治部,开始了专业文学创作,出版散文集《灞桥烟柳》《白云短笺》《野旷天低树》《江清月近人》《日月行色》《绝景》等。20世纪90年代是杨闻宇散文创作的高产期,而乡村题材仍是他的主要取向,该如何看待杨闻宇的这个创作趋势呢?不难发现,杨闻宇所叙述的乡村生活和乡村往事,弥散着一种古朴的田园牧歌情调,给人以"美在乡村"的直观印象,他不啻是在营构着消费语境中的精神家园,因而显示了别样的文学价值。综观杨闻宇这个时期的乡村题材创作,表现出了三个大致的特征,即乡村场景的描述、乡土伦理的重温和风俗民情的再现。杨闻宇在所有的乡村书写中,都有意识地描述各种乡村场景,这就使读者能迅速进入乡村特有的空间氛围中去,而作者所描述的乡村场景中总是出现劳动者的身影,这又使其洋溢着浓郁的生活气息。如《护秋》在开篇所描述的果园场景,"秋天,是饱满丰盈、万象调和的季节。无垠的原野上,高粱、糜谷、玉米、红薯、花生及各色瓜果默默地趋于成熟,小鸟儿啁啾,细虫弹筝,碧空如洗,轻云袅袅,这般时候,瓜田、果园里用麦草稻帘高高搭起小小的茅庵,里面坐一位口呷烟袋、皱纹满额的黑瘦老者,拔草浇水之外,主要职分是防顽童来糟蹋,防鸦雀来烂啄。——用富有北方色彩的眼光看来,这不正是田园生活中一帧雅致的小画么!"② 作者在这里以洗练的笔法,描述了一幅生机盎然的乡村秋景图,而那位"口呷烟袋、皱纹满额的黑瘦老者"才是这幅图的灵魂所在。乡土伦理是中国数千年农业社

---

① 吴然:《思情中的顿悟——杨闻宇散文的美学追求》,《当代作家评论》1991年第4期。
② 杨闻宇:《护秋》,见《绝景》,中国工人出版社1996年版,第244页。

会沉淀下来的维系乡民关系的纽带,它温情而绵长,淳朴而美好,它超越了现实功利性,具有极大的精神感召力。重温乡土伦理,沉浸于浓浓乡情的回忆中,使杨闻宇这个军旅作家显示了极温情的一面。作者对于乡土伦理的展现,显然经过了理想主义的净化,乡民骨子里可能带有的狭隘、自私和短视,都被作者过滤掉,而呈现了纯粹的温情与淳朴。我们看《故乡板桥》对乡土伦理的抒写。"故乡"的板桥是用二三十块丈把长的木板勾连组接而成,冬至前架设,春分时拆卸,板桥只有一尺来宽,人走在上面,板桥总要忽悠、颤动,过桥难,最难莫过于老太太了,常常晕桥,故不能不有儿子或老伴相陪过桥,即使这样,当老太太过桥,难免令桥两头的人担心,我们且看,"老太太桥上受作践,聚集在桥头的素不相识的男男女女,也替她捏把汗哩。有人两手卷个筒儿,喊着给老人家出主意,或者以斩钉截铁的语调鼓励她把胆儿放正;也有人嘟囔着责备那身后的儿子或老汉是瞎指挥、穷喧嚷;又有人嫌身旁的嘟囔者是浑嘟囔,忿忿地挖他一眼,深表不满……老太太终于要过来了,即将迈下最后一块板时,身子就不由自主地朝人们的怀抱中扑倒,桥头上早就长长地伸出了十几双接她搂她的手。在盛大热烈的拥抱之中,岁数相仿的妇人,忙擦她脖子里的汗,理被风扰乱了的鬓发,年轻媳妇替她拍尘土,整衣襟,系腿带;微笑的男子们则递来抚慰的眼神。桥头上忙作一团,乱作一团,也笑成一团。这些不知是从何而来、又不知是向何方去的人们,萍水相逢,爱怜之心是那样真挚,亲热情意是那么坦诚。——危险,既能够扯满弓似地绷紧人的心弦,又可以剧烈地注满人与人之间的友爱情谊"。① 老太太过桥,牵动了多少人的心,而老太太过了桥,"十几双接她搂她的手"送来的是温情,岁数相仿的妇人也好,年轻媳妇也好,微笑的男子们也好,替老太太擦汗、整理头发、拍尘土等行为动作,表达着无尽的关爱,这些萍水相逢的人们,如一家人一样互相爱护,他们真挚而坦诚,演绎着乡村社会的伦理精神。杨闻宇很

---

① 杨闻宇:《故乡板桥》,见《绝景》,中国工人出版社1996年版,第212—213页。

重视对关中民俗风情的呈现，这使其乡村书写具有了鲜明的地域色彩，形成了极强的吸引力，你看那浓香诱人的关中饮食，有羊肉泡、烤红薯、槐花麦饭，你看那闹哄哄的夜戏、火辣辣的秦腔、热腾腾的土炕，你看那麦场的碾场、压场、扬场、刨场，你看那建桥的扛码、抬板、下码、架板等，无不使人进入到关中特有的风情之中。我们以《走亲纪实》为例，来看其对关中风俗民情的抒写：年初二的早上，一场最隆重的聚会便开始了，男女老幼在一夜之间全换上了新装，他们相继出村，手里拎着提篮，篮里放着白蒸馍，白蒸馍标志着去岁的收成实足好，到了亲友家，被请到暖烘烘的热炕上落座，人刚坐下，热乎乎的一大碗面条就端递到手上来了，四盘菜摆在小炕桌上，鸡蛋、豆腐、粉条、菠菜，正中是一碗肉，小酒盅儿斟得满满的，酒是从镇上小店里打的烧酒。碗盏撤走后，男人们就抽旱烟，吃酽茶，说雨水，话桑麻，谈瓜果，论丰歉；妇人们则聚拢在灶头周围，一面亲热地絮语话旧，另一面精心准备下一顿饭食；孩子们在点放除夕夜没放完的花炮，在幽微的火药香味中，预约着明年之"今日"。第二顿饭刚搁下碗，该起身回家了，回家是不兴空着篮儿返回的，红枣、核桃、瓜子、柿饼之类的干果，每样儿抓上三五把，搅和在一起就有多半篮子。作者通过春节期间走亲访友这个风俗，将关中人的热情好客、热爱生活的性格表现得生动而真切。

边地题材在这个时期也得到了较大程度的拓展，中生代作家张承志、周涛和马丽华等推出了影响较大的边地题材的作品，新生代作家也多有建树。这些作家行走在西藏、新疆、内蒙古、云南等边陲地带，感受着边地的自然、历史和文化，他们对人与自然关系的思考，对边疆历史的反思，对边地人生的审度，对西部人乃至人类命运的关切，都使这个时期边地题材的西部散文具有了丰富的人文内涵。整体来看，边地题材在这个时段表现出如下几个较明显的主题走向：对人生意义的探查与感悟，对精神家园的追寻与确认，对边地历史的解读与反思，对边地风情的感受与再现，对精神故乡的眷恋与皈依等。下文将逐一介绍。

置身于边地的自然环境,你不能不为边地雄奇壮美的自然风光而感慨,不能不为大自然的鬼斧神工而惊叹,这时的你总能真切感受到"美在边地",那是一种大美与大景观,为这种大美与大景观所感染,你会觉察到都市社会的所有得失在这样的瞬间都变得微不足道,并进而重新思考生与死等大问题,大自然为人们提供着无边的启示。忽培元20世纪90年代初的新疆之行,创作了《戈壁落日》《飞越天山》《生命藤》等作品,这些作品表现出的一个共性特征是,在描述边地自然环境的基础上,升华出对人生意义的探查与感悟。《戈壁落日》叙述了作者乘坐火车穿越罗布泊大戈壁,观看戈壁落日景象时生发出的人生感悟。在辽远的地平线上,夕阳缓缓地向西方天际沉落着,面对这种具有宗教仪式感的庄严景象,火车里的嘈杂声顿时安静下来,人们伏在车窗上观看戈壁落日的沉落过程,像宗教徒一样,表情兴奋而凝重。且看那戈壁落日的壮美,"紫红的一轮太阳,悬挂在远处浅蓝色的天幕上。又像是远古时期原始部落的图腾,令人肃然起敬。这种景象持续的时间很久,在人心目中唤起的联想便越加丰富。甚至想到,宇宙万物即将与过去告别,旧我将悲壮地逝去,新我将庄严地诞生。人们等待着的,是万物生死轮回的交接仪式"。戈壁落日给人们展示了边地特有的大美,这是一种充满了悲剧感、宗教感的大美,是临界于生与死之间的大美,是天地间无与伦比的大美,面对如此大美,怎能不触动人们的心魂?作者对人生于是就有了如此感悟,"戈壁落日,一幅生命意识的图腾。它于广阔的背景下,展示生命消亡的惨烈,又暗示生命诞生的奇丽,唤起人们生活的热望和热爱生命的意识。'人们呵,抛开烦恼,尽情拥抱生活!'感叹至此,热泪夺眶而出"。[①]《飞越天山》叙述了作者乘机飞越天山时的人生感悟,以及对神奇天山的赞叹。从高空俯瞰天山,比你想象中的天山要雄奇千百倍,那是一个由十万个冰峰构组的银白世界,在稀薄如轻纱的云雾里,天山赤裸裸地凸显出来,其间奇峰林立、起伏跌宕,你不能不为天山

[①] 忽培元:《戈壁落日》,见《中国西部散文》(下),东方出版中心1998年版,第98页。

的洁白、丰腴而大为震惊，你不由得全神贯注，你不由得目瞪口呆，而天山似乎在静穆地仰面躺着，尽情地舒展着每一条曲线的俊俏和柔美，天山之壮美远不是"气势雄浑""银白世界""千姿百态"之类的词语所能形容的。作者从天山之美，感受到了更多的启示，"那是一种神秘的感知感怀，是永恒与生命力的展示，是一种哲学的暗示，是一种浓缩了的历史演变的显示"，此时此刻，你不能不陷入沉思，并重新思考你人生中的一切，"想到宇宙的运动，自然界的繁衍；想到地球的造山运动所带来的沧桑变迁，人类的进化，几千年的铁马征战、社稷沉浮；想到生死轮回，感叹人生苦短，以及功名利禄之类的无足轻重"。也许，这些自然、社会、历史、人生的感悟只有飞越天山时才能清晰地感受到，飞越天山其实是飞越自己，是一次精神意义上的洗礼，诚如作者所叙，"飞越天山，如同有幸读一部神奇的书，它使你在完全脱离尘俗的意境里展开许多辽阔的思考，明白许多大而又玄的道理。可见，飞越天山，其实是一次精神的洗礼"。①《生命藤》所说的"生命藤"，是指从巍峨峻拔的天山山麓俯冲下来的一条人工渠，渠中总是汹涌着碧波碧涛，给这片寸草不生的大戈壁送来蓬勃的生机，而水渠所到之处，都有整齐的白杨林带，护围着果园或庄稼，难怪军垦人把垦区的渠网形象地唤作"生命藤"。作者在北疆大地旅行期间，沿一条大渠而行，以寻找"生命藤"（实际那条渠的名字叫"饮马渠"）的源头，走到渠首，作者没有看到清流的源头，却看到一片荒寂的坟茔，那是为修筑饮马渠而牺牲的 20 个战士的坟茔，这 20 个战士当年刚刚从解放战争的战场上退下来，身上还满带着征尘和硝烟，就操起了开渠的镐头，但因为塌方而永远埋在了这片荒野。面对荒野与坟茔，"我终于明白了，那些无名英雄的壮举，绝不同于饮食男女的慷慨善举。前者是为了一种信念，而后者也许只是为了来世由地狱升入天堂才去积福行善。然而真正的可悲却在于，眼下有许多人连积福行善的事情也懒得去做，信念对他们就像'来世'，根本就

---

① 忽培元：《飞越天山》，见《中国西部散文》（下），东方出版中心 1998 年版，第 99—100 页。

没有存在过"。① 作者所追怀的那些为信念而牺牲的无名英雄，对20世纪90年代的"许多人"来说只是一个遥远而缥缈的传说，这让作者感到彻骨的悲凉，但作者仍然坚信，那些为信念而奋斗、而牺牲的人们是高大的，他们才是值得敬仰的真英雄。

　　边地是一个相对于主流文化中心而言的词语，在西部少数民族作家的心目中，边地却是其心灵、精神和思想的轴心与重心，这种心理趋势形成了边地题材的一个主题走向，即对精神家园的追寻与确认，尤其是在20世纪90年代社会大转型时期，这种主题走向就表现得更为迫切了。白玛娜珍的《潮汐在心底》《呵　如谜的轴心》《拉萨雨》，唯色的《在西藏》《西藏在上》《以心为祭》，梦也的《藏北高地》等作品，都表现出了这种主题走向。《潮汐在心底》的开篇叙述道，有朋友告诉"我"，南方即使在十一、二月份也可以下海，这使"我"对南方充满了美好的憧憬。再来看看西藏，被似乎永远也走不出的无尽的群山所包围，这些群山时而绿草茸茸，把那久违的春的生机，渗进每一个渴望的肺腑；时而如铁塑刀削，寒光闪烁，令人生畏。然而，每当盛夏的身影开始在干燥的季风里旋转，"我"总是情不自禁地想，今年的夏天哪儿也不用去，只要沿着那淡淡的紫色花香，沿着山路一路前去就好。这种时候的"我"不会想起大海，不会想起南方，只想翻越一座又一座云雾弥漫的山并深入其中，寻觅一个更静谧更迷离的世界，最后站在巨大的岩石上，站在千古的遗骸中，在清晨刺骨的寒风中鸟瞰"我"的西藏，展望"我"的未来。作者此刻才发现，"我其实就身处一个铁铸的山海之中。我就是一束凝固的海浪，随时可能在山峰间跃动。或者，是一汪被遗忘的湖泊，泪水每天在炎炎烈日中蒸腾"，"当我看到蓝色的海水涟漪着飘向天际，我会忍不住热泪盈眶。仿佛是在我的家园，群山开始咆哮、奔流，沉睡千年的梦开始苏醒——我的心呀，怎么能不兴奋

---

① 忽培元：《生命藤》，见《中国西部散文》（下），东方出版中心1998年版，第97页。

地哭泣,怎么能不匍匐在地重新开始"①。作者游走于盛夏时节西藏的群山之间,被那如海奔流的群山唤醒了其"沉睡千年的梦",这梦就是对"西藏作为精神家园"的确认。《西藏在上》叙述了作者从宗教寻觅到其精神家园的历程,"我"所有的故事都发生在冬夜,以前的故事与爱情有关,现在的故事则与宗教有关。曾经为了爱情,"我"在一个冬夜走进又黑又冷的街道,满街无灯,影影绰绰的醉鬼和吠声四起的野狗,让"我"忘记了那哀怨的爱情,此时恐惧与悔恨一起滋生,"我"已经走了很久,剩下的"回家的路"只有硬着头皮走下去。但能让"我"走下去的力量,好像只有宗教了,"我"默念着六字真言,心里想象着白度母(藏传佛教中象征慈悲的菩萨)。奇迹出现了,从一栋建筑物后面走出一个年纪很大的男子,一手举着一盏摇曳着微弱火苗的酥油灯,一手转动着略显沉重的转经筒(此时已是凌晨两点,不是去寺院朝佛的时刻),"我"尾随着老人带来的光明,不安的心渐渐得到了抚慰,当转过一个弯,有昏黄的路灯和不远处将为"我"打开的一扇门,老人才遁入了小巷深处。在老人走远的时刻,"我"才领悟到他是专门"送我回家"的人,他可能就是白度母的化身,也是在这样的时刻,"我"终于找到了自己的精神家园,那就是宗教。《藏北高地》将我们的视线引向藏北高地,在一眼望不到边的空茫茫的雪山下面,是辽阔的发黑的草地,草地上浮着的牧群好像凝固了,瓦蓝的穹空上有无数白云在缓缓漂移,天地间呈现出一种空旷冷峻的绝尘绝俗的大美。羌塘草原的四周,环绕着雄浑的冈底斯山、喜马拉雅山、念青唐古拉山,而在这些绝美的雪山之中,又猛地耸起无数座奇峰,草地上布满无数明净的湖泊,纳木错、色林措、昂拉仁错等。作者感觉到,"一到藏北,我烦躁的心就平静下来了","一切都似乎不重要了,只有生命是值得珍惜的。活着,我就能领略到如此的美!"② 作者注意到藏北高地

---

① 白玛娜珍:《潮汐在心底》,见《中国西部散文》(上),东方出版中心1998年版,第142页。
② 梦也:《藏北高地》,见《中国西部散文》(下),东方出版中心1998年版,第286页。

上的人们，他们的眼里有一种光，那是这片高地的场和魂赋予的特殊的光。许多在西藏生活过的人，一回到内地就变得木呆呆的，他们最终还是返回了西藏。吸引他们的不仅仅是那辽阔的雪山和草地，更有其精神寄托，因为西藏早已成为了其精神家园。

边地历来是征伐之地，边地的历史是一部征伐与反征伐的历史，是一部文化的碰撞与交融的历史，是一部充满传奇意味的历史，对边地历史的解读与怀想是边地题材在这个时段表现出的较明显的主题走向，高旭帆的《深山里的十字架》《金沙水柔》《茶马古道》《最后的驮队》等可视为代表。高旭帆的这些作品以三省交界的康巴为叙述的焦点，展开了对边地历史的追思以及对康巴人当下生活的解读。《金沙水柔》叙述道，康巴藏区被金沙江、雅砻江、大渡河三江包围，地势险要，而金沙江历来是兵家必争之地，20世纪最后一场战争缔结了"岗拖协定"，围绕金沙江的战争才告结束。令人困惑的是，金沙江沿岸的村落大都建在半山腰陡峭的山坡上，依山傍水，给人以危若累卵的感觉。原来，金沙江一带历史上一直是强人出没的地方，械斗不断，村人为了安全，只好把房子建在陡峭的山坡上。而房子的造型，也是那种方烟囱式的藏楼，墙很厚，窗户很小，且呈喇叭状，可说是理想的射击孔。只要有枪，有充足的粮食和水，每一座藏楼都是一座要塞，纵有千军万马也可以抵挡十天半月。这里的人则体格魁伟，尚武好斗，以剽悍著称。可见，是连年征伐的历史造就了康巴人的生活方式与地域性格。《深山里的十字架》叙述了大渡河东岸的一所教堂的故事，百多年前一些西方传教士奉罗马教皇之命，历尽千辛万苦漂洋过海来东土传教，但面对中原强大的儒家文化，主的声音何其微弱，传教士们不得不骑着毛驴走向边地，走进深山。那座教堂是法国传教士建造的，他同时修建了一个小型的水电站。教堂建在横断山脉开始隆起的地方，峡谷深切，雪峰高耸，到处是湍急的溪流和茂密的森林，从教堂的地理位置和建造来说，设计者是想长期在此安营扎寨，不管当年那些传教士怀着怎样的企图，你不能不佩服其献身精神。信仰天主教的多是一些妇女，这可以从文化心理层面找到根源,作者认为,"教堂里那宁静的氛围更能让妇女们感到一种温馨和亲切,这些在礼教和生活双重重压下挣扎的妇女,不可能在自己丈夫那里得到一丝温情,她们与其说是在祈祷,不如说是在向上帝倾诉自己的苦难罢了"。① 这段叙述不仅深入解读了妇女们信仰天主教的文化心理动机,更说明了边地妇女所承受的多重苦难,的确具有历史的穿透力。传教士的到来,也促进了中西方文化的交流,这从一种饮食习惯上可以看得出来,巴塘人在荞麦粑上涂抹蜂蜜吃,据说是从传教士面包上抹黄油的吃法上演变过来的。《茶马古道》叙述了"茶马古道"的开辟、意义及其对汉藏文化交流的影响,作者在叙述中充满了抚今思古的感怀。茶马古道比唐蕃古道的历史还要久远,汉代时就已开辟了这条以茶叶贸易为主的道路。茶马古道险峻而艰辛,以康巴段为最,几乎都在崇山峻岭间穿行,由于道路险阻无法驮运,就全靠人力背运。每年春耕结束,雅安一带的农民就带上背夹子和拐杵出门背茶。三五个人一伙,十来个人一队,由"拐头"把握一行人的行歇。茶叶用条形状的篾封装,每包十五斤,力气大的要背三百来斤,比牲口驮运也少不了多少。茶道上有若干站口,每站都有茶店供背茶的"拐子客"歇宿,但茶店都很简陋,只提供做饭食的灶头和睡觉的通铺。"拐子客"一路的艰辛可想而知。茶叶在藏民族的生活中占有极重要的位置,在高海拔的藏区,茶叶是维生素的唯一来源,康巴人有谚,"人无钱鬼一样,奶无茶水一样",可见其对茶叶的重视程度。茶马古道的开辟,使蜀地的茶叶、丝绸,康巴的药材、皮货等,得以运到印度,再转往世界各地,而欧洲的轻工业品经过印度也运到了藏区,有许多老人只记得英吉利、日耳曼、俄罗斯这些国家和地区,而不知道英国、德国和苏联。自从川藏线通车后,茶马古道就基本上废弃了,作者重走这条古道,不禁感慨万千,"偶尔有人走过时,空空的足音也掩盖不住亘古的寂寞。从清溪到飞越岭一带,沿途还留下不少深如酒盅的'拐窝子'。那是'拐子客'们的拐杵在这

---

① 高旭帆:《深山里的十字架》,见《中国西部散文》(下),东方出版中心1998年版,第182页。

条古道上留下的唯一的痕迹"。①

　　边地多为少数民族生活的地区，由于地理人文环境的不同，边地的风俗民情有着较大的差异，因此，这个时段边地题材的作品，注重对边地风俗民情的抒写，这一方面使作品能够体现出鲜明的地域性，另一方面，也映像了边地人的生活态度与人生姿态。在碧野、李若冰等老生代西部作家那里，就很重视对边地风俗民情的抒写，只不过这种抒写被湮没在其他主题的表达之中，张承志、许淇、周涛、马丽华等中生代西部作家的边地书写，有时以边地的风俗民情的抒写为中心，表现出了不同的指向，他们为新生代西部作家提供了示范。郭从远的《汉人街》《祖先留下的》，董培勤的《阿拉善游踪》，刘恩龙的《雪域之州》《藏族英雄节》，蓝讯的《西藏片羽》，白涛的《蒙古人》，次多的《拉萨八角街》《拉萨回民》等作品，以边地民俗风情的抒写为主要内容，体现了边地书写的一种主题走向。《汉人街》叙述了伊宁市的汉人街所独具的风俗民情。汉人街开始时以汉人居多，这些几辈人都居住在汉人街的汉族人被称为"老伊犁"，其祖辈或在此经商，或行医，或办学，或开作坊，与维吾尔族、回族等少数民族共居于此。汉人街异常热闹，这里有各式各样的民族手工制品和民族风味小吃。首先吸引你目光的是火花飞溅、铁锤叮当的铁匠铺，这里出产一种名叫沙木沙克的小刀，是折叠式的，刀柄用钢、银、玉、骨拼饰成各种图案，这种小刀不崩口，不卷刃，而且便于携带。店铺里，有精巧别致的马鞍，这种马鞍吸收了英式和俄式马鞍的优点，样式美观而经久耐用，特别适合伊犁马使用。作者还不厌其烦地介绍了伊犁镶嵌花式木箱、伊犁靴鞋、各种民族首饰，以及汉人街上被人们戏称为"小上海""小香港"的民族衣帽市场。各具特色的民族小吃，有烤羊肉串、凉粉、面筋、酿皮，还有回族的面片、馄饨、炖鸡汤。每逢古尔邦节、肉孜节，家家都要摆出大盘子馓子，以招待客人，馓子是先用清油、蛋清、白糖、牛奶和面，然后搓成条状，

---

① 高旭帆：《茶马古道》，见《中国西部散文》（下），东方出版中心1998年版，第190页。

扭在一起，油炸而成。馓子为维、哈、回、汉等各族人民所喜爱。作者到最后，不禁对汉人街的风俗民情发出了赞叹，"汉人街是一条流动着不同色彩的街。汉人街是一条融汇了不同文化的街。汉人街令人迷恋，发人深思。"①《藏族英雄节》叙述了世界屋脊——青藏大草原上的赛马风俗。作品用了较大篇幅，描述了藏族骑手矫健的身姿和赛马时迸发出的生命激情。当赛马开始，人影，马影，交错变幻的马腿，亢奋高扬的手臂，暴风骤雨般的马蹄，森森林立的杈子枪，造成了一种气势，这气势如开闸的急流，如排空的海涛，如盖天的大潮，如大气磅礴的飞瀑，如崩溃推移的山岳，这气势有巨川决堤一泻千里的气魄，有雄风怒啸横扫一切的遒劲。骑手在狂奔，观众在狂呼，叫声、笑声、欢呼声，声声如潮，波澜壮阔。作者追溯了赛马风俗的来源，青藏高原这块土地，曾惨遭蹂躏，军阀马步芳对这里进行过七次大血洗，血淋淋的历史浇灌出藏族人坚毅不屈的性格，这赛马风俗曾是果洛藏族人选武士、举英雄的征兵仪式。作者由赛马而联想到青藏高原之于藏族人的馈赠，并对高原藏族人给予了崇高的赞美，"青藏高原，你这严峻而公正的造化之神，你不只给了高原藏族人严寒与荒漠，你也赋予他们抗争这些恶劣与困苦的强悍的生命力！"②

边地题材在这个时段还表现出一种主题走向，即对精神故乡的眷恋与皈依。这种主题走向与前文所叙的另一种主题走向"对精神家园的追寻与确认"，有一定的交叉之处，即作者都将边地看作是其精神的栖息地，但区别在于，一个重寻找和确认的过程，而一个已经确认且重在表达作者的依赖之情，可以说，一个是进行时态，一个是完成时态。尚贵荣的《鄂尔多斯　神奇的土地》、冯剑华的《难忘尕拉斯台》、赵天益的《东林听鸟》、胡庆和的《康巴　我眷恋的土地》、额·巴雅尔的《乌拉特草原三章》等作

---

① 郭从远：《汉人街》，见《中国西部散文》（下），东方出版中心1998年版，第253页。
② 刘恩龙：《藏族英雄节》，见《中国西部散文》（上），东方出版中心1998年版，第252页。

品，都表现出对精神故乡的眷恋与皈依的主题走向。《鄂尔多斯　神奇的土地》①追溯了鄂尔多斯的历史，并表达了作者对这片热土深深的皈依之情。作者是这样表达对鄂尔多斯的赤子之情的，"我的古老的鄂尔多斯呀，古往今来，在你这块古老的大地上，多少代，多少人，为了他们各自不同的追求、幻想和希冀，曾演绎了多少幕悲欢离合、兴衰际遇的悲喜剧啊"。作者将鄂尔多斯视为"龙的土地"，一个神话传说是这样讲的，在西部大地曾横卧着两条巨龙，一条是万里黄河，另一条是万里长城，有一天遨游九天的巨龙渴了，看到一片蔚蓝的海水，便迫不及待地狂饮，由于大喜过望，巨龙的腰身便交叉起来，这样就形成了鄂尔多斯的地貌，即一片布满沙漠的土地。700年前，鄂尔多斯依然是一个水草丰美且牛羊成群的世外桃源，成吉思汗被其壮美景色所迷醉，嘱托他的将士，在他死后将他安葬在这里。但在清末，关外的大批饥民涌入鄂尔多斯草原，他们疯狂狩猎，盲目开垦，遂使美丽的鄂尔多斯草原变成了一片片荒旱的沙漠。如今，那沟壑纵横、千疮百孔的地块，看起来像熊熊燃烧的烈火，作者坚信，"这是普罗米修斯点燃的圣火，这是凤凰涅槃升腾起的熊熊烈焰，它将烧掉鄂尔多斯大地上的贫穷愚昧、灾难忧患，也将烧掉存留在人们记忆里的一切辛酸、悲哀和悔恨，烧出一个红彤彤的全新的世界来！"《康巴　我眷恋的土地》表达了作者对康巴大地的深深眷恋之情，在离别的时刻，作者才意识到自己对康巴的感情有多深，20多年在康巴的生活，早已将其躯体和灵魂融进了这片土地。作者当年在寻找生活之路、探索理想之旅感到困乏时，康巴以宽广的胸怀接纳了他，以纯朴、善良的热情感化了他，以壮美、秀丽的山水哺育了他。当作者告别了康巴，在人际尘寰中苦苦挣扎，才深感康巴人那博大坦荡的胸怀和包容一切的气度，是多么可贵。作者表达了康巴是其心灵的一片净土，他曾多少次徘徊在金碧辉煌的寺庙外，用心倾听那如泣如诉的诵经声，从而荡去了灵魂深处残存的不幸、悲哀和虚伪，于是，人间纷

---

① 尚贵荣：《鄂尔多斯　神奇的土地》，见《中国西部散文》（下），东方出版中心1998年版，第60—66页。

争消失，商海涛声飘散，只剩下美好人生，剩下江河日月，剩下窗外的一弯新月闪烁着永恒的理想之光。康巴大地上不断回荡着历史的回声，这里是格萨尔王的故乡，有诸葛亮为生擒孟获而设炉造箭的打箭炉，有文成公主曾走过的公主桥。边地的黄沙风尘掩埋了多少大义忠贞的灵魂和大爱大恨的脊梁，一位老红军指着残存的双腿，向作者讲述血雨腥风的苦难历程和十八勇士的壮志雄风。这块被一代伟人和红军将士播撒过火种的雪山草地，还回荡着藏民抗击外国传教士的怒吼声、农奴们争取自由的刀剑声、焚烧旧世界的火焰声和刺破黑暗迎来黎明的枪炮声。"我把双脚和魂灵伸进这片泥土，仔细体味这穿透世纪的疼痛，用不停歇的笔，含泪写下一串串历史的印记，从青山绿水、车水马龙、滚滚人流、小城灯火、温暖夜晚、蓝天白云中体味苦涩和甘甜"，而最终迸发出作者复杂而深沉的心声，"康巴，我那片眷恋的土地！"①

荒原题材在20世纪90年代同样是极受重视的题材类型，并且有一定程度的拓展。与此前的同类型题材相比，可以看出，这个时段的荒原题材比较趋于集中，即以抒写沙漠、戈壁、荒城的居多。从作品的构思与叙述方式来看，这个时段的荒原书写，可以区分为两类，一类是记游性质的，另一类是非记游性质的。记游性质的，通常叙述的是作者在游历或途经沙漠、戈壁、荒城等荒原时，对于生命现象与生命意义的探寻与思考，或抒发其历史感怀与历史哲思；非记游性质的，或以作者的荒原生活体验为发力点，或以别一个话题引向荒原体验的叙述为基本思路，这类作品在主题的生成上，多将荒原视作精神故乡，以表达对荒原的情感依赖和精神皈依为主要走向。值得注意的是，刘元举1996年问世的《西部生命》是一部以荒原叙说为主的散文集，这部作品对荒原题材有较多的探索，我们将对其展开相应分析。

我们首先来看记游性质的荒原书写。马步升的《绝地之音》叙述了一

---

① 胡庆和：《康巴 我眷恋的土地》，见《中国西部散文》（下），东方出版中心1998年版，第146—147页。

次跟随导师徒步考察陕甘交界处的古长城时的感想与感怀。作者所叙述的那片荒原地带，是一片什么样的土地呵，但见大沟横断，小沟交错，沟中有沟，原本平展开阔的黄土高原被洪水切割成狰狞的黄土林。整日跋涉在这无边无际的黄土迷宫中，见不着生存在现时现地的人，而只有秦汉边卒戍边的遗迹，只有残砖断瓦、夯土层、烽缝城障，以及破碎的白骨和零星的箭镞。那天他们向营盘梁进发，这是一座屯兵的城堡，高居于众壑之间。看似近在咫尺，走起来却颇费周折，山顶尘雾迷蒙，陡直的山坡连羊肠小道都没有，只有些许衰草在朔风中絮絮叨叨。他们必须在天黑前翻过营盘梁，找到可以借宿的人家，否则山中的野狼会使他们成为古长城线上的遗骨。攀上山顶，作者看到了荒城所特有的景象，那黄乏的太阳已站在一根黄土柱上，随时准备一跃而下，将山川人灵都置于无际的黑暗之中，山顶的风凄厉地刮着，似乎营盘梁仍是一座被围困的城堡，土烟合围上来，隐隐有金戈铁马的声音。忙完拍照、搜集遗物和文字记录，他们在城墙上寻找继续前行的路，而就在这时，一个场景牢牢地摄住了作者。面前是一条大沟，一眼望不到边沿的沟坡破碎而且陡直，满坡只有一块平地，岌岌悬于三面陡崖之上，余下的一面如一根细绳拴在山体之上。距平地不远，终于出现了人家，有人正在打碾庄稼，一头大骡子拉着碌碡在场内不紧不慢地转圈儿，一个人手牵绳缰，突然唱了起来，但细听农夫所唱，似乎没有歌词，也没有统一的曲调，只有一种内在的音韵连在一起。由于长时间置身荒原情境，听到这无词无调的歌声，却是那么的震撼，这歌声有一种穿透时空径直进入灵魂的感觉，"歌声好似被鞭梢越沟撩过来，抑或是被风断断续续扔过来。满地是无边的黄土壑，昏黄的夕阳浮在黄土上，满地好似涂着秦汉边卒那风干的血。那歌声，似情歌却含雄壮，似悲歌却多悠扬，似颂歌却兼哀怨，似战歌却嫌凄婉……那是一首真正的绝唱，无词，却饱含万有，无调，却调兼古今"。自从在古长城线上听过那支歌，多少年作者都在寻找那支歌的歌词与曲调，但一无所获，他甚至怀疑有没有真的听过那支歌。几年后，当他独自闯进腾格里大沙漠，夕阳西下，望不断的沙丘如远古宫殿的金柱,矗满四周,这时那串歌吟又涌入心房,作者不禁唱了起来,究竟他唱了什么虽不甚了了,但可以肯定的是,那次他确切地捕捉住了那串古长城线上的音符。置身于类似的荒原情境,作者对于生命的存在有了更深入的体验,这使作者对于生命的思考能上升到哲学层面,也使对现实的感知呈现出深刻凝重的特色。如其所叙,"绝地,才能迸发出绝唱,绝唱,永远是绝地的宿命。绝地之音,并不仅仅转达悲壮哀婉,它是生命本身,每一个音符里都透射出生命的全部内涵。它不是用具体的词、调所能表达清楚的,身处无语无理性之境地,废词失调才是真实生命的展示"。①

匡文立的《鸣沙山挟风行》叙述了游历河西鸣沙山的情境,及其在沙漠地带对于人生的新体验和新思考。作品构思的独特之处是,一边在叙述沙漠之行的种种经历和感受,一边在不停地提示这些经历和感受,对于人的日常生活常态与人生追求的解构与颠覆,以及对人的感性世界和理性世界的重构,这两者是并行的,呈平行叙述的状态。作品先是叙述了脚踏沙地时的感受,那沙粒无端地跳上赤裸的脚背,落下又跳上,毛茸茸的,沙粒让人感觉有种晶莹的情态和活泼泼的生趣,感觉是置身在一片夕阳下的湖水中。随之,作者叙述道,沙粒所形成的每一道波纹每一次闪烁,都是自身生命在要求、在表现、在宣泄,完全用不着光的炫耀、云的暗示、风月的启蒙。这可说是对自由生命的感受性领悟。作品对"沙地落日"意象的创造尤为精彩,你看那不甘心坠落的日轮正在眼前破碎,落日的残片溅满沙海,似乎有千束万束吐不尽的余衷,它慢慢收起红灼灼的光栅,弯曲地做着最后的笼罩。沙地落日,你可以说是辉煌、是浩歌、是壮烈,也可以说是阴郁、是喘息、是绝望。假如地球有过混沌,有过洪荒,沙地落日景象便是;假如宇宙至今仍在凝聚、解体,缩小或者膨大,沙地落日景象便是。此时的你,失去了方位、界限、稳定、参照,你不能不感觉自己也是一个变形,一个动荡,一个瞬息,一个永恒了。而此时的人生感悟又是

---

① 马步升:《绝地之音》,见《中国西部散文》(上),东方出版中心1998年版,第4—5页。

怎样的呢？作者是这样叙述的，"你得权衡你的向往、寻求、机会和日程"，"你四顾茫然，荒诞地产生出末世之感。你和你的同伴，未必不是被隔绝被遗弃，未必不是这个觉醒抑或疯狂的星球上最后一批过客"，"你找不到世界也找不到自己。依赖别人脚印的人无措了，醉心自己脚印的人可怜了"。[①]作品对身处沙漠地带的感受抒写得形象而生动，对人生的感悟亦具有较强的穿透力。师永刚的《枯色火焰》叙述了作者的腾格里沙漠之旅及其对生命的感想。作者与随行的许多士兵，第一次来沙漠地带演习，第一次目睹传说中黄沙漫漫的奇异世界。放眼望去，到处都是焦躁与干枯的表情，茫茫沙海中太阳的反光，几乎让那些沙子燃烧起来，在迷蒙的白光中，"我"的胸腔似乎储满了飞散的沙石，这是无孔不入的黄色火焰，"我"在疼痛中发出难以抑制的呻吟。"腾格里"是一个吉祥的名字，但这里却没有水，没有生命，它末日般的幻象令人肃然，甚至惊惧，但每次靠近它，都使作者得到新的发现和感知。1990年夏末，作者与许多战友又来到腾格里沙漠演习，演习结束后的一个下午，作者一个人在乌云密布、狂风未吹的时刻沿沙而行，转过一个巨大的沙丘时，被眼前的景象给震慑了。只见无数沙粒正在围攻一大片树林，狂风削去了树冠，树叶不停地滑落，许多树被沙子埋住了一半，有的仅露出枝桠，但就那么点枝桠，却爆出勃勃的绿色。这些树是那样顽强，那样坚韧，沙增高一点它们就随之生长一点，它们一寸寸地高扬着生命的花朵。这个死亡之地的生命图景，使作者震惊而且感动，所有的疲倦和懊丧都席卷而去，连日来的灰暗心理在这绿色的映照中，焕发出了惊喜和激动的光彩，"我发疯似的扑上去，仿佛扑倒在神圣的面前。那一刻，绿色的生命活跃起来，绿色的阳光明亮了起来，我长久地伏在一枝小树面前，内心宁静而坚硬。生命在每一种艰苦凄清的挤逼中，是最美的"，此后，"每次一踏进腾格里，我的心就颤栗不已，就会激动不宁，因为，在茫茫沙原，竖着一棵树，一棵燃烧的树"，"它就是那朵沙原上盛开

---

① 匡文立：《鸣沙山挟风行》，见《中国西部散文》（上），东方出版中心1998年版，第322页。

的枯色火焰"。① 这是一个有着切身荒原体验的作者所描述的最美的生命图景，这也是生命的颂歌。

我们再来看非记游性质的荒原书写。林染的《西北五题》，表达了作者对荒原的诗意感受。这篇作品包括"骆驼城遗址""在潮湖林海""芨芨草原""大风卷走鸟群"和"疏勒河流域"五个部分，这五个部分分别叙述了作者对荒原的某种感受，整体上构成了作者特有的"荒原印象"。在祁连和合黎之间宽阔的野滩上，骆驼城被遗弃在那里，没有一条道路通向那里，作者乘坐的越野车在多次迷途之后才终于到达。骆驼城只剩下回忆了，曾经存在过的事物，曾经的泉水，如今只是一片蜃气茫茫的废墟。在作者的印象中，骆驼城一带的秋天最有特点，天高气澄，地平线深远，远山的曲线如单纯、明净的梦幻，那是属于孩子的梦幻。而骆驼城给作者最突出的印象是，"这里是干旱的风暴地带。从我进入荒滩的那一刻起，我明显地感受到身处被风化被荒芜的境况中"。在黑河下游有一片林海，这片林海紧挨着戈壁，由于同荒凉地貌造成的强烈反差，使水洼边的白杨林美得让人心旷神怡。林中大块空地上有零散的沙丘，所有沙丘上都有嫣红的红柳花。作者喜爱这种景象，用心来感受荒原的这一切，他的心与这里的一切都是相通的。"我喜爱待在林子里看红柳花的空地，更喜爱在林中空地久久地看一片静谧的白杨。我也不说话，我用心思同她们交谈。我对一切纯净事物有一种出色领悟的能力。我用不着说话。"作者被人看作"从荒凉中挖掘诗意和美感的诗人"，他欣赏人迹罕至的荒凉远野，像芨芨草原那样的荒原，是使他有安逸之感的辽阔栖息地。"芨芨草原"也许只是作者对荒原的一个命名，并非真正的草原。按作者的描述，从酒泉向东北方向驱车，穿过白杨林和一片满是砾石的沙丘，经过金塔县的一片小绿洲，抵达巴丹吉林沙漠，再向东北飞驰四个小时，就到牛毛草飘曳、蒲公英如海的芨芨草原了。芨芨草原一带是西汉军队与匈奴人河西决战的古战场，作者在额济纳河滩

---

① 师永刚：《枯色火焰》，见《中国西部散文》（上），东方出版中心1998年版，第193—194页。

采集到两枚古箭镞。作者随后坐在额济纳河滩的一座草丘上，这时，一只小小的七星甲虫飞落到他的手背上，引发了他的联想，"对于甲虫自己来说，它的飞和它的落，它的餐风饮露，它生活的每一瞬间都是重要的。可是，此刻，草原上的草叶，河对岸的沙漠和人心中的沙漠，谁又能感知到它的存在"。作者所创造的"芨芨草原"意象，幽静、恬然、安逸，虽孤独而不冷清，虽幽静而充满生机，这是作者心境的写照，也是对荒原的特别感受。作者一度在疏勒河流域的安西垦荒，这里常年风沙肆虐，气象预报中，风力为五级、六级的少见，多数是八级以上。风沙来势迅猛，滚滚红尘从西天汹涌而至，直搅得天地混沌，不见日月。到了五月，当雪水漫过胡杨林，骤起的不夹带沙尘的大风，往往可以使沙雀从半空中栽下来。大风卷走了鸟群，但大风过后，那不知从何处飞出的鸟群照样出现在原来的天空中。大风过后的天空，变得更加高远，鸟儿依旧觅食，或无目的地飞翔。作者从"大风吹鸟"这个事件领悟到，思想者应该"尽量坚守内心，同事物无关"。疏勒河流域是一片无垠的荒野，那是黑戈壁和碱滩的世界，但这个荒野也有它的汛期，这汛期就是一年一度盛开的野花，甘草花、红柳花、骆驼刺花、罗布麻花将荒野装扮得姹紫嫣红。作者喜欢野外，喜欢荒原，因为他认为，"徒步荒野是一件快乐的事。在天高月小的旷野铺展遐思，有一种全心全意浸入家园的恬然感觉。至今我仍保留着每年深入一两次荒原的习惯"。荒原在作者那里，完全是一种诗性的存在。

刘元举的《西部生命》是这个阶段较有代表性的荒原题材的作品，之所以这么说，是因为这部作品呈现了荒原题材几乎全部的主题走向。我们在上一节说过，自然的人性化、人性的自然化和叙述者在荒原情境中的人性感悟，是荒原题材基本的主题走向，这些主题走向在作品中都有呈现。荒原之于刘元举的文学人生，具有重要的意义，作为一个具有远见卓识的作家，他预感到消费社会对文学的侵蚀，于是就有了"走向荒原"的意愿。他如是说，"我曾两番去往广州和深圳，两番去往青藏高原。有意思的是，这两次都是先去了广州和深圳，然后隔了不到两个月又去了黄河源，去了柴达木。一次是 1988 年,一次是 1995 年。我去广州和深圳一篇东西也没有写过,我觉得没有什么冲动和激情,但是,我到了黄河源、到了柴达木,我就有着一种无法克制的激动。正是这种来自内心最真实最强烈的冲动与撞击,才有了《西部生命》这部书"。① 那么,为什么刘元举这个在海滨城市成长起来的作家,只有到了西部的荒原地带,才深切感觉到了"来自内心最真实最强烈的冲动与撞击"呢? 因为在作者看来,荒原"是片奇异的天地,纯净的天地,是片可以洗濯现代人芜杂灵魂的天地。我向往着那片天地,只要一踏上那片天高地阔的高原我就会激动不已"。在荒原这种被他称为"奇崛的环境"中,他有了完全不同的体验,这使他剔除了固有的、世俗的陋识偏见,使他随着海拔的升高而对人性有了新的认识,使他觉得荒原中的任何生命都是神性的。"从最本质的意义上说,我是经历了一次生命的自我救度过程。"② 道出了作者真切的荒原感受。

自然的人性化是《西部生命》表现出的第一个主题走向。我们知道,对自然加以神化是自然的人性化的一个关节点,不同于马丽华在《藏北游历》中主要通过叙述神话传说的方式以达到对自然的人性化,刘元举采取了感悟和把握自然的神性的方式来实现自然的人性化。故"神性"是解读《西部生命》的一个关键词,这就有必要首先厘清刘元举的"神性"的内涵。作者是这么说的,"我是想通过我的实际行动去说明有关神性的问题。神性是不应属于城市的,它也不可能呆在人口稠密的地方",它应该在青藏高原上,应该在荒原,因为"这些地域本身就蕴藏着神性,那里的山就叫做神山,那里的冰雪经幡死亡等等也都笼罩着一层神秘色彩。神秘与神性不能等同而语,神秘是一种纯客观的存在方式,而神性则含有着人的意识的掺入,用个时髦点的词叫做'悟性'。在那片神秘的高原,其实到处都有神性,只不过看你是否有灵性去感应去发现去融汇"③。这就

---

① 刘元举:《人为什么要远行》,《延河》2006 年第 3 期。
② 刘元举:《再说神性》,《当代作家评论》1997 年第 4 期。
③ 同上。

是说,"神性"来自于作家的心灵感悟,来自于荒原情境的激发,是作家的心灵在荒原情境中对自然万物的感应与领悟,而最终呈现为自然的人性化。我们且看《从渤海到瀚海》中,作者对柴达木盆地的抒写,"柴达木是海拔3000米的高原盆地,它的高傲和冷漠使你无法亲近。泛着芒硝的荒漠,像月球的地貌,麻木的寸草不生;那泥岩构造的秃丘,从上到下密实地排列着痛苦的皱褶,不用细看,就会感到那一道道褶子像深深的泪槽,扭扭歪歪,憋憋屈屈。一排秃丘是这副模样,再一排秃丘也还是这副模样,柴达木到底有多少这样的秃丘?这些苦难沧桑的面孔,都在诉说着柴达木的苦难,不管有没有人听,也不管听懂听不懂,它们就这么永永远远说下去"①。与其说作者在这里描述了柴达木盆地,还不如说描述了一个名叫"柴达木盆地"的人更为妥当。你看他高傲而冷漠,是因为他经历了巨大的创痛,他显得非常憋屈,是因为没有人化解他的创痛,他的苦难使他呈现出一种过于沧桑的容颜,这过于沧桑的容颜不啻在向人们诉说着他的苦难的故事。在刘元举之前,着实没有人如此精彩地描述过柴达木盆地,这是作者与荒原对话的结果,也是作者对荒原心灵感应的结果,有人称之为神来之笔,其实是"自然的人性化"的实现。《西部生命》在描述荒原不同的地理环境时(如河西走廊、冷湖、花土沟),几乎都采用了这种描述手段,从而使作品处处有精彩,处处有看点,为作品增添了无穷的魅力。

  人性的自然化是《西部生命》表现出的第二个主题走向。这部作品叙述了很多人在荒原的生命历程,譬如阿吉老人、总地质师顾松树、"青海石油局的局长"、采油班的女孩。阿吉的祖籍是乌兹别克斯坦,1874年随其父辈逃荒来到新疆,1914年到了柴达木盆地,从此就与这片荒原相依相偎,不曾须臾离开过。阿吉老人熟悉柴达木的所有地理地貌,被人看作是柴达木的活地图,曾为解放军剿匪部队带过路,也为石油勘探者带过路,他是

---

① 刘元举:《从渤海到瀚海》,见《西部生命》,春风文艺出版社1996年版,第5页。

一位富有传奇色彩的老人,他的故事在柴达木有口皆碑。这个来自异国的漂泊者,在广阔的荒原找到了他的精神故乡,而他的性情也只有在荒原中才能得以充分的释放,其人性早已被自然化。如作者所叙,"他不喜欢热闹,不喜欢城市,他追寻苍凉,扑向残缺,就像我,在城市里活得憋憋屈屈,在这里却豪情飞扬"。① 总地质师顾松树,已经是一个六十二岁的人了,还报名到西藏去搞勘探。他有过三次陷入死亡大漠的经历,都靠喝自己的尿侥幸生还。他第一个翻越了英雄山(因为那座山此前很少有人能够翻越,所以取名英雄山),架设了通信线路,他说那时候他的命一点也不高贵,即使死了,也不过是死个右派。他活得就像荒原那样坦坦荡荡,经历了那么多的生死考验,那么多的折磨,依然乐观豁达,这样的知识分子确乎罕见。他讲述自己的故事,平静得就像讲述别人的故事,在他的身上看不到苦难的影子,相反,却能感觉到生命的活力,是荒原赋予了他这一切,是他自然化的人性使他的生命充满了活力,"我不能不为之感叹:神奇的柴达木!神奇的生命力!"② 荒原的贫瘠和苍凉,使荒原中的爱情格外迷人,这是因为,荒原中的爱情是最自然、最纯洁、最本质的人性的传达。作者所叙述的一个荒原女孩的爱情,就属于这种祛除了世俗纠葛的复归自然的爱情。她的家在西宁市,从青海石油技校毕业后,被分配到了柴达木,刚开始工作,她连一把大管钳子都拿不动,这使她的自尊心和自信心受到了极大的挫伤,她那时想着尽快调离柴达木回到西宁,但又有什么办法调离呢?那时的她情绪低落到了极点,直到有一天她遇到了他。他本来是找她宿舍的另一位女工去跳舞的,那位女工不在,他就顺便邀请她去舞厅。她不会跳舞,很紧张,担心他笑话,就像拿不动大钳子遭人笑话,但他没有笑话她,而是非常有耐心地教她,她很快就学会了。那天晚上,她觉得特别愉快,从那时候起,她爱上了他。他在花土沟北山的坡那边上班,她在坡这边,他们每天上班都乘班车从花土沟口进入,他们就这样每天看着对方乘

---

① 刘元举:《西部生命》,见《西部生命》,春风文艺出版社1996年版,第25页。
② 同上书,第29页。

坐的车以慰相思之苦。每逢节假日，他们就在一起跳舞。他们在一起度过了无数快乐的时光。她回家探亲，情况发生了变化，当她告诉父母自己有对象了，父母非常生气，说如果在柴达木有了对象，就一辈子不能离开那儿了。她父亲还告诉她，他正在想办法搞调动，如果实在不行，就在西宁给她找个对象，结婚后就可以调回西宁了。她本来不同意，但架不住全家人的劝说，最后她同意了。但她还是没有勇气告诉他情况发生了变化，于是就一直躲着他，直到有一天他们乘坐的班车被风沙所阻，他们不期而遇，但由于风沙太大而无法相见。经过整整一夜的等待，当他满面尘土地出现在她面前时，她回西宁的想法已荡然无存，她激动地为他擦去脸上的灰土，伤心而又幸福地哭了。她重续了对他的爱，恢复了往日的快乐。他们的爱情是纯粹意义上的爱情，是祛除了世俗利害的爱情，是人性的自然化的传达。

  叙述作者在荒原情境中的人性感悟是《西部生命》表现出的第三个特征。在《悟沙》这篇作品里，作者叙述了游历敦煌鸣沙山时的所思所想，特别是对人性的感悟。一粒黄沙被人天经地义地看得渺小，而由这渺小的黄沙堆成的鸣沙山，则高大伟岸，使在山脊上行走的人显得小如蚂蚁。沙子原本就是松散的，因为松散故没有凝聚力，没有凝聚力故形不成气候，更形不成风景。但这里的沙子却有着伟大的凝聚力，这种伟大的凝聚力来自一种伟大的群体意识，因为有了这种凝聚力，它就能够震动天地万物。很显然，作者从鸣沙山的形成，领悟到人性的一体两面，一方面人性是个体性的，这种情态中的人性是低贱的，是任人宰割的，张扬个体性的人必然是松散的，也是没有号召力的；另一方面，人性又具有趋同性，人是可以被一种信念聚合起来的，具有群体意识且能凝聚人心的人，是不可战胜的。鸣沙山数千年来呜呜咽咽地鸣叫着，其声也悲，其声也戚，犹如一种悲愤的倾诉，诉说着人性的邪恶，可惜古往今来没有多少人听懂这种声音，没有领悟这种声音在诉说着什么，"要是听懂了，这里就不会有那么多的战乱，那么多的荒冢，那么多那么多的伤口，在流血，一直流着"①。《冷湖纪念碑》② 叙述了人性的善与人性的恶，冷湖的纪念碑既是人性之善的纪念碑，又是人性之恶的纪念碑。作者是三月份到冷湖的，20世纪60年代红火的冷湖在石油工人的大本营迁移敦煌后，这个曾经的石油重镇显得异常冷清。一代代的石油人，曾在这里抛洒汗水、血水和泪水，他们"献了青春献终身，献了终身献子孙"，他们的生命闪射着人性的光芒，那是人性最美的光芒，是足以让人仰视、让人敬重的光芒。如今，他们被安葬在一片阔大而简陋的陵园中，前来凭吊的人很少，但他们并不计较这些，即使死后依然闪射着人性之光，"他们生前就不会计较什么，死后就更不会去计较什么了。也许活着的人深深理解他们，没有用灿烂的花圈去装饰，也无需用上好的墓碑来点缀。给他们一块宽阔的地方，别挡住他们的视野，就是对他们的最大安慰了"。在陵园西边的出口，有一座高大的丰碑，耸立在那片大戈壁之中，显得巍峨雄伟，这座纪念碑正是他们光辉人性的写照。然而，就是这样一座光辉人性的纪念碑，它的基座部位已被破坏，座角断裂开来，里面的红砖破碎得令人心颤。上边的护栏已不复存在，护栏周围的柱子断的断，裂的裂，歪的歪，一片破败。在这片人烟稀少的荒原之地，到底是谁专门搞这种破坏呢？"经过一番分析，我终于弄明白了，是为了金钱。破坏者一定是为了索取那一圈金属护栏。莫非这就是商品经济在这里留下的冲击？"这是对人性之恶的控诉，那些丧失了人性的人，眼里只有金钱，没有正义，这是人性真正的悲哀，不能不令人痛心愤慨。一座纪念碑，同时显示了人性之善与人性之恶，这令作者终生难忘，"我从柴达木归来已经好多天了，记忆中的一些东西已经淡漠。但是，那冷湖的戈壁陵园我是无法忘记的，而那纪念碑的破损的基座更教我无法忘记"。痛哉斯论。

从以上论述可以看出，20世纪90年代西部散文的繁荣，是真正的繁荣，不仅作家阵容空前壮大，高水准的作品纷纷涌现，而且三大题材形态

---

① 刘元举：《悟沙》，见《西部生命》，春风文艺出版社1996年版，第55页。
② 刘元举：《冷湖纪念碑》，见《西部生命》，春风文艺出版社1996年版，第56—60页。

趋于稳定，乡村、边地、荒原等题材形态得到了全方位的开拓。西部散文在20世纪90年代作为一个流派，是实至名归、无可争议的。

五 多元中的主脉：分流期的西部散文

新世纪西部散文进入了分流期，"分流"的发生，与国内的文化生态息息相关，毕竟西部散文不可能脱离国内的整体文化生态而存在。"西部大开发"作为一项国家政策在2000年3月开始运作，"西部"受到了前所未有的关注。"西部大开发"是国家着眼于西部的经济发展和国防需要提出来的，同时也使西部文学（包括西部散文）再次为人们所重视，学术界以西部文学为主题的研讨会日趋增多。尽管如此，我们必须看到21世纪以来国内文化生态的重大变化，其中对文学影响较大的有消费文化的侵蚀、网络文化的崛起和社会层阶分化的日趋严重。21世纪文学由于持续受消费文化的侵蚀，精神钙质越来越匮乏，已失去了往日的精神号召力，这种趋势引起了国内作家的极大焦虑，并尝试从商业逻辑的桎梏中进行有效的突围。消费文化对文学的侵蚀在于，它以突出文学的消费性、娱乐性、商业性为导向，使精神生产的文学蜕变为可操作的商业运作，这种商业运作的结果，导致了文学的祛深度化、平面化和低俗化潮流的出现。对于西部作家来说，如何直面、对待消费文化和商业逻辑，已然成了无法回避的问题，他们所面临的选择有三种，即适应、调和或拒绝，从西部作家的现实表现来看，大多数选择了后两种。这是因为，置身于西部苦难大地的作家，不可能以嘲弄与戏讽的方式叙述西部和在西部生活着的人们。选择了调和，就意味着西部作家在适应的过程中依然重视文学的精神含量，但这种调和，有着无法克服的内在矛盾，既然祛深度化是消费文化的导向，重视文学的精神含量则又要求深度化，这就可能使其叙事在深度模式与非深度模式之间摇摆，而最终丧失西部散文的"真实性"（即真实呈现、真诚叙述、真切映像），新世纪以来发表或出版的不少西部散文都表现出这种趋势。选择拒绝消费文化与商业逻辑的西部作家居多，在他们的创作中，注重对西部精神的呈现与张扬，注重对精神家园的追寻与确认，也注重对文化乡愁的表达与阐发，这使他们的创作延续了西部散文的深度模式。

随着网络在中国城乡的普及，网络文化开始崛起。网络文化以开放化、自由化、多样化为其特征，让人们体验到了发言的快感与酣畅，其在不知不觉之间改变了文学传统的阅读与接受方式，人们从纸质文本阅读转向了无纸文本（即电子版）阅读。网络文化对于文学来说，既是机遇又是挑战，网络文化使文学的影响力在网络空间得到了极大的开拓，作家的创作不再受制于发表机制，可以随时随地在网上传递，而阅读量由过去的小众阅读也可能变为呈几何级数地增长，这为文学的发展带来了新的机遇。但由于网络文化的开放化、自由化、多样化，使各种低俗、庸俗的所谓作品铺天盖地而来，以色情、暴力、灵异、宫廷、阴谋等为主题的作品占据了网络的大部分空间，使注重精神含量的文学作品在网络空间被极大地边缘化，这就是文学所面临的挑战。鉴于这种状况，传递正能量的文学作品亟须建立稳固的网络阵地，"西部文学""中国西部散文网"等网站应运而生，使西部散文具有了相对独立的网络空间。这样，西部作家的作品发表途经，就形成了三种，一种是在网上发表，一种是以传统的方式发表，一种是网上发表与传统方式的转换，这也导致了作家创作的分流。

21世纪以来社会的分层化日益彰显和清晰，社会资源的占有在地区、群体、阶层中都表现出极大的差异性。西部作为发展相对滞后的地区，与中、东部地区相比，在全国所占社会资源明显不足，西部成为"落后"的代名词。革命年代和建设年代作为主体力量的工人和农民，在社会资源的重新分配中，处于不利的地位，而逐渐沦为弱势群体，对他们而言，社会的竞争不仅没有减弱，而且表现得更加残酷，伴随着他们经济地位的下滑，其丧失了话语权，几乎变为沉默的群体。经济地位决定身份意识，在消费语境中如鱼得水的企业家、政府官员、高薪阶层，主导着社会的消费倾向与时尚文化，而那些处于社会底层的收入毫无保障的人们，因为与消费语境格格不入而备受歧视。这就是21世纪以来分层化的社会现实，它迫使西部作家重新思考诸如此类的问题："如何看待和表述西部与底层""如何阐发西部精神以对抗消费文化""如何使西部散文在消费语境中焕发出新的光辉""如何有效地反映西部人的生存状态与精神状态以引起社会的关注"。对于这些问题的思考与表述，使西部作家形成了分流。有些西部作家强化了创作中的底层意识，他们怀着深切的情感认同去表述西部人的生存状态与精神状态，他们怀着"为底层言说"的冲动，他们在西部民俗、西部地理、西部历史的文学化叙述中，追寻着对今天的人们依然具有精神价值的素材，这种取向成为新世纪西部散文的创作主流。在主流之外，还形成了许多支流，如有些西部作家仍以亲情、友情、爱情等为主题，走的是温情主义路线，这样的作品尽管很动人，但缺乏穿透力和现实感。这就是说，从"底层写作"这个角度而言，有着分流现象的存在。

可以看出，对消费文化和商业逻辑的态度、能否有效利用网络空间、是否具有明确的底层意识，是衡量新世纪西部散文流向的几个重要指标。这是国内文化生态对西部散文的直接影响。除此之外，我们更应该看到，西部散文经过20世纪90年代的繁荣，已形成了相对稳定的格局，"稳定"表现在作家队伍的相对稳定、创作主题的相对稳定和题材形态的相对稳定等方面，这种稳定性是西部散文能够持续繁荣和发展的基础。但我们也应该看到，新世纪西部散文表现出的局部调整和某些新的特点，譬如从创作主题来说，西部精神、精神家园和文化乡愁的表达成为重中之重，从题材形态来说，因为底层意识的强化，西部作家分外关注底层人的生存状态和精神状态，使三大题材形态呈现出不同的面貌。本节将结合题材形态和创作主题，对新世纪有代表性的作品进行适当的点评。当然，新世纪西部散文还表现出许多特点，如创作队伍的调整、探索性作品的涌现等，我们有必要在此作相应的归纳。

且来看 21 世纪西部作家的构成状况。21 世纪西部作家的构成,可以用"四世同堂"来形容,就是说中生代、新生代、"70 后"和"80 后"共同推动着西部散文的繁荣。中生代作家贾平凹、张承志、周涛、马丽华、史小溪、杨志军等,仍表现出旺盛的创作力,他们的精神引领作用是不可小觑的。21 世纪以来,张承志出版的散文集有《一册山河》(2001年)《鲜花的废墟》(2005 年)、《聋子的耳朵》(2007 年)、《你的微笑》(2010 年)、《涂画的旅程》(2011 年)、《相约来世:心的新疆》(2013年)等,这些作品中可以称为西部散文的作品,对西部以及西部人表现出了极鲜明的家园意识和底层意识,为 21 世纪西部散文的走向起到了先锋和示范的作用。贾平凹作为西部散文的重镇,21 世纪以来陆续出版了长篇散文《西路上》(2001 年)、《定西笔记》(2011 年)等,其在《定西笔记》中表现出对底层民众命运的关注与思考,使西部散文的乡村题材呈现出"底层写作"的特质与气象,这对其他作家的示范性作用是不可估量的。周涛和马丽华在新世纪创作的西部散文虽有所减少,但他们创作中一个明显的走向,就是对西部作为精神家园的确认。多年从事小说创作的杨志军,进入 21 世纪出版散文集《远去的藏獒》(2006 年),在对西部地理人文环境的追思中,重新定位了其精神故乡。史小溪编辑出版了西部散文新选集,即《中国西部散文精选》(甘肃人民美术出版社 2011 年版),责编对这部选集给予了高度的评价,"有理由相信,《中国西部散文精选》对于建构西部文学的精神之厦有着重要的推动作用,尤其是在这样一个过度物质化的消费时代,也有人概括为'娱乐至死的时代'。在崇高抑于低谷、美德驱于边缘、纯粹掩于纷乱的时候,坚持与守望显得更加可贵和重要。西部散文远远不是一个地缘的概念,它更多的是文学本质的留存,精神价值的追寻,美学高贵的持有,也是民族寻根的咏叹,从而体现了西部散文作家的群体品格和精神高度"。[①] 这是从整个文化语境对选集做出的

[①] 刘铁巍:《中国西部散文精选·前言》,见《中国西部散文精选》(第 1 卷),甘肃人民美术出版社 2011 年版,第 3 页。

准确定位。

尽管中生代西部作家具有重要的精神引领作用，但西部散文的主要创作阵容还是新生代作家，他们成为了这个时期的核心力量。刘亮程在《一个人的村庄》之后，相继推出了《正午田野》（2001年）、《风中的院门》（2002年）、《库车行》（2003年）、《天边尘土》（2005年）等散文集，这些作品除了表现出对乡村的哲学性思考之外，还显示了乡村作为其精神故乡的主旨，特别是对底层民众生存状态的叙事值得重视。以小说创作为主的石舒清，推出了散文集《西海固的事情》（2006年），这部作品以简洁纯净的文字，饱含深情地叙述了西海固人的生存状态与精神状态，其以乡村生活的叙述为主，体现了作者强烈的底层意识，是新世纪西部散文中有代表性的作品。郭文斌出版了散文选集《点灯时分》（2006年）《孔子到底离我们有多远》（2008年）等，选集中的作品大多曾在报刊上发表过，其以叙述乡村艰难岁月中底层人的人情、人性和人伦之美为主旨的作品最具感染力，从而建构起了其诗性的精神家园。阿来的长篇散文《大地的阶梯》（2008年）是新世纪西部散文的一个重要收获，有人甚至认为其成就超过了长篇小说《尘埃落定》，作者从西藏一路走来，从容而深入地展现了藏地文化，作为一部边地题材的作品，其蕴含着丰富的精神文化内涵，这里既有文化乡愁的表达，有精神家园的确认，也有西部精神的探求，有人类命运的思考，这对丰富与提升边地题材有着不容忽视的意义。21世纪以来，梅卓将创作重心从小说转向散文，出版了《人在高处》（2002年）、《藏地芬芳》（2006年）、《吉祥玉树》（2006年）、《走马安多》（2009年）等散文集，这些作品以精神家园的追寻与讴歌为主线，表现出对藏族民众的生活方式与精神追求的高度认同。21世纪以来，范稳陆续出版了《苍茫古道：挥不去的历史背影》（2000年）、《人类的双面书架》（2000年）、《藏东探险手记》（2001年）等散文集，这些作品以云藏边界为题材，深入展现了边地的地理人文环境，而对于边地少数民族乃至人类精神家园的思考，是贯穿其中的主线。铁穆尔的散文集《星光下的乌拉金》同样是西部散文在新世纪的重要收获,这部作品属于荒原题材,其以即将消逝的尧熬尔民族为言说对象,表现了作者深入骨髓的文化乡愁;但作者的思考是深沉而广延的,其由尧熬尔民族命运的思考,延伸到对整个人类命运的思考,体现了作者深切的终极关怀。如其所叙,"作为一个众小民族的一个分子,每当我思考众小民族的百姓在历史的长河中所遭受到的种种创伤、痛苦和永恒的孤独时,我想到的是整个人类的未来,而不是某一个民族的未来。我所创作的一切,都是由这个愿望激发起来的"。[①] 陈漠出版了《风吹城跑》(2001年)、《谁也活不过一棵树》(2001年)、《你把雪书下给谁》(2004年)、等散文集,这些作品多以荒原为言说对象,叙述了荒原奇绝壮丽的自然景观以及丰富多彩的人文景观,而以西部精神的阐发为其叙述的焦点。王若冰新世纪以来,出版了长篇系列散文"秦岭三部曲",包括《走进大秦岭》(2007年)、《寻找大秦帝国》(2010年)、《渭河传》(2013年),三部曲以秦岭周边的山川地理、民俗风情及历史文化为言说对象,叙事中对民族的精神家园问题的探讨尤其值得我们重视。

"70后"西部作家从20世纪90年代已初露端倪,经过多年的学习、体验和历练,进入21世纪便在其创作中释放出了相应的潜能。"70后"西部作家从其人生经历而言,既有优势又有劣势。其优势在于,他们是在政治动乱的末期或结束后出生的,其成长历程与中国的改革历程相对应,虽然也有人生和心灵的起伏,但其经历相对平顺,这使其对西部、对生活、对生命、对历史的感知更趋于心灵化和本质化,"生命""文化"和"历史"往往成为他们西部散文创作中所把握的几个关键词。整体来看,正因为"70后"作家的人生经历相对平顺,没有经历理想主义光芒的烛照与光芒的逐渐消退所造成的心理震荡,没有体验时代巨变所造成的灵魂煎熬,没有和西部一起走过激情燃烧的岁月,他们的创作与前几代西部作家相比,便少了沧桑,少了厚重,目前其创作还尚未形成大境界和大气

[①] 铁穆尔:《苍天之子(自序)》,见《星光下的乌拉金》,甘肃文化出版社2006年版,第3页。

象,这便是他们的劣势所在。但他们还在成长中,随着他们阅历的逐渐丰富和思考的逐步深入,终有一天会突破"小我"而走向"大我"。"80后"西部作家才刚刚步入文坛,与前几代相比,其创作略显青涩,尚未有代表性作品问世。

"70后"西部作家中,刘志成、王族、高宝军、李娟等是创作成绩相对突出的。刘志成出版的散文集有《边地瞿忧》(2004年)、《流失在三轮车上的岁月》(2009年)、《一条歌的河流》(2012年)等。他是《西部散文家》杂志的执行主编,主编过文集《中国西部散文百家》《中国西部散文诗》《内蒙古六十年散文选》等。可以说,刘志成是为数不多的新世纪西部散文做出贡献的"70后"作家。刘志成所以能在"70后"西部作家中成为翘楚,与其多年的底层体验和经历了生死考验有着密切的关联。刘志成出身寒门,讨过饭、下过井、修过自行车、当过三轮车夫,其对社会最底层的生活有着深切的体验,这为其后来的底层叙事提供了最宝贵的素材。如《流失在三轮车上的岁月》以作者早期的生活经历为原型,叙述了社会底层如何靠苦力为生,如何在风雨中还奔走街头,如何被人无故殴打,将三轮车夫所遭遇的辛酸苦辣和世态炎凉真实地呈现在了读者面前。胡平认为,"尽管他的创作题材多样,但我认为他属于底层文学的代表性作家。底层写作多出小说家,缘由小说可以虚构,能做底层散文家的人是很少的,刘志成是一个特例"。①"底层散文家"是对刘志成写作倾向的准确概括,这种写作倾向使其超越了"70后"作家生活体验不足的限制,而与中生代和新生代西部作家获得了强烈的精神共鸣。刘志成散文除了鲜明的底层写作的倾向外,还有着深沉的生命意识的体现,这与其多次经历生死考验相关。作者在名为《黑色刻度》的作品中,叙述了其经历生死考验的故事,迫于生活的重压,他曾到井下挖煤和运煤,一次塌方,他被埋在了矿道长达二十八天之久。起初,

---

① 胡平:《一位底层散文家的崛起——论刘志成及其散文创作》,《文苑》(西部散文)2014年第10期。

他靠喝被同埋在矿道的骡子的尿存活，但几天后骡子被活活饿死，他忍着心痛割开骡子的皮，通过喝骡血维持了几天，骡肉腐烂后，他只能吞食烂肉和蛆虫度日，获救时他已奄奄一息。这次生死考验，使他对生命有了全新的认识，也使他具有了一双具有穿透力的慧眼，我们从他所叙写的那些弱小生命的死亡故事中，总能感受到其深沉的生命意识，《殉葬的童婴》《伤逝的雪祭》《祭奠白鸭》《待葬的姑娘》等作品都是如此。总之，刘志成是"70后"西部作家中最接近大境界的，倘若他在今后的创作中能够多一些终极关怀，多一些哲性思考，多一些文化乡愁，在不远的将来，其必将成为西部散文的领航者。

王族出版了《龟兹仰止》（2002年）、《动物精神》（2003年）、《风过达坂城》（2003年）、《藏北的事情》（2004年）、《上帝之鞭》（2007年）、《兽部落》（2008年）等散文集，以及《悬崖乐园》（2001年）、《图瓦之书》（2005年）、《狼界》（2007年）等长篇散文，可见他是21世纪以来西部作家中较高产的一位。王族是以荒原叙事为主的"70后"西部作家，无论其诉说历史还是兽类，都与荒原有关，而兽类是其最钟情的话题，但他不是童话作家，他的意图是通过兽性以揭示人性，显示了其特殊的创作思路。高宝军的散文多在各类报刊发表，出版了《乡村漫步》（2008年）、《四季陕北》（2013年）等散文集。高宝军以陕北乡村为主要言说对象，对陕北乡村的生产生活方式、民风民俗，以及各类人物进行了富于深度的叙述。值得注意的是，正如作者在《四季陕北·后记》中所提到的，他是看到曾生活过的村庄一天天被遗弃、被荒废，才抒写这一切的，这使其叙事弥散着一种沉郁的文化乡愁，也为其叙事增添了一种厚重感和沧桑感。李娟已出版《九篇雪》（2003年）、《我的阿勒泰》（2010年）、《走夜路请放声歌唱》（2011年）、《羊道》（2012年）、《冬牧场》（2012年）、《阿勒泰的角落》（2013年）等散文集，是"70后"西部作家中创作颇丰的一位。李娟有着较丰富的生活体验，曾在阿勒泰山区跟随母亲做裁缝、开小卖部，与牧民一起转场，从阿勒泰到乌鲁木齐后，做了一年多的流水线工人，后又做过编辑和广告文案的工作，2008年后从事专业创作。李娟的创作以边地题材为主，阿勒泰是其百说不厌的话题对象，其以一系列作品塑造了一个令人难忘的边地形象。李娟的边地书写似乎并不追求浑厚和深沉，也没有哲性思考和终极关怀，但她的叙事清新、明快、纯粹，显得安静而从容，边地的一切人、事、物，到了她的笔下，都美好而友善，这里没有苦难，没有邪恶，也没有悲伤，这是一个田园诗般和谐的世界。李娟边地书写的意义在于，她在消费语境中以散文的方式创造了一个诗性的精神故乡与栖息地。

第三章 西部散文的创作模式

西部散文作为20世纪90年代以来深具影响力的散文流派[①]，涌现出了相当足可视为经典的散文作品。但西部散文又是一个发展中的流派，由于参与其中的西部作家众多，且其创作的散文作品层出不穷，似乎容易给人造成一种"混乱"的印象。毋庸置疑，如何从宏观视野上把握西部散文的创作动态以获得整体认知，已成为研究者必须要面对的问题。苏联文论家赫拉普钦科曾言，"任何文学流派都不是语言艺术家的偶然的集合。它作为一个由生活和文学本身决定的统一体而出现。与此同时，其中也存在着本身内部的、经常是很复杂的进一步划分。所有这一切就使得我们能谈论文学流派的结构问题"[②]。循赫拉普钦科的理路，我们认为，西部散文是由西部作家的生活体验和文学实践所决定的"统一体"，但其内部存在着"进一步划分"的可能，这就指向它的创作形态问题。这样，"创作模式"之说最先进入我们的视野，它无疑为我们观察和解读西部散文提供了一种重要思路。"模式"这个词，《现代汉语词典》解释为"某种事物的标准形式或使人可以照着做的标准样式"[③]。在英语语言中，"模式"用pattern来表示，是

[①] 参阅范培松《西部散文：世纪末最后一个散文流派》，《中国文学研究》2004年第2期。
[②] ［苏］赫拉普钦科：《赫拉普钦科文学论文集》，刘捷、刘逢祺译，人民文学出版社1997年版，第186页。
[③] 中国社会科学院语言研究所词典编辑室：《现代汉语词典》，商务印书馆2002年版，第894页。

通过同义词 model、sample、way 等词来释义的①，也认可"模式"有"范式""样式""方式"等义。模式这个词的指涉范围很广，它标示着事物之间具有某种隐藏的规律性的关联，只要相类似的事物不断复现，就可能存在相应的模式。从这样的认识论出发，不难认定，所谓"创作模式"是指在众多相近而具体的作品创作的基础上所形成的显示着类型属性的创作趋势或创作形态。那么，西部散文的创作模式到底是怎样的？从已有的西部散文作品来看，其主要呈现了三种创作模式，即"游历—文化再现式""体验—生命感悟式"和"追寻—精神还乡式"。下面我们将结合西部散文作品分而述之。

一 "游历—文化再现式"

西部散文中极为突出的一种创作模式就是"游历—文化再现式"，西部作家不约而同地选择这种创作模式实在有着多方面的原因。西部的历史在某种意义上说就是一部"在路上"的历史，是一部与迁徙、流离和抗争相伴生的历史。以游牧民族而论，其生活就始终"在路上"，他们的生活方式是逐水草而居的不断迁移，更何况大量的汉族移民涌入西部。据《汉书·地理志》记载，汉武帝时期曾向甘肃武威以西的广大地区就大量移民，其对象"或以关东下贫，或以抱怨过当，或以悖逆亡道，家属徙焉"，说明当时的移民成分主要为内地的无业游民、刑事犯、政治犯及其家属，西汉以后的历代王朝基本沿袭了这一传统。而新疆的地方史将"在路上"的西部意象演绎得分外彰显，有研究者做过这样的统计，以移民的类型而言，根据移民的人数、持续时间、涉及范围及其影响等维度，将西汉至晚清新疆历史上的汉族移民就分为官方组织的移民、出于政治目的的移民、自发性的移民，以及由于其他形式如战争、商贸、宗教和掠夺买卖而导致的移民

---

① 参阅《牛津现代高级英汉双解词典》，商务印书馆 1995 年版，第 822—823 页。

等四大类型。① 新中国成立前后，新疆也是移民的主要聚集地，来自陕西、甘肃、河南、山西等省的难民、灾民、穷人纷纷到新疆讨生活。西部在历史上更留下了许多开拓者的足迹，如周穆王的西行，张骞、班超的出使西域，朱士行、法显、玄奘等名僧的西行求学取经，解忧、弘化、文成等汉、唐公主们的分赴乌孙、吐谷浑和吐蕃联姻，以至近代林则徐流放新疆时的垦辟屯田和左宗棠的收复乌鲁木齐，无疑都为历史增添了开拓者西行的绝响。由此可见，"在路上"其实是一个渊源深广的西部意象。

除了历史积淀的深度影响之外，西部散文传统的巨大存在对西部作家选择这种创作模式构成了不能不正视的引力。这其中，国外探险者、科学家和传教士的记游，特别是辛亥革命前后国人的西行记游，则对西部作家产生的影响更为直接。尽管那些国外的探险者、科学家和传教士怀着各自的目的来到西部，而且他们对中国文化和中国社会不免流露出某种鄙视与轻薄，但他们的西部记游却较大规模地再现了西部特有的地理环境与人文图景，他们常常探险西部纵深，以文字的形式保存了20世纪初西部的某些生活模态与社会形态，"从探险记游的艺术视阈和总体风格来看，无论是大漠深处的生死之旅，还是征服雪山冰川无人区的历险，都洋溢着历史沧桑感和生命的悲怆感，充满了鲜明的人格力量和地域文化色彩"。② 较有代表性的著述，如斯文·赫定的《丝绸之路》、科兹洛夫的《死城之旅》、兰登·华尔纳的《在漫长的中国古道上》、河口慧海的《西藏旅行记》、大卫·尼尔的《一个巴黎女子的拉萨历险记》。倘若我们将国外探险者、科学家和传教士的西行记游看作是殖民势力强行介入的镜像的话，那么辛亥革命前后国内的作家、学者、科学家以及新闻工作者的西行记游则旨在呼吁国人对西部的重视与开发。他们虽然不时以赞叹的笔触描述西部壮观的自然景色，但更多的是对西部人文图景的呈现，而无不弥散着强烈的忧患意

---

① 李洁等：《历史上新疆汉族移民的类型及其作用》，载《烟台大学学报》（哲学社会科学版）2008年第3期。
② 丁帆主编：《中国西部现代文学史》，人民文学出版社2004年版，第41页。

识与精神焦虑,这些西部记游集体释放了"游历—文化再现式"创作模式的可能张力。如裴景福的《河海昆仑行》,记录了其1905年谪戍伊犁的旅途见闻,举凡沿途所见自然、人情、风物都被描述得神情具现。谢彬的《新疆游记》,以日记体的形式记录了新疆的自然概貌、日常生活和民俗民情。陈万里的《西行日记》在对西部民俗风情和社会形态的描述中,倾注了作者对民生疾苦的深刻关注。徐炳昶虽为历史学家,但其1927年问世的《西游日记》却可视为出色的西部散文,其将历史考古的视角引入西行记游的书写,在西部自然和人文的叙述中折射出对历史与现实的双重反思,从而使这些记游呈现出历史的厚度与现实的深度。范长江的《中国的西北角》,全方位地展现了其西行的所见所闻,表达了对西部历史文化的追怀,引人注目的是,他能将西部命运与民族国家命运紧紧地联系在了一起,而赋予其西行记游以深邃的现实意义。林鹏侠1932年出版的《西行记》,详细记述了其从咸阳到兰州的路途中所见的一幅幅令人心碎的流民图以及饱受匪盗侵扰的西部村落,充满了人道主义的关切、悲悯及批判。20世纪初国人的这些西部记游,无疑为西部散文创作确立了一种范式,并逐渐固态化为一种创作传统。

可以看出,西部散文的"游历—文化再现式"创作模式具有较大的辐射空间,它犹如类型电影中的"公路片",叙述者虽"人在路上",却不断引领读者向西部更深处走去,使读者在饱览西部苍凉壮美的自然景观的同时,以目睹西部富含历史情韵的人文图景,并感受到作家释放出来的情感能量与思想灼力,从而使其成为西部作家最常采用的创作模式。但这种创作模式却不是西部散文的专利,毋宁说它是西部作家对中国文学史上"游记"体式的现代转换和再创造。游记散文在中国文学史上可谓源远流长,南北朝时期就有谢灵运的《游名山记》、吴均的《与宋元思书》、鲍照的《登大雷岸与妹书》等名篇问世,而郦道元的《水经注》和徐宏祖的《徐霞客游记》更是将这种散文体式推向了极致。新文学同样重视这种散文体式的广泛采用,如冰心的《寄小读者》、朱自清的《欧游杂记》等,就为现代游记散文打开了某种通道。那么，作为西部散文的"游历—文化再现式"创作模式对游记散文进行了怎样的现代转换呢？我们知道，古代的游记散文重在地理、山川、风光的描摹与再现，作家的书写重心显然是"寄情于山水"，换句话说，其主体性的审美对象是自然，在这样的叙述中，"人的存在"并不是关注的焦点。现代游记散文则不限于山川风物的抒写，而是能够"以人为中心"展开叙事，故对西部散文的启示就更大。西部散文不仅汲取现代游记散文"以人为中心"的叙事经验，而且更强调对"文化与人的存在"的思考。这样，我们也就能够理解，为什么西部散文的"游历—文化再现式"创作模式，要将西部人的生产方式、生存方式和生命方式作为叙事的重心而展开，因为这些文化行为深刻体现着西部人的"此在"与"历史"。

马丽华的"走过西藏纪实"（包括长篇散文《藏北游历》《西行阿里》《灵魂像风》《藏东红山脉》），可看作是西部散文"游历—文化再现式"创作模式的典范。作者以她镜头般聚焦的笔触，将我们带向人迹罕至的藏北、藏东、藏南、阿里等西藏荒原或谷地，再现了藏民族沿承久远的生产方式、生存方式和生命方式，以及由于现代文明的冲击其生活方式正在发生的微妙变化。在叙述者看来，西藏是一个布满神灵的地方，这里有常年香火弥漫的古刹寺庙，有经幡飘扬的雄山圣湖，有英雄传奇格萨尔王传，有千年不荒的茶马古道，有口念六字真言的信徒香客，有惊世骇俗的天葬火葬，有生命力旺盛的藏北姐妹。但马丽华并不是要将西藏神秘化，而是以"神秘"西藏的"运动镜头"来表现西藏人的存在状态，缘于此，马丽华笔下的西藏也就成了"马丽华的西藏"。正如研究者所论，"马丽华以她的浪漫诗情和人文敏悟建构起了一个'马丽华的西藏'（在成为'西藏的马丽华'的同时）——这一建构集中在其'走过西藏系列'中，即按照她的话来说由'农村、牧区和古史之地'构成的'一部民间的形而上的西藏'"。[①] 青

[①] 尼玛扎西：《颠簸的生存之流与激变的时代之潮——评马丽华的散文创作》，《西藏文学》2000 年第 6 期。

海作家梅卓的散文集《人在高处》《走马安多》《吉祥玉树》同样采用了"游历—文化再现式"的创作模式,作者似乎一直奔走于青、甘、川等藏民族的生存栖居之地,在青海的茫拉河上游,在神话萦绕的安多雪峰,在天然纯净的祁连山脉,在积雪环抱的甘南玛曲,在一望无际的阿西大草原,在石头上刻满经文的玛尼石城,在三江之源的玉树大地,都留下了作者不倦的足履与无尽的感叹。如果说马丽华作为一个多年客居藏地的外来者,对藏民族的生活方式还多少有些浪漫主义渲染的话,梅卓作为一个藏族作家,对藏地生活方式的描述更趋于本真,也更注意其生活方式的细节,却同样能体现出其丰富的文化意味来。如《孝的安多方式》叙述了一个为藏民族所特有的"松更节",这是老人在世时儿女为其举办的礼敬佛法、布施大众的善事活动,作者的描述似乎是信手拈来却极富文化意味,"节日当天,一大早时,老人已经穿上氆氇藏装,首先要去'莫洪'神庙祭祀,莫洪是本村的保护神,这是一座马脊式建筑,里面供奉有莫洪的巨大塑像,他的身上挂满着累积了上百年的各色哈达。神庙旁是几株繁茂的大树,华盖似的冠枝遮天蔽日,其间有高耸入云的箭杆堆,挂着经幡,前面是桑烟台,老人带着柏枝,点燃了今天的第一炉桑烟"。[①]

贾平凹的《定西笔记》是其 2010 年冬行游甘肃定西的感慨之作。他一路走来,看到的尽是令其颇感不安的"破败"景象,在农业生产已走向机械化、现代化的时代,这里却因为贫穷与闭塞,仍延续着传统农耕的作业方式,走进农家,满眼是各式各样的农具,包括那些极为原始的农具,如耱子、连枷、筛子,以及打土坯的杵子、切草料的铡子、缠了沿的背篓。物质生活的落伍,却不能阻碍定西人对文化的追求,他们将字画看作"文化"的表征,再穷的人家都挂着字画。他们看重"历史",村子里那威严的石狮和肃穆的大树,俨然永远的守护神,传达着乡土社会曾经的那份古朴与厚实。作者坦言其所以选择定西之行,正是为了感受传统文化的在场,

---

[①] 梅卓:《孝的安多方式》,见《走马安多》,青海人民出版社 2009 年版,第 24 页。

如其所言,"在我的认识里,中国是有三块地方值得行走的,一是山西的运城和临汾一带,二是陕西的韩城合阳朝邑一带,三是甘肃陇右了。这三块地方历史悠久,文化纯厚,都是国家的大德之域,其德刚健而文明"。① 红柯的散文集《手指间的大河》,是作者 1999 年分三次对青海、甘肃、内蒙古、陕西四省区进行文化考察的收获,他循着黄河的发源地和流经地青藏高原、黄土高原及内蒙古大草原顺流而下,重点考察了这些地域的民间文化,并采访了众多的民间艺人。在作者看来,黄河的流经之所,"正好也是一条大河的童年、少年到壮年",而"一条河其实是一个渐渐辽阔起来的生命,包含着一个民族的神话、史诗和梦想"。② 在这部散文集中,"文化"是作者展开叙事的支点与重心,而这"文化"又是与西部人的存在血肉般地融合在一起的,寄寓着西部人对生命的理解、对历史的记忆和对生活的期待。无论是甘南的木雕艺术、唐卡绘画、龙头琴弹唱,河州的钢刀制作、壮汉绣花、砖雕工艺,兰州的刻葫芦艺术、瓷器上临摹的敦煌艺术,还是青海的土族刺绣、皮影、撒拉族刺绣,内蒙古的包头剪纸艺术、鄂尔多斯高原上的根雕艺术、呼和浩特的蒙古族服饰艺术,乃至陕西佳县的剪纸艺术、华县的皮影艺术,都以其质朴的艺术气息传达着西部人的大苦、大悲和大乐。因为民间文化的在场,西部大地便升腾起了某种神性的光芒。

二 "体验—生命感悟式"

如果说西部散文的"游历—文化再现式"创作模式因为叙述者"在路上"的便利,采用了类似于电影拍摄中的"广角镜头",以最大限度地观览与再现西部人的生产方式、生存方式和生命方式,从而突出了西部散文映像生活的广度的话;那么,"体验—生命感悟式"创作模式则重在表现西部

---

① 贾平凹:《定西笔记》,人民文学出版社 2011 年版,第 3 页。
② 红柯:《手指间的大河·前言》,中国青年出版社 2001 年版,第 1 页。

作家的生命感悟，而这种"生命感悟"不仅可能来自于西部人，而且也可能来自西部大地上存在的一切生命体，它大多采用的是类似于电影摄影中的"长焦距镜头"，也就是说，它往往将西部自然环境和人文环境虚化，而尽可能深层次地展现生命体的"此在"及其给西部作家的启示，这种创作模式突出了西部散文映像生活的深度。

西部绵延的戈壁、浩渺的沙漠、荒凉的高山及浑浊的河流形成了自然神话，自然神话导致了西部人不得不承受的漫长的贫困，极易使其衍生出浩大的寂寥感、苍凉感和苦难感；而封建宗法文化的遗留、当代政治文化的冲击和现代文明进程中的落伍又共同组构了西部的社会神话，社会神话直接造成了西部人"被隔离"的遗弃感。自然神话与社会神话所造就的双重苦难，使西部作家格外重视生命现象并对其产生了丰富的体验，当这种体验与西方文化哲学体系中的生命哲学、中国生命诗学相碰撞，自然而然使西部散文流淌出生命的激流，由此形成了西部散文的"体验—生命感悟式"创作模式。西方文化哲学对文学艺术与生命现象的关系的讨论由来已久，从苏格拉底、柏拉图、朗加纳斯，到维柯、黑格尔、叔本华，再到尼采、柏格森、狄尔泰、苏珊·朗格、卡西尔，都认为文学创作与生命体验的关联极为密切，他们都推崇生命的原力与自为，倡导作家对生命体验的深度化表达，这样便形成了西方诗学一种重要的理论走向。中国生命诗学发端于《周易》，《庄子》则将《周易》表现出的天人化合的生命精神推向了极致，其后历代的作家都将生命现象的深度化表达视为诗文创作的标杆，而现代以来郭沫若、宗白华、田汉、胡风、冯至、郑敏诸人以中国传统生命诗学为基础而融合西方生命哲学，形成了新文学的生命诗学观照的传统。不难看出，西部散文的"体验—生命感悟式"创作模式是对中西方传统意义上的生命哲学和生命诗学的一种有力的回应。

在这种创作模式的实施中，"体验"是一个关键词，其内在要求是，西部作家要能从那些看似寻常的事物中体验出不寻常，从人们已丧失了感受兴趣的生命体中发现生命力的炽热与勃发，换言之，这类体验其实是"陌生化"的体验。什克洛夫斯基如是说,"艺术的程序是事物的'反常化'程序,是复杂化形式的程序,它增加了感受的难度和时延,既然艺术中的接受过程是以自身为目的的,它就理应延长","艺术是一种体验事物之创造的方式"。① 杨义也主张生命体验的陌生化,但更强调"感悟"的渗透力作用,其认为,"中国诗学是一种生命的诗学,是一种文化的诗学,是一种感悟的诗学,是一种综合着生命的体验、文化的底蕴和感悟思维的非常有审美魅力的多维的诗学","感悟,也就是一种有深度的意义、又有清远趣味的直觉,是心灵对万物之本真的神秘的默契和体认,它以返本求源的方式,切入生命与文化、人生与宇宙的结合点"。② 既然陌生化体验如此重要,甚至可以说是关乎这种创作模式成败的决定性环节,那么,西部作家如何才能获得陌生化体验并从中感悟出生命的价值意义来呢?从西部散文的创作实际来判断,陌生化体验的获取不外乎两种途径,其一是"累积式体验",其二是"情境式体验"。顾名思义,所谓累积式体验,就是西部作家置身于相对稳定的空间而对某种生命现象通过长时间的观察、感受和发现而获得的生命体验,这类体验往往重视"过程","过程"既是时间投入的过程,也是情感和思想投入的过程,刘亮程的散文集《一个人的村庄》、张子选的散文集《执命向西》中的大多数作品,都是在累积式体验的基础上完成的。情境式体验与累积式体验的最大不同,就是西部作家因为置身于某种陌生的空间情境而对生命现象产生顿悟,从而"切入生命与文化、人生与宇宙的结合点"。情境式体验的叙述者也许"人在路上",与"游历"表现出某种相似性,但我们看到,由情境式体验生发的叙事不以呈现西部人文图景为目的,而以表现西部作家的生命感悟为重心,这是我们应注意到的。情境式体验的极端化,就是存在主义所谓的"边缘情境"体验,如研究者所

---

① [俄]什克洛夫斯基:《作为手法的艺术》,见《俄国形式主义文论选》,方珊等译,生活·读书·新知三联书店1992年版,第6页。
② 杨义:《中国诗学的文化特质和基本形态》,见《重绘中国文学地图》,中国社会科学出版社2003年版,第33、50页。

论,"存在主义赋予边缘情境、赋予死亡以特殊的意义。从踏入边缘情境那一刻起,人不再回避死亡、拒绝死亡,而是不得不与死亡相伴,不得不直面死亡的焦虑与恐惧,从而开始一种全新的生存模式"。① 周涛的很多散文作品,以及刘元举的散文集《西部生命》、陈漠的散文集《谁也活不过一棵树》中的大多数作品都得力于情境式体验。虽然从边缘情境体验生发的叙事作品不多见,但我们还是从周涛的《逃跑的火焰》《突厥石人》,马步升的《绝地之音》《残缺之音》,任为民的《大漠之魂》等作品可窥探出边缘情境的些许端倪。

刘亮程在创作散文集《一个人的村庄》之前,几乎从未远离那个生于斯、长于斯的位于新疆沙湾县的一个小村庄——黄沙梁村,这使他有足够的时间从容而耐心地观察乡村世界的各种生命现象。值得注意的是,作者在这部散文集中表现出的生命意识,超越了尊卑,超越了荣辱,甚至也超越了生死,这使他回到了生命本身,回到了庄子"齐生死、等万物"的无为之境,而其叙事总是能赋予生命以神圣的意味。阅读这样的作品,我们不能不被作者表现出来的强烈的生命精神所感动,这是散文中的真文字、真感情、真气象。譬如,在《冯四》这篇散文中,作者叙述了一个叫冯四的农人的一生,此人终老一生都一事无成,到死还是个光棍汉,但在作者看来,冯四的一生与其他任何人的一生相比都不逊色,重要的是他走完了生命的旅程,如其所叙,"在世上走了一圈啥也没干成的冯四,并没受到责怪,作为一个生命,他完成了一生。与一生这个漫长宏大的工程相比,任何事业都显得渺小而无意义","冯四是赤手空拳对付了一生的人。当宏大而神秘的一生迎面而来时,他也慌张过,浮躁过。但他最终平静下来,在荒凉的沙梁旁盖了间矮土屋,一天天地迎来一生中的所有日子,又一天天打发走"。② 作者不仅尊重像冯四这样默默无闻、毫无作为的人,而且对那些家畜、家禽乃至连名字都不知道的小虫子也表现出了难得的尊重,如

---

① 梁旭东:《遭遇边缘情境:西方文学经典的另类阐释》,北京大学出版社2004年版,第2页。
② 刘亮程:《冯四》,见《一个人的村庄》,春风文艺出版社2006年版,第22—23页。

《狗这一辈子》《通驴性的人》《人畜共居的村庄》《两窝蚂蚁》。在《与虫共眠》这篇弥漫着诗情的散文中，作者叙述了自己在一个夏夜，由于疲劳而倒头睡在了田间地头，"醒来时已是另一个早晨，我的身边爬满了各种颜色的虫子，它们已先我而醒忙它们的事了。这些勤快的小生命，在我身上留下许多又红又痒的小疙瘩，证明它们来过了"，"这些可怜的小虫子，我认识你们中的谁呢，我将怎样与你们一一握手。你们的脊背窄小得签不下我的名字，声音微弱得近乎虚无"，但"一年一年地听着虫鸣，使我感到了小虫子的永恒"。① 小虫子的生命与人的生命被等量齐观，这在20世纪中国散文史上是一种开创性的抒写，作者从中透露出的生命观的确耐人寻味。

陈漠的散文集《谁也活不过一棵树》，是作者在21世纪初历时两个月对塔克拉玛干沙漠的周边进行文化考察的结果，在这个广袤凶险而又难以捉摸的古丝绸之路上穿行，作者似乎无时不感到来自死亡之海的威胁，这使其对沿途的各种生命现象给予了最大限度的关注和思考，这就不难理解，生命感悟和生命精神何以成为这部散文集的魂魄所系。作者怀着极大的耐心，既叙述了这里坚韧生活着的人们，也叙述了这里的动植物的生命状态，而其叙述的重心，显然是要从这里的生命现象触摸到某种生命精神。譬如，在《马鹿用激情支配大地和天空》这篇散文中，作者认识到，"我们会通过马鹿看清生命的激情和高度，看清单纯而无辜的再也走不回去了的来路。"② 在《顺着野驴的路走》中，作者做了这样一种假设，"如果来世有可能选择生命的话，我愿意做一只快活的野驴。它可以让我实现我在人群中永远也实现不了的愿望，并达到应有的生命及精神高度。"③ 作者从野牦牛、野骆驼、野猪、野马、雪豹等塔克拉玛干地区的这些野生动物身上体验到的是

---

① 刘亮程：《与虫共眠》，见《一个人的村庄》，春风文艺出版社2006年版，第16—17页。
② 陈漠：《马鹿用激情支配大地和天空》，见《谁也活不过一棵树》，湖南文艺出版社2001年版，第1页。
③ 陈漠：《顺着野驴的路走》，见《谁也活不过一棵树》，湖南文艺出版社2001年版，第43页。

生命的野性、热量和激情，与生活在都市的生命力日趋萎缩的人们相比，"它们拥有了某种内心的高贵和雄心"。① 塔克拉玛干沙漠绝地求生的植物们，更让作者体验到了生命的顽强、韧性和蓬勃。随流沙而动的柽柳，即使偶然碰到难得的雨点，便抓紧时间落地生根并茁壮生长，以惊人的速度完成其成长期，然后坦然面对漫长的干旱，这在艰难环境中一路拼杀而来的柽柳，却将生命的能量于其花期尽情燃放，"它们持久地凝结自己的青春和情欲，一次次等待并喊住自己，巧妙地躲过炎热的盛夏，来到凉爽的八月。它们火焰一样怒放开了，谁也阻挡不住它们的美，谁也无法改变大悲壮之后的大艳丽。有一种过来人的大彻大悟和大惊喜。白的高洁，红的浓烈，粉的朴素真挚。茫茫沙漠上，它们盛开得比美更美。"② 而无花果、胡杨树、梭梭草、沙枣树又何尝没有释放出生命的热力，在作者看来，这里的所有植物都有"思想者一样的巨大生命"。③

马步升的《绝地之音》堪称慨叹西部生命的绝唱。作者曾在陕甘交界处的一座古长城的营盘上，于黄昏时分无意中听到一串如丝如缕、如泣如诉的歌声，那被风沙折磨了半个月之久的干涸的眼眶不觉间盈满了清泪。那是一首什么样的歌，如此震撼作者的心灵，竟至于浸入其骨髓让其寝食难安。追随作者回忆的脚步，我们看到了古长城边秦汉将士的遗迹，听到了被凄厉的朔风夹裹着的远古的苍凉。那些残砖断瓦、破败城障以及累累白骨，仿佛在诉说着秦时明月汉时关，传达着征人无限的悲情，此时远远传来的无词无调的歌声，使作者感到"昏黄的夕阳浮在黄土上，满地好似涂着秦汉边卒那风干的血"。数年之后，当作者孤身闯入腾格里大沙漠，在生命陷入绝境的荒漠却再次听到那熟悉的歌声。于是，作者便有了这样撼动人心的生命感悟，"绝地，才能迸发出绝唱，绝唱，永远是绝地的宿命。

---

① 陈漠：《高大的肉体》，见《谁也活不过一棵树》，湖南文艺出版社2001年版，第13页。
② 陈漠：《柽柳根长住了塔克拉玛干》，见《谁也活不过一棵树》，湖南文艺出版社2001年版，第123页。
③ 陈漠：《梭梭就像活煤》，见《谁也活不过一棵树》，湖南文艺出版社2001年版，第139页。

绝地之音，并不仅仅转达悲壮哀婉，它是生命本身，每一个音符里都透射着生命的全部内涵。它不是用具体的词、调所能表达清楚的，身处无语无理性之境地，废词失调才是真实生命的展示"。① 任为民的《大漠之魂》②不妨看作马步升《绝地之音》的姊妹篇，它同样是一篇慨叹西部生命的佳作。不同于马步升在看似冷静的叙述中爆发诗情的是，《大漠之魂》通篇以急促的诗的语言来抒写塔克拉玛干沙海中的"伟大的生命"——胡杨。胡杨在千里大漠形成了一个奇特的世界，一派壮阔的风景，一部千年的史诗。在金秋时节，胡杨所有的叶子都被染成金色，远远望去，如金色的火焰在燃烧，这真正是生命的奇观。胡杨的生命历程足以构成一部荡气回肠的传奇，它们生而千年不死，死而千年不倒，倒而千年不朽。这向死而生的胡杨，这铁骨铮铮的胡杨，这演绎生命传奇的胡杨，不啻是在展现西部人健硕而勃发的生命力。

三 "追寻—精神还乡式"

海德格尔在阐释荷尔德林的"归家诗"时指出，荷尔德林的所谓"归家"绝不仅只是回到了他的出生之地，而是具有丰富的所指。回到"家"中，诗人因为对所见之人或所睹之物熟悉而令其愉悦，但"家"又将它"最本质的一面"关闭着，所以，"归来者虽已到达，但仍然没有归家。因此，家是'难于企及的、闭门不纳的'。这样，到达者还得继续寻找他的家"。那么，到底什么是"家的最本质的一面"？海德格尔认为，"家的核心本质是神意，或我们现在所称呼的：历史"，荷尔德林虽然在诗中将"家"的核心本质揭示了出来，并且将其呈示给那些栖居于故乡大地上的人，但

---

① 马步升：《绝地之音》，见《一个人的边界》，敦煌文艺出版社1997年版，第32、33页。
② 任为民：《大漠之魂》，见史小溪主编《中国西部散文》（上），东方出版中心1998年版，第305—307页。

"在神意中，这本质还未被完全给出。它还被滞留着。因此，那惟一顺应神意的东西、恰当的东西，还是没有找到。于是，那已被给出、同时又被保留之物，就被称作被遮蔽者。在这被遮蔽者的下面，发现正在向我们走近，但仍需我们去寻找它"。① 海德格尔所说的"家"，不仅指地理意义上的故乡，而且更应看作是文化意义上的家园和精神意义上的本原。这就是说，还乡除了是对故乡的接近外，还意味着对文化家园和精神本原的接近，而这种接近非"离乡"之人实难体会，故海德格尔又强调指出，只有那些备受艰辛的离乡者，才能在还乡旅途中感受极乐，这是因为，其已深知自己的文化家园和精神本原是什么，如其所论，"归家是回返到与此本原相近之处"，"但这样一种回返的条件是：作为流浪者，归家之人在以前、在很长的时间内都把航程的重负担当起来，而且已进入此本原，这样，他可在那儿体验那被寻求者的本质可能是什么，而且能够作为更有经验的寻求者回返故土"。② 海德格尔从存在主义视野对荷尔德林归家诗所作的阐释，无疑具有极大的辐射力，可以说是对世界文学中"还乡书写"的高度概括，其普世价值不容忽视。从海德格尔的论述来看，还乡书写的核体应该是对文化家园和精神本原的洞悉与揭示，虽然文化家园和精神本原的意义是"已被给出"的，但"同时又被保留"，因此还乡者"还得继续寻找"，这不断寻找的过程，即不断"去蔽"的过程。这也就构成了还乡书写的基本轨迹：离乡→追寻→还乡→再追寻。当诗人远离故土，在异地他乡经受历练，才突然觉察到自己生命中的失衡，这迫使他追寻，即使是担当着"航程的重负"去追寻，而所有的追寻都无不指向故乡，对故乡想象性的趋近，使其重获"在家"的感觉，这就强化了其日后还乡的可能；但当诗人踏上还乡之路并走进故乡，却发现他仍然没有"归家"，因为这个"家"是他的文化家园和精神本原，他必须持续追寻，直到他真正融入文化家园并澄明其精

---

① ［德］海德格尔：《追忆诗人之二》，见《存在与在》，王作虹译，民族出版社2005年版，第93页。
② 同上书，第103页。

神本原。

　　精神还乡在中国文学史上确可视为一种传统。屈原的《楚辞·哀郢》抒写了流放途中的诗人对故乡刻骨铭心的思念与眷恋，那来自成长记忆中的故乡的美好事物，是诗人持续追寻的结果，尽管他此时肩负着超常的重负。故乡想象是流放诗人忍受磨砺的力量来源，这甚至成为诗人活下去的重要支撑，而其故乡想象又是以假定性还乡的方式呈现的。魏晋南北朝时期由于战乱使怀乡还乡之作骤增，王粲的《登楼赋》、陶潜的《归去来兮辞》都是名篇；唐宋时期由出塞、宦游而导致的怀乡还乡之作不少，明代性灵派文学的勃兴极大地推动了还乡书写，张岱的《陶庵梦忆》是很有代表性的还乡散文。现代作家虽然在很大程度上延续了古代文学中还乡书写的脉流，但在新旧文化的比照中，因为他们接受了启蒙思想，容易发现封建宗法制度对个体成长的抑制，使其对乡土家园难免要产生厌弃心理，并造成了他们深刻的漂泊感。但随着城乡对峙的逐渐升级，现代作家对故乡最终形成的是某种又爱又恨的复杂情感，这使乡土散文——现代还乡书写的主要表现形态，"负载着作家的内心冲突，反映着他变化中的乡土意识——'离乡'、'还乡'是作家的外在生活，也代表心理层面上远离和趋近乡土；'在家'和'不在家'是他们的心理感受，也对应现实生活层面上这两种状况"。[①]鲁迅、周作人、茅盾、郁达夫、沈从文、废名、王鲁彦、许钦文、李广田等现代作家的还乡书写，都彰显出悖论式的情感态度，却更能体现海德格尔所谓"继续寻找"的必要性。

　　从上述简要的梳理中我们得知，西部散文的"追寻—精神还乡式"创作模式既是对现代还乡书写的承续，又是对古代还乡书写的回应。西部作家所以采用这种创作模式，实际也是基于时代与文学的双重诉求。新时期改革开放后，随着现代化进程的深度推进，城乡冲突便表现得空前剧烈，促使西部作家重新思考发生在西部大地上的现代性问题，并重新定位"故

---

① 陈德锦：《中国现代乡土散文史论》，中国社会科学出版社2004年版，第58页。

乡"的价值意义。众所周知，中国式现代化是一种"外发型现代化"[①]，是通过由外到内的输导性力量催发社会变革的现代化，这不能不引起"传统"的断裂，而传统却主要由具有规范作用和召唤性能的精神文化所构成。传统的突然断裂使习惯于精神文化生活的作家被置于悬浮状态，使中国作家尤其是西部作家产生了难以消除的流浪感，"归家"的愿望从此变得分外迫切。还应该看到，现代化在给人带来物质文化进步的同时，远未给人带来与之相对应的精神文化，相反，它不断掏空人的精神生活，把很多人变成唯利是图的功利主义者。美国学者艾恺深入剖析过欧洲的现代化进程，指出18世纪的"启蒙运动"在改变欧洲人的世界观的同时，也给后世留下了精神灾难的隐患。"启蒙运动不但改变了欧洲的世界观，由于其本身即包含了'道德真空'的基因，遂为日后的'价值失落'、'没有目的'与'无意义的世界'播下了种子"[②]，以启蒙运动为前奏的现代化运动所导致的精神灾难，决不仅是欧洲现象，它"对社会的传统礼俗、民族文化的继承等等造成的破坏，也是大同小异的"[③]。艾恺提出的"道德真空""价值失落""没有目的"等用语正可描述20世纪90年代部分中国作家在遭遇消费文化的侵袭后所表现出的精神生活的困惑与迷惘，而这种精神状况更坚定了西部作家"归家"的决心。除此之外，1985年前后兴起的"寻根"思潮对西部作家同样具有决定性的影响，"寻根文学运动从本质上讲，便是以民族文化及其覆盖在民族心理深层的文化积淀为纵向坐标，以整体性的人类文化为横向坐标，探寻自己民族文化的历史演进、地域特点和现代重建的可能性"。[④]寻根文学力图从本土文化寻找可资借鉴的精神源头的取向，极大地启发了西部作家，从那时到现在，西部作家始终都未放弃"寻根"，在散文创作中历时性地呈现着各自所认定的民族之根、文化之根及精神之根。不

[①] 杨耕：《传统与现代性：当代中国社会发展的深层矛盾》，《哲学动态》1995年第10期。
[②] [美]艾恺：《世界范围内的反现代化思潮——论文化守成主义》，贵州人民出版社1999年版，第10页。
[③] 同上书，第2页。
[④] 吴秀明主编：《中国当代文学史写真》，浙江大学出版社2003年版，第262页。

难发现，西部作家在"归家"和"寻根"的策动下，采用"追寻—精神还乡式"创作模式实在有着自身的历史逻辑。下面我们以张承志、杨志军、郭文斌、铁穆尔的作品为例，来探视这种创作模式的运作。

张承志的散文创作之路曾被研究者看作是"理想主义的精神长旅"①，准确抓住了他散文创作的核体内容。张承志确实一直在追寻，追寻着海德格尔意义上的"家"，追寻着他的文化家园与精神本原，从内蒙古草原到天山南北，从戈壁荒滩到黄土高原，从祁连雪峰到匈奴旧地，他追寻的脚步几乎从未停歇。作为一个西部的"归来者"，他虽多次"到达"，"但仍然没有归家"，这是因为，他还未完全阐明"家的核心本质"——"神意"，而对"神意"的传达是这位理想主义者毕生追求的信念，如其所言，"我命定不能以享受美而告退下阵。我只能一次次拿起笔来，为了我深爱的母国，更为了我追求的正义"②，这就注定他也许将永远处在追寻与漂泊的路上。基于上述情由，我们就不难理解，张承志写得最多、最好的散文作品，往往是"追寻—精神还乡式"创作模式的具现。西部当然并不是张承志地理意义上的故乡，他所以将西部认作是"故乡"，是因为只有在西部，他才能探得其精神本原和确认其文化家园，如在《旱海里的鱼》这篇散文里，就有这样的说法，"西海固的荒凉大山，从那个冬月开始，成了我的故乡。清油辣子的浆水面，苦中有甜的罐罐茶，无事在泥屋里闲谈密语，有时去山野间访故问新。渐渐地，我熟悉了这块风土，听够了这里的哀伤故事，也吃惯了这里的饭食"。③ 张承志的精神追寻又是多方面的，其中最引人瞩目的是对"清洁精神"和"英雄精神"的追寻，这在他的《绿风土》《回民的黄土高原》《荒芜英雄路》《无援的思想》等散文集中表现得相当显著。张承志虽被追逐文学潮流的人视作"另类"，但我们却不能不被其散文作品

---

① 韦器闳：《理想主义者的精神长旅——漫评张承志的散文创作》，《当代文坛》1994年第6期。
② 张承志：《夏台之恋》，见《黄土——张承志的放浪笔记》，江苏文艺出版社2009年版，第174页。
③ 张承志：《旱海里的鱼》，见《张承志散文》，人民文学出版社2005年版，第154页。

所震撼，因为他在消费文化语境中持续再现了精神故乡的意义。

　　杨志军是青藏高原不倦的歌者，这个从 20 世纪 80 年代初就登上文坛的西部作家，数十年来都以青藏高原作为其主要的题材资源，他的目光从未离开西部。对杨志军来说，移居别处尽管是长久的离乡，但并没有使他疏离西部，相反，一次又一次的梦回西部，使他对西部的情感变得更加通透、更加深沉。离乡促使杨志军踏上了追寻精神本原的漫漫之旅，也促使他不断以精神还乡的方式进入西部，其散文集《远去的藏獒》便是这样的精神还乡之作。在杨志军看来，一个背弃西部的西部人将导致其精神本原的迷失和文化家园的崩毁，从而使其变为一个悲哀的终身流浪者。"抛弃家园的人最终又被家园所抛弃，这实在是一个令人尴尬的处境，一个以兴奋开始以忧伤结束的过程。当这个过程临近终端的时候，你发现你已经是一河失去源头的水，只能靠雨水来补充；你已经是一棵失去土壤的树，只能靠盆水来滋养。你会在精神即将枯死的威胁中天天想到'西部'。"[①] 多年的城市历练，让杨志军身心俱疲，"归家"的念头日盛一日，当他来到绝尘绝俗的布满神性气息的冈日波钦，似乎猛然间找到了他企盼已久的"神意"，因此也就有了感人的"去蔽"言说，"我原本是属于冰天雪地的，属于高寒带的洁白，属于虚静澄澈的所在；我应该是一只孤傲的雪豹、一朵冰香的雪莲、一丛绝尘的雪柳。我想回去，即刻就想回去，回到宁静的冈日波钦那慈爱的山怀里头去。那是我的家，是一个虽然没有待过一天却比这个作为故乡的城市更温馨更干净更让人踏实的家，是一个没有欺诈没有蒙骗没有恐怖的家，是一个充满了和平、宁静、光明、美善的家。"[②] 精神还乡的杨志军是幸福的，体验到一种从未有过的极乐，坚信"一种无限广大的感动、一种无比泓深的情绪、一种旷世悲爱的思想，正在前方等待着我"。[③] 他探得了精神的本原。

[①] 杨志军：《西部人》，见《远去的藏獒》，东方出版中心 2006 年版，第 66 页。
[②] 杨志军：《我梦恋的老家冈日波钦》，见《远去的藏獒》，东方出版中心 2006 年版，第 106 页。
[③] 杨志军：《哦，阿尼玛卿》，见《远去的藏獒》，东方出版中心 2006 年版，第 131 页。

郭文斌已出版散文集多部，如《点灯时分》《永远的堡子》《空信封》，读他的散文正如读他的小说，其文字清新淡然，有一种繁华落尽之后的简洁、空灵和从容。郭文斌似乎揣着满腹的心事，却以某种"超然物外"的姿态叙述发生在自己身边的许多故事，虽然这些故事总是弥散着莫名的愁情与悲慨。对于郭文斌来说，故乡、童年、亲情是言说不尽且常说常新的话题，而其散文中所呈现的最动人的苦与乐、哀与喜、悲与悦，都无不是来自其对故乡、童年和亲情的缱绻追忆。从乡下移居城里的郭文斌，远没有产生"到家"的喜悦，而是相反，由此产生的是无尽的乡愁，他只有不断地追寻，从故乡、童年和亲情之中重温"家"的感觉，这不断追寻的过程即不断"去蔽"的过程。他是以精神还乡的方式来化解乡愁，只有这样，才能使浮躁而流浪的内心趋于宁静与安谧，其散文集《点灯时分》就是这样的精神还乡之作。《忧伤的驿站》叙说了"过年"，曾几何时，"一想起节日，心就被忧伤渍透，而年尤甚"，为什么呢？因为在作者看来，"真正的年在故乡，故乡的年是用人间最真心的情意编织的一面酒旗、招魂幡"，到故乡过年也就走进了天堂，但"梦尚未醒，路已在门外吆喝了"[1]，紧随短暂的还乡而来的是持久的思乡。《点灯时分》从城里"热闹得让人几生迷失之感"的元宵节说起，追忆了童年时候在故乡度过的一个宁静的元宵节，这次的精神还乡，使作者痛切地认识到，多年的城市生活使自己远离了精神本原，远离了生命中的极乐，如其所叙，"我站在这个城市的阳台上，穿过喧哗和骚动，面对老家，面对老家的清油灯，终于明白，我们的失守，正是因为将自己交给了自我的风，正是因为离开生命的朴真太远了，离开那盏泊在宁静中的大善大美的生命之灯太远了，离开那个最真实的'在'太远了"[2]。

---

[1] 郭文斌：《忧伤的驿站》，见《点灯时分——郭文斌散文精选》，宁夏人民出版社2006年版，第49页。

[2] 郭文斌：《点灯时分》，见《点灯时分——郭文斌散文精选》，宁夏人民出版社2006年版，第7页。

裕固族作家铁穆尔的散文集《星光下的乌拉金》,清晰地描绘出了作者文化寻根和精神还乡的心路历程。作者曾常年奔走于高山、草地和荒原之间,顶风逆雪策马远行,从祁连山到阿尔泰,从兴安岭到呼伦贝尔、乌兰察布、阿拉善、天山之西,再到甘南草原、唐古拉山,他在追寻梦中的"苍狼大地"。这苍狼大地就是亚欧草原,作者何以这样痴迷地孤身漫游于苍狼大地?因为它是"古代游牧人的家园,是我的祖辈像候鸟一样东来西往的大地,是数不清的牧人和猎人在那里失踪的地方",作者是要"寻找我们尧熬尔人的根源"①。铁穆尔的还乡之旅是艰辛的、漫长的,但没有什么能够阻止他追寻的步伐,"也许是因为神秘的隔代遗传,他们有些人总是遥望大游牧民产生一种游子思乡的感情,一种凭借血缘、精神和情感试图重新入伙的心情。这是迷途的羔羊重新找到羊群的渴望"②。无休止的漫长追寻,使铁穆尔经常触摸到还乡的极乐,如其所叙,"我作为这个小小族群的一分子,他们没有让我坚持永远不要背离这个小族群,而是给了我一个广阔的胸襟,让我找到我自己,使我在一个更为广阔的天地中立身,那就是做一个真正的'腾格里·库克'(苍天之子)"③。但对铁穆尔以及所有的游牧民来说,壮丽的草原游牧生活的最后日子将迅速逝去,从前的一切都将结束,而未知的一切却已开始。这意味着精神还乡的作者必须重新踏上漂泊和追寻的路,且失去家园的焦虑,使他产生了"一种无比感伤的情绪,一种在深秋季节枯萎凋零的野花浆果所发出的味道,哀婉又浓烈地弥漫在山川草地上"④。相对于其他西部作家而言,铁穆尔的还乡焦虑表现得极为突出,这不仅是因为裕固族民众当前仅剩下万余名,而且是因为他们已日益汉化,汉化趋势表明裕固族文化或许某一天将在无声无息中被同化,乃至于彻底消亡。这样,铁穆尔的散文叙事不免萦绕着一种巨大的哀伤情绪,

---

① 铁穆尔:《苍狼大地》,见《星光下的乌拉金》,甘肃文化出版社2006年版,第44—45页。
② 铁穆尔:《尧熬尔之谜》,见《星光下的乌拉金》,甘肃文化出版社2006年版,第9页。
③ 铁穆尔:《苍天之子》,见《星光下的乌拉金》,甘肃文化出版社2006年版,序第5页。
④ 铁穆尔:《尧熬尔之谜》,见《星光下的乌拉金》,甘肃文化出版社2006年版,第13页。

这是行将失去精神本源的哀痛，是不得不做一个精神流浪者的悲伤。当这种哀伤情绪与游牧民族博大的历史文化发生碰撞，便使其叙事生发出某种天高地阔、纵横开阖、沉郁苍凉的诗性情韵和风格元素，而其叙事语言因此也显得跌宕起伏而收放自如。铁穆尔的还乡书写有力地拓展了西部散文可能的表述边界。

我们前文说过，从西部散文的创作实际来看，大致可分为三种创作模式，即"游历—文化再现式""体验—生命感悟式"和"追寻—精神还乡式"。显然，"追寻—精神还乡式"居于三种创作模式的高端，它是对其他两种创作模式的有效提升，倘若没有这种创作模式的实践，西部散文或许由于书写内容太实而极大地收缩其审美空间。然"追寻—精神还乡式"创作模式却离不开前两种创作模式的支持，甚至可以说，正是因为有了前两种创作模式的"实"，才使它的"虚"有了灵动起来的生气，有了审美扩张的可能，而最终臻达虚实相生的空灵境界。在此，我们有必要首先辨析这三种创作模式之间相容而存异的趋势，其次再估量这种创作模式对当代散文而言，到底带来了什么样的美学体验以及产生了什么样的价值意义。

西部散文中"游历—文化再现式"创作模式的形成基于三个因素："在路上"的西部意象，辛亥革命前后国内外探险者、科学家和人文学者的西部考察记录，以及中国散文史上的游记体散文传统。西部散文的这种创作模式具有较大的辐射空间，它不断引领读者向西部纵深走去，使读者在饱览西部苍凉壮美的自然景观的同时，以目睹西部富含历史情韵的人文图景，并感受到作家释放出来的情感能量与思想灼力。西部散文对这种创作模式的广泛采用，给读者清晰呈现了西部的文化历史和现实形态，从生产方式到生活方式和生命方式都无不呈现，使人们触摸到了一个内涵丰富的西部，这是这种创作模式的优势所在。但应该看到，"游历—文化再现式"创作模式虽具有其不可替代的优势，也就是说其能最大限度地呈现西部的文化形态，但单纯采用这种创作模式则可能使作品停留在表述的浅层次上，甚至导向"文化猎奇"的创作误区。正因为如此，西部作家往往将"游历—文化再现式"与"体验—生命感悟式"和"追寻—精神还乡式"创作模式结合起来，从而在大规模地呈现西部文化形态的同时，也使西部散文向"生命感悟"和"精神还乡"的纵深推进。西部散文作品其实大多体现了三种创作模式的兼容趋势，但无论如何，"游历—文化再现式"创作模式还是以"文化再现"为主，如果散文作品中"生命感悟"或"精神还乡"的比例大于"文化再现"，那就不再是"游历—文化再现式"创作模式的运作，而是转变为其他创作模式的实践了。

西部绵延的戈壁、浩瀚的沙漠、荒凉的高山及浑浊的河流形成了自然神话，自然神话造成了西部人不得不承受的漫长的贫困，极易使其衍生出某种寂寥感、苍凉感和苦难感；而封建宗法文化的遗留、当代政治文化的冲击和现代文明进程中的落伍又共同组构了西部的社会神话，社会神话直接造成了西部人"被隔离"的遗弃感。自然神话与社会神话所造就的双重苦难，使西部作家格外重视生命现象并对其产生了丰富的体验，当这种体验与西方文化哲学体系中的生命哲学、中国生命诗学相碰撞，自然使西部散文流淌出生命的激流，由此形成了西部散文"体验—生命感悟式"创作模式。西方文化哲学对文学艺术与生命现象的关系的讨论由来已久，其推崇生命的原力与自为，倡导作家对生命体验的深度化表达，并使之成为西方诗学的一种重要理论脉流。中国生命诗学发端于《周易》，《庄子》则将《周易》表现出的天人化合的生命精神推向了极致，其后历代的作家都将生命现象的深度化表达视为诗文创作的标杆，而现代以来郭沫若、宗白华、冯至、郑敏诸人以中国传统生命诗学为基础而融合西方生命哲学，形成了新文学生命诗学观照的传统。可见，西部散文的"体验—生命感悟式"创作模式是对中西方传统意义上的生命哲学和生命诗学的一种有力的回应。"体验—生命感悟式"创作模式在三种创作模式中居于咽喉地位，它既是对"游历—文化再现式"创作模式的回应和深化，又是对"追寻—精神还乡式"创作模式的铺垫与支持，故西部作家对这种创作模式都情有所衷，并将自己的生命激情投注到散文叙事中，从而使其生发出一种灼人的艺术光彩。西部作家的这种生命情感的投注和生命逻辑形式的生成，是西部散文所以产生恒久艺术魅力的依据，也是使"体验—生命感悟式"创作模式能够生生不息的根本。

如果说西部散文的"游历—文化再现式"创作模式因为叙述者"在路上"的便利，可最大限度地浏览与再现西部的文化形态，从而突出了西部散文映像生活的广度的话；如果说"体验—生命感悟式"创作模式重在表现西部作家的生命感悟，它往往将西部自然环境和人文环境虚化，而尽可能深刻展现生命体的"此在"及其给西部作家的震撼，突出了西部散文映像生活的强度的话；那么，"追寻—精神还乡式"创作模式则强调的是西部作家对文化家园和精神本源的追寻与揭示，突出了西部散文映像生活的深度。这就是说，西部散文以"文化""生命"和"精神"为三个发力点，从反映生活的广度、强度和深度等维度同时展开了探索，多视野、多角度、多层面地镜像了西部的历史与现实，因而打破了中国传统散文囿于"明道言志"的小格局，而呈现了散文文体可能生成的大气魄、大制作和大景观。西部散文给当代文学所产生的美学冲击不可小觑，其给新世纪繁杂而贫乏的散文创作带来了某种生机。

需要提醒的是，西部散文"追寻—精神还乡式"创作模式的运作，不是要对"故乡"进行老套的赞颂与讴歌，不是要对作家的心灵世界进行粗略的描述与抒写，也不是要对所谓的"西部精神"进行大致的勾勒与渲染。它更倾向于对"家"的确认、对自我的确认和对西部的确认。对"家"的确认，所要阐明的问题是"我从哪里来"；对自我的确认，所要阐明的问题是"我到底是谁"；对西部的确认，所要阐明的问题是"西部的未来在哪里"。以我们上述所举西部作家的创作而论，杨志军散文创作的核体，就是对"家"的确认，其一再叙说的话题则是"我从哪里来"，这使杨志军的散文创作表现出极为显著的地域性特质，而这种地域性特质因为关涉人的形而上存在（即"家"）而具有了普世性价值。张承志的散文创作虽然题材多样主题纷呈，但对自我的确认，对"我到底是谁"的回答却构成了其众多散文叙事的一条主线，我们看到作者总是"在路上"，这是因为，只有在西部的荒原、戈壁、草原上不断行走，其才能与西部进行心灵对话，并最终确认"我到底是谁"。铁穆尔散文最大的关注点，与其说是"寻根"，不若说是对西部的确认，在作者无数次的追寻与追问中，由对弱小民族未来的忧患而上升到对西部未来的忧患，缘于此，铁穆尔叙事常常是处于情感的两极，一方面是短暂的触摸到"家"的极乐，另一方面却很快陷入"无家"的极悲，纵观铁穆尔叙事，始终没有确切回答"西部的未来到底在哪里"。这不仅是铁穆尔的困惑，更可以说是西部作家共同的困惑。当然，我们这样说，并不意味着在"追寻—精神还乡式"创作模式的运作中，西部作家仅呈现一种追问，事实上对"家"、对自我、对西部的确认是并存的。

如果从当代散文的发展史来看，"追寻—精神还乡式"创作模式的运作，使西部散文承载了可能的意义深度，并使其远离了喧嚣与骚动，因为它直指人的终极存在，追问人的灵魂问题。这种创作模式的运作，更重要的是，使西部散文告别了文坛盛行的那种精雕细琢的小散文，诚如研究者所论，"当代散文创作的一个致命缺陷，就是充斥着太多的小聪明、小智慧、小技巧、小性灵"，"因而当代散文自然也就缺乏一种大气磅礴、雄浑深厚的气度，自然也就越写越精致，越狭隘和空虚苍白"。[①] 这种创作模式的运作，同时要求西部作家能以其慈悲之心、智慧之眼、真诚之言去复现真景物、传达真感情，而拒绝一切的虚假、虚伪及虚无，与一切矫揉造作的文风形成鲜明的比照，正因为如此，西部散文才彰显了其别样的境界与风致。庄子曾言，"真者，精诚之至也。不精不诚，不能动人"，"真在内者，神动于外，是所以贵真也"。[②] 庄子的话可看作对西部散文"追寻—精神还乡式"创作模式的准确概括。

[①] 陈剑晖：《诗性散文》，广东教育出版社2009年版，第88页。
[②] 《庄子·渔父》，见郭庆藩主编《庄子集释》，中华书局1961年版，第1023页。

第四章 西部散文的陕北想象

西部散文的发生与"陕北"有着密切的关联，这种关联不仅表现在延安文艺时期（1935—1948年）为西部散文开拓出了较大的可能空间，而且表现在第一代西部散文作家大多都有延安背景。对于西部散文而言，陕北想象是一种具有历史传承意味的话语范式，是其整体格局中的重要一极。那么，什么是"陕北想象"呢？所谓"陕北想象"是指当代作家对陕北人的生存栖息之地所进行的文学性体验、想象和表达。这种文学活动更多地浸染着作家的审美情感、主观色彩和心灵感悟。需要注意的是，陕北想象包括小说、诗歌、散文等多种文学体裁，我们在这里只讨论散文；另外，陕北想象有一个时间限度问题，我们将其起点定位在新中国成立后，其终点则是当下。"作家"指的是中华人民共和国后所有以陕北为题材的作家，主要指西部作家。毋庸置疑的是，陕北想象与陕北特殊的地域文化有着不可忽视的联系，我们甚至可以说，只有那些以陕北特殊的地域文化为背景（或为审美对象）的散文，才是真正意义上的陕北想象。这样看来，"文化"便成为解读陕北想象的关节点。陕北在秦汉之前主要是作为畜牧区而存在的，西汉以后农耕业发展起来，农耕文化渐成主流。陕北由于地处北方游牧区向中原农耕区的过渡带，决定了文化构成的杂糅性，其受草原文化、秦晋文化、河套文化等的影响都较深，从而使陕北文化表现出多元的特点。陕北在20世纪三四十年代成为中国革命的中心，给传统的陕北文化又注入了一种新质，这就是延安文化。陕北特殊的地域文化不仅深刻影响着陕北人的精神世界，而且也深度规范着作家的创作活动。研究者指出，"新时期的路遥，就在陕北的沟沟坡坡里滚爬着长大，这里的土地和亲人、民俗和风情都对其文化性格的形成、情绪记忆的储备提供了莫大的助益。他那种沉稳坚毅、凝重固执的文化性格，定然与黄土高原的自然与人文生态环境的潜移默化有关。陕北另一位作家高建群的情形大抵也是如此"。① 根据陕北想象的现实表现，我们可以将其大致区分为革命文化、乡土文化、历史文化和生命文化等题材类型。下文将从这些题材类型出发，对陕北想象展开分析。

一 革命文化题材类型：故地重游与心灵返乡

革命文化题材类型的产生基于陕北特殊的地域文化，特别是延安文化。众所周知，1935年10月，中央红军经过艰苦卓绝的战略大转移，行程二万五千里，历时一年多而抵达陕北；1936年7月，红军一、二、四方面军在陕北会师；1937年1月党中央进驻延安，从此延安成为了中国革命的中心，被人们誉为"红色首都""革命圣地"。1948年3月，毛泽东、周恩来、任弼时等中央领导撤离延安，在陕北吴堡县东渡黄河，迎接革命胜利的曙光。② 延安时期，曾吸引了大量的知识分子和文艺工作者，"仅1938年，在延安就聚集了百余名已有成就的文化人，包括作家、戏剧家、音乐家、美术家等方面的人才"。③ 这些20世纪30年代活跃于文坛的作家（如丁玲、艾青、周扬、何其芳、欧阳山等）来到陕北后，政治认识和文艺思想都发生了重大变化，经过整风学习，成为坚定而成熟的革命作家，对延安文化的形成起到了不可替代的作用。延安还培养了一大批新生作家（如贺敬之、李季、

---

① 李继凯：《秦地小说与三秦文化》，湖南教育出版社1997年版，第102页。
② 这个时期通常也被称为"延安时期"（1935—1948年）。
③ 艾克恩主编：《延安文艺史》，河北教育出版社2009年版，第9页。

柳青、邵子南、孙犁、冯牧、康濯等），他们是在陕北成长起来的延安文化队伍中的生力军，显示了充沛的创作热情和旺盛的创作能力，其对于延安文化的形成同样功不可没。可想而知，陕北想象之于这些文艺家，不仅是对革命年代战争岁月的缱绻追忆，更是对其精神故乡的频频守望与终身坚守。尽管新中国成立后，他们在国内不同的地方从事着各种各样的工作，然而他们的精神之根早已深深扎在了延安文化中。多年以后，当他们故地重游（或当他们回想起陕北），他们会以怎样的情绪诉说内心的复杂感受呢？我们不妨将其看作是一个游子重返母亲怀抱时的激动与温情，不妨看作是一个离乡者重返故乡故土时的感慨与怅惘，这样的情感情绪奠定了其叙事的底色。这就是说，革命文化题材类型的创作多是由有着延安背景的作家完成的，在其叙事中，"陕北"是和"革命""文化""成长"等主题形态紧密联系在一起的。

　　杜鹏程的《人生道路上的转折点》就体现了陕北想象中革命文化题材类型的一种写法，即叙述者以战争语境中陕北经历的回忆为发力点，以确认其精神资源，然后再对其思想认识、精神历程和人生道路进行解剖，这类散文的写法可用"心灵返乡"来概括。丁玲的《延安的怀念》也属于这类散文。革命文化题材类型中更常见的写法是"故地重游"，如冯牧的《延安梦寻》、魏巍的《您好，延安！》、马加的《回到杨家岭》、袁鹰的《窑洞灯火》等。这类散文叙事有一个较明显的特点，即叙述者多年后故地重游，在那些战争岁月里生活过的地方追忆往事，往事的追忆随着空间的位移而发生变化，叙述者在叙事中通过今昔对比进行抒情，故使这种叙事更富于情感的浓度。革命文化题材类型中的第三类写法，则介于"心灵返乡"与"故地重游"之间，也就是说，叙述者并没有亲回陕北，而是将叙事时间定格在过去的某个时间段，以往事的回忆为中心，不涉及"现在"。这种写法既有"心灵返乡"的性质，因为叙述者在往事的回忆中获得了某种精神上的满足；又具有"故地重游"的性质，因为叙述者的确是对革命年代陕北的回忆。但这种写法与上述两种写法的区别也很明显，与"心灵返乡"写法的区别在于，它不以精神资源的发现为出发点，更不涉及"现在"；而与

"故地重游"写法的区别则在于,它只是对"昔日陕北"的回忆,不涉及对"今日陕北"的印象,当然也就没有今昔之间的比照了。如吴伯箫的《窑洞风景》、华君武的《往事琐记》、赵熙的《炒面花》、孙犁的《投往延安》、方纪的《挥手之间》等都可看作此类作品。

二 乡土文化题材类型:风俗民情与乡土人生

在陕北想象中,乡土文化题材类型引人注目,这不仅是因为此类型的散文引起了西部作家的广泛兴趣且创作数量较大,而且还因为其体现了格外浓郁的地方特色。这里所谓"浓郁的地方特色",指西部作家对陕北想象之"地方性的基本内容"和"地方性表达"两个维度的深度把握,"地方性的基本内容"包括对陕北地理环境和风俗民情的观察与抒写,以及对陕北人文化性格的塑造和对陕北乡土人生的观照;而"地方性表达"则主要表现在西部作家对陕北地方性话语(如陕北民歌、方言土语)的着意使用上。"地方性的基本内容"造就了此种题材类型"特殊的味","地方性表达"则形成了其"特殊的色"。[①]

西部作家对地理环境有着天然的感受力和敏锐的观察力,这在陕北想象中表现得相当显著,其对于陕北的山形、地貌、河流、气候、风物、建筑等的描述,极大地丰富了西部散文的美学表现力,从而构成了西部散文不可或缺的美学特征。史小溪的《荒原苍茫》、乔良的《高原 我的 中国色》、贾平凹的《黄土高原》、杨闻宇的《清凉解谛》、银笙的《塬上风景》等作品可视为这方面的代表作。史小溪在《荒原苍茫》叙述了毛乌素沙地壮阔而苍凉的美,因为作家创造的荒原意象寄托着其对生命、对历史和对

[①] 需要说明的是,在陕北想象中,各种类型的题材都注意表现陕北特殊的地理人文环境。我们这里对其加以强调,是说在乡土文化题材类型的创作中,其对于陕北特殊的地理人文环境尤为重视,有时甚至上升为主题形态,而不是仅作为一种背景存在。

存在本身的深度思考，所以这种抒写便具有了浑厚的意蕴。乔良的《高原我的中国色》将华夏五千年的历史凝聚为一个个黄土高原意象，创造了雄浑壮观的意境。贾平凹的《黄土高原》则犹如一幅从容的工笔画，将陕北高原沟壑纵横、道路曲折、窑洞林立的乡野环境耐心地叙说出来，弥散着极浓的生活气息。对陕北地理环境的书写，其意义在于，能让读者瞬间进入陕北想象的情境之中，形成较强的阅读体验，但以地理环境为审美对象的作品毕竟不常见，而只有将其与人文环境的书写相应和才能形成更具象的阅读体验，也更具审美召唤力，故西部作家往往将两者结合起来。

相对于陕北的地理环境，西部作家对陕北的人文环境可以说有着更深切的体认，对陕北风俗民情的抒写，以及对陕北人文化性格的塑造和对陕北乡土人生的观照则尤为引人注目。史小溪的《陕北八月天》以纵横捭阖的笔法，全方位地展现了陕北一个"金灿灿的收获季节"。这里有五谷丰登的场面，有农人欢快的劳动场景，更有各种风俗民情的捕捉。西部作家除注意陕北浓郁的风俗民情的展现之外，还重视陕北人特有的文化性格的再现，这是一种深层的文化观照，如裴积荣的《吴起镇的女性》、梅绍静的《陕北女人》、单振国的《陕北的男人们》、刘江的《丹州人》等。吴起镇是八道河川的辐辏之地，历来都是交通要塞，江湖游侠的义气影响了女性的文化性格，加之吴起镇与蒙、回两族的交域为邻，少数民族的刚烈性格又熏陶了她们，故她们所受的精神桎梏少，而保留着自由的天性。她们豁达豪爽，从不拘于繁文缛节，对一切革命的、新鲜的事物保持着可贵的好奇心。吴起镇的女性不仅善于劝酒，而且酒力不浅，别小看了一个小姑娘家，饮"西凤"名酒也是半斤、八两不倒，而猜拳行令你终是"弄不过"。"酒"在《吴起镇的女性》中很好地传达了性别隐喻的功能，酒看起来如水一般平静，但有一种水不具备的烈性，吴起镇的女性何尝不是如此？《陕北的男人们》则刻画了陕北男人大山一样的文化性格。一茬又一茬的男人把他们的青春热血、生命热汗挥洒在陕北这片黄褐色的土地上，那阡陌纵横、刀刻斧凿的纹路已深深地交错在了他们被阳光炙烤、被黄风剥蚀已然古旧而老黄的脸面上,这一脸无法破译的天文图画,记录了他们一生中苍凉而蹉跎的岁月。陕北男人在憨厚质朴、粗豪大方的生存性格的背后,总牵带着某种逍遥随意、安贫乐道的态度,构成了陕北人文化性格的复杂性。作品对陕北人的文化性格进行了深度的探视。

三 历史文化题材类型：往事追思与精神探源

多年从事西部文学研究的肖云儒曾著文指出,"在历史文化的坐标上,陕北是中华民族版图上一块带有神秘色彩的地方","中华历史和中华精神的坐标,都恰恰不在别处,而在这块贫瘠的土地上交错","世所公认,陕北高原是我们民族的一个精神家园"。[①] 肖云儒的观点,在陕北作家梁向阳那里得到了回应,其认为,"陕北是一个非常独特的地理文化名词,具有丰富与沉厚的历史文化底蕴。从某种意义上讲,读懂了陕北的历史,也就是读懂了中华民族自强不息的历史,才能正确地研究现在乃至将来。"[②] 这就不难理解,"历史文化"何以会成为陕北想象的重要题材类型。从陕北想象的文本实践来看,历史文化题材类型的创作主要表现出两种趋势,即"往事追思"与"精神探源",前者重在挖掘古今相通的意义,后者重在澄明民族精神的本源。无论是"往事追思"还是"精神探源",都不以探讨历史本相为目的,而是以作家感受到或体悟到的历史事实或历史氛围为依据,在思维方式由"叙事"向"抒情"的转换中,使"历史"文本化和诗意化,从而充分地表现作家的历史情怀与历史哲思。

现实与历史,今天与古代,可能具有极大的相似性,以历史文化为题材的散文创作要写出新意,写出韵味,写出深度,就必须在历史事件中找

---

① 肖云儒:《陕北 历史文化的坐标》,见忽培元主编《新延安文艺丛书·散文卷》,中国青年出版社2000年版,第452页。
② 梁向阳:《地域文化视角下的陕北散文写作》,《延安文学》2003年第3期。

到古今相通的意义。这种"相通"即把原本不存在于同一个历史时空的事件组构在一起,以显示共同的意义。陕北想象中以历史文化为题材的创作,也体现了上述特点,这就是"往事追思",如厚夫的《长城随想》、梅绍静的《根》、杨同轩的《古洛川幽情》、李木生的《初识延安》等。厚夫的《长城随想》[1]凭借丰富的史学知识,对陕北长城的缘起、演进和功效进行了历史性的追思。尽管作者对陕北的长城史很熟悉,引用的文献多20几种,但其并没有被各种史料所束缚,而是充分体现了散文创作的主体性特征。在作品的开篇,作者即呈示了抒情的笔调,这种抒情的笔调回响于作品的始终,从而使长城"随想"显得跌宕起伏而催人深思。除历史情怀的抒发外,作者还重视历史哲思的传达,长城在中国古代几千年的历史上扮演了不同的角色,有过苍凉的心态,一部长城史就是中华民族大融合、大凝聚的历史,读懂了长城,也就读懂了中华民族的文明史。长城的修缮原本是为了抵御入侵者,但长城时修时毁,很多时候并不能有效抵御入侵者,作者借康熙之口道出了构建人心中的"长城"远重于修筑边地长城的道理,"守国之道,惟在修德安民。民心悦则邦本得而边境自固,所谓'众志成城'者是也"。

探求民族精神的本源,则显示了另一种创作趋势,其特点是西部作家以感受到或体悟到的历史事实或历史氛围为依据,其言说的重点并非寻找古今相通的意义,而是澄明民族精神"为什么是这样"。其与前一种趋势的区别还表现在,"历史"可能只是作为大背景而存在,历史人物或历史事件则可被隐去。体现"精神探源"趋势的代表性作品,如高建群的《陕北论》、乔良的《高原 我的中国色》、史小溪的《黄河万古奔流》等。《高原 我的中国色》[2]对民族精神的抒写格外引人注目。这篇散文的历史跨度何其漫长,叙述者从"东亚细亚的腹地"的形成说起,而以极具现场感的叙述,强化轩辕出场的历史意义,这是一个民族开创文明的时刻,这也是一个民

---

[1] 厚夫:《长城随想》,见《新延安文艺丛书·散文卷》,第39—49页。
[2] 乔良:《高原 我的中国色》,见《新延安文艺丛书·散文卷》,第1—4页。

族走向辉煌的时刻。如其所叙,"浑黄的天地间,走来一个黄皮肤的老者","老者身后,逶迤着长长、长长一列只在身体的隐秘处裹着兽皮的男人和女人","一棵巨大的柏树,便在这人群中生下根来","所有黄皮肤的男人女人和他们的后人,都把这巨树唤作轩辕柏。它的根须像无数手指深抠进黄土,扎向地心,伸向天际,用力合抱住整个儿的高原"。这"在人群中生下的根"就是民族精神。轩辕在位期间,修德振兵,安抚万民,创制文字,大力发展农业生产,其人生历程真正体现了"天行健,君子以自强不息"的奋斗精神。轩辕的精神激励着华夏民族,一代又一代的华夏子民都沿承着这民族精神。

四 生命文化题材类型:生存体验与价值感悟

生命文化题材同样是陕北想象不可或缺的重要类型。高建群曾发出这样的慨叹,陕北人"从远古走来,没有颓唐,没有怨尤,在这块贫瘠的土地上,深深扎根,顽强生长。一窝窝地生,一群一群地死,健壮者活下来,孱弱者拿去肥土。毛驴的每一次披红挂绿就是向残酷的大自然的一次无声挑战,窑洞里的每一次明灭都在重复着生命的故事","悠悠万事,在陕北,惟以生殖与生存为第一要旨。尽管这生存不啻是一种悲哀和一场痛苦,但是仍旧代代相续而生生不息","陕北的大文化,有人称之为'性文化',有人名之为'宗教文化',但以笔者管见,性文化也好,宗教文化也好,落根都在这'生存文化'上"。① 可见,生命文化才是陕北文化的底蕴与底色,而陕北高原上演绎的无数的生命故事,都必然为西部作家所关注。生命意识和生命激情的嵌入,使陕北想象有可能抵达情感和心灵的"本真",因为散文最讲求自我表达的真实,而散文的真实性,唯有落实在生命体验的真

---

① 高建群:《陕北论》,见《新延安文艺丛书·散文卷》,第21—22页。

诚表达上，不是停留在生活表层的真实上，才有希望臻达如此境界。有人认为，"当生命意识作为一个独立的问题出现在散文里，以往困惑散文的那些政治理念、社会角色、伦理道德、教化功能等自然也就退位，取而代之的是属于生命本身的本能、痛苦、感觉和情绪，以及自由的诗的灵魂在自然山水中无拘无束的跃动"，"只有经过生命灌注的散文才是精彩鲜活的散文；而散文，则是生命的绝佳栖息地，是散文作家的灵魂与生命的相融"。①从陕北想象的文本实践来看，对生命文化的审美表达，突出了两个方面的内涵，即生活生存体验和生命价值感悟。

这里所谓"生活生存体验"，不仅是指一般性的人生经历和经验，而且更指在特定的人生遭际中，西部作家对于世界的来自肉体和心灵两个层面的感受与体认。这是一种刻骨铭心的体验，但它只为西部作家提供创作的素材，其要将这种创作素材文本化，就必须站在相当的高度，以审美的眼光重新审视自己感受与体验过的人生，实现人格精神和哲学命意上的跨越，而将生活生存体验中的苦难与不幸转化为审美意义上的崇高，最终呈现某种超拔凡俗的人格力度和凝眸人生的穿透力量。我们前文所列举的许多作品，都或隐或现地表现出这种倾向，而明确传达生活生存体验的代表性作品，当推忽培元的《感谢饥饿》。②这篇散文以看似平淡的话家常的方式，讲述了20世纪60年代初"三年困难时期"作者幼年时的人生经历和生存体验。由于作者体验深刻，故能抓住典型性细节进行描写，读来感人至深。但作品似乎缺少形而上层面的思考，即没有进行哲学命意上的跨越，故未能达到很高的境界。

对于人的生命价值和意义的阐释是生命文化的核心命题，同时也是生命文化题材的散文永恒的母题。鲁迅的散文诗集《野草》历经百年沧桑而依然能焕发出思想艺术光芒，原因恰在于，其中有相当多的篇章逼问生命的价值与意义。陕北想象中有不少篇章致力于追问和感悟生命的价值与意

---

① 陈剑晖：《诗性散文》，广东教育出版社2009年版，第62—63页。
② 忽培元：《感谢饥饿》，见《新延安文艺丛书·散文卷》，第223—234页。

义，较有代表性的作品，如刘成章的《安塞腰鼓》①和刘志成的《舞蹈在狂流中的生命》②。《安塞腰鼓》不啻是一曲高原生命的赞歌，作品调动了多种感官来抒写安塞腰鼓带给人的冲击，有心理层面的、精神层面的和思想层面的，但透过作品中那安塞腰鼓般明快而有力的诗性的短句，我们不难体味出作者对生命的价值和意义的思考。正是由于人的生命能量的释放，这贫瘠、苍凉、沉寂的陕北高原才变得如此充满生气和活力。人的生命状态应该是自由奔放的、酣畅淋漓的，这样的生命才是理想状态的。《舞蹈在狂流中的生命》则叙述了另一种生命情态，这种生命情态中弥散着悲壮、悲凉和悲情的气息。窟野河的上下游，生活条件有着天壤之别，上游拥有煤山和丰富的乔灌木，而下游却是个无煤、乔灌木也极少的山区，做饭取暖须到百里外的上游，靠牛车运取，下游的民谣有云，"一冬半春为炭忙，年三十拉炭在半路上"。窟野河一年一度的泛滥，则裹挟着无数的灌木、大树和炭块，奔腾呼啸地冲到下游，下游的人们便在这激流中拼了性命打捞河财，因为他们将全年的希望就寄托于这山洪咆哮的时刻。作者以无限悲情的语调，对这种具有历史意味的生活进行了总结，"我知道这滔滔的浊流，流着的不全是陕北人悲酸的哀歌，也冲刷着历史落下的厚厚尘埃"。作者相信，终有一天这样的生命悲歌会成为记忆，如其所叙，"明天，这河定会清澈起来，卷着两岸的喧嚣汩汩向前流去"。是的，应该相信，这一天迟早都会到来。

---

① 刘成章：《安塞腰鼓》，见史小溪主编《中国西部散文精选》（第4卷），甘肃人民美术出版社2011年版，第289—291页。
② 刘志成：《舞蹈在狂流中的生命》，见《新延安文艺丛书·散文卷》，第327—330页。

第五章　西部散文的新疆想象

在当代西部散文谱系中,"新疆想象"是很早就引起关注的叙事范式,如碧野的散文集《边疆风貌》(1961年)集中展现了新疆的地理人文状况,及新中国成立后十多年间边地民众的生活所发生的沧桑巨变。新时期以来,随着周涛、刘亮程、赵天益、唐栋、陈漠、红柯、雷茂奎、梁彤谨、郭从远、沈苇、王族、李娟等新疆本土或寓居新疆的作家陆续出场,以及张承志、余秋雨、贾平凹、毕淑敏等游历新疆的作家不断介入,"新疆想象"被赋予了丰富的审美能指,而成为20世纪90年代影响较大的叙事范式。应该看到,"新疆想象"无不来自作家的新疆经验,但从经验到文本是一种想象性的叙事过程,这个过程不仅映像着作家对新疆的地理状况、民俗风情、历史文化等表象形态的审美体验,而且也表现着作家由这些表象形态的审美体验所引发的人生感悟、生命意识和哲性思考,这就使"新疆想象"可能超越地域性局限而具有普遍性价值。从这个意义上说,所谓"新疆想象",既是对地理新疆的一种审美建构,也是对人文新疆的一种文学超越。新疆作为中国最大的省区,由于地理人文状况的特殊性,更为典型地体现着西部的诸多特征,故"新疆想象"构成了观测西部散文内在机制的一个重要支点。在我们看来,散文新疆在大的时空范围内交替呈现了边地神奇的地理环境、复杂的人文生态和久远的历史回响,缘于此,"新疆想象"的地域性元素才被充分彰显;而西部作家无论在事象的叙述、意象的创构方面,还是人物形象的把握方面,又都注重西部精神的开掘与西部意识的凝聚,从而使"新疆想象"的形象序列显示了历史的厚度和时代的深度;"新疆想象"的风格诉求又是以"悲"和"力"为基调的,这里的"悲"即由悲壮、悲悯、悲慨形成的悲剧之美,而"力"则是由雄浑、苍凉、豪放融合而成的阳刚之美,这种风格诉求使"新疆想象"在20世纪90年代乃至21世纪,都成为一种显在的"身份"标识。

一 散文新疆:从地理环境到人文生态

寓居新疆多年的作家红柯曾这样说过,"新疆对我的改变不仅是曲卷的头发和沙哑的嗓音,而是有别于中原地区的大漠雄风、马背民族神奇的文化和英雄史诗","新疆的风土又是这样的独特,湖泊与戈壁、玫瑰与戈壁、葡萄园与戈壁、家园与戈壁、青草绿树与戈壁近在咫尺,地狱与天堂相连,没有任何过渡,上帝就这样把它们硬接在一起。在这样的环境里产生着人间罕见的浪漫情怀","对我而言,新疆就是生命的彼岸世界,就是新大陆,代表着一种极其人性化的诗意的生活方式"。[①] 红柯的这段话真切反映了"内地人"对于新疆的地理环境与人文生态的震惊体验,及其由此激活的对于人的生命本身的关怀与体认。诚如红柯所言,新疆的地理环境呈现的是两极的直接相连,那是一种一落千丈、大起大落的骤变,最高的峰岭与最低的盆地,最冷的寒带与最热的山系,最彻底的荒凉与最充裕的富足,都在这165万平方公里的辽阔大地上次第展开,铺陈着大自然那种惊心动魄的壮丽。新疆有着"三山夹两盆"的地貌,"三山"指的是昆仑山脉、天山山脉和阿尔泰山脉,"两盆"指的是塔里木盆地和准噶尔盆地。在高山与盆地之间,则是苍郁的原始森林,天然的草原牧场,秀丽的青山湖泊,如茵的戈壁绿洲,皑皑的雪地高原,茫茫的荒野沙漠。新疆的奇景绝域对西部作

[①] 红柯:《我与〈西去的骑手〉》,见《敬畏苍天》,上海人民出版社2002年版,第325—326页。

家来说，构成了一种天荒地老的营养，内化为他们心中的绚丽"风景"。但如果这种"心中之景"在文本中被孤立地呈现，而看不到人的踪迹，那么，其就不会产生相应的审美效应。任何作家对于自然的书写都是基于精神上的移情寄思，这就必然使其将自己的精神诉求投射到自然物的身上，让自然物体现人的本质力量，换句话说，自然物也只有与作家的主体人格精神相应和、相印证的时刻，才有可能成为审美对象，也才有可能具备文学价值。研究者指出，"西部中国荒蛮壮丽的自然景观就是这样激扬着人的情绪，使之深沉、悲壮、阔大"，"社会生活和文学创作中对民族振兴的主体精神的渴慕和呼唤，由于在英雄形象中得不到充分的寄寓，而转向对高山、大海、草原、长河、骏马、飞鹰的敬慕与拜谒。于是，充分体现出人格主体精神的大自然，直接成为艺术表现的对象"。[①] 这段论述清楚地阐述了西部作家因何热衷于自然形象的创造，就"新疆想象"而论，其观点无疑也是契合的。

新疆对于张承志来说具有特殊的意义，是其相约来世的地方。在他眼中，所谓新疆，就是灵魂的向往，是高尚的人心，是九死不悔一定要抵达的境界。他无数次行游在新疆的大地上，在那高山峻岭、荒原戈壁、大漠大河之间，寻找并感受着来自大自然的启示，而他从这里的确触摸到某种现代人身上所缺少和失落的东西。新疆的高山峻岭、荒原戈壁、大漠大河早已与张承志的人生紧紧联系在了一起，如其所叙，"新疆是海拔 – 154 米的吐鲁番盆低地和海拔 7000 米的汗·腾格里雪峰之间那相互心许又永远不能如愿的爱恋。新疆是前浪已经死灭后浪又汹涌过来的英勇自绝的叶尔羌河，是不问方向不论对错自由自在神秘消失了的铁色额尔齐斯"，"新疆是我找到一条古路的阿勒泰，新疆是我度过人生美丽瞬间的天山。新疆是允许我沿盆地深入了一串地点的吐鲁番和塔里木。新疆是——白音宝力格在薄暮中骑马蹚过河水、黑铁甫江把葡萄送进晾房、金师傅在泉下留下遗骨、

---

① 肖云儒：《中国西部文学论》，青海人民出版社1989年版，第187页。

海里派巴斯提高声念起颂词——的一片新大陆,是我一生追求但不能抵达的家乡"。① 张承志对大自然有着高度的敏感,他以沉着的笔墨尽情展现着大自然的千姿百态和气韵风华,而新疆大地更是以其古拙和苍凉,以其丰盈和慷慨,以其生生不息和多姿多彩,而成为作家永不厌倦的精神场所。新疆游历促发张承志不断以散文方式,创造众多的自然形象,如《凝固火焰》中千年万年都保持着熊熊燃烧姿态的不屈的火焰,《辉煌的波马》中地处天山腹心的波马的气象万千和诡谲多变,《圣山难画色》中在峥嵘如吼的群峰间却静若处子的汗·腾格里峰,《冰山之父》中将冰冻灼烤当成装扮的色彩、将痛苦灾难看作迅忽的瞬间、严父般注视着"我"的冰山。张承志"新疆想象"中创造的自然形象,常常是叙述者"我"的情感情绪的外化,叙述者"我"强烈的情感情绪借助于自然形象得到了最大限度的释放。自然形象系列的创造,使张承志"新疆想象"的地域症候格外显著,不仅体现了其丰富的精神世界,而且强化了西部散文的自然书写。不止张承志是这样,其他西部作家在散文叙事中同样注重对新疆地理环境的描述,并将其情感情绪贯注于各自发现和创造的自然形象之中,由此形成了他们相似而又相异的"新疆想象"。如周涛、郭从远之于伊犁,李若冰之于塔里木,梁彤谨之于哈密,陈漠之于塔克拉玛干,红柯之于奎屯,李娟之于阿勒泰。对于具体的西部作家来说,尽管其着力呈现的可能是新疆某个地区的地理环境,但将其放在一起通观,则散文意义上的新疆地理图也就形成了。

新疆虽地处中国西部的最边缘,却是亚欧大陆的中心,而新疆境内就有三条丝绸之路通向亚欧大陆。毋庸置疑,古代中国的经济、文化和艺术产品主要是通过丝绸之路流传到国外去的,所以,历史学家通常都将新疆看作是人类文明的融汇之地。有研究者认为,"东方中国、南方印度、西方波斯、阿拉伯、希腊、罗马等诸方文明的交流传播情况,是历史上最有趣的现象,也是重要的研究课题。而这种文明的交流传播,不言而喻,是以

---

① 张承志:《相约来世:心的新疆》,作家出版社2012年版,第1页。

相互间的直接或间接交通的存在为前提的。东西交通在海路交通发达之前，中亚细亚是最普通的通道"。①世界上最重要的三大文化体系——中国文化、希腊文化、印度文化在新疆形成了大融合，这就使新疆文化呈现出动态的驳杂色彩。更何况新疆是个多民族地区，曾有43个民族生活在这块大地上，而世居此地的就有13个民族，各民族都有其自身的生活方式、文化艺术和饮食习惯，20多种语言文字在此通行，佛教、伊斯兰教和基督教等几大宗教皆为人们所信仰。多元文化的融合、多民族的汇聚，使新疆的人文意义已大于地理意义。由此而论，呈示新疆的人文生态，展现多民族的民风、民俗、民情，就成为了"新疆想象"不可逾越的言说形态。

李若冰的散文集《塔里木书简》尽管是以勘探生活的叙说为主体的，但也极为看重新疆人文生态的呈示，作者有时甚至对人文生态的兴趣超过了勘探生活，如《面向塔里木》中作者就给我们精心营构了达坂城的异域风情。你看那沙尘飞扬的大路前突然出现一顶清真寺的圆塔，高高的淡绿色的两根圆柱，色彩斑斓的牌楼分外耀目；穿过大门洞就到了街区，而集市上摆满了各种贩卖的新疆特产，有卖羊肉串的、羊杂碎的，有卖葡萄、酸奶的，还有贩西瓜、哈密瓜的；面店前服务的维吾尔族姑娘的穿着打扮引人注目，长发瀑布似的披在肩头，上身着白色编花绸衫，腰间系着黑裙子，脚蹬深红色的高跟半筒靴子，显得飘洒而又利落；摆地摊的几乎全是女人，有回族、汉族和维吾尔族姑娘，她们穿着各式花样的连衣裙，腰间结着花围裙，有的留着满头鬈发，有的梳着几十条长辫，差不多头上都裹着红、黄、绿、紫色闪光的纱巾，使整个大厅闪闪烁烁，五光十色，洋溢着鲜丽的夏日的气氛；这里荡漾着笑声、喊叫声、哄闹声，而录音机里播放的一曲歌咏达坂城的《马车夫之歌》，更将这种喧闹的气氛推向了高潮。伊犁河流域是游牧民族的聚散地，动荡的生活，艰难的岁月，使游牧民族同马和歌不可分离，马为他们减轻行程的艰辛，歌为他们舒缓心灵

---

① ［日］羽田亨：《西域文化史》，耿世民译，新疆人民出版社1981年版，第45页。

的重负，郭从远的《爱唱歌的民族》就叙述了哈萨克人"唱着歌儿来到人间，唱着歌儿走进坟墓"的民风习俗。当他们思念亲人，当他们对心上人倾诉衷肠，他们要唱歌；每逢婚嫁喜庆，他们用歌声表达对亲友的祝愿；每当人们遭遇不幸，他们仍用歌声悼念死者，安慰生者；他们是用歌声增强战胜困苦的勇气，用歌声抚慰受伤的心灵；他们能自编自唱，弹琴对唱，混声合唱；那多情的草原因他们的歌声更加多情，那明亮的篝火因他们的歌声更加明亮。西部作家对新疆的风俗风情有着深度的感性体验，因此"新疆想象"所呈现的风俗、风情画卷，"是一幅幅流溢着动感和浓郁的民俗色彩的长镜头，是社会风尚、生活习俗、文化传统的凝固再现"，它们"如陈年老酒一样，给西部文学带来了醉人的芬芳，成为许多西部作家描写的共同无意识"[①]。

在"新疆想象"的人文生态的叙事中，除呈示各民族的民风、民俗和民情之外，还交织着那早已逝去的历史回响。西汉张骞两次出使西域，东汉班超开疆守土数十年。从西汉开通丝绸之路，叮当作响的驼铃和商队，就跋涉在这里的古道上，千多年来，多少途径西域故地的人们，都成为驼铃声中匆匆的过客。远嫁乌孙的西君公主来了，却在戈壁荒滩上埋葬了她对故乡的无尽思念；西去求法的法显和玄奘来了，他们在这里感受着佛光的指引；岑参带着缱绻的诗情来了，唐诗中从此多了边关的雪花；纪晓岚从北京来了，阅微草堂竟容不下他对边地的追念与感慨；林则徐从虎门来了，伊犁河水百多年了还流淌着一代英烈的铁血热肠。西域史上所有的文明与征战、繁荣与蛮荒、拜谒与叛逆，都似乎被漠风深埋在沙砾中。站在新疆大地上凝望久远的历史辉煌，悲壮而又苍凉。那荒漠驼铃，城堞烽烟，长河落日，垦荒屯边，西游传说，丝路古城，西域故国，不断勾起人们对历史的怀想与设想。走进新疆如同走进了历史的长廊，使西部作家在追怀历史的时刻，不能不叙说那逝去的历史回响。

---

① 丁帆主编：《中国西部现代文学史》，人民文学出版社2004年版，第19页。

第五章　西部散文的新疆想象

　　张承志《荒芜英雄路》的中心意象是"路"，对"路"的寻找与确认实际上就是对蒙古人创造的那个英雄时代的追问与怀想。叙述者凭借历史学者的敏感，固执地认为，从蒙古高原到中亚细亚，在阿勒泰闭塞的重山叠嶂间就有一条成吉思汗走过的远征之路。迄今大量生活在阿勒泰边缘的蒙古后裔，更证实了叙述者的猜想。在叙述者的反复寻找中，确认了通向蒙古国的一条十米宽的宽带，那应该就是成吉思汗走过的远征之路，但这条古路如今已何其荒芜，青草枯干，荆棘遍地，环顾四野一片死寂。在苍茫暮色中叙述者看到，无论是7世纪以前那壮举般的行军，还是成吉思汗或阿睦尔撒纳，无论是石砌的草原大道，还是几千年来遗下的各式古墓，一切都黯淡地沉灭了。《荒芜英雄路》是张承志散文中历史感分外突出的作品，这历史感犹如那苍茫暮色，将我们淹没其中。李若冰在《和"死亡之海"搏斗》中同样彰显了历史的回响。塔克拉玛干大沙漠自古以来就被人视为"死亡之海"，有多少强悍的骆驼客都丧生沙海；法显及其信徒途经此地，结果其信徒全部丧生，剩下他一人只得改道潜行；英国探险家斯坦因率队去楼兰古城考察，随员一个个死去，连骆驼都经受不住干旱的煎熬倒毙瀚海，斯坦因只好逃离"死海"；玄奘历经千难万险取经返程，途经"死亡之海"东行，其《大唐西域记》中就记载了在塔克拉玛干大沙漠中行走时的惶恐感受，"时闻歌啸，或闻号哭，视听之间，恍然不知所至，由此屡有丧亡，盖鬼魅之所致也"。李若冰通过法显、玄奘、骆驼客、斯坦因等人的"死海"经历，映像了人类挑战自然的勇决。郭从远的《他们谪居惠远时》叙述了洪亮吉、祁韵士、徐松等这些被贬谪伊犁的文人的故事，提出了一个严肃的人生问题：我们该如何面对失落？叙述者以相应的史料，诉说了洪亮吉们敢于正视失落，拥抱失落，在失落中反省，坚守着自己为之付出巨大代价的真理，而将目光转向更辽阔的生活，让自己的生命之舟驶向更宽广的海洋，从而超越了失落，使其生命熠熠生辉。对于历史回响的叙述，显示了西部作家"力图从社会文化心理中捕捉历史信息，从集体的无意识中来描绘历史车轮的印痕，将氤氲于大地的淡淡的文化暮霭和矗立

· 133 ·

于历史轨道上的理念峰峦组构进作品的画面中"① 的努力,从而赋予"新疆想象"以某种历史的厚重。

二 西部精神:从意象、事象到人物形象

西部散文作为一种文学创作的地域性现象,有其特殊的题材空间、形象活动空间、生活氛围空间,以及由话语和表现手段形成的艺术空间,而它还必须具有自己的精神空间。正是由于这种精神空间的存在,一种贯注于西部散文中的气质与风骨,将它与其他散文创作实践区别开来,在这个意义上,西部精神可以说是西部散文的魂魄所系。既然西部精神之于西部散文创作如此重要,我们首先应该讨论什么是西部精神。无须回避的是,"西部精神"是从20世纪80年代中期就被研究者反复讨论的话题,虽迄今尚未达成共识,而毕竟给我们提供了基本的参照系。吴亮认为,"中国的西部精神乃是千百年的历史沉积。它是凝固而持重,保守而自足,质朴而沉稳的。中国的西部精神重人伦而轻实利,它奠奉祖先,它拥有历史绵延感,它不易为俗世变迁所动。同时,中国的西部精神又是闭锁型;它排外,不求变化,它过于倚重人伦关系的净化而压抑了人的自然禀性和求新欲"。② 这种观点强调西部精神的历史沿承性和闭锁性特征,肖云儒的看法与此形成了对照,其认为,"西部生活精神是以一种两极震荡的形态表现出来的,就是说,它既具有深厚的历史感,又具有强烈的当代性;既表现为忧患意识,又表现为达观精神;既是封闭的,守成的,又是开放的,开拓的。这两级使西部精神成为一个矛盾统一体"。③ 这就是说,所谓西部精神是历史感与当代性并存,忧患意识与达观精神同在,既是封闭的又是开放的,既

---

① 肖云儒:《中国西部文学论》,青海人民出版社1989年版,第212页。
② 吴亮:《什么是西部精神》,《当代文艺思潮》1985年第3期。
③ 肖云儒:《关于中国西部精神》,《中国西部文学》1986年第3期。

是守成的又是开拓的,这种看法揭示了西部精神的复杂性构成。李星认为,"生存的自然意识、信仰的宗教意识、自我定位的中心意识与边缘意识、精神上的英雄意识,构成了西部人与西部文学的精神特征"。① 李星的看法结合西部的地理人文环境、多民族文化,特别是宗教文化的制约来谈西部精神,具有一定的合理性。赵学勇则认为,"自古以来,这里烽烟连绵,征战频繁,民族斗争激烈,加之恶劣的自然条件,艰辛的拓荒生涯,构成了种种不同于东南沿海地带的生活方式、社会环境和价值坐标,构成了特有的西部历史、民俗、伦理、道德、宗教、习惯、信仰等文化景观,并且结晶为这里的人民群众剽悍、勇敢、顽强、韧性、豪放、侠义的性格特征。这一切,都成为'西部文学'的生活矿藏","西部精神从某种意义上讲是西部文化与原始人性相结合所体现出来的价值总和"。② 赵学勇的观点结合西部的文化特性、历史上的社会动荡,以及西部人的性格特征对西部精神进行了归纳,这是一种有深度的归纳。在本文看来,上述观点尽管其侧重点有所差异,但都是研究者基于各自的观察视野作出的阐述,都有其合理性,故我们有必要在此基础上做进一步的凝练和补充。我们认为,所谓西部精神,即是由强悍的生命精神、韧性的生活精神、顽强的开拓精神、沉着的自由精神等构成的精神价值总和,它是在西部地理环境和人文生态的客观背景下,在漫长的历史动荡和文化积淀的过程中,胶合着现实的时代精神逐步形成的。(显然,在我们对于西部精神的内涵阐释中,淡化了诸如保守、闭锁、排外等消极性因子,而突出了诸如达观、韧性、侠义等积极性元素,因为说到底,所有成熟的文学性写作都有其主导的精神指向,就西部散文创作实践而言,其强调的恰恰是西部精神的积极性元素,而非消极性因子。)"新疆想象"作为西部散文的一种叙事范式,势必在各个环节都要灌注西部精神的滋养,从而使其彰显西部散文的气质与风骨。尽管如此,西部散文在形象层面对于西部精神的体现则尤为确切,所以我们从"新疆

---

① 李星:《西部精神与西部文学》,《唐都学刊》2004年第6期。
② 赵学勇等:《新文学与乡土中国》,兰州大学出版社1993年版,第36页。

想象"的形象系统,即意象、事象和人物形象出发,以观察"新疆想象"与西部精神的深层关联。(需要说明的是,在本文的前一部分,我们实际已涉及西部精神,但因为不是讨论的重点,故未特别阐释。)

由于受西方文论的影响,"意象"这个术语多年来被诗歌研究所垄断,似乎与散文研究无缘,这其实是一种误识。意象是一切文学作品形成美感和意义的重要构成元素,对于散文创作当然也不例外,以中国散文史而论,如古代的庄子、现代的何其芳、当代的余光中等作家的散文作品就创造了丰富的意象,他们组合建构意象的能力不在诗人之下。鉴于此,研究者指出,"现代的散文要从一览无余的抒情到节制的抒写,从直白说明到间接呈现,从模仿现实到超越现实,就必须重视对散文意象的组构创造"。[①] 澄清了这个理论疑惑,我们也就明白,西部作家在"新疆想象"中创造意象是顺应了当代散文的发展潮流,提升了西部散文的审美品格。在"新疆想象"中,多是由作家对新疆地理人文环境的体验而生发的意象,常见的有动物意象、植物意象、山体意象、戈壁意象、草原意象、沙漠意象、河流意象、太阳意象、大地意象等。意象的本质特征是哲理性,艾略特曾言,"最真的哲学是最伟大的诗人之最好的素材;诗人最后的地位必须由他诗中所表现的哲学以及表现的程度如何来评定"。[②] 艾略特的论断不啻给我们提出了一个评价西部散文谱系中意象序列的标准,即西部散文质量的高低取决于西部作家所创造的意象,而西部作家所创造的意象的质量,则取决于其在文中所表现的西部精神,以及表现的程度如何。周涛在《巩乃斯的马》中就创造了充分体现西部精神的"马意象"。在叙述者看来,马奔放有力而不让人畏惧,毫无凶暴之相,它优美柔顺却不任人随意欺凌,并不懦弱。马是进取精神的象征,是崇高感情的化身,是力与美的巧妙结合。马能给人以勇气,给人以幻想,给了"我"一个多么完整的世界,使"我"感受到生活不朽的壮美和那时潜藏在人们心里的共同忧郁。在周涛创造的马意象中,

---

[①] 陈剑晖:《诗性散文》,广东教育出版社2009年版,第184页。
[②] 参见叶廷芳《现代艺术的探险者》,花城出版社1986年版,第100页。

酣畅淋漓地展现了西部精神的核心元素——强悍的生命精神和沉着的自由精神,作者精心营构的"巩乃斯草原夏日迅疾猛烈的暴雨"中群马奔腾的场面,更将这种西部精神推向了极致。试看:"就在那场短暂暴雨的吭打下,我见到了最壮阔的马群奔跑的场面。仿佛分散在所有山谷里的马都被赶到这儿来了,好家伙,被暴雨的长鞭抽打着,被低沉的怒雷恐吓着,被刺进大地倏忽消逝的闪电激奋着,马,这不肯安分的牲灵从无数谷口、山坡涌出来,山洪奔泻似地在这原野上汇聚了,小群汇成大群,大群在运动中扩展,成为一片喧叫、纷乱、快速移动的集团冲锋场面!争先恐后,前呼后应,披头散发,淋漓尽致","雄浑的马蹄声在大地奏出的鼓点,悲怆苍劲的嘶鸣、叫喊在拥挤的空间碰撞、飞溅,划出一条条不规则的曲线,扭曲、缠住漫天雨网,和雷声雨声交织成惊心动魄的大舞台。"① 陈漠在散文集《谁也活不过一棵树》中创造了很多意蕴深远的动物意象和植物意象,但相比较而言,其创造的植物意象更动人,更令人沉思,也更充分地体现了西部精神,如《大风吹不老胡杨林》中的"胡杨意象"。陈漠以充满深情的语调叙述道,"塔克拉玛干无情的风沙日复一日吹打着树。他的身子歪了,皮肤被晒爆,生长的愿望被残酷地限制。他的枝桠几乎长不成,甚至连叶子都长不了几片。一场风暴过后,他面目皆非遍体鳞伤。但他却活着,坚毅而无怨地活着,像一位饱经风霜的母亲,也像高大雄伟的父亲。他觉得他就是这个样子,就得这么活着,任凭风吹沙打日晒、肢体不全。他就是他"。② 与其说陈漠在这里写的是胡杨,还不如说其写的是西部人,在西部偏远地区有多少人就像胡杨,他们往往扎根一处,一生就这样在艰难困苦中无怨无悔地活着、过着,"他觉得他就是这个样子,就得这么活着",不管是"风吹沙打日晒",都不能摧毁他们生存的意志,也不能消磨他们生活的希望,尽管对他们来说,生活是无比艰难的。不难看出,这个胡杨意

---

① 周涛:《巩乃斯的马》,见《周涛散文》(第1卷),东方出版中心1998年版,第6—7页。
② 陈漠:《大风吹不老胡杨林》,见《谁也活不过一棵树》,湖南文艺出版社2001年版,第137页。

象中始终流动着一种西部精神——韧性的生活精神，正是这种精神让我们震动。

"事象"是从散文的叙事意义上来讲的，散文中的事象主要是指故事、事件和民俗。既然说到叙事，就有必要对散文叙事与小说叙事进行比较。就故事和事件的叙述而论，散文当然不像小说那样注重故事的完整性，也不必详细叙述事件的发生、发展和结局等全过程，它可以对故事或事件进行极简要的叙述，但无论是对故事的叙述，还是对事件的叙述，叙述者都必须清晰呈现自己的"声音"。李广田对此有精到的见解，"小说中或有故事，或无故事，但必有中心人物；散文中或有故事，或无故事，却不必一定有中心人物"，"小说宜作客观的描写，即使是第一人称的小说，那写法也还是比较客观的；散文则宜于作主观的抒写，即使是写客观的事物，也每带主观的看法"，"小说以人物行动为主，其人物之思想、情感、情格等，都是在行动中表现出来，即使偶然写一些自然景物，也还是为了人物的行动；散文则不必以人物行动为主，只写一个情节、一段心情、一片风景，也可以成为一篇很好的散文"。[①] 从李广田的论述看得出来，尽管散文也叙述故事，叙述事件，但它们都不是叙述的重心，叙述的重心是沉潜于故事或事件中的叙述者的情感态度。具体到"新疆想象"，就是说西部作家在其叙述的故事或事件中蕴存着某种西部精神，而这是其叙述的核体。陈漠的散文《一个人和一条河》讲述了一个维吾尔名字叫艾河买江的汉族人的故事，这个人曾在东北做过刀客，干过打家劫舍、杀富济贫、行侠仗义的营生，后来因和军队发生冲突而被打散，一个人逃出了山林。他夜行昼伏，跟着运送商品的驮队一路向西，一直逃到荒无人烟的塔里木盆地的北部，来到沙漠深处一片茂密的胡杨林里，并定居下来。有好多天，他躺在树林里的沙包上，把头伸进红柳丛，以为就被渴死或饿死在这里了，但有一天一只老鹰丢下了一只兔子，这才救了他的命，他决心拼尽全力活下去。塔

---

① 李广田：《谈散文》，见《中国新文学大系 1937—1949·文学理论卷一》，上海文艺出版社 1990 年版，第 490—491 页。

里木河滋养了两岸的树林、动物和他,他成了林子里的一部分。他一个人就这样孤独而顽强地生活了十年,后来认识了同样生活在林子里的吐木尔江一家人,结束了其茹毛饮血的生活而开始了拓荒生涯,渐渐有了庄稼的收成,吐木尔江还将13岁的二女儿嫁给了他。年近半百的他青春焕发,第二年他的妻子生了个儿子,取名阿尔斯兰。几年之后他的妻子却和情人私奔了,而次年吐木尔江陷入沙沼泽里去世了,他就带着儿子和岳母一起生活,直到一家人追随吐木尔江的小女儿迁徙到新疆最南部的一个地方。通读这篇散文,给人的突出印象是其并没有中心事件,更没有跌宕起伏的情节,而只是以第一人称的方式从容追述了"我"的生命历程,但细加品读,则不能不被叙事中充分张扬的西部精神所震撼。首先是强悍的生命精神,主人公置身于戈壁荒滩,缺少食物来源,没有劳动工具,只能像原始人一样过着茹毛饮血的生活,而这样的生活竟持续了十年之久,如叙述者所言,"在这片野生原始胡杨林里生活,没有过人的意志和精力是难以活下去的"。[①] 其次是韧性的生活精神,主人公在极端简陋的条件下活着,却从未丧失生活的信心,而且是"越活越好,越活越有信心",他能耐得住寂寞,守得住孤独,能与野生动物和睦共处,没有韧性的生活精神,这一切都是难以想象的,另一个体现生活精神的显例就是,即使年轻的妻子抛弃了他,他虽然很悲伤,但还是不忘旧恩,去和岳父一家人毫无怨言地共同生活。最后是顽强的开拓精神,主人公在戈壁荒滩上搭建了自己的"地窝子"(家),认识吐木尔江之后就在沙丘上尝试开荒,试种了玉米和小麦,还学会了养羊养马,以及打猎,不难看出,主人公始终在拓荒,通过拓荒"使我的生活基础日益厚实起来"。

  散文是以人的生活为中心线索展开叙事的,所以说散文写人乃是题中应有之意,但散文不可能像小说那样通过丰富生动的情节和浓墨重彩的叙事来塑造人物形象,而只能依靠事件的片段或细节的选择来突出人物性格

[①] 陈漠:《一个人和一条河》,见《风吹城跑》,云南人民出版社2001年版,第19页。

的某些侧面，在寥寥数笔之间取得形象化、概括化和抒情写意的艺术效果。可见，散文写人是相当有难度的，好在很多散文作家都能从小说创作实践中汲取经验，将其真情实感熔铸于人物形象的刻画之中，从而大大丰富了散文写人的可能性表达。需要说明的是，在"新疆想象"所创造的形象序列中，尽管人物形象与事象的关系较为紧密，即都体现着鲜明的西部精神，但其侧重点有所不同。事象的侧重点在于彰显故事（或事件、民俗）本身所蕴含的西部精神，它或许并不关注人物形象的刻画，如前文所举《一个人与一条河》就是这样；而人物形象的刻画，其侧重点往往在于作家对人物性格的把握，即通过人物性格的刻画以显示西部精神的存在，这可能要涉及到故事的叙述，但叙述故事却是为了更好地刻画人物性格。正因为事象与人物形象在西部精神的传达方面有着明显的不同，故本文对其分别进行阐述。周涛的散文注重人物形象的塑造，尤以军人形象引人注目，但周涛并不是将他们置于血与火的战场上，而是置于生产建设或是军人的日常生活中，通过刻画人物性格进而从人物性格中折射西部精神。在《沙场秋点兵》中，周涛既塑造了军人的群体形象，也有重点地塑造了军人的个体形象。如战区司令员，他一出场就与众不同，"正当此时，一片骚动，这次战役演习的几位真正的导演者，登场了。其实真正的导演只有一位，就是战区司令员。看起来似乎还很年轻的上将身材矮壮，面色泛红，就像一颗随时准备出膛的子弹，身体里总像憋足了劲。他是一个有杀气、有分量的人，一望而知对作战充满了跃跃欲试的渴望"。这个充满了生命力的年轻将军，不仅性格中体现着强悍的生命精神，而且也体现着某种令人惊奇的开拓精神，作者是这样叙述的，"突然，司令员从座位上站起来了，他离开座席，径直大踏步跨进沙盘里。这一举动谁也没有想到，他看也不看，就从喀喇昆仑的山脉上空跨过去，从这座山峰一步迈向另一座山峰，他端详着，比划着，似已有成竹在胸。然后他回到座位上"。[①] 红柯在《天才之境》中

[①] 周涛：《沙场秋点兵》，见《周涛散文》（第1卷），东方出版中心1998年版，第218—219页。

塑造了"这一个"李白形象,"诗人的激情犹如沙漠中心窜出的一股狂风,横扫中原,给诗坛注入一种西域胡人的剽悍与骄横。匡庐的飞瀑,雄奇的蜀道,浩荡的江水,一下子生动起来;在中原人最为醉心的空灵中,增添了一种使人惊骇万丈的力度"。① 李白为什么在盛唐群雄并起的诗坛能够力压群雄?叙述者认为,这是因为李白真正与西部融为一体了,李白的性格充分张扬着西部精神。首先是强悍的生命精神,这种生命精神不掺杂任何的世俗功名色彩,其生命处于某种最原始最本真的状态,弥散着狂傲的血性与哥伦布气质;其次是酣畅的自由精神,李白的笑傲权贵、一掷千金、仗剑走天下无不是自由精神的体现,而其在诗歌创作中横绝古今的抒情又何尝不是自由精神的高度体现;最后是旺盛的开拓精神,李白的性格也映像着唐王朝特有的开拓雄心,而又超过了那个政治集团,"他把王朝最有生机的部分,与中亚胡人的气魄成功地焊接在一起,从而成为盛唐之音中最绝妙最精彩的篇章","诗人李白的足迹比唐朝将军们的战马更遥远"。②

三 美学气象:以"悲"和"力"为基调的风格形态

"一股悲壮、沉郁之气流贯在西部文学的许多作品之中。这种悲壮、沉郁之气和对人民母体、大地山川的崇高感的把握相交融,相辉映,形成一种悲剧氛围。这种悲剧美是西部文学阳刚美学风貌的又一表现。"③ 肖云儒在这里确认了西部作家所极力营构的美学气象,即由其悲剧精神所触发的风格诉求——悲剧美。悲剧美在西方美学被看作是"崇高"范畴中的主流,悲剧精神根于"人作为有限存在物"这个事实,然而文学中的悲剧美

---
① 红柯:《天才之境》,见《敬畏苍天》,上海人民出版社2002年版,第5—6页。
② 同上书,第7—8页。
③ 肖云儒:《中国西部文学论》,青海人民出版社1989年版,第229页。

体现在作家虽然体认到人的有限性却充满了悲情的抗争精神。悲剧美是一种能牵动魂魄的美，是一种体现于"存在—实践"维度的最动人的美。悲剧美作为西部文学共同的美学追求，深度影响了西部散文的风格诉求，终于形成了以"悲"和"力"为基调的风格形态。这里的"悲"是由悲壮、悲悯、悲慨融合而成的悲剧美，而"力"则是由雄浑、苍凉、豪放组构而成的阳刚美。

悲剧精神何以会成为西部作家的重要精神结构，我们不妨从西部人的生存环境、西部人的命运流变和西部人的文化心理等层面进行追溯。西部恶劣的自然生态，使生活在这里的人们似乎永远处于与大自然苦不堪言的奋争中，而农牧资源（可耕地和牧场）的匮乏，又常常使人与大自然的悲剧性关系转化为人与人、部落与部落、民族与民族之间的争斗，转化为悲剧性的社会冲突与征战。艰苦的生存环境，游移的社区群体，以及多民族的迁徙和征战，不但使西部本土的人们在人生道路上要经历更多的动荡、曲折和坎坷，而且，西部的艰苦也使得这里自古就成为贬谪与流放的地方，成为走投无路者企望绝处逢生的地方，成为生活无着者孤注一掷的地方，于是，一种历史性的现象就出现了，这就是悲剧人物向西部聚集，悲剧情绪向西部流动，都不断强化着西部的悲剧氛围。更何况西部为落日之地，置身于辽远、苍茫、浩大的西部大地上的作家，又怎能不由此触发其对历史人生的悲剧性思考？陈子昂的诗句"前不见古人，后不见来者，念天地之悠悠，独怆然而涕下"，也许是形容那种悲剧性心理体验的最恰切的诗句了。神话故事中的西部人同样是悲剧性的人物形象，如《太平御览》中所载的茄丰、《夸父逐日》中的夸父，按荣格的原型理论来看，他们都是体现西部人的集体无意识的原型。传说轩辕黄帝的臣子茄丰曾被流放到玉门关以西，他是怀着强烈的原罪感到西部寻求归宿的流亡者，他的后裔被称为"扶伏民"（即躬腰行走的人）。夸父从未放弃追日，但又永远追不上日，最终力竭而亡，其手杖却化为桃林。茄丰原型和夸父原型表现了西部人两种相反相成的文化心理，前者呈现了历史上各类政治犯、刑事犯、贬谪者的原罪心理和流亡意识，而后者再现了西部探索者、求生者、冒险者的进取精神和创业雄心，这两种文化心理的相互流动、对话和冲突，构成了西部人集体无意识中的悲剧底色。可见，西部人悲剧性的生存环境、命运流变和文化心理，是促进西部作家形成悲剧精神的主客观原因，而落日西沉作为西部悲剧美的自然意象原型，躬腰西行的茄丰和追日不止的夸父作为西部悲剧美的人物形象原型，又为西部作家的文学叙事提供了示范。这样，悲剧美就在西部文学中以内在的、通体流贯的方式被呈现着。西部散文作为西部文学不可或缺的分支，表现悲剧美自不待言，而"新疆想象"作为西部散文的一种叙事范式，同样会在叙事中表现悲剧美，而且由于新疆更典型地体现着西部的诸多特征，悲剧美在"新疆想象"中往往表现得更为显著。

"新疆想象"的悲剧美，首先表现在其对"悲壮"风格的执着。悲壮绝不同于悲伤，因为那是一种自艾自怜的无奈，更不同于悲惨，因为那是一种消极悲观的忍受。悲壮风格体现着人类精神结构中最真挚的美，这种风格的生成，基于作家明知自身（或作品人物）正处于某种悲剧情境而能张扬人格尊严，捍卫人生信念，并积极抗争悲剧命运。悲壮风格的散文自有一种非凡的气势，而其措辞也惊世骇俗，从而凸显出作家精神人格的高洁与超俗。钟嵘在评价"建安七子"之一刘桢的诗作时的说法可视为对悲壮风格的描述，其如是说，"仗气爱奇，动多振绝。真骨凌霜，高风跨俗"。① 悲壮风格因为悲而壮，故常常与"雄浑"风格相互融合，即在"悲"之外显示"力"的存在。司空图认为雄浑风格应该是，"具备万物，横绝太空，荒荒油云，寥寥长风。超以象外，得其环中，持之非强，来之无穷"。② 司空图的意思是，雄浑风格的形成需要借助于内力，也就是需要借助由作家的精神高度和人格力量所形成的冲击力来推动抒写，而这抒写应像流云长风一样自然，毫无人工雕琢的迹象。周涛的散文就显示了悲壮与雄浑相融合的风格趋势，这在我们前文所举例文《巩乃斯的马》中表现得极为真切。

---

① （南朝梁）钟嵘著，徐达译注：《诗品全译》，贵州人民出版社1990年版，第45—46页。
② 司空图：《二十四诗品》，见《历代诗话》，中华书局1981年版，第38页。

叙述者起先说明了自身的悲剧处境，那是 1970 年，"我"被派往一个农场接受"再教育"，第一次触摸到了冷酷、丑恶、冰凉的生活实体，不正常的政治气候像潮闷险恶的黑云压在人的心头，使人压抑到不能忍受的地步，高强度的体力劳动并不能打击"我"对生活的热爱，而精神上的压抑却有可能摧毁"我"的信念。但叙述者在这种悲剧情境中并没有消沉，更没有绝望，他从奔腾不息的巩乃斯马身上看到了自由的存在，听到了人格精神的召唤，他于是策马狂奔，"在颠簸的马背上感受自由的亲切和驾驭自己命运的能力，是何等的痛快舒畅啊！"[1] 叙述者悲壮激越的人格精神，通过其创造的马意象而得到了酣畅的表达。在这篇散文中，作者所运用的话语系统彰显了别具一格的基调，在"巩乃斯草原夏日迅疾猛烈的暴雨中群马奔腾的场面"的抒写中，作者通过"暴雨的吆打""最壮阔的马群奔跑""低沉的怒雷""倏忽消逝的闪电""山洪奔泻似的汇聚""在大地奏出鼓点""悲怆苍劲的嘶鸣、叫喊""集团冲锋""惊心动魄的大舞台""争先恐后，前呼后应，披头散发，淋漓尽致"等词语的组合，使人深切感受到雄浑风格的真实存在，这是一种力量的汇聚，是西部大地上奏出的雄壮有力的鼓声，其足以横扫萦绕在人心头的阴霾，而激励人们去创造明天。

"人作为有限存在物"的哲学性体认是"悲悯"风格得以形成的直接动因。悲悯是作家对于人类悲剧性存在的一种独特的心灵感受和精神把握，是个体在对群体命运的思考和感受基础上生发的崇高情感，其价值意义在于对人类苦难和悲痛的担当与救赎。西部作家在他们的散文叙事中常常注入那种悲剧性的人生体验，其不仅对一切道德高尚心地善良而命运多舛的人物充满了同情，而且即使面对那些心灵卑琐、行为恶劣的小人，甚至那些飞禽走兽也同样充满了悲悯情怀。他们看到了所有人所面临的共同苦难，对人类由于人性缺陷而遭致的灾难报以同情和怜悯，并希望通过自己的努力暴露出真相，目的在于使人能够警醒[2]。刘亮程的《一个人的村庄》以悲

---

[1] 周涛：《巩乃斯的马》，见《周涛散文》（第1卷），东方出版中心1998年版，第5页。
[2] 摩罗：《不灭的火焰》，中国工人出版社2002年版，第256页。

悯风格的抒写而引人注目,在作者所创构的"黄沙梁"这个村庄世界,一切生命体都被尊重,像冯四那样无所作为的人,那些家禽、家畜,乃至不知名的小虫子的生命历程都被作者耐心地叙述,因为作者早已经参透,其实自己和这些卑微生命并无实质性的差异,说到底都是一种极局限的存在。作者对"人的存在的有限性"的认识,在《黄沙梁·我不知道这个村庄到底有多大》中表现得异常突出,如其所叙,"我不知道这个村庄,真正多大,我住在它的一个角上。我也不知道这个村里,到底住着多少人。天麻麻亮人就出村劳动去了,人是一个一个走掉的,谁也不知道谁去了哪里,谁也不清楚谁在为哪件事消磨着一生中的一日。村庄四周是无垠的荒野和地,地和荒野尽头是另外的村庄和荒野。人的去处大都在一生里,人咋走也还没有走出这一辈子","一辈子里的某一天,人淹没在庄稼和草中,无声地挥动锄头,风吹草地时露一个头顶,腰背酸困时咳嗽两声","另外一天人不在了,剩下许多个早晨,太阳出来,照着空房子"。① 悲悯风格的抒写因为是对人生的一种宏观性透视与把握,所以能够高屋建瓴,使叙事显得举重若轻而充满诗的意味。值得注意的是,因为悲悯风格的抒写是对人生的宏观性透视与把握,而常常与"苍凉"风格形成某种交融,这种交融既显示着"悲悯"所具有的情感的通透,也呈现了"苍凉"所具有的视域的阔大,进而取得"言在耳目之内,情寄八荒之表"② 的审美效果。刘亮程写得好的散文都能将"悲悯"风格与"苍凉"风格融合起来,陈漠的散文也表现出此类风格融合的趋势。

"悲慨"风格在中国文学史上源远流长,例如屈原、曹操、鲍照等人的诗作就体现了典范的悲慨风格,他们或抒写英雄末路、信念失落之悲,或叙说人生短暂、生命无常之痛,志深笔长而气盛情悲。司空图曾用形象化的语言描述了悲慨风格的特点,"大风卷水,林木为摧,适苦欲死,招憩不来。百岁如流,富贵冷灰,大道日丧,若为雄才。壮士拂剑,浩然弥哀,

---

① 刘亮程:《黄沙梁》,见《一个人的村庄》,春风文艺出版社2006年版,第51页。
② 《诗品全译》,(梁)钟嵘著,徐达译注,贵州人民出版社1990年版,第50页。

萧萧落叶,漏雨苍苔"。① 司空图在这里极言客体的肆虐狂暴,及其对主体造成的惊惧与焦虑,在自然和社会双重力量的压迫下,客体一方面不免产生"百岁如流,富贵冷灰"的苍凉之感,另一方面又表现出"壮士拂剑,浩然弥哀"的壮烈行为,这是主体对客体无望的抗争,是主体反抗绝望的行为,因为主体看到"大道日丧",而不能不催促自己走上"若为雄才"的道路。不难看出,相对于"悲壮"和"悲悯",悲慨风格的散文更注重从悲剧性情境生发出能够使人震动的人生、历史或文化的浩叹,并引领读者重新思考人生、历史或文化,突出了审美进程中由痛感转化为崇高的道德感的可能性。悲慨风格在张承志的散文中有坚实的存在,理想主义者张承志在"单向度"的现代工业化社会,尝试提供另一种不同于历史理性和工具理性的价值标准,但"大道日丧"的社会现实,使其深感自身的乏力,因此在他的散文中总有一种悲凉与悲愤相交织的浩叹,这在《荒芜英雄路》中表现得更为具象。如其所叙,"英雄的道路如今荒芜了。无论是在散发着恶臭的蝴蝶迷们的路边小聚落点,还是在满目灼伤铁黑千里的青格勒河,哪怕在忧伤而美丽的黑泥巴草原的夏夜里,如今你不可能仿效,如今你我找不到大时代的那些骄子的踪迹了"。② 红柯的短文《骑手的墓园》表现了与张承志《荒芜英雄路》相似的悲慨:英雄的时代消失了,留给我们的只是忧伤而绝望的回忆。红柯是这样表达其浩叹的,"骑手这种辉煌的生命气象不可能在大地上再现了,所以这忧伤是那么的绝望。有时我想,那歌子可能是雪水在石块里煮沸的,只有沉甸甸的石块和苦涩的雪水才能构筑这种美丽的忧伤","从三台海子,这种忧伤就开始了,蒙古大军在崇山峻岭中凿开一条通道,沿伊犁河西进,伊犁河依然流着,蒙古骑手则永远消失了","生命的全部意义就在这消失了。这种消失不是爱略特说的'嘘'的一声,而是冒顿单于飞箭的长啸"。③ 虽然都是悲慨风格的体现,张承志与

---

① 司空图:《二十四诗品》,见《历代诗话》,中华书局1981年版,第43页。
② 张承志:《荒芜英雄路》,见《相约来世:心的新疆》,作家出版社2013年版,第124页。
③ 红柯:《骑手的墓园》,见《敬畏苍天》,上海人民出版社2002年版,第32—33页。

红柯却表现出相似中的差异,张承志悲慨而苍凉,红柯则悲慨而豪放,这不仅是由于两人的个性不同使然,而且是因为两人对新疆的感受不同使然。

"新疆想象"是西部散文中极具代表性的叙事范式,众多的西部作家以他们风格各异的叙事共同为我们构筑了"这一个"散文意义上的新疆。在"新疆想象"这种叙事范式的具体运作中,西部作家注重对新疆地域文化的多维观察与深度把握,从地理环境到人文生态都有全方位的展现,并在这种展现中形成了将客体主体化和将主体客体化的双向流动,从而使新疆的地理环境和人文生态与西部作家的情感体验和审美感知达到了"物我合一"的境界。新疆由于更为典型地体现着西部的诸多特征,西部精神的形成与新疆的地域文化有着密切的联系,所以西部作家在"新疆想象"中往往能更自然、更确切地表现西部精神,无论是在意象的创构、事象的叙述,还是在人物形象的塑造方面,都能充分张扬西部精神。而所谓"西部精神",就是由强悍的生命精神、韧性的生活精神、顽强的开拓精神、沉着的自由精神等构成的精神价值总和。西部人悲剧性的生存环境、命运流变和文化心理,促成了西部作家的悲剧精神,而落日西沉作为西部悲剧美的自然意象原型,躬腰西行的茹丰和追日不止的夸父作为西部悲剧美的人物形象原型,又为西部作家的散文叙事提供了示范,这样,悲剧美就在西部散文中以内在的、通体流贯的方式被呈现着。"新疆想象"的风格诉求显然离不开地域风格的支配,而形成了以"悲"和"力"为基调的风格形态,这里的"悲"即由悲壮、悲悯、悲慨形成的悲剧之美,而"力"则是由雄浑、苍凉、豪放融合而成的阳刚之美。新疆作为中国的边陲之地,呈现着动人心魄的壮美,而"新疆想象"所提供的,不仅是壮美,更有超越地域的普世性的价值意义,诚如周涛所论,"边陲是永恒的","它的土地,它的人,总是在时髦的漩涡之外提供某种不同的存在"。[①] 周涛不啻道出了"新疆想象"的价值指向。

---

① 周涛:《边陲》,见《周涛散文》(第 1 卷),东方出版中心 1998 年版,第 157 页。

第六章 西部散文的藏域想象

20世纪90年代以来,"藏域想象"成为西部散文具有标志性意义的审美选择,其与"新疆想象""蒙地想象""甘陇想象""陕北想象"等合力形成了西部散文谱系中充满张力的一种话语空间。这种话语空间的生成,彰显着西部散文特有的题材资源与精神维度,并且使西部散文的地域性特征得到了深层的拓进与充分的张扬。"藏域想象"之所以被西部作家格外重视,不仅是因为藏民族在西部分布极广(除西藏外,在青海、甘肃、四川、云南等省都有藏族自治州或藏族自治县),而且更是因为藏民族有其自成格局的文化积淀、民俗风情和精神传承。藏民族多生存于西部的高山峡谷间或贫瘠荒寒之地,生存环境的恶劣,使其精神气质以及生活方式、行为方式、思维方式诸方面,都与汉民族表现出较大差别。尽管近几十年来藏民族的生活形态在发生变化,但这种变化总体来看却是相当滞缓,在某种意义上说,正是由于藏民族对其传统生活形态的守望,为西部作家追问历史文化图式、发掘西部精神和反思消费社会的精神状况提供了某种参照。有人指出,"面对那一张张被高原紫外线雕饰过多的脸,面对他们雪山般清澈纳木措样晶莹的双眼,你只能震惊,直指心灵的宗教为无根的灵魂铸建了风雨中歇脚的小屋。当我们拖着沉重的肉体被痛苦、绝望、悲伤和迷惘困扰在尘世之网中时,西藏和西藏的人们正静静地仰望着那圣殿的图腾诵经祷告"。① 这就不难理解,"发现"

---

① 吉尔·印象编:《苍茫藏疆》,重庆出版社2007年版,第51页。

藏域并且表现藏域，何以会成为众多西部作家共同的审美选择。那么，到底什么是"藏域想象"呢？这里所谓"藏域"，是指藏民族的生存栖息之地，当然不只是西藏，还包括青海、甘肃、四川、云南等地的藏区，而"藏域想象"则是指西部作家对藏民族生存栖息之地所进行的文学性体验、想象和表达，这种文学性活动显然有别于科普性知识绍介或学术性问题探讨的著述①，它更多地浸染着西部作家的审美情感、主观色彩和心灵感悟。我们将"藏域想象"作为本文的话题，意在观察和分析其为西部散文带来了什么，呈示了怎样的精神结构和凸显了怎样的人文情怀，这无疑有助于深化对西部散文的理性认知与价值判断。

一　民族志诗学：一种超越了文学范畴的写作

打开马丽华的长篇散文《藏北游历》，阅读第一章"西部开始的地方"中的文字，我们便能感觉到作者运用了一种很特别的写法：这里既有客观性的说明，如对藏北高原地理状况的介绍，也有学术性的探讨，如对"六字真言"的阐释；既有对藏民族视为神山的唐古拉周遭的山系、湖泊、半岛、草原等根据神话传说进行的描述，也有对驮盐人艰辛生活的如实叙述；既注重对藏民族的民俗风情的呈现，如文中写到纳木错湖畔成堆的玛尼堆和迎风飘扬的经幡，也通过史料、民歌等文字材料来印证作者的观点，如对藏北民歌《驮盐歌·途中悲歌》和羌塘古歌的引用；既有对当前藏北考察的线索叙述，也有对往昔游历藏北的回忆性叙说；既有夹叙夹议，如引用羌塘古歌之后，作者随即将"外来者"对藏北的可能印象进行了适时的议论，也有从心灵深处涌现出来的人生感悟，如根据"六字真言"的阐释

---

① 对西藏的民风民俗进行介绍的著作，如廖东凡著《雪域西藏风情录》（北京燕山出版社1991年版），或对藏民族生活形态进行学术性探讨的著作，如闫振中著《西藏秘境》（西藏人民出版社2000年版）。

而生发的无尽慨叹。这样的写法，粗看起来犹如人类学考察笔记，因为它既描述了藏民族的文化地理空间，也呈现了藏民族的种族记忆，及其生活史、人物志和风物志；尽管如此，它却不是科考报告，阅读这样的文字，我们不仅能获得藏民族的"地方性知识"，而且更能被渗透在叙说中的审美情感所感染，并时时感受到作为叙述者的"我"的存在，这一切都表明，这样的写作是文学的，是散文的。有人将马丽华诸如此类的散文命名为"新体文化散文"①，如此命名虽有一定的道理，但不确切，倘若我们以"民族志诗学写作"来指称则更为恰当。

民族志诗学是20世纪中后期美国学者以民俗学的新成果为基，融合了文艺学、文化人类学、现代语言学和民族志等多种理论而创立的一种新型的文艺理论，实质是一种跨学科的文艺阐释系统。民族志诗学的核心思想在于，"把文本置于其自身的文化语境中加以考察，并认为世界范围内的每一特定文化都有各自独特的诗歌，这种诗歌有着独自的结构和美学上的特点。它强调应该充分尊重和欣赏不同文化所独有的诗歌特点，并致力于对这些特点的揭示和发掘"。② 那么，怎样才能做到这一切呢？其采取的具体方法是将文献史料与田野调查结合起来，以考察民族诗歌的发生与传播，受这种民族志诗学研究的启发而形成的文学性写作，就是民族志诗学写作。"民族志诗学写作的魅力并不仅在于文本与田野的互文性，视野与方法的独特性，还在于其本身所蕴含的人文情怀，以及写作和表达方面的自由和多种可能性。"③ 从这样的意义上说，马丽华的《藏北游历》体现了典范的民族志诗学写作的特点，其另外两部作品《西行阿里》和《灵魂像风》也都表现出相似的创作取向。

马丽华在创作这几部作品的时期，俨然是一个科研工作者，她不停地行走在藏北、藏南或藏东的路上，在这个雪山环绕、历史久远、传说弥漫、

---

① 参阅昌切《走向散文——评新体文化散文》，《当代作家》1997年第1期。
② 杨利慧：《民族志诗学的理论与实践》，《北京师范大学学报》（社会科学版）2004年第6期。
③ 丹珍草：《阿来的民族志诗学写作》，《民族文学研究》2010年第1期。

古迹遍地的文化地理空间，通过与不同阶层的处于不同生活状态的藏族人的接触和交流而获取了大量的直接经验，并结合相关的文献史料知识，对这些经验进行着民俗的、历史的、宗教的、哲学的、道德的价值思考。十多年的时间里，作者的足迹几乎踏遍了西藏的所有角落，而她的心也同时在延伸，已进入到藏民族的文化心理深层，以抒情的、叙事的或议论的方式，诉说着她眼中和心中的西藏。这样，虽然她似乎给读者以文化人类学调研报告的形式呈现了西藏，而实际上却给我们塑造了文学意义上的"这一个"西藏，如其所言，"我的藏北不同于自然地理意义上的藏北，不同于现实存在的藏北，不同于我之外的任何人记忆中或想象中的藏北，甚至，我笔下的藏北与我心中的藏北也并非同一事物"。[1] 有人认为，马丽华的民族志诗学写作的价值意义已超越了文学的范畴，"至少从《藏北游历》起，我感到马丽华的作品已经开始向着人类文化的反思伸探。其突出特点是借助于对地域特色、风土人情、历史典故、神话传说、自然风光等的精心描绘，执拗地追求一种特定文化价值的参照，从中探溯藏民族文化的内涵、价值及其对于当代人类的意义"。[2] 这可以看作是对其民族志诗学写作的准确定位。

在西部散文谱系中，不惟马丽华的藏域想象显示了民族志诗学写作的魅力，阿来的《大地的阶梯》，梅卓的《人在高处》《走马安多》《吉祥玉树》，范稳的《苍茫古道：挥不去的历史背影》《藏东探险手记》等长篇散文都运用了民族志诗学写作的方式。在《大地的阶梯》中，阿来试图将四川阿坝州嘉绒地区藏民族的过去、现在和未来共时态地铺展开来，并将自己的民族情感蕴藏于看似平淡的叙述之间。阿来自觉扮演了一个文化人类学者的角色，在走向故乡的群山皱褶间探寻着嘉绒部族的历史与文化，从那些县城、村镇、古堡、寺庙、土司官寨遗址乃至久已废弃的古驿站中，其触摸到了部族的真实、美好和伤痛。在阿来的眼中，从成都平原开始一

---

[1] 马丽华：《〈藏北游历〉后记》，见《走过西藏》，作家出版社1997年版，第658页。
[2] 格勒：《〈西行阿里〉序》，见马丽华著《走过西藏》，作家出版社1997年版，第641页。

级级走向青藏高原顶端的一列列山脉就是大地的阶梯，但他没有选择沿阶而上，而是选择了从青藏高原的腹心拉萨顺着大地的梯级拾级而下，因为只有这样，才能更具象地感受和梳理嘉绒部族的历史脉络，这既是一条吐蕃王朝的军事征服之路，也是一条藏文化的传播之路。作者一路走来，"坚定地要以感性的方式"，"以双脚与内心丈量着故乡大地"①，因而获得了真切的感性体验，这种体验更多的是关于嘉绒部落生息的地理空间、人文脉息和集体记忆的体验，是对根植于本土文化的"地方性知识"的体验。阿来却不满足于感性体验的获得，而是将这感性体验与历史文献、考古资料结合起来，从而以个人的方式重构了"藏族大家庭中这样一个特殊的文化群落"——嘉绒部族。梅卓多年来游走于青藏高原的藏区，在她看来，"游走的积累和经验在我是不可多得的财富，我使它们纯粹，成为一篇篇文章"，"我的文学创作源于游走并感动于游走的地方"。②《走马安多》所叙述的并非游走藏区的一次经历，而是汇集了其多年游历青海、西藏、甘肃、四川藏区的体验。尽管作品在较大的时空范围内展开了叙述，但因为梅卓是一个藏族本土作家，对藏民族知识背景有着深度的把握，故其叙述可以做到既入乎其内又出乎其外，游刃有余地将不同地域的藏民族的文化、历史、政治等"地方性知识"渗透于叙事中，这里没有惊奇，更没有神秘，有的只是理解和感动，以及"来自于乡亲故土兆示着的智慧、良知与尊严"③。范稳的《苍茫古道：挥不去的历史背影》以茶马古道为中心，沿滇藏公路一路北上，作者"正如虔诚的藏传佛教徒用身体丈量着漫长的朝圣之路一样"，他是"用心去和这片神奇的土地拥抱"④，并将其所见所闻、所思所想、所感所悟都如实地叙述下来，反映了滇藏接合部以藏族和纳西族这两个民族为主体的多民族在历史、文化、经济、宗教等方面的交融、渗

---

① 阿来：《后记》，见《大地的阶梯》，南海出版公司2008年版，第244页。
② 梅卓：《游走在青藏高原》，见《走马安多》，青海人民出版社2009年版，第317页。
③ 同上书，第318页。
④ 范稳：《尾声：追寻两个历史的背影》，见《苍茫古道：挥不去的历史背影》，云南人民出版社2000年版，第397页。

透和影响。

西部散文的藏域想象采用民族志诗学写作的方式，使其建构起了真正具有地域文化特质的审美空间。西部作家不仅呈现了藏民族今时今日的习俗风情，而且追溯了藏民族的历史文化源流；不仅表现了藏民族在漫长的历史演化中逐渐形成的精神气质与性格特点，表达了其深入骨髓融于血肉的民族记忆，而且也表现出对藏民族生存境况的焦虑，弥散着由于传统文化的剥蚀而引发的隐痛。有人曾指出，"地方文学的地方永久性，从文化内涵的角度来看，一方面间接体现为人文基础的历史性，即进行人文地理开拓，来提供必要的人文资源根基以促进区域文学的形成；另一方面间接体现为民族特征的体系性，即进行民族语言的发展，来提供必要的语言表达符号以推动区域文学的出现。从人文资源根基到语言表达符号，都有着地方性的基本内容，表现为人文性的语言运用所产生的群体影响作用。在这样的意义上，可以说地方文学是一种地方性的区域文学现象，因而从地方文学到区域文学的现象性存在，实质上取决于民族国家在特定环境之中文化发展的地方性表达"。[①] 以这样的视点来审读西部散文的藏域想象，可以肯定，其所采用的民族志诗学写作无疑具有深远的启示意义。

二　复述大地的光芒：自然、神性和人性

在西部散文的藏域想象中，"自然"有着不同寻常的意义，其不仅构成了藏民族生存的物质背景，而且已进入到人的精神领域，成为连接人性与神性的中介。藏民族多生存于西部的高山峡谷间和贫瘠荒寒之地，这就意味着自然的重要性较之其他地域则更为显著，有人指出，"没有哪块地方像这里一样，自然的参与、自然的色彩对历史文化发展进程的影响和制约如

[①] 靳明全主编：《区域文化与文学》，中国社会科学出版社2003年版，第166—167页。

此直截了当地凸显在历史生活的表象和深层"。① 藏域自然环境的特殊性造就了藏民族特有的生存状态与人文情感,而置身于藏域自然环境中的西部作家,当然不可能不在其创作中把这种特殊性加以映像。那么,我们又该如何看待"自然"是连接人性与神性的中介呢?我们应该看到,藏民族最初是以原始宗教的方式来解读自然的②,认为"万物皆有灵",其导致的结果是将自然巫魅化与人格化,"自然原来是一种模糊而神秘的东西,充满了各种藏身于树中水下的神明和精灵"③,这就是为什么在藏域想象中总有那么多的神山圣湖,总有那么多的神话传说的原因。对自然的巫魅化与人格化使自然具备了神性,自然的神化又使藏民族对自然心存敬畏,并虔诚地从自然的运行中感受与领悟"人的存在"的意义,最终使其人性也赋予了神性色彩。正如梅卓所叙,"这是个神性世界,神的光芒遍布大地。但是人类的慈悲比神更显具体、更显灵性","慈悲使人具有了神性,成为另一类神"④。缘于此,西部散文的藏域想象便形成了三种观照与表述自然的方式:其一是对藏域自然环境特殊性的书写,其二是对"自然的人性化"的书写,其三是对"人性的自然化"的书写。

对藏域自然环境特殊性的书写,使藏域想象的地域性特征格外凸显,它能瞬间将读者带入某种特定的情境而获得强烈的阅读印象。在这样的时刻,自然环境并非一种背景性的存在,而是作为主体性内容被呈现的,大地、山谷、河流、森林、草原等,由于社会生活的简化而被推到作品的前景,成为具有丰富内涵的艺术形象。我们不妨先看马丽华的这段自然书写,

---

① 韩子勇:《西部:偏远省份的文学写作》,百花文艺出版社1998年版,第66—67页。
② 廖东凡著《雪域西藏风情录》(北京燕山出版社1991年版)在"引言"的第1页就说到,"有这样一首藏族民歌:'东方雪山顶上,彩云纷纷扬扬,那是大神小神,正在天上行走!'在歌唱者的眼里,高高的天空布满了神,云遮雾盖的雪山上居住着神,草原和河谷里生活着神,水里的鱼是神的化身,地里的庄稼都有灵魂。一句话,神无所不在,无时不在!"
③ [俄]塞尔日·莫斯科维奇:《还自然之魅——对生态运动的思考》,生活·读书·新知三联书店2005年版,第92页。
④ 梅卓:《安多:众神之居与居之众神》,见《走马安多》,青海人民出版社2009年版,第30页。

"凡到过文部乡的人,无一不感到那儿的非人间气息。不仅太美,重要的是有股仙气在。它仿佛一个大舞台,一个大背景,天上人间,一应悲喜剧都可以在那儿尽情展开。在初夏那个月亮半明半昧之夜,寒森森的月光从天窗斜射进幽黑的牛毛帐篷里,当惹雍措的惊涛骇浪拍打着耳鼓,全身心感受着大地深处有节奏的震动——那时候,我知道我已进入另一个空间。那是一个纯自然的空间,可以遥望明亮的日月之路,聆听太阳金链的金属声响,月亮处子的裙裾窸窣,大草原不胜其艰的叹息,小草们的喁喁细语。万物在交流,在合唱,人声以纯自然的方式加入了——在那个大地躁动之夜,一个中年男子的声音在远方凄凉地呼唤着,仿佛开天辟地,人的第一声嗥叫"。[①] 好一个大美文部,这种超越凡尘的大自然之美或许只能在西部存在,只能在对西部充满深情的人们的心中存在。倘若我们稍作分析,便不难发现,马丽华的这段惊人的描写并不是对西藏文部的自然景观的客观性呈现,而是采取了主观性视角进行的书写,在这里,大自然的魅力就意味着人的魅力,人的气质同大自然的气质遥相呼应,共同组构成了"这一个"自然景观图,有研究者指出,"在这类作品中,作者所以摄取这些动荡而辽阔的自然景象,并将其拟人化、意象化,是因为这些自然景象对应了作家对社会生活的独特感受,只有借助这些大气磅礴的自然才可能平息作家希望倾诉的诗情"[②],诚可谓不易之论。这样的自然书写在阿来、梅卓、范稳、杨志军等作家的叙事中同样存在,如阿来的这段叙述,"每一列雪山之后,这种山间牧场就更低,更窄小,甚至完全消失。眼界里就只有顶部很尖锐,没有积雪的峭拔山峰了。这是一些钢青色岩石的山峰,一簇簇指向蓝空深处。山体周围是郁郁葱葱的森林。然后,这种美丽的峭拔渐渐化成了平缓的丘陵,丘陵又像长途俯冲后一声深长的叹息,化成了一片平原。这声叹息已经不是藏语,而是一声好听的汉语里的四川话了","从平原历经群山的阻隔与崎岖,登上高原后,那壮阔与辽远,是一声血性的呐喊",

---

[①] 马丽华:《文部远风景》,见《走过西藏》,作家出版社 1997 年版,第 57 页。
[②] 肖云儒:《中国西部文学论》,青海人民出版社 1989 年版,第 192 页。

"而从高原下来，经历了大地一系列情节曲折的俯冲，化入平原的，是一声疲惫而又满足的长叹"，"而我更多的经历与故事，就深藏在这个过渡带上，那些群山深刻的褶皱中间"。① 不难看出，阿来把对历史反思的观念转换成了对大自然的体验与感悟，并启发人们进一步走向"人—自然"这样大跨度的更为沉着的文学表现，这里的群山、雪原、蓝空等并不是可以替换的舞台布景，而是舞台本身，它们进入了人类历史的视野，不再是自在之物。

如果说对藏域自然环境特殊性的书写属于西部作家的创造，那么，"自然的人性化"则体现了藏民族对大自然超拔的文学化感受与认知，因为这种感受与认知，千里荒原上那些毫无关联的自然存在物，不仅被赋予了生命，而且还具有了错综复杂的"关系网"，犹如处于社会关系网络中的人。在藏区，没有一座山是孤独的，也没有一条河是寂寞的，这里的山川湖泊都有说不完的"人生故事"，以冈仁波钦这座山来看，"你问一百个人就会听到一百种故事，人们按照自己的想象和听闻创造着符合内心需要的人物和事件，并且试图让听故事的人相信他说的便是正宗的历史是唯一的真实"。② 马丽华在《走过西藏》尤重记载这类故事，而将其所载故事放在一起通观，则一幅幅山川地形图就形成了。马丽华所记载的故事，大多都有动人心魄的情节，都有由山川湖泊演变而来的活生生的角色，这些人格化的角色同样有着七情六欲，有着喜怒哀乐，有着爱恨情仇。譬如，马丽华在说明藏北班戈县的山川地形的时候，就讲了这样一个故事，"大象山从汉地走来，他是个英俊的小伙子，他要去班戈湖姑娘那儿求婚。妒忌的念青唐古拉神很恼怒，便派了大臣巴布七兄弟去追赶。巴布的六位兄弟在途中跑散了，只剩下巴布一个带铜狗、铁狗各一穷追不舍。两条狗挡住了大象山的去路，巴布举箭射中了大象山。大象内脏迸出。心脏成为土尔巧山，现今当地人的神山；肚子里的草料四处飞溅，成为今天的许如那木塘大草原；包草的肚子变成'经珠山'（肚子山）；肠子成为准那河（黑蛇河），

---

① 阿来：《我想从天上看见》，见《大地的阶梯》，南海出版公司 2008 年版，第 17 页。
② 杨志军：《我梦恋的老家冈日波钦》，见《远去的藏獒》，东方出版中心 2006 年版，第 102 页。

一直穿过大草坝，流入班戈湖"。① 在西部散文的藏域想象中，类似这样的故事不可胜数，这些"自然的人性化"的故事都属于神话系统，它们共同体现了藏民族的集体无意识。在卡西尔看来，神话是人的社会经验的对象化，它"不仅是产生于理智的过程，它深深地萌发于人类的情感"，因为这种感情而生发出种种想象，从而使"一种消极的状态却变成了一个积极的过程"。②"自然的人性化"虽根源于藏民族的想象，但由于西部作家对其加以合理的扬弃和恰当的运用，而成为其表述大自然的一种特殊方式。

藏域想象的第三类书写自然的方式就是"人性的自然化"，这种方式可看作是对前两类书写方式的综合与超越，为什么这么说呢？诗人公刘关于西部诗歌创作曾有这样的建议，"千万不要总在沙漠、戈壁、雪山、冰川、驮队、马群、死海、潜河、古堡、废墟，乃至于红柳和芨芨草上原地踏步"，"诗人的目光理应专注于人的命运，灵与肉的冲突，精神世界的升华"，"只有在西部条件下的人和人们的生活（包括内心生活），才是西部诗歌的中心抒情主题"③，公刘的建议对西部散文创作来说也未尝不可。对藏域自然环境的特殊性进行规模化的书写是必要的，但这种写法可能忽略对"人的命运"和"精神世界的升华"的关注，等而下之者可能仅停留在猎奇的层次；而过多地讲述"自然的人性化"的故事，则有可能使作家丧失自我的视野与思考，蜕变为对藏域自然神秘性的渲染，难能提升人的精神境界。因此，"人性的自然化"在综合前两者书写方式的前提下，应着力开掘审美对象（即藏域自然）的哲理性内涵，这是一种超越，但这种超越需要作家对藏域自然有细致描绘的功力，将藏域自然描绘得越真切，其表述的哲理性内涵就越感人，也就越能提升人的精神境界。（"人性的自然化"有两种面向，其一是西部作家从藏域自然的感受中领悟出人性的新内涵，这时候的自然与人性达到了极为和谐的状态；其二是西部作家从藏民族对待

---

① 马丽华：《西部开始的地方》，见《走过西藏》，作家出版社1997年版，第33页。
② ［德］恩斯特·卡西尔：《国家的神话》，范进、杨君游译，华夏出版社1990年版，第49页。
③ 公刘：《关于西部诗歌的现状与前景》，《中国西部文学》1986年第12期。

自然的态度和行为方式中归纳出人性的新内涵，但这两种面向也有侧重，从现有的文本来看，以前一种面向居多。）马丽华的《在神山冈仁波钦的一次精神之旅》，在对藏北高原严酷的自然环境作了细致的描写之后，有了这样直指人心的感悟，"藏北高原之美是大美，是壮美；藏北高原的苦难也是大且壮的苦难"，"在这 1986 年 4 月末的一天，在唐古拉山的千里雪风中，我感悟到了藏北草原之于我的意义，理解了长久以来使我魂牵梦绕的、使我灵魂不得安宁的那种极端的心境和情绪的主旋律就是——渴望苦难"，"缺乏苦难，人生将剥落全部光彩，幸福更无从谈起"。① 杨志军的《旅行启示：走过青藏高原》，对青藏高原的大美景致进行全方位的扫描之后，从藏民族对待自然的方式中领悟出了人性的新内涵，"关于佛的信仰是一种热爱自然的宗教，佛像是自然的化身，自然是佛的代言，它对你的震撼和改造有时候并不是为了让你立地成佛，而是用山的伟大超迈和高远澹泊直接作用于你的心身，让你的灵魂飞升起来，摆脱污垢达到清凉，摆脱战争达到和平，摆脱烦恼达到虚静，摆脱痛苦达到欢喜，让你做一个干净的人，一个高尚的人，一个有益于别人的人，一个脱离了低级趣味的人"。② 其实质就是让人性自然化。

三 信仰的力量：藏域想象的文化根脉

范稳曾这样说过，"在西藏这片生长神灵的土地上，'神'的意志随处可见。所有到过西藏的人都知道信仰对那片土地的重要。信仰是文学作品中的一个永恒的主题，也是人类生存境遇中一个不可回避的问题"。③ 范稳

---

① 马丽华：《在神山冈仁波钦的一次精神之旅》，见史小溪主编《中国西部散文》（上），东方出版中心 1998 年版，第 26—29 页。
② 杨志军：《旅行启示：走过青藏高原》，见《远去的藏獒》，东方出版中心 2006 年版，第 165 页。
③ 续鸿明：《范稳：西藏给了我文学的想象力》，载《中国文化报》2004 年 4 月 5 日。

的这段话其实也道出了藏域想象"一个不可回避的问题",即所有的藏域想象都要以这样那样的方式涉及信仰叙事,否则就不是严格意义上的藏域想象,因为藏民族是一个有着深厚信仰历史的民族。在藏域大地上,宗教信仰曾最大限度地被人们所接受,而宗教信仰的普及与藏民族的生存条件和生产方式有着直接的关联。恩格斯指出,"在原始人看来,自然力是某种异己的、神秘的、超越一切的东西。在所有文明民族所经历的一定阶段上,他们用人格化的方法来同化自然力。正是这种人格化的欲望,到处创造了许多神"。[1] 自古以来,雪峰的雄奇、山川的寂寥、草原的阔大、荒野的苍凉、戈壁的辽远、树林的幽深等,使生存在这块大地上的藏族先民感觉自身是多么渺小、多么虚弱、多么无助,且泥石流、雪崩、旱灾、虫害、暴风雪等自然灾害的频发又不断强化了其苦难感和不安全感,而落后的自然生产方式,使藏民族只能将一年的生计托付于变化无常的自然,于是,各种人格化的神便被创造出来了。这种最初的民间诸神,后来被本教诸神所取代,到八世纪中叶,佛教击败本教,佛教诸神成为雪域高原的主神座,而部分民间神和本教神,则被纳入了佛教神祇序列[2]。虽然藏传佛教是藏域的宗教主体,而本教和民间宗教依然存在。时至今日,宗教信仰之所以在藏域还很流行,原因是其生存条件和生产方式并没有得到彻底的改变。宗教信仰不仅规范着藏民族的所有日常生活(如各种仪式活动,以及饮食、服饰、节庆、娱乐等都受宗教文化的规范),而且更对其精神世界造成了不可低估的影响(如坚定的来世主义,如敬畏自然,如怜悯一切生物,如安贫乐道、与世无争、重义轻利等)。

宗教信仰既然在藏域无处不在、无时不在,任何忽略宗教信仰存在的藏域想象都是不真实的,也是让人无法接受的。在我们看来,一个作家只有正视其宗教信仰的存在,并将宗教信仰把握人的精神世界的方式有效转

---

[1] 恩格斯:《反杜林论》,见《马克思恩格斯选集》(第3卷),人民出版社1972年版,第354—355页。
[2] 参阅廖东凡著《雪域西藏风情录》(北京燕山出版社1991年版)"引言"第2页。

化为文学的方式,才能体现出藏域想象的核心价值,因为说到底,文学和宗教一样都密切关注人的精神生活。英国学者克莱夫·贝尔的话也许对我们有相当大的启示,其曾经如是说,"艺术和宗教是人们摆脱现实环境达到迷狂境界的两个途径,审美的狂喜和宗教的狂热是联合在一起的两个派别。艺术和宗教都是达到同一类心理状态的手段","如果我们说的'人类的宗教感'是指人的基本现实感而言,那么我们就可以说:艺术和宗教都是人类宗教感的宣言"[①]。以此而论,藏域大地上的宗教信仰及藏民族为其信仰所付诸的行动,恰恰为西部散文通向某种精神境界提供了丰富的资源。从西部散文的文本现实来看,藏域想象中较有代表性的信仰叙事有这几类:基于现代性反思而重叙信仰的力量,从敬畏自然、怜悯一切生物而生发的生态意识,军人以宗教的方式践行其职责。

早在20世纪30年代,沈从文就通过其散文作品,揭示了现代工业文明对传统乡土社会造成的破坏,他是这样叙述的,"去乡已经十八年,一入辰河流域,什么都不同了。表面上看来,事事物物自然都有了极大的进步,试仔细注意,便见出在变化中堕落趋势"。[②] 沈从文以一个"客居城市而精神返乡"的现代人眼光,第一次真实传达了现代性给中国人造成的震惊体验。现在看来,沈从文所揭露和批判的,是现代文明在给人带来物质文化进步的同时,并没有给人带来与之相应的精神文化,相反,它在不断掏空人的精神存在,把人变成唯实唯利的功利主义者。新时期以来,随着中国现代化步伐的加快,特别是随着中国式消费社会的降临,人们在享受着空前的物质财富的同时,却逐渐感到信仰的危机与失落,这使那些敏锐而有社会责任感的作家不能不对现代性持一种反思的立场,这种现代性反思的思潮同样在西部散文中会有所映像,而藏域想象中的信仰叙事正应和了这种思潮。裘山山的《在遥远而又陌生的地方》就叙述了两种不同的空间心境,一种是都市心境,另一种是西藏心境,以及由这两种不同的空间心境

---

① [英] 克莱夫·贝尔:《艺术》,周金环等译,中国文联出版公司1984年版,第62页。
② 沈从文:《长河·题词》,见《沈从文文集》(第7卷),花城出版社1982年版,第2页。

而引发的对信仰危机的追问。在"我"看来,都市纷纷攘攘,热闹而又无聊,"我"要承受各种伤害,都市并不是"我"灵魂的栖处;而当"我"行走在旷达无垠的雪域高原,看到那高高飘扬的五色经幡,"我"负重的灵魂便得以喘息,"我"世俗的身体而得以沐浴,西藏才是"我"灵魂的故乡,虽然这是一个"遥远而又陌生的地方"。博大苍凉的西藏自然使"我"平日里的所有欲望都退去,而回归到对生命本身的思考,在这个大地上要"活下去",没有坚定的信仰怎么可能?"这个时候就很敬重那些独自行走在路上,从偏远的土墙泥屋走向高高山顶的喇嘛寺庙的人们。他们也许衣衫褴褛,也许饥肠辘辘,但他们目标明确,步履沉稳;他们的目光越过人类的头顶直视天边;他们用前半生辛勤劳作;后半生去走朝圣的路","所以每每我看见他们独自行走,或一走一匍伏时,心里就会涌起一种敬意和感动,就会问自己:什么是你的朝圣之路?"[①]"什么是你的朝圣之路",裘山山发出的这个追问实在是令人震撼。多少年来,人们已经模糊了神圣感,失去了信任感,只知道陷入无尽的物质财富的追逐中,而忘却了灵魂的存在与需要,这也许是当代人身处其中而又不自知的悲哀。既然信仰已然失落,又何谈"朝圣之路"?裘山山这篇散文的意义,在于唤醒人们对于灵魂的关注,对于信仰的关注,体现了藏域想象的一个核心价值问题。不止裘山山是这样,马丽华在长篇散文《灵魂像风》中也叙述了一个美国女性何以视西藏为其灵魂的故乡的故事,这个美国女性叫莎拉,已年逾花甲,在美国属于极富有的资产阶级,家庭美满幸福,曾到过世界上的很多地方,而唯有在西藏这块土地上,其才体验到"一种归家感",这种"归家感"的获得却并非出于印象,而是通过"在西藏群山之中经历了九死一生以及与精神、个人、文化、自然相关的体验"之后才获得的,如果让她在"陆地上的家"与"心灵的家"之间进行选择,她宁愿选后者,为什么呢?"我也许永远不会皈依佛教,但我仍被它的另一种境界所吸引,被它的难以捉摸

[①] 裘山山:《在遥远而又陌生的地方》,见史小溪主编《中国西部散文精选》(第4卷),甘肃人民美术出版社2011年版,第26页。

的、它暗示的永恒和渺无边际的空间所吸引。"① 莎拉这里所谓"另一种境界",就是信仰境界,正是藏民族对于信仰的执着深深吸引了她。莎拉的故事说明,对于个体的人来说,最重要的并不是物质的拥有,而是灵魂的归处。在这样的意义上,藏域及其信仰的光芒,将永远像一面镜子,映照现代性背景中"人的存在"。

藏域想象中另一类重要的信仰叙事则是生态叙事。无论是藏传佛教、本教,还是民间宗教,都主张崇拜自然、尊敬自然、敬畏自然,因为大自然到处都有神灵,不仅如此,自然中无论天上、地下、水中的生物与人都是平等的,任何人没有权利剥夺其他生物的生命。不难看出,这种宗教信仰使藏民族形成了根深蒂固的生态观念,而生态观念的强弱又可映照出信仰程度的强弱。生态叙事似乎远离了信仰叙事,其实是对信仰叙事的深化。尽管西部作家的藏域想象都程度不同地显示了生态意识,相比较而言,杨志军和阿来的生态叙事则更为突出。阿来在《大地的阶梯》中叙述了劫后余生的大自然的惨状,在汉藏交界的地区,在四川盆地向青藏高原攀升的群山渐渐峭拔的地方,总会有那样荒凉的地带,大自然呈现的尽是狰狞的面孔。人们对大自然的劫掠甚至在远方云雾遮掩的深山里都在进行,一棵棵生长了百年、千年的古树呻吟着倒下,河道中浊流翻滚,黄水里翻沉碰撞发出巨大声响的,就是那些深山里被伐倒的大树的尸体。作为一个藏族人,阿来对其族群中的人们丧失了信仰而感到彻骨的悲凉,他看到,在那些树林消失的时刻,"多少代人延续下来的对于自然的敬畏与爱护也随之从人们心中消失了。村子里的人拿起刀斧,指向那些劫后余生的林木,去追求那短暂的利益"。② 阿来的生态叙事表明,人们总是以建设的名义,以进步的名义,以幸福的名义,无休止地向大自然索取,而这种以践踏信仰为代价的索取,必然将人性中一切美好的品质也一同带走。在《远去的藏獒》这部散文集中,《澜沧江童话——1977年的杂多草原》《可可西里——哭泣

---

① 马丽华:《何处是你灵魂的故乡》,见《走过西藏》,作家出版社1997年版,第632页。
② 阿来:《一片消失的桦林》,见《大地的阶梯》,南海出版公司2008年版,第39页。

中的美丽少女》《草原的声音引领我们悲悯》《青海湖——断裂与崩溃之湖》《秋风秋雨中的孟达林》等作品都表达了杨志军的生态思想。《澜沧江童话——1977年的杂多草原》给我们讲述了1977年的杂多草原曾经是一个野生动物和人互为神灵的地方,是一个野生动物和人都是主人的地方,那时候草原上的人尊重自然,敬畏自然,然而仅仅27年之后,"神灵"远离了杂多草原,杂多草原也从"天堂"变成了"地狱",尽管作者未深究何以会发生这天翻地覆的变化,但可以肯定的一点就是,人们的信仰已经荡然无存。《可可西里——哭泣中的美丽少女》更给我们呈现了惨烈的场面,藏羚羊、藏原羚、野牦牛等这些野生动物由于人类的逼迫而退居到高寒贫瘠的可可西里,但从20世纪80年代开始,随着淘金队伍涌进可可西里,可可西里这个宁静的"无人区"便一天天变成了屠宰场,除了淘金者,还有偷猎者、旅行者、科考人员、记者、司机等,都可能是猎杀野生动物的凶手,这些丧失了信仰的唯利是图的人们在大自然面前可谓无所畏惧,殊不知,在野生动物的眼里,人类早已堕落成了恶魔。杨志军怀着无限悲悯的情怀,叙述了青藏高原日甚一日的生态恶化——如草原退化、荒漠扩张、河流枯竭、水位下降、物种灭绝,人们只知道向大自然毫无节制地掠夺,而不尊重大自然,不给大自然以喘息之机。杨志军的生态叙事表明,当人们的信仰丧失,当人们将"利益"作为人生目标的时候,人性中所有的恶都将释放出来,而最终被毁灭的只能是人们自身。

  藏域想象中的信仰叙事当然不只是叙述信仰沦丧后人们要面对的生态灾难,也不只是去唤醒人们重建信仰,正面叙述信仰的力量,对当代人来说或许更有积极意义。王宗仁倾数十年之力而创作的散文作品,就是要高高筑起青藏军人的信仰之塔。王宗仁1958年参军到青藏高原,成为一名日夜奔跑在荒原上的汽车兵,后来虽调离高原,而其灵魂却永远留在了青藏高原。七年汽车兵的经历,使王宗仁深刻体验了青藏军人信仰的力量,这种体验甚至成了其坚守一生的题材资源。我们看到,从他1973年问世的第一部散文集《春满青藏线》,到新时期的散文集《青藏线上》《雪山采春》

《青藏写意》《昆仑山的爱情》《日出昆仑》《季节河没有名字》《七月的拉萨河》，再到新世纪的散文集《情断无人区》《苍茫青藏》《藏羚羊跪拜》《藏地兵书》，他的视野始终没有离开青藏高原，始终没有离开那些为了信仰而默默奉献牺牲的青藏军人。自 1965 年调离青藏高原，王宗仁仍坚持每年多次去青藏高原"朝圣"，30 多年间奔赴青藏高原的次数达百多次。这是因为，那些青藏军人的信仰在他的心中不断生长，使他创作的脚步无法停止，其五百多万言的文字表述，就是为了使青藏军人的信仰能够超越时空，永远回荡在人类的精神殿堂中。带有悲剧性内涵的死亡故事虽然沉重，而王宗仁的藏域想象却从不回避死亡，唯其如此，军人精神品格中最让人感动的部分——奉献和牺牲，才更能显示出信仰之光。青藏高原尽管不是战场，没有枪林弹雨，没有战火硝烟，王宗仁却目睹过太多的死亡，经受过太多生命朝露般地消失对其造成的撞击。如其所言，"早晨两个战友还肩并肩地走在一起，傍晚其中的一个就被雪崩夺去了生命；丈夫开着运输车上路了，妻子跑着送了一程又一程，谁也不会想到这是他们最后的诀别；昨天他还在电话里跟连长滔滔不绝地汇报自己在外值勤的情况，今天就传来了噩耗，他已经死于车祸；出车前他怀里揣着远方未婚妻的来信，一路行车，一路背着战友偷看，他准备执行完这趟任务后给未婚妻写一封长长的回信，然而因为高原反应他永远长眠在拉萨河谷了"[①]。《西藏驼路》《五道梁落雪 五道梁天晴》《雪山无雪》《女兵墓》《传说噶尔木》《沉默的巴颜喀拉山》等作品，都叙述了青藏军人惊天地泣鬼神的死亡故事。在王宗仁的眼中，那些长眠于高原的军人，不仅"每时每刻都守望着青藏高原"，而且成为了"真正意义上的世界屋脊"。王宗仁除塑造一系列勇敢坚韧的军中男儿，也刻画了众多情深意笃的雪域女性和真诚善良的藏族同胞，但他似乎并不满足于展现其人物的精神气质，而是以此为基础，将笔触延伸到人物心灵的深层，在这个地带进行深度的探察、细致的发掘和通透的分析，

---

① 王宗仁、王瑛：《人与一片亘古的高原》，见《解放军文艺》2005 年第 1 期。

从而具象地呈现了人物复杂的情感逻辑和丰富的人性内涵。于是，人物所展现的精神气质——源于心灵深层的信仰所激发的力量，才具有了强大的震撼力。在这个信仰缺失的年代，王宗仁的散文如空谷足音，给人们确立了一道精神标杆，不啻具有心灵拯救与人格召唤的意义。

综上所述，民族志诗学写作、自然书写和信仰叙事三位一体，共同支撑起了西部散文的藏域想象，从而使藏域想象成为西部散文谱系中极具地域色彩、文化内涵和精神含量的一支劲旅。如果说民族志诗学写作是从文化相对主义的立场，相对客观地呈现了藏民族的历史文化、风情民俗、神话传说等人文形态，自然书写是从审美主体与审美客体相互融合、相互转化的立场多角度、多层面、多维度地展示了藏域的地理环境，那么，信仰叙事则引领我们反思当今社会的精神状况，显示了藏域想象深沉的终极关怀。

第七章　席慕蓉散文的蒙地想象

从"西部散文"这个大格局中观察席慕蓉散文的蒙地想象，不难发现，席慕蓉从文学的视域尽情展现了蒙地特有的自然、文化和历史，其书写规模是空前的。以自然书写而论，席慕蓉散文对蒙地特有的地理环境、自然风光和动植物的描述引人注目，席慕蓉几乎在每一篇散文中，都不失时机地对蒙地景物加以表现，她不仅能感受到并抓住这些景物在瞬间所呈现的极致般的美，且常常怀着极浓、极深的感情进行描述。以文化书写而论，席慕蓉散文的文学表达，经历了从文化诉求到文化认同，再到文化焦虑的演变过程，其前期蒙地想象主要表达的是文化诉求，后期蒙地想象则以文化认同和文化焦虑的阐发为要。以历史书写而论，20多年在蒙地的持续行走、阅读和思考，为席慕蓉的历史书写夯实了基础，也使其文学视野大为开阔，她不仅探寻着蒙古人与蒙古高原的渊源，而且能将目光定位于某个历史时段进行深度的开掘，她的这一努力，再现了蒙地极具特色的历史文化。席慕蓉是一个具有多重文化身份的散文家，文化身份的多重性使其蒙地想象总能生成某种充满张力的叙事，从而丰富了西部散文的叙事形态。席慕蓉散文对草原文化在现代化语境中的阐释与重构，是其散文叙事生成的基础，也是其创作的根脉所在，正因为如此，席慕蓉散文才承载了别样的文化含量与意义深度。席慕蓉散文的蒙地想象对西部作家的启示是多方面的。

一 何谓"蒙地想象"

在西部散文谱系中，蒙地想象是不可或缺的重要一极，这不仅因为蒙地更为典型地体现着西部地理环境与人文环境的诸多特征，而且还因为蒙地是草原文化[①]寄生、传承和演化的主要载体。这里所谓"蒙地"，指蒙古族生存栖息之地，其以内蒙古自治区为重镇，而辐射新疆、甘肃、青海、四川、云南、贵州等众多西部省份。蒙古族形成于13世纪初，始源于大约公元7世纪的唐朝望建河（今额尔古纳河南岸）的一个部落，与东胡、鲜卑、契丹、室韦有着密切的渊源关系，在以成吉思汗为首的蒙古部统一蒙古地区诸部落，融合了聚居于漠北地区的森林狩猎部落和草原游牧部落后，"蒙古"则指一个新的民族共同体。蒙古族主要生存栖息于内蒙古高原，在内蒙古高原上，有高原、山地、丘陵、平原、河流、湖泊等不同的地形构造。内蒙古高原东起大兴安岭，西至甘肃的马鬃山，南沿长城，北接蒙古国，包括内蒙古全境和甘肃、宁夏、河北的一部分区域。内蒙古高原主要分为呼伦贝尔高原、鄂尔多斯高原和阿拉善高原三大部分[②]。内蒙古高原地势开阔，地面起伏平缓，高原上既有碧野千里的草原，又有风沙滚滚的大漠，远远望去犹如烟波浩瀚的大海，所以自古就有"瀚海"之称。内蒙古

---

① 草原文化与游牧文化是一组内涵上呈交叉的概念，有人对这两个概念进行了区分，认为草原文化"就是世代生息在草原这一特定自然生态环境中，历代不同族群的人们共同创造的文化"，而游牧文化"就是从事游牧生产、逐水草而居的人们，包括游牧部落、游牧民族和游牧族群共同创造的文化。"（吴团英：《草原文化与游牧文化的建构特征》，《文明》2007年第8期。）这就是说，草原文化的创造者除了游牧民族，也包括其他民族，比如汉族，而游牧文化则纯粹是由游牧民族创造的。当然也有人认为，草原文化就是游牧文化，如其所论，"游牧民族的形成和发展过程，也是草原文化形成和发展过程。游牧民族在形成的过程中，创造了属于自己的文化——草原文化。"（陈寿朋：《草原文化的生态魂》，人民出版社2007年版，第32页。）本文不对游牧文化与草原文化进行太细致的区分，即这两个概念在本文中可以交替使用，因为从文学研究的角度看，对其进行太细致的区分意义并不大。

② 参阅中国科学院地理科学与资源研究所关于"内蒙古高原"的阐释。网址：http://www.igsnrr.ac.cn/kxcb/dlyzykpyd/zgdl/zgdm/200704/t20070424_2154857.html。

高原夏季风弱而冬季风强,故气候干燥,冬季严寒,但日照充足。内蒙古高原没有浩大的河流,甚至很多地域都没有河流经过,而内陆河多为间歇河,春季成干谷,雨季有洪流。内蒙古高原的东西部表现出明显的差异,东部为肥沃的草原,水草丰茂,历来是重要的畜牧业基地;西部则为干草原、荒漠草原和荒漠,向西则沙漠面积增加,戈壁广布。草原面积约占内蒙古高原总面积的80%,植物种类以旱生草本植物为最,有丛生禾草、根茎禾草、杂类草及小灌木等。北朝民歌《敕勒歌》,传神地再现了内蒙古高原特有的地理环境:"敕勒川,阴山下。天似穹庐,笼盖四野。天苍苍,野茫茫,风吹草低见牛羊。"

内蒙古高原的地理环境孕育和发展了内涵丰富的草原文化,从而形成了蒙地特有的人文环境。蒙古族以畜牧业为主要的生产方式,在长期的游牧生涯中,其逐渐领悟到人与万物处在一个统一的有机整体中,而大自然则是人与万物赖以存在的基础,这种认知形成了其顺应自然的价值观,也促使萨满教成为蒙古族最传统的宗教。蒙古族顺应自然的价值观,突出表现在畜牧业的生产中,他们在天然的牧场放牧,天然养畜,天然繁殖,而牧场的选择、迁徙的行程、收获的多寡都顺其自然。蒙古族的草原文化体现出鲜明的民族性、地域性和历史延承性特征,"他们以皮毛为衣,以肉酪为食,以毡庐为住,以马驼为行,以弓矢为战,以敖包为祭,以长调为歌,以盅碗为舞,以蓝天为盖,以大地为床……一切都是独具的,独具的习俗,独具的礼仪,独具的风情,充分展现了草原文化独具的悠久和优美"[1]。草原文化是由众多曾活跃于内蒙古高原上的游牧民族共同创造和完善的,匈奴、鲜卑、契丹、突厥、蒙古等游牧民族都对草原文化做出了贡献,因为匈奴等游牧民族先后消亡,最终以蒙古族成为了草原文化的代表,但这也表明草原文化具有深厚的历史文化承载和强大的生命传承力。内蒙古高原上恶劣多变的气候条件,沙尘来袭、狂飙突现、暴雪频发等自然灾害,造

---

[1] 马桂英:《略论草原文化的特征》,《天府新论》2006年第1期。

第七章 席慕蓉散文的蒙地想象

就了游牧民族严酷的生存环境,加上部落之间为争夺牧场所进行的连绵的征伐,而形成了蒙古族坚忍顽强、崇尚武力和无所畏惧的精神气质。蒙古族"逐水草而居"的生活方式,使他们的文化视野相对宽阔,能够平和看待异质文化,并对其加以融合与吸收。以宗教信仰而论,萨满教是其原始宗教,但外来的佛教、基督教、伊斯兰教等宗教也都在蒙古人中传播和信仰。蒙古族由于生活和生产需要,以及部落的盛衰、战争的胜负和人畜的灾祸而经常性地迁徙,或大迁或小迁,小迁数十或数百里,大迁则数千乃至数万里。自成吉思汗创建帝国后,其铁骑踏遍了亚欧大陆,从鄂嫩河到多瑙河行程数万里,这次大迁徙虽缘于战争,但"从全球发展的角度来看,匈奴的西迁、蒙古人的西征之于亚欧大陆政治、经济、文化的大沟通、大交融、大迁移功不可没"[①]。近现代以来,工业化进程不仅打击了农耕文化,而且对草原文化也造成了毁坏,在这种背景下,以草原文化为皈依的蒙古族早已面临着精神镜像崩溃的危机。

我们花了不少笔墨来介绍蒙古族生存栖息的地理环境和人文环境,这是为什么?很显然,我们的立论基于马克思的经典论述,即"人创造环境,同样环境也创造人"[②]。马克思所指的"环境",包括地理环境和人文环境,据此而论,蒙地的环境是由蒙古人所创造的,而这种环境又反过来塑造着蒙古人。这就是说,所谓"蒙地想象"必须以这种环境为依托,否则"蒙地想象"便不成立。但客观地介绍蒙地的地理环境和人文环境就不是"文学"的,而我们所说的"蒙地想象",则是对一种文学书写的概括,这就涉及什么是"蒙地想象"的问题了。在笔者看来,所谓"蒙地想象",是西部作家或到西部旅行的作家,以蒙地的地理环境和人文环境为背景,观察、体验和书写人的生存状态、生活状态或生命状态的文学作品,这是一种审美性的、想象性的、情感性的表达,此类作品的书写焦点或者是人,或者是人所生活其间的环境,但都在作品中突出了作家的审美性、想象性和情

[①] 马骏骐:《对游牧文化的再认识》,《贵州社会科学》1999年第2期。
[②] 《马克思恩格斯全集》(第1卷),人民出版社1995年版,第92页。

感性的元素，因为只有这样书写，才可能是文学的。诚如韦勒克所论，"如果我们承认'虚构性'、'创造性'或'想象性'是文学的突出特征，那么我们就是以荷马、但丁、莎士比亚、巴尔扎克、济慈等人的作品为文学，而不是以西塞罗、蒙田、波苏埃或爱默生等人的作品为文学"。① 当然，蒙地想象可能是散文，可能是小说，也可能是其他文体，而本文只讨论相关的散文作品。

在当代文学史上，蒙地题材很早就引起了作家的关注，如老舍1961年写过《内蒙风光》这样的散文名作。内蒙古本地作家更是孜孜于蒙地题材的挖掘、拓展和深化，有研究者描述了从20世纪40年代后期到六七十年间内蒙古散文的发展轨迹，认为这个时间段的散文创作可分为三个阶段，第一个阶段（20世纪40—70年代）以许琪、乐拓等人为代表，第二个阶段（20世纪80—90年代）以尚贵荣、郭雨桥、周彦文、徐无鬼、冯秋子、鲍尔吉·原野等人为代表，第三个阶段（21世纪以来）以刘志成、白才、冰峰、云珍等人为代表。② 毫无疑问，这些作家对"蒙地想象"而言都有或大或小的贡献，倘若将这些作家视为一个整体，将他们全部的作品归纳在一起，我们可绘制出一幅完整的"蒙地想象"地形图，但以单个作家的创作论，还缺乏系统性、连续性和广延性。这里所谓"系统性"，指的是蒙地题材的系统性，不仅包括对蒙地环境的观察，对蒙地环境中生活着的人的观照，而且包括对蒙地现实的感想，对蒙地历史的怀想和对蒙地未来的设想；所谓"连续性"，指的是对蒙地题材连续性的挖掘和书写，是作家之于蒙地的认知、感情和想象的连续性的生成与释放；所谓"广延性"，指的是作家不局限于内蒙古高原，而是将文学视野投放到蒙古族现在生活与曾经生活的广阔地域，从现实与历史的双向维度来把握蒙古人的生存状态与生命情态。从这样的要求出发，我们想到了席慕蓉，因其蒙地想象就具有系统性、

---

① [美]雷·韦勒克、奥·沃伦：《文学理论》，刘象愚等译，生活·读书·新知三联书店1984年版，第14页。

② 参阅柏霆《内蒙古散文六十年》，《内蒙古日报》（汉文版）2007年7月27日。

连续性和广延性的特征。

席慕蓉的父母亲都是地道的蒙古人，由于战乱他们很早就离开了内蒙古高原，此后再也没能返乡。席慕蓉1943年出生于重庆，1949年随家人迁至香港，在席慕蓉上初中的时候（1954年），举家又迁入台湾。虽然席慕蓉的绝大部分人生岁月是在台北度过的，但父母亲和外祖母对内蒙古高原刻骨铭心的思念，使童年时代的席慕蓉深受感染，使她坚信在一个遥远的地方有她的原乡在。从那时起，她渐渐养成了一种乡愁，一种关于内蒙古高原的乡愁，尽管这种乡愁是间接的，尚未有切肤之痛，但因为这种乡愁是绵长的，她实际从童年时代就开始了"蒙地想象"之旅。我们可从她的这段回忆中得到印证，"小时候最喜欢的事就是听父亲讲故乡的风光。冬天的晚上，几个人围坐着，缠着父亲一遍又一遍地诉说那些发生在长城以外的故事。我们这几个孩子都生在南方，可是那一块从来没有见过的大地的血脉仍然蕴藏在我们身上。靠着父亲所述说的祖先们的故事，靠着在一些杂志上很惊喜地被我们发现的大漠风光的照片，靠着一年一次的圣祖大祭，我一点一滴地积聚起来，一片一块地拼凑起来，我的可爱的故乡便慢慢成型。而我的儿时也就靠着这一份拼凑起来的温暖，慢慢地长大了"。[1] 席慕蓉毕竟对台湾和香港有着真实而深切的记忆，因为她是在这些地方成长起来的，而她的父母从她"生命最初的开始"，却试图"一步一步地带引"她远离她的"来处"。[2] 这使席慕蓉陷入了某种难以遣怀的矛盾之中：一个真实的故乡却不是原乡，而原乡却因为遥不可及而显得不够真实。席慕蓉在诗中这样表达她的乡愁："故乡的歌是一支清远的笛／总在有月亮的晚上响起／／故乡的面貌却是一种模糊的怅惘／仿佛雾里的挥手告别／／离别后／乡愁是一棵没有年轮的树／永不老去。"[3] 这首写于1978年的《乡愁》所透露出来的信息很多，而我们可以肯定的一点就是，席慕蓉从未终止蒙地想象，

---

[1] 席慕蓉：《席慕蓉和她的内蒙古》，上海文艺出版社2006年版，第17页。
[2] 席慕蓉：《走马》，文汇出版社2002年版，第39页。
[3] 同上书，第57页。

尽管这种想象是相当模糊的。

　　1989年的夏天对席慕蓉来说具有重要意义，在经过了半生的苦苦等待之后，她终于来到了内蒙古高原，行走于原乡的大地上。但所谓"原乡"，却是既亲切又陌生的一个词，她还不是一个真正意义上的蒙古族人，虽然她的血管里流的是蒙古族人的血，这在她初访内蒙古高原的时刻就深深体察到了。她要成为一个真正的蒙古族人，唯一可以做的，就是深入蒙古族的文化和历史，由此开启了她对蒙地的现实、历史和未来的长达20多年的思考与写作。席慕蓉对她1989年以后的行程做了清楚的说明，她要走蒙古族人的祖先走过的路，去追寻蒙古族的源头，并尽可能多地访问迁徙到西部各处，乃至蒙古国和俄罗斯地界的蒙古人。如其所叙，"第一次踏上蒙古高原，是在1989年的夏天"，"想不到，那个夏天其实只是个起点而已。接下来这十几年（当时的时间终点是2006年——笔者注），每年都会去一到四次，可说是越走越远，东起大兴安岭，西到天山与阿尔泰山山麓，又穿过贺兰山到阿拉善沙漠西北边的额济纳绿洲，南到鄂尔多斯，北到一碧万顷的贝加尔湖"，"在行路的同时，也开始慢慢地阅读史书，空间与时间彼此印证，常会使我因惊艳而狂喜，也有不得不扼腕长叹的时候"，"十六年的时光，就如此这般地交替着过去了，如今回头省视，才发现在这条通往原乡的长路上，我的所思所想，好像已经逐渐从起初那种个人的乡愁里走了出来，而慢慢转为对整个游牧文化的兴趣与关注了"。[①] 诚如席慕蓉所言，在她对蒙地多年的行走与考察中，以及对历史典籍的阅读中，体认到个人的乡愁已变得不是那么重要了，而在工业化、城市化、全球化的大背景下，"蒙古族乃至草原文化该何去何从""蒙地还有没有未来""如果有的话，这未来到底在哪里"等问题成为了她关注和思考的焦点。这20多年的时间里，席慕蓉的蒙地想象再也不是模糊的、怅惘的，而是具象的、沉着的，经历了从文化诉求到文化认同，再到文化焦虑的心路历程。从上不

---

① 席慕蓉：《席慕蓉和她的内蒙古》，上海文艺出版社2006年版，第333页。

难看出，席慕蓉与蒙地想象的关联是怎样的密切了。

蒙地想象是席慕蓉持续了一生的事情，其连续性特征尤为显著，这使她和所有书写蒙地想象的作家形成了区别。如果说在 1989 年之前，她是用诗歌的形式偶尔抒写蒙地想象的，那么在 1989 年之后，在她实地考察和切身体验了蒙地的自然、历史和文化之后，则通过散文的方式大规模叙说其蒙地想象了。我们可从席慕蓉 1989 年后出版的散文集来判断其转向：《我的家在高原上》（1990 年）、《江山有待》（1991 年）、《黄羊·玫瑰·飞鱼》（1996 年）、《大雁之歌》（1997 年）、《走马》（2002 年）、《胡马·胡马》（2002 年）、《诺恩吉雅》（2003 年）、《席慕蓉和她的内蒙古》（2006 年）、《蒙文课》（2009 年）、《金色的马鞍》（2010 年）、《写给海日汗的 21 封信》（2013 年）等。上面所列作品，有些是当年的散文新作集，而有些是散文选集，但她创作的转向却是很容易看出来的。席慕蓉的这些散文作品为我们解读其蒙地想象提供了丰富的材料，从研究的视角来看，有必要将其进行分类，可分为蒙地自然的书写、蒙地文化的书写和蒙地历史的书写三大类。需要说明的是，在席慕蓉的作品中，这种分类并不是泾渭分明的，有时是交叉呈现的。另外，还应注意的是，在这些作品中，散文主题也在不断发生转移，但因主题分析不是本文的重点，本文只会对其适当加以分析。

二　山河记忆：父亲的草原母亲的河

席慕蓉散文对蒙地特有的地理环境、自然风光和动植物的描述是非常引人瞩目的。席慕蓉几乎在每一篇蒙地想象的散文中，都不失时机地对蒙地景物加以表现，她不仅能感受到并抓住这些景物在瞬间所呈现的极致般的美，且常常怀着极浓、极深的感情进行描述。蒙地景物在这样的时刻已不是客观存在的自然物，而成为了有内涵的审美意象，因其承载着审美主体的情思，是审美主体的情思的外化与具象化。蒙地景物抒写是席慕蓉散文的一大亮点，具有不容低估的美学价值。黑格尔对自然美与艺术美的关系有精彩的论述，可作为上述观点的佐证："只有心灵才是真实的，只有心灵才涵盖一切，所以一切美只有在涉及这较高境界而且由这较高境界产生出来时，才真正是美的。就这个意义来说，自然美只是属于心灵的那种美的反映，它所反映的只是一种不完全不完善的形态，而按照它的实体，这种形态原已包涵在心灵里。"[①] 按照黑格尔的说法，席慕蓉能写出蒙地极致般的自然美，是因为她心中早有蒙地的自然美存在。问题还在于，席慕蓉何以对蒙地景物有如此敏锐的观察力和化情思为景物的能力，若要破解此类疑问也不难。画家出身的席慕蓉，自小就在观察力方面接受了严格的训练，故其能发现一般作家容易忽略的景物的细微变化，而化情思为景物的能力的养成，也可追溯到其童年时期。席慕蓉的蒙地情结的形成与其父母亲和外祖母的引导有关，她的童年是听着他们讲述内蒙古高原上的故事而度过的，她从小就想象着蒙地的自然风光，想象着父亲的草原母亲的河，这想象的过程就是表达的过程，就是化情思为景物的过程。她有时将自己想象为一个牧羊女，而此刻的内蒙古高原"所呈现"的是一种令人心醉的美："每次想到故乡，每次都有一种浪漫的情怀，心里一直有一幅画面：我穿着鲜红的裙子，从山坡上唱着歌走下来，白色的羊群随着我温顺地走过草原，在草原的尽头，是那一层又一层的紫色山脉。"[②] 蒙地情结对席慕蓉诗歌创作的影响是，作为一个台湾女诗人，她并未将诗歌主题限定于青春、亲情、爱情、友情之类，有时会以讴歌草原、赞美英雄为主题，而表现出苍凉壮美的风格取向。如这首作于1979年的《出塞曲》的最后一节："而我们总是要一唱再唱/想着草原千里闪着金光/想着风沙呼啸过大漠/想着黄河岸啊 阴山旁/英雄骑马啊 骑马归故乡。"[③] 席慕蓉诗歌之于蒙地题材的抒写，对其日后散文中表现蒙地的地理环境、自然风光和动植物等积累了前

---

① ［德］黑格尔：《美学》第1卷，朱光潜译，商务印书馆1979年版，第5页。
② 席慕蓉：《走马》，文汇出版社2002年版，第25页。
③ 同上书，第40页。

期经验,这也是为什么读她的散文犹如读诗的原因。

  蒙地景物对席慕蓉来说不仅是美到了极致,而且还带有几分神秘甚至神圣的意味,因其在走访内蒙古高原之前,蒙地景物是遥远的故乡的象征,是漂泊的乡愁的寄托,容不得半点的不诚与随意,这种神秘感或神圣感会一直持续下去,从而深刻影响她的蒙地想象。《在那遥远的地方》完成于席慕蓉奔赴内蒙古高原之前,这篇散文叙述了她以一种怎样的心情对待内蒙古高原上的一切,尤其是那梦魂里的草原和河流。一个到内蒙古高原旅游的香港朋友寄来了他拍摄的照片,但她一直鼓不起勇气拆开这个包裹,为什么呢?因为它太沉重,一旦拆开,几十年的蒙地想象将会得到验证。在她鼓足勇气拆开包裹的时刻,第一页的第一张照片是一条河,她以深切的笔触叙述了这条河带给她的强烈冲击,"就是那一条河,就是外婆把年幼的我抱在怀中说过了许多次的那条河流——在一层又一层灰紫色的云霞之下,在一层又一层暗黑起伏的丘陵之间,希喇穆伦河(通常用'西拉木伦河'表示,蒙语的意思是'黄色的河'——笔者注)的波涛正闪着亮光发着声响浩浩荡荡横无际涯地向我奔涌过来","河流的源头藏在一处人迹未至的原始森林里,那里有林海千里,鸟雀争鸣,瀑布奔腾。从那些孤高巨大的寒带森林之间,希喇穆伦河逐渐汇聚,盘旋回绕,逐渐变宽变阔流向那一望无际的草原"。[①] 这段文字写得气势雄浑,声情并茂且明察秋毫,充满了奇特而神秘的想象,其叙述则犹如西拉木伦河一样奔腾不息一泻千里。从这些照片席慕蓉发现,现实中的内蒙古高原之大美超越了她的想象,这更增添了她亲访内蒙古高原的急切,这样的期待以及种种关于内蒙古高原的美好想象,都为她日后踏上高原大地的时刻,准备好了审美发现的慧眼。

  草原丘陵、河流湖泊、大漠戈壁、森林古树,乃至野马驰骋、羊群晚归、北雁南飞、雄鹰翱翔、麋鹿奔跑等,都将以不同的姿态进入席慕蓉后

---

① 席慕蓉:《走马》,文汇出版社2002年版,第72—73页。

期的蒙地想象。① 在这些蒙地景观的抒写中,草原意象和河流意象是重中之重,席慕蓉曾在诗作《父亲的草原母亲的河》中表明了草原和河流在她心中的神圣:"父亲曾经形容那草原的清香/让他在天涯海角也从不能相忘/母亲总爱描摹那大河浩荡/奔流在蒙古高原我遥远的家乡//如今终于见到这辽阔大地/站在芬芳的草原上我泪落如雨/河水在传唱着祖先的祝福/保佑漂泊的孩子找到回家的路。"② 这就是说,草原意象是与其父亲的故事而河流意象是与其母亲的故事联系在一起的,在这两个意象的创构中,亲情的力量是不可忽视的,即草原意象融进了席慕蓉父亲的故事,而河流意象中有其母亲和外祖母的故事。不妨先来看《今夕何夕》所创造的草原意象:"在夜里,草原显得更是无边无际,渺小的我,无论往前走了多少步,好像总是仍然被团团地围在中央。天空确似穹庐,笼罩四野,四野无声,而星辉闪烁,丰饶的银河在天际中分而过。//我何其幸运!能够独享这样美丽的夜晚!//当我停了下来,微笑向天空仰望的时候,有个念头忽然出现:'这里,这里不就是我少年的父亲曾经仰望过的同样的星空吗?'//猝不及防,这念头如利箭一般直射进我的心中,使我终于一个人在旷野里失声痛哭了起来。//今夕何夕!星空灿烂!"③ 席慕蓉的父亲是在尼总管府邸长大的,这府邸曾经在大草原上是何等的富丽堂皇,想当年那少年又是何等的意气风发,而如今那府邸只剩下废墟残片,那少年已在他乡垂垂老矣,但大地依旧,星空依旧,辽阔的大草原依然是无边无际,黑夜中万籁俱寂而唯有星光灿烂。这个草原意象再现了大草原的辽阔、浩渺和苍凉,但又蕴含着作者几多的流年之伤、沧桑之慨和命运之叹。席慕蓉创造的草原意象就是这么耐人寻味,上例绝不是特例。再如作者所叙七、八月间的草原,真是

---

① 为了便于把握席慕蓉散文的蒙地想象,有必要以席慕蓉奔赴内蒙古高原为标志,将其分为前期和后期两个阶段。前期蒙地想象的表达形式主要是诗歌,想象的资源是父母亲及外祖母所讲述的故事,以及通过各种渠道收集到的材料。后期蒙地想象的表达形式主要是散文,想象的资源是现场体验和有针对性的阅读。
② 席慕蓉:《席慕蓉和她的内蒙古》,上海文艺出版社2006年版,第51页。
③ 席慕蓉:《走马》,文汇出版社2002年版,第104—105页。

美如天堂，她创造了一个洋溢着生命活力的草原意象。她是这样叙述的，"时当草原的盛夏，阳光静好，青草繁茂，鹰雕从云层下低飞掠过，草丛间被我们的脚步声惊扰起来的蚱蜢和草虫，在身后弹跳得好远，还不断发出'嘎'声的鸣叫，旷野无人，只有轻柔的风声，这里，应该就是天堂了罢？"① 七、八月间的大草原上，各种生物都进入到了生命的最佳状态，作者通过低飞的鹰雕、鸣叫的草虫和弹跳的蚱蜢等意象，生动呈现了大草原特有的生命气象。作者创造这个草原意象时心情是轻松愉悦的。当然，在不同的作品中，作者出于某种主题的需要，会从不同的角度写草原，却都充满魅力。

西拉木伦河是席慕蓉反复抒写的河流意象，前文已有介绍。在《旧日的故事》这篇回忆其外祖母的散文中，西拉木伦河被拟人化，它犹如一个观者、一个听者，目睹和聆听了其外祖母一生及蒙古人祖先的故事，因为这些故事的介入，河流意象也就变得格外动人。作品以诗化的语言叙说西拉木伦河对蒙古人的意义，"我的祖先们发现这一块地方的时候，大概正是初春，草已经开始绿了，一大片一大片地向四周蔓延着。这一条刚解了冻的河正喧哗地流过平原，它发出来的明畅欢快的声音，溶化了这些刚与寒冬奋斗过来的硬汉们的心。而不远处，在平原的尽头，矗立起一层紫色的山脉，正连绵不绝地环绕着这块土地"。一个民族的历史往往与一条大河联系在一起，逐水草而居的蒙古人的祖先看到西拉木伦河就看到了希望和未来，他们于是终止了疲倦的行程，安居在这条河的周围。"很多很多年以后，我的外婆就在这条河边诞生了"，"外婆曾在河边带着弟妹们游玩。每一个春天，她也许都在那解了冻的河边看大雁从南边飞过来。而当她有一天过了河，嫁到河那边的昭乌达盟去了的时候，河水一定曾喧哗地在她身后表示着它的悲伤罢。"对于席慕蓉的外祖母来说，她的童年以及青少年时代的所有记忆都与西拉木伦河有关，远嫁他乡要离开这条河的时刻注定是

---

① 席慕蓉：《席慕蓉和她的内蒙古》，上海文艺出版社2006年版，第84页。

悲伤的，而河水也"喧哗地在她身后表示着它的悲伤"，这种移情的表达方式更贴切地传达出了其外祖母对于这条河以及故土的眷恋。又过了若干年，她随席慕蓉的父母亲移居台湾，从此再也没有见到这条河。在南方他乡的日子里，"那条河总是一直在流着的，而在外婆黑夜梦里的家园，大概总有它流过的喧哗的声音。'大雁又飞回北方去了，我的家还是那么远……'用蒙古话唱出来的歌谣，声音分外温柔。而只要想到那条河还在那块土地上流着，就这一个念头，就够碎人的心了"。那条河依然在喧哗地流着，碧草青青还和她走时一样的绿，紫色的山脉也还环绕着那块土地，但这些都只不过是她记忆中的情境，梦中的情境，她唯有将这些记忆和梦境讲给她的孙子们，才能缓解她对那条河以及故乡深入骨髓的念想。在外祖母去世以后，席慕蓉怀念外祖母最好的方式就是想象西拉木伦河，因为这条河与外祖母早已融为一体，于是，"这条河也开始在我的生命里流动起来了"，"离开她越远，这一份爱也越深，芳草的颜色也越温柔。而希喇穆伦河后面紫色的山脉也开始庄严地在我的梦中出现"①。从这篇散文可知，为什么席慕蓉每当涉及河流意象时都是那么深情，因有沉甸甸的亲情在其中。

  西部原生态的自然景观，譬如一望无际的草原、浩瀚无垠的沙漠、千古威严的高山、万年寂静的戈壁、混浊激荡的大河、苍翠幽深的森林，从时间和空间两个维度开拓着人们的想象域，而且它们弥散着某种崇高感和力量感，这对于生活在台湾、香港这样的南方岛屿上的人们来说，感受也许会更强烈，因此就更能成为其文学想象的焦点。席慕蓉在西部多次的行走中，真正体验和领悟了西部大地的崇高、辽远和苍凉，发现和感受了西部自然的真景物和真色彩，这极大地弥补了她成长中的缺憾。如其所叙，"我对生命，再不敢有怨言。童年少年时所不能得到的经验，上天如今加倍给我，在欣然领受之际，我知道这一整座大兴安岭都在帮助我，建构属于原乡的色彩记忆"②。席慕蓉给自己建构了怎样的"原乡的色彩记忆"呢？

---

  ① 席慕蓉：《走马》，文汇出版社2002年版，第43—46页。
  ② 席慕蓉：《席慕蓉和她的内蒙古》，上海文艺出版社2006年版，第104页。

我们不妨来看她所创造的密林意象。席慕蓉前后六次奔赴呼伦贝尔盟,"只为那里有大兴安岭、有巴尔虎草原,还有我们心心念念的额尔古纳河"。① 在大兴安岭,她看到了大自然的真景物和真色彩,这里的一切都出自大自然的鬼斧神工,毫无人为的痕迹,而野生野长的密林最先引起了她的注意,她从这密林之中领悟到了生命的冲劲、韧性与顽强,体验到了大自然夺人心魂的壮美。"在深山之中,每一座山林都好像是直直地随着山势往上腾跃着生长,看不见山壁上的土石,只看见浓密的金黄、碧绿和灰白。"这深山之中的密林在生命的旅途中吸风饮露,得天地之造化,树木往往顺势而生,竞相舒展着生命的本相且呈现着生命的本色,所以那些树木远远望去,只能看见浓密的金黄、碧绿或灰白。深秋时节,也是树木纷纷凋零的时节,松树依然生机勃勃,而其他的树木则是凋而不零,似乎要将一年中生命的色彩最后一次完全释放出来后才愿意停止生长的步伐。只要看那白桦树和落叶松的色彩交会,就能更好地理解什么才是生命的大美境界,"有一次,车子刚转了个弯,有一整座山壁迎面而来又一闪而过,什么都来不及,来不及惊叹更来不及拍照,只知道一山的落叶松像是着了火一样的通体金红,在底下的一角有一整片的白桦枯枝,贴得紧密站得笔直,美得惊心动魄!"② 树木是有生命的,它们的生命与人的生命一样有意义,而席慕蓉创造的密林意象就灌注了这样的生命意识,故她能不断发现生命的本色,从而建构起了她的原乡的色彩记忆。

  多年的游历,多处的考察,席慕蓉在观赏西部自然壮美风光的同时,也目睹了自然生态遭到破坏之后的惨状,这使她在蒙地自然的书写中平添了一种意识,即生态焦虑意识。我们从她所创造的三个意象中可感受到其生态焦虑意识的存在,这就是鄂尔多斯高原意象、居延海湖泊意象和塔克拉玛干沙漠意象。"鄂尔多斯"在蒙语中的意思是"很多的宫帐",就是说曾有很多蒙古贵族常年居留于此,明代时成吉思汗陵移至此处,可见鄂尔

---

① 席慕蓉:《席慕蓉和她的内蒙古》,上海文艺出版社2006年版,第97页。
② 同上书,第99—101页。

多斯高原是水草丰茂的富饶之地。鄂尔多斯高原地处黄河以北,背靠阴山山脉,它三面为黄河所环绕,水资源丰富,一度成为匈奴人休养生息的重要基地,北朝民歌《敕勒歌》所描述的实际就是鄂尔多斯高原的风光。20世纪初,鄂尔多斯高原上的丛林与绿地,可供飞禽走兽成群栖息,即使在20世纪七八十年代,灌木丛还遍地生长,植物种类繁多。但是,才短短几十年光景,鄂尔多斯高原已面目全非,作者叙述道,"一九九〇年九月,我初访鄂尔多斯高原,谒圣祖成吉思汗之陵,却只见草木稀落,黄沙漫漫。"这是为什么呢?是什么使昔日美丽的鄂尔多斯高原变成了这个样子?作者指出了高原生态失衡的原因是,"四十年来,以百万千万计的移民大量涌入内蒙古自治区,盲目垦伐,破坏生态,使得草原严重沙化"。遍体鳞伤的鄂尔多斯高原就在眼前,其给人造成的震惊体验可想而知,"几千年来的无垠沃野,就要在我们这一代的眼前完全消失,我内心的疼痛实在难以形容"。[①]在《失去的居延海》这篇散文中,作者又创造了一个湖泊意象。居延海地处内蒙古阿拉善盟额济纳旗北部,是历史上著名的湖泊,这里曾经水量充足,草木旺盛,土地肥沃,是碧海云天、树木葱茏的好地方。居延海是穿越巴丹吉林沙漠和大戈壁通往漠北的重要通道,由于黑河在居延境内不断分支,部分支流便流向漠北的戈壁之中,形成了三万多平方公里的长满了胡杨树和青草的大绿洲。在20世纪50年代,居延海还是碧波千顷,红柳丛生高达丈余,黑河浩荡奔流,两岸芦苇铺天盖地。2000年,作者去参加额济纳旗第一届"金秋胡杨旅游节"时,见到的却是另一番景象:"我千里跋涉,经贺兰山再穿越戈壁而来,却只见尘沙遍野,大地干涸。落日果然是又红又圆,但是车子经过一道又一道的桥面,桥下却只剩下空空的河床,胡杨树林在大面积地死去,幸存的几处叶子开始转成耀眼的金黄,而居延海呢?我那么渴望一见的湖泊会不会还留下一些浅浅的水面?"[②] 是的,居延海呢?它是怎么消失的?它的消失意味着什么?这些生态问题的确是人

[①] 席慕蓉:《蒙文课》,北京作家出版社2009年版,第277—278页。
[②] 同上书,第79页。

们必须严肃对待的，作者的焦虑不言而喻。（需要说明的是，作者所叙鄂尔多斯高原和居延海这两处的生态惨状如今已得到极大的改善，但当年的状况确如作者所叙。）塔克拉玛干沙漠是作者多年心向往之的地方，如其所叙，"塔克拉玛干、楼兰、罗布泊都是我的梦！是从小就刻在心上的名字！是只要稍稍触碰就会隐隐作痛的渴望！要怎么样才能让别人和自己都可以明白？那是一种悲喜交缠却又无从解释的诱惑和牵绊啊！"[①] 塔克拉玛干沙漠位于新疆的塔里木盆地，维语中"塔克"是"山"的意思，"拉玛干"是"大荒漠"的意思，"塔克拉玛干"就是"山下面的大荒漠"。塔克拉玛干沙漠素有"死亡之海"的称谓，但又是古丝绸之路的要道，大漠中黄沙堆积，狂风呼啸，强飓风尘暴将沙地吹成了一个个金字塔形的沙丘。白天大漠上空总是赤日炎炎，沙面温度可达八十摄氏度，高温下的水汽蒸发经常幻化成各种形状的海市蜃楼。塔克拉玛干沙漠是怎样形成的？它是否有过人气旺盛的时期？塔克拉玛干沙漠给今天的人们有什么样的启示？诸如此类的问题，实际都是生态问题。席慕蓉从她自身的阅读、体验和思考出发，对其作出了诗性的回答。"今日荒寂绝灭的死亡沙漠原是先民的故居，是几千年前水草丰美的快乐家园，是每个人心中难以舍弃的繁华旧梦，是当一代又一代、一步又一步地终于陷入了绝境之时依然坚持着的记忆；因此，才会给今天的我们留下了这一种在心里和梦里都反复出现的乡愁了罢。"从学术的角度看，席慕蓉的想象或许有待商榷，但消失了的楼兰古城就地处塔克拉玛干沙漠却是不争的事实，既然有楼兰古城，就可能有更多的古城，被那层层沙砾掩埋的何止是一种繁华、一种文明。席慕蓉顺着这个思路继续想象着，"故居，塔克拉玛干，在回首之时呼唤着的名字。此刻的我在发声的同时才恍然了悟，我与千年之前的女子一样，正走在同样的一条长路上"。席慕蓉正行走在塔克拉玛干沙漠，也许在千年之前的同一个地方，有一个女子也正在行走，但那女子岂能料到千年之后她走的那条路

---

① 席慕蓉：《席慕蓉和她的内蒙古》，上海文艺出版社2006年版，第116页。

将会变成黄沙漠地,这样的想象刺痛了作者,也警示了作者,于是就有了下面充满焦虑的道白。"有个念头忽然从心中一闪而过,那么,会不会也终于有那样的一天?几百几千或者几万年之后,会不会终于有那样一天?仅存的人类终于只好移居到另外的星球上去,在回首之时,他们含泪轻轻呼唤着那荒凉而又寂静的地球——别了,塔克拉玛干,我们的故居。"① 这不是危言耸听,如果我们不认真对待生态问题,什么事情都可能发生。总体来看,席慕蓉创造的这几个意象都有丰富内涵,其意义早已超越了文学的范畴。

三 回家的路:从文化诉求到文化焦虑

人是文化的动物,而文化是指"人类在社会历史发展过程中所创造的物质财富和精神财富的总和,特指精神财富"②。这就是说,"文化"有广义和狭义之分,广义的文化指物质文化和精神文化,而狭义的文化指精神文化。"文化"这个词源于欧洲,最初是"耕耘"的意思。伊恩·罗伯逊的《社会学》从文化的广义概念出发,对文化的内涵进行了阐释,认为从人与环境的角度看,文化是一种适应环境的手段,一个民族的文化习俗与他们的生活环境给他们造成的压力和提供的机会有着必然的联系;从社会与文化的角度看,文化是由社会产品构成的,而社会是由共同享有某一种文化的、相互作用的人们组成的,如果没有文化,一个社会就无法生存,反过来说,如果没有社会的维护,文化也无法存在。普洛格和贝茨的《文化演进与人类行为》也持广义的文化概念,认为文化是人类对自然和社会环境的一种适应系统或机制,涉及人类赖以生存的三种关系:一是人与自然的

---

① 席慕蓉:《席慕蓉和她的内蒙古》,上海文艺出版社2006年版,第123页。
② 中国社会科学院语言研究所词典编辑室:《现代汉语词典》(修订版),商务印书馆1996年版,第1318页。

关系，尤其是生计经济、工艺和物质文化或人工制品的关系；二是人与人的关系，尤其是社会的组织、结构、制度、习俗和社会文化的关系；三是人与自身心理的关系，尤其是知识、思想、观念、信仰、态度、价值等所显示的人类行为和精神文化的关系。狭义的文化则专指精神文化，如马克斯·韦伯就认为，文化是精神的和价值观念的系统。克利福德·格尔兹的《文化的解释》，认为通过文化的符号体系，人与人得以相互沟通，并延续和发展对人生的知识及对生命的态度。基辛的《文化·社会·个人》认为，文化是指潜藏在一个民族的生活方式之下的共同的观念系统。恩伯的《文化的变异》提出，"文化"可以定义为一个特定社会所普遍享有的、通过学习得来的观念和行为。菲利普·巴格比的《文化：历史的投影》认为，文化不仅包括人对于他人的行为规则，也包括人对非人客体以及对于超自然存在的行为规则。墨菲的《文化与社会人类学引论》认为，文化是一套生存机制，是不同社会独具一格的生活风尚的特征，既是行为的模式，又是知识、信念、准则的宝库，是人们相互交流的手段。[①] 综合上述各种观点，我们认为，所谓文化是指人类的生产方式、生活方式和精神方式的总和，是由生产技术手段、知识体系、风俗习惯、伦理规范、法律制度、宗教信仰等社会现象交织成的无法拆分的整体。世界上任何一个民族实体都有其文化，一个民族实体既创造着特定的文化，而特定的文化又不断塑造着这个民族的所有成员，没有文化的民族则不能成为独立的民族实体。厘清了文化的概念，我们才能更清晰地观察席慕蓉散文的蒙地想象，尤其是对蒙地文化的抒写。

从文化的视域来看，以1989年为界，席慕蓉散文的文学表达，经历了从文化诉求到文化认同，再到文化焦虑的演变过程，其前期蒙地想象主要表达的是文化诉求，后期蒙地想象则以文化认同和文化焦虑的阐发为要。席慕蓉的父母亲均为地道的蒙古族人，但这只能说明她有蒙古族血统，要

[①] 参阅董建波、李学昌《"文化"：一个概念的内涵与外延》，《探索与争鸣》2004年第10期。

成为一个真正的蒙古族人,更重要的是接受蒙古文化的熏陶和塑造。尽管她从小就濡染了家庭中弥散的蒙古文化气息,而她所能接触到的蒙古文化是零散而有限的。在席慕蓉成长的最重要的时期,她一直身处汉文化圈,她要适应周围的环境,她日常学习的是汉文化,她的同学和朋友是汉族的,她的思维方式是汉族的,她看世界的眼光也是汉族的,用一句话来说,是汉文化塑造了席慕蓉。她接受汉文化越多,对其理解越深入,蒙古文化就越模糊。她回忆说,甚至连小时候所接触的有限的带有启蒙性质的蒙古文化,也在日后被淹没掉了,"在我很小的时候,本来是会说蒙古话的,虽然只是简单的字句,发音却很标准,也很流利","可是,长大以后的我,却什么都记不起来,也什么都说不出来了"。① 既然故乡是遥远的,蒙古文化是模糊的,以汉文化为归宿、以台湾为故乡又有什么不好呢? 有时她想,"就像所有在台湾成长的这一代,'我,已经是一棵树,深植在这温暖的南国'。我所有的记忆,所有的期望与等待都与这个岛有了关联,我实实在在是这个岛上的一分子,是这个岛上的人了"。② 但这样的想法很快就动摇了,因为她总是听到一个声音在呼唤她,这个声音来自内心深处,来自她的潜意识,"如果不还乡,我的祖籍仍然是遥远的内蒙古,我身上的血脉也仍然自觉是来自那草原的嫡传。而如果,如果有一天有人把原来是非常模糊的故乡清清楚楚地放到你眼前,你是要接受还是不接受呢?"③ 在她的记忆中,多少年来,同乡聚会时那些来自草原的叔叔伯伯们每次都用蒙古语激烈地交谈,他们唱着忧伤的蒙古歌谣,说着草原上不堪回首的往事,凡此种种,都一再提醒她,她是一个蒙古人。但内蒙古也好,蒙古文化也好,却都是模糊而遥远的,她曾很无奈地说,"我有一个很美丽的汉文名字,可是,那其实是我的蒙文名字的译音而已,我有一个更美丽的蒙文名字,可是却从来没有机会用它。我会说国语、广东话、英文和法文,我可以很流利地说、

---

① 席慕蓉:《走马》,文汇出版社 2002 年版,第 19 页。
② 同上书,第 69—70 页。
③ 同上书,第 70 页。

写甚至唱,可是我却不能用蒙古话唱完一首歌。我熟读很多国家的历史,我走过很多国家的城市,我甚至去了印度和尼泊尔,可是我却从来没见过我的故乡"。① 这就是说,她原本应该以蒙古文化为归宿,但实际上是汉文化塑造了她,这终于使她感到无所适从,感到自己被置于悬浮状态,并由此滋生了一种深刻的文化意义上的流浪感,这种流浪感伴随了她的前半生,"三十多年就这样过去了,生命终于固定在一个错误与矛盾并且再也无法修改的格式里了","我终于发现,我什么都不是,也什么都不能是。"② 冥冥中从故乡传过来的呼唤的声音,在席慕蓉的现实文化境遇中不断回响,不断共鸣。"在我的心里,一直有一首歌","我说不出它的名字,我也唱不全它的曲调,可是,我知道它在哪里,在我心里最深最柔软的一个角落","在一个特定的刹那,一种似曾相识的忧伤就会袭进我的心中,而那个缓慢却又熟悉的曲调就会准时出现,我就知道,那是我的歌———一首只属于流浪者的歌。"③ 与这种流浪感同时生成的,是对蒙地的文化诉求,也就是说,在席慕蓉的前半生,她一直从蒙古文化的视角想象和塑造着自己,尽管这种文化的力量是微弱的。她经常这样追问,"而今夜,在灯下,我实在忍不住要揣想,如果我能在一块广阔而肥美的草原上出生长大,今天的我,又会是一种什么样的命运?"④ 虽然席慕蓉的父母亲都是蒙古的贵胄出身,但她却宁愿将自己想象为一个牧羊女,因为只有这样,她才感觉是踏实的、可靠的,"倘若我是生在故乡、长在故乡,此刻,我不正是一个在草原上牧着羊群的女子吗?"⑤ 尝试从蒙古文化的视角重新塑造自己,是对心灵家园的再寻找,实际上意味着席慕蓉已踏上了一条"回家的路",而这条路是迢遥又迷离的。这也就能够明白,为什么席慕蓉散文的前期蒙地想象中总有一个意象非常突出,那就是"路"。席慕蓉知道,这条"回家的路",只能

---

① 席慕蓉:《走马》,文汇出版社2002年版,第17页。
② 同上书,第39页。
③ 同上书,第17页。
④ 同上书,第18页。
⑤ 同上书,第24—25页。

由她独自去面对，谁也帮不了她，她唯有坚持下去，才能看见希望。"在这人世间，有些路是非要单独一个人去面对，单独一个人去跋涉的。路再长再远，夜再黑再暗，也得独自默默地走下去。"这条"回家的路"既然如此充满困惑与艰难，那她靠什么坚持下去呢？"支撑自己的，也许就是游牧民族与生俱来的那一份渴望了罢"，"这么多年过去了，我仍然在这条长路上慢慢地摸索着。"① 由上述论证可知，文化诉求形成了席慕蓉散文前期蒙地想象的动力源，但这种文化诉求又是相当复杂的，她并没有做出（事实上也无法做出）非此即彼的文化抉择，而始终在汉文化和蒙古文化之间徘徊、犹豫和困惑，席慕蓉散文特有的流浪感和忧郁色彩即由此而来。文化诉求的复杂性，也注定了席慕蓉"回家的路"的漫长性与曲折性，但既然已经在路上，总会有一个结果的，而能否真的"回家"，只有当她踏上内蒙古高原的大地，在文化现场多次接触和体验蒙古文化之后，才能真正见分晓。

经历了半生的等待，席慕蓉如愿以偿，踏上了"回家的路"。"回家"肯定是一个激动人心的事件，"这次回家，对我来说，是生命里面的一件大事。在几十年的渴望之后，终于可以踏足在祖先遗留下来的土地上，是珍贵的第一次"。② 对席慕蓉来说，"回家"的真实含义是能否认同蒙古文化，即能否认同蒙古人的生产方式、生活方式和精神方式，能否认同其知识体系、风俗习惯、伦理规范、法律制度、宗教信仰等，能否对蒙古人的精神方式产生某种归宿感和情感依赖。从席慕蓉散文的后期蒙古想象来看，文化认同是相当复杂的，就是说她一方面是认同蒙古文化的，但另一方面她还没有完全融入蒙古文化。文化认同的复杂性，使席慕蓉散文由前期的流浪感和忧郁色彩转变为后期的沉着感和反思色彩，沉着是亢奋过后的宁静，也是她实质性地融入蒙古文化的开始，而反思既是对蒙古文化现场的反思，又是对其自身文化走向的反思。文化认同的复杂性，使席慕蓉散文具有了更大的阐释空间。

---

① 席慕蓉：《走马》，文汇出版社 2002 年版，第 59—60 页。
② 同上书，第 120 页。

集中表现文化认同的作品，如《风里的哈达》《萨如拉·明亮的光》《顿悟》《夜渡戈壁》《黑森林》等。《风里的哈达》①叙述了作者初次回乡时如何被迎送到内蒙古高原的经过，以及对蒙古文化现场的最初感受。"在蒙古传统的礼俗中，到内蒙古最远的边界上来迎接客人，是最尊贵的大礼。"为表示对远道而来的亲人的重视和喜悦之情，族人开很久的车到蒙冀交界处来等待和迎接她，原想低调回乡的作者，却被族人千里迎送，但她无法拒绝这看似"无用"的迎送，因为这是规矩，这个时刻作者已经与蒙古文化现场接触了。"祖先留下来的，不仅只是土地而已，还有由根深柢固的风俗习惯所形成的，我们称它作'文化'的那种规矩"，"我一直以为我是蒙古族人，可是，在亲身面对着这些规矩的时候，如果拒绝了，我就不可能成为蒙古族人了。"除了千里接送，亲人或朋友见面之后还少不了行礼，行礼的方式很特别，即用镶银的蒙古木碗盛满奶子和美酒给亲人或朋友喝，然后在祝福声中为其献上淡青色的哈达，这祝福如"我们此刻将这上天降下的华物'哈达'敬献给您，希望永保福泽绵长"。回乡之后，作者将深入而全面地接触蒙古文化，这个接触的过程即深度认同的过程，《黑森林》可视为这方面有代表性的作品。《黑森林》②叙述了族人为作者的返乡而举办的一个有宗教仪式的献祭活动。那是作者回乡的第二天，"家中的老堂兄"为其特意筹办的，全族的人都到齐了，一起登临旷野中的敖包，"感谢诸神护佑四十年来第一个从远方平安归来的游子"。献祭仪式貌似简单，没有殿堂，没有神坛，甚至连歌声和琴声都没有，但实则无比庄重——献乳、献酒、献茶、献哈达，任何细节都不肯省略。献祭仪式中，喇嘛念着长长的经文，而族人跪在沙砾或草丛之间，"向苍天祝祷，一如他们千年又千年之前的先祖所祈求过的所遵循过的那样"。作者所叙述的，其实是一个萨满教的宗教仪式，信奉萨满教的蒙古人相信，祖先的灵魂代代栖息于长满参天大树的山中，因为他们原本都是山林中的狩猎者，山林既是生命之

---

① 席慕蓉：《走马》，文汇出版社2002年版，第120—133页。
② 同上书，第192—198页。

源，也是死后灵魂必须复返的故里。离开山林来到草原的蒙古人并没有忘记初民留下来的记忆，草原上没有高山也没有林木，他们就在较高处叠石成堆，成为象征"圣山"的敖包，再在敖包上插上一丛树枝，以象征山林。作者从内心深处是认同萨满教的，这种认同感我们可从她在仪式活动中的感受得到证实，"当敖包祭典开始之后，只觉得风刮得越来越紧，怎么也不肯停息；浓云在空中聚集，一波接一波撼人欲倒的强风从四面八方铺天盖地而来，仿佛天地神祇和祖先的英灵都从遥远的源头，从莽莽黑森林覆盖着的丛山圣域呼啸而来，我心不禁战栗，而在畏惧之中又感到一种孺慕般的温暖"。在这样的宗教仪式活动中，作者忽然觉察到，回乡并不是旅程的终结，反而是探索的起点，因为她要走向蒙古文化的中心——直面"这个民族的梦想"，即深入了解这个民族的精神方式。《萨如拉·明亮的光》[1] 更多地抒写了作者对"真实的生活层面"的家的感受，这是对蒙古族生活方式的一种文化认同，作者是这样抒写的，"到了这一刻，我才踏踏实实地有了回家的感觉。家，不只是屋子外面那一大块辽阔的草原，还要有屋子里面忙进忙出的亲人，更要有我怀里这个娇憨可人的小女孩"，"要有了这一切，我梦里的家才终于落到真实的生活层面上来"。《夜渡戈壁》[2] 叙述了作者横越千里戈壁时的所见、所感和所思。作者所乘坐的是从乌兰巴托到北京的国际列车，这趟列车的所经之处，正是蒙古人的祖先一寸一寸走过的大地。时值傍晚时分，月亮初升，大地一片苍茫，夜空浩瀚无垠，空旷的戈壁滩变得越来越亮。月光之下，在无边无际的漠野之间，作者突然发现一个孤单的蒙古包，不禁轻声欢呼，心里翻涌起一阵温暖而又亲切的情愫，就像当年每一个穿越大漠的蒙古人一样。作者设想，如果有陌生人走进那个小小的毡帐，一定会得到全心和热烈的接待。这篇作品虽抒写的只是一些想象，但也反馈出作者对蒙古族人的生活方式产生了切实的认同。《顿

---

[1] 席慕蓉：《走马》，文汇出版社2002年版，第106—118页。
[2] 同上书，第188—191页。

悟》①叙述了作者到内蒙古高原后对"美的再发现"。在节庆的日子里，蒙古族妇女都是用尽心力把自己装扮起来，无论老少都有头饰和珠宝，如珊瑚、玛瑙、松石、琥珀，还有银制的项链和手镯，凡是可以找得到串得起来的都会拿出来挂在身上。这是不是"伧俗浓艳"的搭配呢？在还乡之前，作者可能是这么认为的，但当她来到内蒙古高原，看到草原一望无际，天地间除了苍空的蓝、云朵的白、青草的绿和远处丘陵上一些土石的褐黄以及几株杂树的灰绿之外，就再也没有其他色彩了。作者开始觉察到了那种在单调与悠长的空间和时间里所累积下来的疲倦，整个天地间空荡到没有任何可以依附的慰藉。在这个时候，身边的亲人所穿着的鲜红、翠绿、金黄、宝蓝的镶着金边的衣裳，忽然变得非常必要了。在这个时候，作者才明白了这样的色彩在民族美学上的意义，"在旷野里，我们一无所有，那么，请容许我用自己的色彩来感动和安慰我自己罢。生命在此，是明朗和温暖的。在整个天与地之间，我用鲜艳夺目的色彩来宣告自己的存在，你看！我，我在这里！"作者领悟到，"美的定义在心中既然是温暖、丰富、热烈与饱满，实在是缘于空间的太辽阔和时间的太悠长了啊！"作者之所以能对美有此领悟，实则是对蒙古民族美学的一种认同与接受。从以上所举作品可以看出，席慕蓉对蒙古文化已经有了深入的了解和认知，这也镜像出作者在内蒙古高原体验与思考之后而产生了沉着的文化认同。

　　在文化认同的同时，席慕蓉对蒙古文化却生发了某种焦虑。这种焦虑基于作者注意到蒙古文化的被弱化和文化传统的渐行渐远，"在逐渐逼近的'工业化'与'现代化'的强大压力之下，两千年以来的古老传统，一直是生龙活虎般的游牧民族，终于不得不面临她自己的文化悬崖"。②内蒙古高原不可能永远是宁静而寂寞的，工业化和现代化的触角最终都要延伸到这里，这是大势所趋，任何人都无法改变。工业化和现代化将首先对"游牧"这种古老的生产方式进行改变，然后促使游牧民族的生活方式发生改变，

---

① 席慕蓉：《走马》，文汇出版社2002年版，第184—187页。
② 同上书，第147页。

最后将对其精神方式也进行改写。这不仅仅是预感，而是一种外显的趋势。"流泪与疼痛，是因为逐渐感觉到了，即使是百般挽留，属于那个古老民族的一些珍贵的特性依然在逐渐消失，并且终于一去不回。"① 美国学者艾恺曾深入剖析过欧洲的现代化进程，认为"启蒙运动不但改变了欧洲的世界观，由于其本身即包含了'道德真空'的基因，遂为日后的'价值失落'、'没有目的'与'无意义的世界'播下了种子"②，现代化运动所导致的精神灾难决不仅仅是欧洲现象，其"对社会的传统礼俗、民族文化的继承等等造成的破坏，也是大同小异的"③。席慕蓉的文化焦虑印证了艾恺的论断，只不过她用了一个更具象化的词语来表示：文化悬崖。身临悬崖之边，其忧虑、焦灼和恐惧的心理体验可想而知，这就是作者接受蒙古文化时所伴随着的文化感受。但更大的危机却是蒙古文化在当今的文化格局中早已处于明显的弱势，在一个由强势文化形成的大环境中，弱势文化极有可能因太弱而被遗忘。作者曾计算过，以内蒙古地区的人口而论，在2800多万人口中蒙古族游牧民只有300万，而2500万都不是游牧民，他们中的绝大部分人是农民，他们的生产方式是农耕，这就可能影响游牧民的生产方式，也促使其发生改变。在《源——写给哈斯》这篇散文中，作者借一个名叫哈斯的蒙古族青年之口，道出了蒙古文化所面临的危机，"我们面临的最大危机，就是为了在这个大环境中不被排斥，我们必须接受这个环境中的文化，但是又因为人数太少，我们逐渐明白，不但会接受，甚至可能会完全的接受，忘了我们的根。"④ 那么，这里所谓"我们的根"是指什么呢？作者有如此叙述，"请你相信我，就算有一天，你也许会忘记了内蒙古的历史，你也许会忘记了蒙族的语言，但是，哈斯，你绝不会忘记自己的来处；'血源'不是一种可以任你随意抛弃和忘记的东西，也没有任何人可以从你

---

① 席慕蓉：《走马》，文汇出版社2002年版，第147页。
② ［美］艾恺：《世界范围内的反现代化思潮——论文化守成主义》，贵州人民出版社1999年版，第10页。
③ 同上书，第2页。
④ 席慕蓉：《走马》，文汇出版社2002年版，第138页。

的心里把她摘取下来"。① 可知，这"我们的根"指的是文化之根、精神之根，是蒙古文化在每个蒙古人潜意识中留下的烙印，这也是作者曾叙述的"多年来一直在我的血脉里呼唤着我的声音"②。文化焦虑对席慕蓉的影响是，促使其不断思考蒙古文化的未来，从而强化了文本的反思力量。从本质上讲，席慕蓉并不是一个文化悲观主义者，如其认为，"文化与生活上的转变并不一定会陷蒙古民族于绝地，在今天，她一定会再找出一条路来继续生存下去的"。③ 在另一篇题为《版权所有》的散文中，作者提出，"游牧文化也并不是不能享用现代的科技与文明，观诸澳洲与新西兰，就是成功的例证"。④

前文说过，席慕蓉的文化认同是复杂的，这种复杂性表现在，尽管她从内心深处是认同蒙古文化的，但作为在汉文化圈中成长起来的作家，她同样深爱着汉文化，这是一种很矛盾的心理，特别是当这两种相异的文化共时性地呈现在她面前的时刻，她实在无法做出非此即彼的文化抉择。最终的文化抉择是，既认同蒙古文化，又不放弃汉文化，而努力使自己成为汉文化与蒙古文化之间的桥梁。如其所叙，"我希望我能够溯流而上，一天比一天更真切地去了解那个属于我父母的古老的民族。我希望能多知道一些，更希望也能向另外一个我同样深爱着的民族多介绍一些"，"我多希望我能是一座桥梁！如果命运将我放置在这两种文化之间，我多希望我能做一座桥梁"，"即或是非常简单的文字，即或是非常粗浅的开始，请让我慢慢地写下去吧"。⑤ 席慕蓉的文化抉择也许是最好的一种抉择，在蒙古文化作为少数民族文化而面临弱化乃至消亡的时代，需要有人将其以文学的方式存留下来，而要寻找如此的作家就非席慕蓉这样特殊身份的人莫属了。为什么呢？我们可以假设，如果是一个在内蒙古高原成长起来的

---

① 席慕蓉：《走马》，文汇出版社2002年版，第143页。
② 同上书，第141页。
③ 同上书，第149页。
④ 席慕蓉：《蒙文课》，作家出版社2009年版，第63页。
⑤ 席慕蓉：《走马》，文汇出版社2002年版，第152页。

蒙古族作家，可能因为对蒙古文化的太执着而看不到非蒙古文化尤其是汉文化的优势，尽管其对蒙古文化如数家珍，也能充满深情地进行叙述，但终究因局限于文化视野而不能使其作品给人一种通透、超拔的文学性阅读体验；而如果一个汉族作家来抒写蒙古文化，其可能从汉文化的视野出发来观察蒙古文化，但因为隔膜而看不到蒙古文化的核体，从而使其叙述仅停留于表象而不能深入其中。王国维有云，"诗人对宇宙人生，须入乎其内，又须出乎其外。入乎其内，故能写之。出乎其外，故能观之。入乎其内，故有生气。出乎其外，故有高致"。[1] 对蒙古文化的抒写何尝不是如此，它要求既作家能入乎其内又能出乎其外，前者能入而不能出，后者能出而不能入，可见都不是最佳人选，以此而论，席慕蓉的文化抉择是可行的。席慕蓉的文化抉择其实从她第一次踏上内蒙古高原的时刻，就已经显露出些许的端倪了。在《我手中有笔》[2] 这篇为《我的家在高原上》所写的序言中，她曾坦言，"在刚回到故乡，踏上内蒙古土地的时候，却忽然发现，自己竟然有了一种完全不同的心情，是我从来没能预料到的心情。"那是一种什么样的心情呢？"当我第一次看见了辽阔高原上的日出日落，第一次听到马头琴奏起悠扬的牧歌，第一次读到了内蒙古现代诗人所写的美丽诗篇，在最初的狂喜之后，紧跟着的念头就是想要在回去的时候说给台湾的朋友听，好像只有在告诉了他们之后，心中所有的感动才能稳定，才能成形。"这说明汉文化在她心中确实是不可忽视的存在，这是因为，其成长中的每一步都与汉文化关系密切，如果阻断了与汉文化的关联，也就阻断了她的过去，这同样是令她不能容忍的。当作者突然面对具体可感的蒙古文化——这既"熟悉"又陌生的文化时，汉文化必然会显示它的强大存在和影响力，"在四十年的时光都过去了以后，一个小小的南方的岛屿，从来没有像这个时候这样清楚而又温暖地向我显示了她的意义"。作者冷静分析了自己为什么只能做出那样的文化抉择，"原来，我

---

[1] 王国维：《王国维文学论著三种》，商务印书馆2001年版，第43页。
[2] 席慕蓉：《走马》，文汇出版社2002年版，第153—164页。

和父母那一代虽然血脉相连，我和那一大块高原上的族人虽然都是同胞，但是，我毕竟还是有些不一样了。生命中的四十年都与这个岛屿有了关联，使得我今天一切的悲喜，竟然也必须要透过她，透过这四十年间和我一起成长的朋友们的胸怀之后，才能够显示出一种完整的面貌来"。内蒙古高原对席慕蓉的父母亲来说，是永远可爱而又美丽的故乡，是世界上任何一个地方都无法取代的心灵寄托，但对在异乡长大的席慕蓉来说，内蒙古高原作为故乡"毕竟还是有些不一样了"。席慕蓉尽管多次走访内蒙古高原，也尝试着做一个真正的蒙古族人，但最终的结果怎样呢？我们从她为散文集《蒙文课》所写的序言，可以推度出她的心态，"去上蒙文课"，"学会了写自己的名字"，"在灯下，才刚写了上面这两行，忽觉悚然。这样简短的两行字，如果是发生在六岁那年，是极为欢喜的大事，也值得父母大书特书，把这一天定为孩子启蒙的纪念日"，"可是，如果是发生在孩子已经六十多岁的这一年，父母都已逝去，她一个人在灯下，在日记本里郑重地写下这两行字的时候，还值得庆贺吗？"① 逝者如斯，岁月蹉跎，她不可能穿越时空回到过去，回到童年，因而"内蒙古高原作为故乡"最终都只能是父母亲的故乡，而不可能真的成为她的故乡。她仍然是一个"没有故乡"的人，她无限感慨地说，"故乡并不易得。因为，她虽然是一处空间，却更需要时间来经营"，"在我所属的这一代里，多的是如我一般的，所谓'此生已经来不及给自己准备一个故乡'的人"。② 席慕蓉仍然没有"回家"，仍然走在"回家的路上"。但这倒不是说，席慕蓉在亲访蒙地之前后是没有区别的，应该看到，从蒙地归来后其对"故乡"有了更深刻的认识，她引用齐邦媛教授对其说过的话重新界定了"故乡"，"故乡可以是一片土地，但更应该是一群人，那些在你年少时爱过你，对你有所期许的人"，"如此说来，故乡就不一定依存于空间，而是一段长长的时间了"。③

---

① 席慕蓉：《蒙文课》，作家出版社2009年版，第1页。
② 同上书，第302页。
③ 同上书，第303页。

席慕蓉不再执着于空间意义上的故乡的寻找，而是着眼于时间意义上的故乡的建构，她有了更清晰的目标，她要通过长期的蒙地抒写，来建构起属于她的故乡。在给友人的一封信中，明确表达了她的意愿，"我只是想问你，这持续不断的书写，可以让我找到一处真正属于我的故乡吗？""还是说，只有书写本身，才是我惟一可以依附的原乡？"①

四 历史追怀：文献、遗存及考古

着眼于时间意义上的故乡的建构，而不再执着于空间意义上的故乡的寻找，这是席慕蓉散文后期蒙地想象的一个重要转折，这种转折，使席慕蓉散文大大拓展了题材的广度，并使其叙述具有了历史的深度。何谓"时间"？在席慕蓉的眼里，这"时间"就是历史，就是北方游牧民族所拥有的文献史料（包括神话、传说、历史、文学等）和历史遗存所呈现的悠远与苍茫。徜徉在这时间之旅中，她能够不断与先祖故土对话，而每一次的对话，都使她有回乡之感。席慕蓉曾这样形容自己面对游牧民族的历史文化时的感受，"我是一株已经深植在南国的树木，所有的枝叶已经习惯了这岛屿上温暖湿润的空气，然而，这些书册中所记录的一切恍如冰寒的细雪，令我惊颤，令我屏息凝神，旧日的种种在我摊开书页之时以默剧般演出的方式重新呈现，是一场又一场的飨宴啊！"②需要注意的是，席慕蓉由对蒙古文化的命运的思考而上升为对历史上曾存在过的北方游牧民族的关注，在她看来，亚洲北方游牧民族的历史文化是一脉相承的。"在这些教科书里，不论是'匈奴'、'突厥'、'回鹘'，还是'蒙古'，好像都是单独和片段的存在。而其实，在真实的世界里，亚洲北方的游牧民族也是代代相传承，有着属于自己的悠久绵延

---

① 席慕蓉：《蒙文课》，作家出版社2009年版，第219页。
② 同上书，第6—7页。

的血脉、语言、文化和历史的。"①

对于一个作家而言,历史书写没有相应的历史文化知识是不行的,但席慕蓉并非一个历史学者,她对蒙古族乃至北方游牧民族的历史文化知识的获得,是通过"行万里路、读万卷书"的方式逐渐积累起来的。如其所叙,"这二十年来,我在自己的原乡大地上行走","我的好奇心开始茁长,单单只是'认识家园'这样的行为已经不够了,我开始从自己的小小乡愁里走出去,往周边更大的范围去观望去体会","然后,我开始进学校读书了。我的老师就是和我在长路上同行的朋友,还有他们慢慢引导我去认识的每一位智者与长者"。② 这种远行跋涉对一般的游客而言是辛苦的,而对席慕蓉来说却是一种巨大的收获,"我越来越沉迷于那一种无止境的千里跋涉,因为,你能感觉到的,除了空间的广,还有时间的深"。③ 行万里路所获得的知识,是一种现场体验的知识,也是适于历史书写的知识,作者感慨地说,"文化的载体其实是我的每一位族人。他们有人向我展示的是从书本里求得的智慧,有人向我展示的却是从大自然里求得的智慧,那真是苦口婆心的教诲啊!"④ 席慕蓉还谈到其在阅读中的感受,"喜欢翻看有关蒙古高原的考古书刊,有时候只是从彩色图片上看到几枚骨针、一件彩陶、几把青铜小刀,就会有沧桑重现的惊喜与感动"。⑤ 20多年持续的行走、阅读和思考,为席慕蓉的历史书写夯实了基础,也使其文学视野空前开阔,她不仅探寻着蒙古人与蒙古高原的渊源,而且能将目光定位于某个历史时段进行深度的开掘。她的这一努力,显示了蒙地想象极具特色的历史魅力,这尤其体现在散文集《写给海日汗的21封信》中,在学者贺希格陶克陶为这部散文集所写的序言中,对席慕蓉的这种努力做出了评价,"席慕蓉在题材的选择上,也是颇费苦心的。虽然并没有完全依照时间顺序,而是

---

① 席慕蓉:《写给海日汗的21封信》,(台北)圆神出版社2013年版,第26页。
② 同上书,第58—59页。
③ 同上书,第44页。
④ 同上书,第59页。
⑤ 席慕蓉:《蒙文课》,作家出版社2009年版,第19页。

以穿插的方式进行，但是远如宇宙洪荒，近到最新的科学对 DNA 的检测，都在她的关切范围里。如《时与光》《刻痕》《泉眼》以及《两则短讯》中的第二则等等，都可以从初民的古老符号、神话传说以及考古的发现之中引伸出蒙古高原的悠远身世"，"而谈及游牧文化历史的则有《阙特勤碑》《回音之地》《京肯苏力德》《察干苏力德》等篇，一直延伸到《夏日塔拉》《察哈尔部》《一首歌的辗转流传》与《我的位置》，从突厥碑铭写到大蒙古帝国开国初期的英雄，写到北元最后的败亡，再写到准噶尔汗国的命运；每一处历史的转折都如在目前。"① 贺希格陶克陶的评价无疑是准确的，是在细读文本后，结合蒙地的历史文化所做出的整体性的评价。

  历史书写的难点不在历史知识，而在于对历史知识做审美化的处理，从而体现出作家特有的情感维度与价值判断。研究者认为，"历史文学毕竟是文学。作为与历史具有'异质同构'关系的特殊文体，它虽然在关系和形态方面与史家呈现某种'同构'的相通或一致，但在目的、功能和手段则有着'异质'的根本区别。因此，从本质上讲，历史文学创作是不能与艺术的自由秉性和创造精神相抵牾的"。② 这"艺术的自由秉性和创造精神"，就是要体现作家的情感维度与价值判断，就是要突显作家的"我在"，对席慕蓉来说，具体表现为蒙地想象的历史追怀。这种历史追怀，或表现为对以蒙古族为代表的游牧民族所创造的文化的赞叹，或表现为对游牧民族的历史人物的心灵世界的探寻，或表现为对蒙地自然的进化史的质疑与追问，或表现为通过读史与访问而反视自身的人生命运，或表现为通过神话传说以求证游牧民族的心灵史，或表现为通过草原文化而思考人类的终极命运等，尽管其追怀的内容不尽相同，但有一点是相同的，即所有反映在文本中的"历史"都经过了作者的心灵化、情感化和审美化的处理，最终呈现给读者的，是席慕蓉眼中的历史，是文学化

---

 ① 席慕蓉：《写给海日汗的 21 封信》，(台北) 圆神出版社 2013 年版，第 13 页。
 ② 吴秀明：《历史文学底线原则与创作境界刍议》，《文学评论》2004 年第 3 期。

了的历史。

席慕蓉的历史书写在结构上也很有特点,为了凸显"我在",作者通常采用讲故事的方式来穿插讲述蒙古族的历史文化知识,并总能从这讲述之中升华出某种超越了历史文化知识的人生意蕴。我们不妨以《渡海》[①] 这篇讲述《蒙古秘史》的散文为例,来看作者是如何结构作品的。从整体上看,本文可分为三个部分。作品在开头引用《蒙古秘史》第1卷第1节的译文,引出成吉思汗的父亲孛儿贴·赤都和母亲豁埃·马阑勒"渡海而来"的故事,随后说到这"海"其实是大湖,作者推测不是呼伦湖就是贝加尔湖,接着谈及游览这两个大湖时的感受,作者认为,成吉思汗的父母渡湖之后,就意味着蒙古人从游猎时代进入了游牧时代,这就顺理成章地引出呼伦贝尔大草原,蒙古人曾在这里繁衍生息,上述可视为作品的第一部分。第二部分主要从学术的角度谈《蒙古秘史》,首先介绍该书的内容、结构和成书时间等相关信息,然后引用史学家姚从吾对该书的评价。最后一部分主要谈作者自己阅读《蒙古秘史》时的切身感受。在第一部分,作者的"我在"表现在对游览大湖时自身感受的抒写,以及对蒙古人祖先定居呼伦贝尔草原等历史过程的推度性的抒写;在第二部分,作者的"我在"表现在介绍《蒙古秘史》的内容时,将自身的阅读感受融入其中,并运用了文学的方式加以叙述,如"历史的事件,用文学的笔法一一写来,使得七百多年后的读者也恍如身临其境,在草原上,在狂风中,或者在如水般清亮的月光之下,听'当事人自述甘苦',真是亲切动人,与一般以大汉民族立场所编写的史书,有很大的差别"。第三部分则直接呈现了作者的"我在",并将阅读感受上升到人生意蕴的层面,"对于蒙古子孙来说,翻读秘史,犹如翻读先祖留下的书信,仿佛这本书已经有了生命,可以带领我们渡过波涛起伏的海面,直达草原深处。只要翻开书页,就可以聆听游牧民族历史与文化里最真切的声音"。由这篇作品可知,作者在结构作品时,并不受历史文化

---

① 席慕蓉:《蒙文课》,作家出版社2009年版,第54—58页。

知识的羁绊，而是始终强调"我"的感受。

我们可大致将席慕蓉的历史书写从结构的意义上归纳为四类。第一类结构方式是"我"在蒙地的某处游历，偶遇某种自然景观，或某块碑铭，或某种器物，或别的什么实物，于是就有了某种遐想，就有了某种历史追怀。这种结构方式，在《蒙文课》中较为常见，如《当赤鹿奔过绿野》《阿尔泰语系民族》《解谜人》《额尔古纳母亲河》《小孤山》《族群的形成》等篇都是如此。在《当赤鹿奔过绿野》[①] 这篇作品中，作者叙述到，"我"于1994年在大兴安岭鄂伦春人居住的地方，就听说有一座在地底下生长的丛林，但未曾探幽，时隔多年之后，再访大兴安岭，才开始探寻"地底下如何生长丛林"这样的谜题了。作者根据考古成果以及相关知识展开了历史想象，认为在蒙古高原远古时期的地表上，距今3.5亿万年到2.7亿万年，曾长满了高大粗壮的蕨类植物，经过不断的沉积、埋藏和重新萌发，终于累积为今日的煤田。那地底下的丛林的形成，可能是在天地大化的悠长时光里，"几株无邪无知却又坚持要继续生长下去的苗木"逐渐蔓延而形成的。作者还推测，在恐龙和巨犀都退出蒙古高原的一千两百万年前，蒙古高原的气候潮湿炎热，有犀牛、大象、长颈鹿和三趾马等动物在高原上活动，而"一些犄角长得奇形怪状的古鹿群，正从密林中走下山来吃青草，它们的脚步声挺吓人的"！作者还叙述了在"我母亲的故乡热河昭乌达盟（今赤峰市）翁牛特旗北部的上窑村"也发现了多种古生物化石，而那些古生物的名称"好像是只有在神话里才会出现的名字"。作者据此就有了诗意的历史抒怀，"当赤鹿奔过绿野，我母亲的故乡，曾经是神话和传说里的世界"。第二类结构方式，是"我"在阅读蒙地史料时，从某个历史事件、历史人物，甚至史料中记载的某个不起眼的事件，总能发现意外之喜，且进行有根据的历史想象，以抒发其历史情怀。上文所举《渡海》就采用了这种结构方式，其他如《青铜时代》《口传的经典》《初遇》《眼中有火，脸

---

① 席慕蓉：《蒙文课》，北京作家出版社2009年版，第8—9页。

第七章　席慕蓉散文的蒙地想象

上有光》《那夜月光明亮》《锁儿罕·失剌》等篇也是如此。第三类结构方式，话题的起因是就某个问题、某个节日、某种仪式等展开叙述，讨论其来龙去脉，并进行历史想象，如《三月廿一日》《星祭》《伊金霍洛与达尔哈特》《失去的居延海》等篇。《三月廿一日》①在开篇就说到，每年的阴历三月廿一日是蒙古人的大日子，在这一天，无论是定居在蒙古高原还是分散在世界各地的蒙古族子孙，都会举行庄严隆重的献祭成吉思汗的大典。阴历三月廿一日是蒙古人特有的节日，作者叙述了献祭大典的来历，原来这一天是成吉思汗遭受克烈亦惕人的突击后，重整旗鼓并反败为胜，从此就一直赢得胜利的日子。在其后的叙述中，作者引用了《多桑蒙古史》的史料、专著《蒙古文化与社会》的研究成果，对成吉思汗这次反败为胜的战役作了说明。文中还特别提及由两位蒙古族学者所著《成吉思汗祭典》的内容，简要说明了祭典活动在当代的曲折，以及两位学者如何通过走访、研究以复原祭典的相应细节。作者随后还引用元代典籍《十福经典白史》和史学家拉西彭楚克的著作《水晶珠》，以说明成吉思汗在这一天的祭天，忽必烈因何将这一天钦定为春季大奠等史实。在作品的最后，作者以抒情的笔调，对这个祭典的意义做了总结，"无论是武功上的转败为胜，还是向上天奉献与祈祷，阴历三月廿一日这天，都是圣祖成吉思汗为毡帐之民所定下的感恩与祈福的大祭啊！"可见，第三类结构方式，突出了行文的学术味，历史想象的成分有所减少，但作者对主观感受的重视却并未减弱。第四类结构方式，是作者以一个话题为中心，这个话题可能与内蒙古的历史文化有关，也可能无关，但作者一定会引用蒙古的历史文化知识来佐证，且常以富于哲理的抒情性话语结尾。《写给海日汗的21封信》大多采用的是这种结构方式。例如，这部集子的第11封信名为《我的位置》②，作者在文中明确表示"我想和你谈一谈，关于'位置'和'历史'的关系"，作者先谈到她承接写作游牧文化美术史的事，但一直未能完成，表面的原因

---

① 席慕蓉：《蒙文课》，北京作家出版社2009年版，第103—104页。
② 席慕蓉：《写给海日汗的21封信》，（台北）圆神出版社2013年版，第113—121页。

是史料有限、学养不足，而究其实质则是因为自己"已经汉化很深"，"连自己该站在什么位置上来看（或者应该说是'读'）历史，都已经不清不楚了，遑论其他"。几年后她到内蒙古，与一位学者在"我母亲的故乡克什克腾旗的土地上"谈到元代的应昌路，由此引出北元的历史。在作者过去所学的知识中，北元的历史前后不过只有四十年，但这位学者却说，"那要看说的人是站在什么位置上了"，这句话惊醒了作者，原来她是"站在大汉民族的位置上来计算的"。但"如果我站在蒙古民族的位置上来计算的话，从圣祖成吉思汗建立大蒙古帝国的1206年开始，到林丹汗逝世的1634年为止，整个蒙元王朝延续的时间应该是四百二十八年！"作者于是开始寻找自己的"位置"，以重新审视被淡化和扭曲了的蒙古"历史"。作者认识到，"这十几二十年来，在蒙古高原上行走，我曾经一次再次地去到许多座都城。循着这些都城的遗迹，仿佛重温了一次蒙古民族历史上那曾经无比光耀又万分曲折的沧桑长路"。以上是席慕蓉历史书写的四种结构方式，这种区分虽可能呈现交叉，但总体来看还是表现出这样的结构趋势。

席慕蓉的历史书写，为我们展现了一个具有不同历史风貌的内涵丰富的"这一个"内蒙古。尽管作者不是以一个历史学者的身份叙说蒙古族历史，但其富于历史理性的表达，仍然可以引领我们重新感受和认识蒙古族的历史文化。譬如，在《阙特勤碑》[①]这篇散文中，让我们看到一个处于失败境地的可汗艰难复国的决心与勇气，并聆听到游牧民族屹立于旷野之中的心声；在《眼中有火，脸上有光》[②]和《那夜月光明亮》[③]中，让我们了解到铁木真青少年时代历尽千辛万苦的成长经历和爱情生活的曲折动荡；在《口传的经典》[④]中，让我们知晓蒙古史诗《江格尔》的成书史，也是无数民间艺人的一部部血泪奋斗史；在《察干苏力德》[⑤]中，让我们

---

① 席慕蓉：《写给海日汗的21封信》，（台北）圆神出版社2013年版，第18—27页。
② 席慕蓉：《蒙文课》，北京作家出版社2009年版，第64—66页。
③ 同上书，第67—69页。
④ 同上书，第43—45页。
⑤ 席慕蓉：《写给海日汗的21封信》，（台北）圆神出版社2013年版，第131—139页。

第七章 席慕蓉散文的蒙地想象

感受到北元的败军之卒数百年来在极其隐秘之地还尽力维护着察干苏力德，从未失去信仰，他们从精神层面改写了历史；在《夏日塔拉》① 中，让我们看到北元政权的内部纷争与民生凋敝，而一位有着雄心壮志且能卧薪尝胆的少年英雄正在崛起；在《一首歌的辗转流传》② 中，我们似乎听到一个负伤的士兵，在孤独地吟唱自己的心声；而在《时与光》③ 中，让我们领略了内蒙古高原上的初民所具有的智慧。席慕蓉的历史书写给我们的直接启示是，我们有必要从"大汉民族的位置"换个角度看历史，会更好地解读蒙古族的历史文化，并重新审视我们汉民族自身的历史文化。日本史学家杉山正明曾从"世界史"的意义上，高度评价13、14世纪的大蒙古及其时代，"蒙古大大改变了世界史"，"尤其受到注目者，是蒙古时代后期，欧亚与北非全境围绕着转型为陆海大帝国的蒙古，为世界史前所未有的偌大东西交流与经济、文化活络状况所包覆的史实。'资本主义'、'重商主义'，或是以'银本位制'为背景之'纸币政策'的全面展开等，这些早于近代的经济样貌在蒙古政府主导的形式下出现。在蒙古主导下，政治、经济、社会体制不用说，甚至宗教、美术、科学、技术、知识、资讯、生活方式等，各式各样的文化或文明皆广泛地传播到欧亚或北非各地，甚至诞生了超越区域框架的'时代精神'。堪称是一部名实相符世界史的波斯文史著《史集》，也在国家编纂的形式下出现"，"其实，我们称作'意大利文艺复兴'的西欧文明的大幅转向，也是在蒙古时代下展开的"。④ 杉山正明的论述，不啻为席慕蓉的历史书写提供了理论上的支持。

---

① 席慕蓉：《写给海日汗的21封信》，(台北) 圆神出版社2013年版，第141—149页。
② 同上书，第171—178页。
③ 同上书，第47—55页。
④ [日] 杉山正明：《颠覆世界史的蒙古》，周俊宇译，八旗文化远足文化事业股份有限公司2014年版，第51—52页。

五　席慕蓉散文的文学史意义

　　从中国当代西部散文的大格局中审视席慕蓉散文的蒙地想象，我们不能不看到其文学史意义。这种文学史意义，首先表现在席慕蓉从文学的视域尽情展示了蒙地特有的自然、文化和历史，其书写规模是空前的。以自然书写而论，席慕蓉散文对蒙地特有的地理环境、自然风光和动植物的描述是非常引人瞩目的。席慕蓉几乎在每一篇蒙地想象的散文中，都不失时机地对蒙地景物加以表现，她不仅能感受到并抓住这些景物在瞬间所呈现的极致般的美，且常常怀着极浓、极深的感情进行描述。蒙地景物在这样的时刻已不是客观存在的自然物，而成为了有内涵的审美意象，因其承载着审美主体的情思，是审美主体的情思的外化与具象化。蒙地景物抒写是席慕蓉散文的一大亮点，具有不容低估的美学价值。以文化书写而论，席慕蓉散文的文学表达，经历了从文化诉求到文化认同，再到文化焦虑的演变过程，其前期蒙地想象主要表达的是文化诉求，后期蒙地想象则以文化认同和文化焦虑的阐发为要。在席慕蓉的前半生，她一直从蒙古文化的视角想象来塑造着自己，尽管这种文化的力量是微弱的。文化诉求形成了席慕蓉散文前期蒙古想象的动力源，但这种文化诉求又是相当复杂的，她并没有做出非此即彼的文化抉择，而始终在汉文化和蒙古文化之间徘徊，席慕蓉散文特有的流浪感和忧郁色彩即由此而来。经历了半生的等待，席慕蓉终于踏上了"回家的路"，"回家"的真实含义是能否认同蒙古文化，即能否认同蒙古人的生产方式、生活方式和精神方式，能否认同其知识体系、风俗习惯、伦理规范、法律制度、宗教信仰等，能否对蒙古族人的精神方式产生某种归宿感和情感依赖。从席慕蓉散文的后期蒙地想象来看，文化认同是相当复杂的，就是说她一方面是认同蒙古文化的，但另一方面她还没有完全融入蒙古文化。文化认同的复杂性，使席慕蓉散文由前期的流浪感和忧郁色彩转变为后期的沉着感和反思色彩,沉着是亢奋过后的宁静,也是她实质性地融入蒙古文化的开始,而反思既是对蒙古文化现场的反思,又是对其自身文化走向的反思,这也使席慕蓉散文具有了更大的阐释空间。着眼于时间意义上的故乡的建构,而不再执着于空间意义上的故乡的寻找,这是席慕蓉散文后期蒙地想象的一个重要转折,这种转折,使席慕蓉散文大大拓展了题材的广度,并使其叙述具有了历史的深度,这样便形成了席慕蓉散文的历史书写。20多年在蒙地的持续行走、阅读和思考,为席慕蓉的历史书写夯实了基础,也使其文学视野空前开阔,她不仅探寻着蒙古人与蒙古高原的渊源,而且能将目光定位于某个历史时段进行深度的开掘。她的这一努力,显示了蒙地想象极具特色的历史魅力。席慕蓉的历史书写是以蒙地的历史追怀为轴心而展开的,或表现为对以蒙古族为代表的游牧民族所创造的文化的赞叹,或表现为对游牧民族历史人物的心灵世界的探寻,或表现为对蒙地自然的进化史的质疑与追问,或表现为通过读史与访问而反视自身的人生命运,或表现为通过神话传说以求证游牧民族的心灵史,或表现为通过草原文化而思考人类的终极命运等。尽管其追怀的内容不尽相同,但有一点是相同的,即所有反映在文本中的"蒙古历史"都经过了作者的心灵化、情感化和审美化的处理,最终呈现给读者的,是席慕蓉眼中的历史,是文学化了的历史。席慕蓉的历史书写,为我们展现了一个具有不同历史风貌的内涵丰富的"这一个"内蒙古。尽管作者不是以一个历史学者的身份叙说蒙古历史,但其富于历史内涵的表达,仍然可以引领我们重新感受和认识蒙古的历史文化。

　　席慕蓉是一个具有多重文化身份的散文家,文化身份的多重性使其蒙地想象总能生成某种特有的叙事张力,从而丰富了西部散文的叙事形态。席慕蓉首先是一个"女性",这是其第一种文化身份,这个文化身份使其尤其重视对"内世界"的体验与言说。举凡蒙地的一草一木、一人一事、一景一物,都可能引起或大或小的情绪波动,而她又常常通过细腻温婉的笔法,将其情绪的波动从容地加以叙述,因此其蒙地想象读来总有一种柔情与缠绵。如《父亲教我的歌》中，作者叙述其1989年夏到有"歌的海洋"之称的鄂尔多斯，按蒙古人的风俗，朋友们相聚需要以歌敬酒，"此刻的我，站在原乡的土地上，喝着原乡的酒，面对着原乡的人，我忽然非常渴望也能够发出原乡的声音"，"在那个时候，我才感觉到了一种强烈的疼痛与欠缺，好像在心里最深的地方纠缠着撕扯着的什么忽然都浮现了出来，空虚而又无奈。"① 除对情绪波动的敏感之外，女性身份也使席慕蓉散文在叙事中常常流露出对亲情、友情和爱情的怀念与眷恋，这种情感的自然流露，使其具有了一种渗透力，读来犹如老朋友谈知心话，能生成润物细无声的阅读效果，这方面的例子很多，前文已有较多分析，在此毋庸赘述。

其次，席慕蓉是一个"画家"，这是其第二种文化身份，这个文化身份使其观察力超越了一般作家，可用"见微知著"和"明察秋毫"来形容。更为重要的是，这个文化身份使席慕蓉极看重蒙地景观的画面构图和色彩的组合变化，镜头感很强，从而以文学的方式（散文）将蒙地的场景固态化。如《萨如拉·明亮的光》中的这段叙述就是范例，"草原上毫无阻挡，我不但可以看得极远，并且连风吹草动远远近近任何的细节都一览无余。我甚至可以看到来时的方向，在那座不知道隔了多少距离的山丘上，正有人骑着一匹深色的马向更远处疾驰。那人背对着我们，穿着蓝色袍子，腰间扎着一条红腰带。那点红色，和整个草原的绿色比起来，只占着像一大块地毯上有一点像针尖的针芒那样大小的面积，并且还越去越小，可是依旧清清楚楚地闪动着。"② 再次，席慕蓉是一个"诗人"，这个文化身份使其在蒙地想象的叙事中对意境的营造有着高度的自觉，她善于通过营造不同的意境来感染读者和调整叙事节奏，她所营造的意境似乎是随机的，并不刻意，但细读之下，不难发现作者的良苦用心，因为有了这些意境的存在，才使她的散文韵味绵长且与众不同。我们还以《萨如拉·明亮的光》为例，来品味这个"草原傍晚"意境，"傍晚的风带有寒意，此刻，我的心仿佛在一

---

① 席慕蓉：《走马》，文汇出版社2002年版，第206页。
② 同上书，第108页。

片空茫茫的雾里。说不上来是郁闷还是悲伤,我只能一步一步地往前走着,夕阳正一寸一寸地在我背后坠落,除了眼前的丘陵还反映着金红色的余光之外,猛然转身回头望去,西面的山丘都已经沉到暗影里去了。黑色剪影般的棱线上,整片天空是一大块蓝中透着青绿的土耳其玉"。[①] 作者所营造的这个意境,和《天净沙·秋思》的意境确有异曲同工之妙。"女性""画家""诗人"这三种文化身份共同影响着席慕蓉的散文叙事形态,从上文可知,这种叙事形态以婉约、深情、镜头化、意境化为特征。因为有类似席慕蓉散文的这种叙事形态的存在,使西部散文在总体上呈现雄浑刚健的风格趋势之外,也展现着清奇柔美风格的魅力。

如果我们说席慕蓉是一个"西部作家",可能会引起研究者(尤其会引起台湾学者)的反驳,但席慕蓉的确具有西部作家的特征。所谓"西部作家",并非指出生于西部或定居于西部的作家,而是指对西部的文明形态以及在西部的文明形态中生活着的人进行连续性书写的作家。以此而论,席慕蓉对蒙地的自然、文化和历史,以及蒙古人的文学性书写,使其具备了西部作家的特征,因为蒙地就隶属于中国西部,是中国西部不可分割的构成部分。正是在这样的意义上,我们才将席慕蓉散文的蒙地想象纳入了西部散文的大格局中进行观察和分析。总体看来,席慕蓉散文的蒙地想象是以草原文化为底蕴的,这既是其叙事的基点,也是其叙事艺术展开的坐标。席慕蓉散文对草原文化在现代化语境中的阐释与重构,是其散文叙事生成的基础,也是其创作的根脉所在。正因为如此,席慕蓉散文才承载了别样的文化含量与意义深度。席慕蓉散文的蒙地想象对西部作家的启示是多方面的。

[①] 席慕蓉:《走马》,文汇出版社2002年版,第115页。

第八章　西部少数民族女作家的散文创作

中国西部，有一个由少数民族女作家构成的群体。她们的散文创作在题材的选择、视域的生成、主题的提升、意境的创构、文体的自觉等诸多方面，都表现出鲜明的民族性、地域性和历史性的审美特征。她们对民族文化的多维度把握，对女性思维的多层次敞亮，以及对散文文体的多向度探索，都赋予其创作以鲜活的元素。毋庸置疑，西部少数民族女作家的散文创作，构成了中国西部散文谱系中不可替代的一极。本章拟从民族文化的认同、地域风情的抒写、女性话语的建构、散文文体的创新等方面展开分析，以获得整体性的认知。

一　民族文化的认同与反思

不同的民族由于生存环境以及发展历史的差异，往往会形成有别于其他民族的语言风俗、价值取向和宗教信仰等，而当这些文化基因沉潜到一个民族的心理深层，便成为制约该民族所属成员的自我认同与行为方式的依据。从民族学的视野来看，所谓"民族"就是一个拥有自我意识，并能自觉将"自我"与"他者"区分开来的文化共同体。这就是说，一个真正意义上的民族必然有其文化，而这文化的核体却是民族意识，诚如梁启超

第八章　西部少数民族女作家的散文创作

所论，"民族成立之唯一要素在'民族意识'之发现与确立"①。那么，什么是民族意识呢？有人指出，所谓民族意识，就是"社会成员对自己民族归属和利益的感悟"②。这个概念，强调了一个民族的成员要通过感悟，以识别并认同自己的族属身份，在此基础上，要关切本民族的生存发展与利益得失。民族意识的内在构成是多方面的，包括民族认同意识、民族分界意识、民族识别意识、民族存在意识等③，而民族认同意识④显然是民族意识的基础构成。综上所述，民族文化是一个民族存在的表征，而民族意识是民族文化的核体，民族认同则是民族意识的基石。这也说明，探寻一个作家的创作是否具有文化底蕴，可从民族意识入手，而对民族意识的观察，可将民族认同作为切入点。在全球化的今天，民族认同显示了更迫切的意义。

日益蔓延的全球化使民族作家切实感受到了某种危机感和使命感。这是因为，全球化在促进物质财富和科学技术一体化的同时，也加速了民族文化的同质化进程。发展中国家（包括中国在内）的民族文化，正面临着"被失语"和"被抽空"的可能⑤。近年来国家所提出的"文化强国"战略，就是对现阶段文化危机的应对。我们知道，中华文化是由多民族文化构成的，其要保持可持续发展，则离不开各少数民族文化的有效参与和共同发展，只有这样，才能形成良性的文化生态，并使中华文化不断生成新的活力。还应该看到，以工业化和城市化为核心的现代化，对国内少数民族的民族性格和精神指向带来了不小的冲击，使少数民族地区的民众对民

---

① 梁启超：《中国历史上民族之研究》，见《饮冰室合集》（第42卷），中华书局1989年版，第1页。
② 王希恩：《民族认同与民族意识》，《民族研究》1995年第6期。
③ 王雪梅：《关于改革开放二十年来民族意识定义的综述》，《民族社会学》2006年第2期。
④ 有人认为，所谓民族认同，即"一个民族的成员相互之间包含着情感和态度的一种特殊认知，是将他人和自我认知为同一民族的成员的认识。"（王建民：《民族认同浅议》，《中央民族学院学报》1991年第2期。）还有人认为，"民族认同即是社会成员对自己民族归属的认知和感情依附。"（王希恩：《民族认同与民族意识》，《民族研究》1995年第6期。）可见，"民族认同"这种文化心理强调的是民族归属感和感情的依附。
⑤ 参阅南帆《全球化与想象的可能》，《文学评论》2000年第2期。

族认同产生了疏离与淡化。全球化和现代化的文化语境，对民族作家（当然包括西部少数民族作家）提出了现实的要求，不仅要求其在创作中能呈现清晰的民族认同意识，而且要求其能把握本民族在现代化转型过程中多样的人生图景，从而创作出富含民族文化底蕴的作品来。西部少数民族女作家在其散文创作中，无论对民族生活方式的展现，对民族精神的探源，还是对民族性格的体悟等，皆可视为对民族文化的认同。

青海藏族女作家梅卓曾这样谈她的写作，"面对沉默大地，面对拥有数千年文明历史的青藏高原，语言或文字显得那么的苍白和无奈。当那年初次到达藏民族农业文明的发源地雅砻谷地时，历史的记忆瞬间散发出无量的光芒，使我不由得伏在垩白的纸张上呼唤——'别垂下眼睑/别为雅砻哭泣。'"① 梅卓在这里以虔诚之心复现了初访雅砻谷地时所感悟到的来自历史深处的呼唤，表达了其深切的民族认同感。梅卓的创作游走于多种文体，有人指出，"她的散文和长篇小说也许更能全面地显示其创作才华，更能集中地体现其艺术成就"。② 梅卓出版过多部散文集，如《藏地芬芳》《走马安多》《吉祥玉树》等。在她的散文作品中，一个最突出的现象，就是持久地表达其对藏民族文化的认同。她不时以诗性的语言赞叹藏民族的生活方式和生活态度，且看她是如何抒写茫拉河上游人们的生活的，"生活在这里仍然保持着原生态，自然赋予草原人以包容、平静、博大的胸怀，飞禽们在自由飞翔，动物们在自由奔跑，而人们在辛勤劳动之余，仍然能够侧耳聆听那大自然中的天籁之音，那和谐的生命交响曲是在祖祖辈辈的维护下传到了今天，在这个广阔的生命平台上，草原水草丰美，人们生生不息"。③ 作者是在安多出生并成长的，而"安多是指屹立在青藏高原中部的阿庆冈嘉雪山与东北部的多拉仁摩雪山之间的广大藏区"，这不是一个普通的地方，作者认为，"这是个神性世界，神的光芒遍布大地。但是人类的慈悲比

---

① 梅卓：《游走在青藏高原》，《民族文学》2010年第3期。
② 于宏、胡沛萍：《论梅卓的中短篇小说》，《西藏文学》2011年第1期。
③ 梅卓：《在青海，在茫拉河上游》，见《走马安多》，青海人民出版社2009年版，第21页。

神更显具体、更显灵性,它灵动地穿行在对待孩子、对待爱侣、对待亲友以及对待陌生人的眼神和态度中,慈悲使人具有了神性,成为另一类神"①,作者在这里对故乡的赞叹,其实也是对藏民族纯净的精神世界的激赏。《吉祥玉树》的抒情性虽有所减弱,即作者通过丰富的知识,对玉树地区的地理概况、自然资源和历史文化作了考证性介绍,但仍能感受到其强烈的民族归属感和深深的情感依赖。来看她的叙述,"江河纵横的玉树大地上,神圣的上师走过,带来祝福的声音:本教、佛教先后传入,在风光秀丽的山间河畔建造起一座座大殿高堂,留下来完整的宗教理论,成就了一位位高僧大德,至今我们依然能够看到,佐娘古塔云集着信徒,勒巴沟涓涓溪流念诵着'山尼玛、水尼玛',许多留存了近千年的文明,依然在高处闪耀着光芒。我们的精神从而富有,我们的心灵找到了家乡,每当宁静的山谷里回荡起悠远绵长的梵音,我们会流下感激的泪水"。②

新疆回族女作家毛眉(笔名为"毛毛"),出版过《游历西藏》《宁夏纪行》《家住天山北坡》等多部散文集。与梅卓的散文创作表现出藏民族认同感相似,毛眉的散文则表现了强烈的回民族认同感。毛眉的父亲是汉族人,所以从外在形象和行为方式上,很难分辨出她是个回族人,这反而使她更加渴望能够融入回族人的生活圈,能够得到"同族、同源、同旗帜"的回族人的认同与接受③。她曾这样表达过自己的心愿,"在青海,或者在宁夏,在一个小小的回民聚集的村落,我想安住下来,用上生命中的一段时间,三年或者五年,去亲近她们,去亲近自己、亲近本质"。④ 这就是说,作者是将"民族属性"看成了其生命的本质、源头和归宿。这种"民族归属"的心愿是如此的强烈而持久,在不知不觉间改变了其审美眼光,如其走在西宁的大街上,便能发现和领略到回民女性"不同的装束、不同的心

---

① 梅卓:《安多:众神之所与居之众神》,见《走马安多》,青海人民出版社2009年版,第30页。
② 梅卓:《名山之宗——群山之中的明珠》,见《吉祥玉树》,青海人民出版社2006年版,第2—3页。
③ 毛毛:《异己的西宁》,见《游历西藏》,陕西旅游出版社1998年版,第14页。
④ 毛毛:《这就是我的立场》,见《游历西藏》,陕西旅游出版社1998年版,第346页。

理素质、不同的凸现的表情"所生发的美感,而来到素有"回民之乡"之称的宁夏,更是产生了"一种水遇到水、血融于血的感觉"①。在多年的行走中,作者"常常忍不住想看看别的民族、别的宗教、看看那个民族在他们的宗教里怎么解释这世界的来龙去脉"②,将不同的民族文化进行比照的结果,是更强化了其民族认同感,因其认为佛教太奢靡,基督教太具奴役性,而回族人所信仰的伊斯兰教则清洁而素朴,具有其他宗教文化不可比拟的亲和力。在散文集《家住天山北坡》,作者叙述了千年瞭望的石人、丝路上渐去渐远的驼铃、成吉思汗曾勒马回首的古城、荒野中的无边邓林、魔鬼城里的天问等极具新疆地域色彩的人文遗存,而给人留下深刻印象的,则是作者以"回族女儿"的身份,冷静而自豪地追忆了其母族的历史。

新疆哈萨克族女作家叶尔克西·胡尔曼别克坦言,她要以散文写作的方式,对其母族文化进行一次"很有意义,也是很有意思的体验、咀嚼、消化和吸收",而这样做的目的,是要为哈萨克族的人们乃至全人类提供某种"精神给养"③。作者的这种写作预设,实际上体现了更高的民族认同意识。这也就能够理解,作者从这样的预设出发,通过对哈萨克族特有的创世神话、英雄传说、图腾崇拜和民间故事的剖析,注重呈现隐含其中的民族性格和文化心理,从而赋予其叙事以文化的厚重感与历史的纵深感。我们以散文集《草原火母》中的《祖母泥》这篇作品来看其是如何文学性地阐释哈萨克族的处世态度和文化心理的。作品讲述了哈萨克族的一个创世神话,在这个神话中,有两个世界上最早出现的人(一个男人和一个女人),他们是用泥巴变来的,而创造他们的不是神却是大自然。缘于此,哈萨克族人在"大自然"这个人类共同的母亲的启示与滋养下,"有的只是深沉与博大,包容与宽容,没有罪恶,没有惩罚,没有轻佻,更没有淫荡!"④

---

① 毛毛:《融入宁夏》,见《宁夏纪行》,中国旅游出版社 2001 年版,第 4 页。
② 毛毛:《轮回中的轮回》,见《游历西藏》,陕西旅游出版社 1998 年版,第 120 页。
③ 叶尔克西·胡尔曼别克:《草原火母》,新疆人民出版社 2006 年版,第 262 页。
④ 同上书,第 48 页。

作者还对哈萨克族人的生存样态进行了深切的感悟，他们只有生活在大自然的怀抱，只有顺应大自然的法则，才能人畜兴旺。如其所叙，"他们的痛苦与欢乐，幸福与失落，也像大自然那样——寒则风霜雪雨，暖则山花烂漫。在他们的生活中，光明与黑暗，干旱与滋润，生长与枯萎，仿佛都已化入他们感悟生命的黑土。只要有了阳光和雨露，就会生长；只要有了黑暗与干旱，就会枯死"。[1] 尽管作者在作品中表现了其对民族文化的认同，但值得注意的是，其在认同中有反思，而这种文化反思在全球化时代是相当必要的。全球化和现代化早已打破了民族文化的封闭状态，而民族文化要在世界性文化体系中占据相应的地位，就应该"一方面弘扬本民族优良的传统文化，并赋予它新的时代内容和活力，另一方面以宽阔的胸怀，克服畏惧、怀旧心理，正视本民族传统文化中一些愚昧、落后、消极的成分和因素"[2]。作者的文化反思集中体现在系列散文《一双夹脚的鞋》中，其将文化传统中那些落后甚至糟糕的东西，比喻为"夹脚的鞋"。作者叙述了一个穿着女婿送的鞋子走远路的老人的故事，那双鞋子虽然漂亮但夹脚，可怜的老人虽感到极不舒服，但碍于女婿的盛情，勉强走了几十里的山路，直走得双脚血迹斑斑，而当老人换上合脚的鞋子时，感慨地说，天下再大，穿着一双夹脚的鞋又能走多远呢？作者通过老人的故事表明，民族文化必须祛除"夹脚"的东西，才有可能走向广阔的道路并且能够渐行渐远。

二 地域风情的守望与抒写

西部少数民族女作家对于其母族民俗风情的抒写是具有特殊的美学价值的，这不仅使其作品显示了浓郁的地方色彩，而且也强化了作品的文化内涵和阅读的魅力。赫姆林·加兰曾说过，"地方色彩是文学生命的源泉，

---

[1] 叶尔克西·胡尔曼别克：《永生羊》，新疆人民出版社2003年版，第148页。
[2] 苏北海：《哈萨克族文化史·序言》，新疆大学出版社1989年版。

是文学一向独具的特点。地方色彩可以比作一个无穷地、不断地涌现出来的魅力。我们首先对差别发生兴趣；雷同从来不能吸引我们，不能像差别那样有刺激性，那样令人鼓舞。如果文学只是或主要是雷同，文学就毁灭了"。① 赫姆林·加兰所指的"地方色彩"，我们可以理解为民族色彩、地方民俗风情，这种文化的差异性更是为少数民族作家的文学想象提供了广袤的空间。在西部少数民族女作家的散文作品中，我们不仅能随处发现藏女、帐篷、奶茶、陋村、小镇、独屋等意象，常常看到叩首的朝圣者、寂寞的旅行者、转经轮的藏族老人等图景，同时也不断感受到大草原上的那达慕大会、黄土高原上的花儿会等盛况，这些意象、图景和盛况所释放出来的审美意蕴，为西部散文增添了相当的吸引力。西部少数民族女作家更注重展示的，则是那些生活场景、文化习俗和民族感情，那种朴实率真的人情、人性和人心之美。我们从裕固族的"头面"（是一种以首饰为主的装饰艺术品，裕固族称之为"凯门拜什"）、藏族的"拉伊"（是一种情歌，脱胎于藏族山歌，安多地区称"拉伊"，卫藏地区称"嘎噜"），看到了青年男女合于自然规律的自由结合；从哈萨克族的"姑娘追"（哈萨克语叫"克孜库瓦尔"，是哈萨克族、柯尔克孜族等民族的马上体育或娱乐活动，多在婚礼、节日等喜庆之时举行）、撒拉族的"挤门"（是撒拉族的婚俗，迎亲之日送新娘的队伍来到男家门口，为进大门要与迎亲人进行一场激烈热闹的争夺战），看到了涌动着的充沛的生命活力。在她们的散文作品中，所呈现的民俗风情，"从头饰着装到歌舞传情，从'抢婚'、'哭嫁'到'拒亲'、'骂媒'"等，"不仅赋予了生存本身以极其浓郁的艺术化品性，而且在更为深刻的层面上激活了艺术本身所潜存的人性能量——生命的自由表达与艺术的自由表现在此形成了一种完美的对接"。② 这个论断是恰切的。

宁夏回族女作家于秀兰的散文，对于西海固等回民聚集地区的风俗人

---

① ［美］赫姆林·加兰：《破碎的偶像》，刘宝瑞等译，《美国作家论文学》，生活·读书·新知三联书店1984年版，第84—85页。
② 丁帆主编：《中国西部现代文学史》，人民文学出版社2004年版，第20页。

情的抒写格外引人瞩目，显示了其较高的审美价值。于秀兰总是能给人们呈现极具民族情调的生活氛围，这里并没有发生惊天动地的事情，一切都在平静中发生，都在平静中延续，但读来却别有一种厚重，别有一种魅力，如《故乡》[①]。《故乡》由《夏》《雾》《雨》三个部分组构而成。《夏》对于"故乡的集市"的抒写是其中彰显民族风情的段落，每逢集市，小街的四处便涌动着头戴白帽的乡民，随处可见卖牛羊肉的小贩和做各种风味小吃的饭摊，整个小街弥漫着略带膻味的清香，而那树荫下的闲聊，高声的叫卖，无所顾忌的说笑，脸蛋通红、穿戴花红柳绿的姑娘媳妇，头戴黑、白盖头的老人，这一切都构成了作者温馨的记忆。《雾》写到，当氤氲的雾霭为小镇遮上了一层乳白色的轻纱，小镇平日的喧闹与难堪也同时被隐去，乡民们在薄雾的日子里，一改往日的粗声憨气，一个个小心翼翼，生怕打破了那种宁静，因那宁静是某种极其朦胧而优雅的享受。《雨》集中抒写作者童年记忆中的一个泥泞的小胡同和胡同对面的一条深巷子，以及发生在那里的一些往事，其中小巷尽头传来的卖羊肉包子和深巷中传来的卖樱桃的叫卖声，给作者的童年带来过无限的遐想与快乐，在作品的末尾，作者叙述了这乡韵乡声在其生命中的意义，"凝望着沉浸在春雨爱抚中的山城，啊，故乡！尽管你披上了令人激动的现代风貌，但那深巷里的'卖——樱桃'声，那泥泞的小胡同里的'热——羊肉包子'声，这些家乡古老的情调，永远萦绕在我的心头，使我不能忘记自己的根"。

四川藏族女作家拥塔拉姆出版过散文集《守望故乡》和《无恙》，以及诗集《亲吻雪花》和画册《郎卡杰唐卡》。《守望故乡》是一部图文并茂的作品集，作者将其故乡——甘孜州炉霍县看作一片净土，这片净土曾为格萨尔王所眷恋。《守望故乡》可圈可点之处颇多，而作者站在文化的高度对藏民族的发展史所进行的思考，尤其是对故乡风俗民情的抒写，给人留下了极深的印象，体现着趣味性、知识性与艺术性相融合的趋势。趣味性是

[①] 于秀兰：《故乡》，《回族文学》2008 年第 4 期。

指其展现了地域色彩鲜明的风俗民情,这些风俗民情粗看之下似乎超越了读者的想象,但细细想来却又富于人情味,如《出嫁与入赘》所叙的迎娶场面。"第二天清晨新人准备启程,娘家人要请吉祥的人为新人穿戴,期间故意以各种理由拖延时间(有难分难舍的心情,也有维护尊严的意思),迎亲的人会不停地催促,因为走迟了会觉得很没面子(这时娘家与婆家双方要同时分别请喇嘛或活佛'祈福',娘家祈求福源不断、福气不减;婆家祈求福源增多、福气增加)。"[①] 新人出嫁,娘家人在迎亲的人面前故意拖延,这似乎有悖常理,但它映像出的正是娘家人复杂的心理过程。知识性指其对故乡风俗民情的抒写,不是停留在感性的层面,而是能够追本溯源,进行知识的考古。如《炉霍臧家女的发式》,作者首先叙述了发式的差异,雅德、卡娘、泥巴等地已婚女子与未婚女子发式不同,而新都、宜木、斯木和仁达等地女人的发式也有不同,在叙述完各种发式后,作者认为,"从炉霍出土的文物以及现存的一些文化现象看,炉霍现在这个文化多元一体的格局是在数千年的历史过程中形成的。其形成又经过许多民族支系的接触、混杂、联合和融合,同时又有演变与消亡,最终形成一个我中有你、你中有我,而又各具个性的多元体。在炉霍,这多元与一体相辅相成,多元并不影响一体,一体也不掩盖多元。细细想来,这多元一体只能说明这个民族历史的悠久、文化的璀璨","目前炉霍存在的各片区不同的妇女的发式,或许是这方面的悄然说明,或许有心的人能从中看出究竟"。[②] 所谓艺术性,则是指作者对故乡风俗民情的抒写,还体现着审美的特点,即作者在审美情感的引领下对其进行了文学性的想象和抒写。

叶尔克西的散文对于哈萨克族风俗民情的叙述同样引人入胜,其从衣食住行一直到思维方式、精神世界,为我们展现了一幅幅充满地方色彩的哈萨克族风情画。作为草原上生活的游牧民族,哈萨克族饮食中的一个重

[①] 拥塔拉姆:《出嫁与入赘》,见《守望故乡》,四川民族出版社 2007 年版,第 40—44 页。
[②] 拥塔拉姆:《炉霍臧家女的发式》,见《守望故乡》,四川民族出版社 2007 年版,第 131—133 页。

要特点就是喜食肉制品与乳制品,这在叶尔克西的作品中多有抒写,如其写到哈萨克族的马肉文化,从牲口的宰杀,到烹制,再到吃法都有涉及(《黑马归去》)。哈萨克族热情好客,倘若家里来了尊贵的客人,定会宰杀肥羊盛情款待,而羊头通常会献给最尊贵的客人,接受羊头的来客则根据在场吃饭的人削下羊头上不同部位的肉,以表示其美好的祝愿,如其削下羊脸颊上的肉递给男主人,是祝愿他更有脸面,削下羊耳朵给小孩,是祝愿他更听话,削下羊下腭给青年,是祝愿他能说会道,最后来客会将羊头还给主人,再由主人为大家分割(《新娘》)。哈萨克族女性的服饰极有民族特点,头巾、帽子、裙装等都具有典型性。作者饱含深情地赞美过这样一个哈萨克族的女性,其穿着黑色的衣服、红色的裙子、黑色的皮靴、白色的头巾,带着一对长长的一色的耳坠(《走过的人家》)。作者尤为喜爱哈萨克族女性宽大的裙装,她甚至视其奶奶"拖着她那长长的三叠裙,到马群里挤奶去",也是一道美丽的草原风景(《额尔齐斯河》)。毡房是哈萨克族的历史记忆,由于常年过着逐水草而居的迁徙生活,那既携带方便又能防雨取暖的毡房,也就成为哈萨克族最具民族特色的建筑了。叶尔克西在其作品中多次写到毡房,或将毡房比喻为"白色的蘑菇"(《夏至》),或将其看作"五彩缤纷的铺设"(《黑马归去》),或叙述毡房的制作过程(《老毡房》),或叙述其内部装饰(《多年前的一片云》),在对毡房意象和毡房文化的反复抒写中,流露出作者对草原生活的无限眷恋。但令作者担忧的是,其所眷恋的毡房文化也许会成为"历史博物馆里一个永久的纪念"[1],而当毡房文化成为文物,人与自然和谐相处的共生关系亦将成为历史记忆的一部分。正因如此,"面对民族文化传统的快速消失和对民族身份的迷茫与焦虑,叶尔克西选择用手中的笔书写自己的惆怅、纠结与彷徨"[2]。

---

[1] 叶尔克西·胡尔曼别克:《永生羊》,新疆青少年出版社2003年版,第161页。
[2] 祁晓冰:《地域文化与叶尔克西创作的民俗书写》,《山花》2015年第2期。

三 女性话语的自觉与建构

"女性"与"散文"之间有着天然的契合度，由此形成了现代散文的一个特殊类别：女性散文。女性散文是 20 世纪中国文学史不可忽视的存在，曾给 20 世纪的散文创作带来"边缘的活力"。（西部少数民族女作家的散文创作，理所当然属于女性散文谱系中的一支，但我们同时应注意另两种文化时空的制约，即"西部"和"少数民族"。）女性散文发端于"五四"时期，冰心、苏雪林、庐隐、冯沅君、石评梅等女作家，在中国文学史上第一次将性别因素纳入言说的视域，在散文创作中自觉地敞亮女性意识，开始了女性话语的建构。"五四"时期女作家对"女性"的发现、肯定及塑造，形成了女性散文的话语传统，至今都在发挥着传统的力量，规范着女性话语的基本流向。20 世纪三四十年代，丁玲、萧红、草明、谢冰莹等女作家将革命、民族、阶级等宏大叙事引入女性散文，使女性话语向写实化方向转型。新中国成立以后，女性散文的性别意识相对弱化，而使女性话语呈现出中性化的特点。新时期的女性散文接续了"五四"时期女性散文的传统，韦君宜、杨绛、张洁、苏叶、季红真、王瑛琦等女作家的散文创作，高扬性别意识，言说主体心声，在女性话语的建构中注入了历史的、文化的、哲学的和生命的思考，从而提升了女性话语的品质。90 年代，随着西方女权主义文论和女性文学思潮在中国的深入推介，女性散文呈现出多元化发展的态势，女作家在散文中尽情叙说着生命的律动、情感的慰藉、心灵的震颤和精神的流变。21 世纪以来，女性散文在沿承 20 世纪 90 年代女性话语多元化演进的同时，也尝试将女性话语的意义所指获得相应的时代社会内涵，以增强文本的厚度与文本的重量。以上是百年女性散文发展演变的大致脉络。

西部少数民族女作家的散文创作，由于深受地域的、民族的、宗教的等诸种文化因素的影响,不可能与国内女性散文创作的主流保持同步。也就是说,她们往往要落后于同时期的女性文学思潮,但她们对新时期以来持续涌动的女性文学思潮不可能无动于衷,事实上,她们在女性意识的策动下,也在自觉进行着女性话语的建构。(而这也意味着,西部少数民族女作家的散文创作,将对文学史上不同时期的女性话语共时性地加以呈现。)如宁夏回族女作家马金莲明确表示,"首先我就是一个女性。我认识和思考世界的方式首先是女性的。我在以一个女性的视角看待这个世界,并且以女性的方式生活在这个社会里。自觉或者不自觉地都会留意那些女人,处于社会各个阶层的女性"。[①] 马金莲是一个"80 后"作家,自然更容易接受九十年代以来的女性文学思潮。如果我们追溯西部文学史,不难发现,西部少数民族女作家的女性话语建构,实际是从新时期开始的。新时期是一个反思的时代,受时代风潮的影响,西部少数民族女作家在对自身的生存境况、生活情态、生命价值进行反思的同时,才发现传统的少数民族文学对于女性情感与女性命运的忽视,女性他者化、"第二性"的症候尤为显著,由此她们踏上了确认性别身份的长旅,并思考和探究女性可能的人生价值与人生意义。如于秀兰所言,"我一开始写作,是由于我家下放到西吉,当我看到山区那些妇女的艰辛生活时,就想把她们写出来。女性活得确实很艰难,书写、呼唤对女性的理解和宽容,我意识到这是我的责任。女性确实生活在困境中,社会对她们的要求很高,她们一般都有多重角色,活得很累,我愿意借自己手中的笔,为女性地位的改善和女性的真正解放贡献点力量"。[②] 综观新时期以来西部少数民族女作家的创作,在女性话语的建构中,表现出这样几种较明显的趋势:对女性命运的关注,对女性价值和母性力量的肯定,以及对女性美的认同。

宗教文化对西部少数民族女性的束缚是多重的。例如,回族深受伊斯兰教的影响,而《古兰经》作为伊斯兰教的经典,有着明显的男尊女卑的

[①] 马晓雁:《静处的梦想——宁夏回族青年女作家马金莲访谈》,《大家》2012 年第 2 期。
[②] 冯剑华等:《女作家八人谈》,《朔方》1998 年第 3 期。

倾向，"贤淑的女子是服从的"，"男人可以打不顺从的女人，直到女人顺从为止"（《古兰经》4：34），诸如此类的宗教教规造就了回族人根深蒂固的性别观念。藏传佛教有"男净女秽"的偏见，认为女性与男性相比，就是一种多欲、懦弱、烦恼的存在，进而形成了一系列约束女性的教义。尽管近几十年来，西部少数民族女性的境况有所好转，但传统的性别观念仍在发挥不可小觑的负作用。置身于这样的文化语境，"关注女性命运"必然成为西部少数民族女作家创作中的共同趋势，她们对女性传统的文化身份以及由此带来的不幸命运感同身受，所以她们的叙述属于一种"有态度"的叙述。在她们的叙述中，有对受传统文化束缚的女性的同情，有对女性"被承担"的多重角色的质疑，有对处于生活或情感困境中的女性的理解，有对创造自己的未来而终于失败的女性的感叹，她们的这种"态度"使其叙述具有了情感的浓度。在毛眉的散文中，回族女性始终被拒绝于神圣的殿堂之外，被排斥在庄严的仪式之外，她由宗教仪式中女性的被歧视，联想到宗教文化规约下女性的命运，进而思考世界上所有女性的命运，于是发出了这样沉痛的疑问，"为什么几乎全世界的所有民族，都不惜将整个民族、整个部落、整个家庭的分量放在一个女人的身上，任她们劳作，任她们憔悴，任她们弓腰虾背，任她们不香不玉，来支撑、来延续、来纲举目张？"[①] "历史过去了，然而，女人命运中的某些东西却一直丝丝缕缕地绵延到今天？"[②] 梅卓在作品中对藏区女性表现了巨大的同情，她注意到藏区尤其是牧区女性的生活就像机器一样，一生都劳作不停，整个家庭的大小事情都压在肩上，有的已婚妇女每天的睡眠时间不足5个小时，双重生产的强度过早地透支了身体，她们一个个未老先衰，青春的岁月似乎留不下一点痕迹。[③] 在长文《蛇月法会与改加寺的尼姑们》[④]，梅卓叙述了众多女性的

---

① 毛毛：《游历西藏》，陕西旅游出版社1998年版，第45页。
② 同上书，第37页。
③ 梅卓：《走马安多》，青海人民出版社2009年版，第211—212页。
④ 同上书，第208—229页。

命运，改加寺位于玉树州的一个穷乡僻壤，交通不便，道路曲折，然而就在这样一个地方竟汇聚了近千尼姑，她们有的是自愿出家，有的是被迫出家。被迫出家的，或者是因为家里孩子太多，父母无力抚养而被送来，或者是因为对婚姻不满而逃婚才来的，或者是为了逃避繁重的生产劳动才来的，不管是出于哪种原因，都是因为她们在世俗生活中得不到幸福，才到这个几乎与世隔绝的地方，用一生的时光来祈愿来世的幸福。在改加寺的生活依然是清贫的，而且是艰难的，很多尼姑许多年里仅拥有两套衣服，晚上就睡在装了草料的尿素袋子的枕头上，在诵经、学习，以及参加日常的宗教仪式之外，她们还要搞生产以自食其力，但由于其生活在一个纯粹的女性世界，内心是宁静的，她们已拥有足够的进取心和慈悲心，在为自己和世间所有的生灵祈祷，祈愿人们能早日脱离苦海，过上幸福的生活。

西部少数民族女作家在关注女性命运的同时，还致力于重新审视女性的价值意义和对母性力量的肯定。基于生理上的特殊性，女儿、妻子、母亲等角色是女性命定的身份，即使在现代社会，仍然是绝大多数女性都要接受的。既然如此，对于西部少数民族女作家来说，必须对女性的这些命定的身份予以充分的认定，否则女性无论是角色地位还是精神高度，都难于得到社会的承认。叶尔克西这样描述女性在家庭生活中的重要性，"其实哈萨克族女人挺悲哀的，大体有两类女人。20岁未出嫁时是主角，当了妈妈之后是主角，如我们有一句俗语'姑娘姑娘各个好样，哪里来的懒婆娘。'而女人一生中的中间阶段就是奉献，她们所有的目的就是让亲人们好，她们自己也就消失了，就像电影里老太太迁徙的时候，她总是走在迁徙队伍的第一个，这就说明生活是她们支撑起来的"。[①] 不仅哈萨克女性是这样，其他少数民族女性亦如是，我们来看于秀兰的散文《系在钥匙上的铜铃》。作品叙述了艰难岁月里"妈妈"如何支撑起一家人生活的故事。"那些年，我们家的日子过得是比较清苦的。一天到晚，无冬带夏，米柜锁

---

① 张春梅、叶尔克西：《多元文化的对接》，《文学界》2012年第12期。

着，面箱锁着，食厨锁着，甚至连那萝卜窖也锁着。妈妈亲手掌管着这串至关重要的钥匙，为了防止钥匙的丢失，妈妈在那钥匙上系了一个黄晶晶的铜铃。"① 那铃声代表着"妈妈"存在的重要性，代表着一家人的生活寄托，铃声终日不绝于耳，回响在家里的各个角落，铃声响处就是"妈妈"在忙碌的地方，但也有铃声停顿的时候，那就是"妈妈"向邻居家乞借粮食的时候，尤其是在每年青黄不接的春季。艰难岁月里，"妈妈"发挥了其所有的生存智慧，带领一家人度过了一个又一个难关。"妈妈"的作用无可替代，她的存在就意味着一个家庭的存在，作品在最大程度上确认了她的价值意义。除了重新审视女性的价值意义之外，西部少数民族女作家对母性力量的肯定也值得关注，譬如叶尔克西的《草原火母》《永生羊》等散文集就塑造了"草原女性"这个主体形象，并且从"草原女性"本真的视角展示了女性的本质特征——母性的力量。我们以于秀兰的作品《母亲的魅力》为例，来看看其对母性力量的肯定。作品叙述了这么一个故事，"我"回故乡开会，住在了县上的招待所里，但心里一刻不停地想着年过八旬的老母亲，而老母亲住在离县城一百多里之外的地方，县委宣传部的工作人员想办法为"我"派了一辆吉普车，总算及时回家且将老母亲接到了县上的"小妹"家，这样在会议期间就能每天见到她了。经过如此安排，"我"的一颗急躁的心终于平复下来，心的小船仿佛停靠在了母亲那宁馨的港湾，感到了一种从未有过的舒逸和踏实，感到了一种久违了的天伦之乐的欢悦。尽管年过八旬的老母亲已没有任何能力再给予"我"什么，而"我"却对她充满了强烈的依恋和思念。这是为什么？作者做出了这样的回答，"母亲在我的心目中依然淡漠不了她母性的征服人心的力量。这种征服仿佛是与生俱来的，不知不觉、潜移默化、耳濡目染的早已溶入肌骨的一种巨大的强撼的征服"。②

在西部少数民族女作家的女性话语建构中，对女性身体美的展现是不

---

①　于秀兰：《系在钥匙上的铜铃》，《朔方》1984年第3期。
②　于秀兰：《母亲的魅力》，《朔方》1994年第9期。

可忽视的构成要件。英国学者安东尼·吉登斯说过，"身体不仅仅是我们'拥有'的物理实体，它也是一个行动系统，一种实践模式，并且在日常生活的互动中，身体的实际嵌入，是维持连贯的自我认同感的基本途径"。①这就能够理解，她们在文本中对女性身体美的展现，包含着其获得"自我认同"的愿望，也不排除其重构女性身体美学的企图。于秀兰曾坦言她喜欢注视女性，并总能从任何女性身上找到"姿韵"和唤起"柔情"，如其所叙，"凡是女性，我几乎不分年龄的注视。那是一对什么样的眼神哟，直勾勾地、目不转睛地注视，注视的对方不得不低下头去，以至于那些老辣的女性也不得不闪烁回避。在别人眼里不论是多么平常乃至丑陋的女性，我都能搜索到她独到的姿韵，都能找到她可爱的地方，唤起我心中那悠悠的柔情，在和她们的交谈中，我会感到有一种气息在悄悄流动"。②于秀兰的话，表明了她的女性话语何以吸引人的根本原因，这就是要善于观察女性、欣赏女性，而在文本的叙事中则要彰显女性"独到的姿韵""可爱的地方"和特有的"一种气息"。西藏藏族女作家白玛娜珍的散文《我的拉萨女友们》，呈现了一群性格各异、情趣有别、命运不同的处于青春期的"女友们"，其中对女性身体美的展现成为作品的一个亮点，如其对那个名叫"次吉"的女性的描写，"次吉年仅23岁。她象拉萨新一代女性一样，勇敢、漂亮、开朗、大方"，"她象其他拉萨女孩那样，每年夏天，躺在自家院子里茵茵草地上，把外露的皮肤和修长的双腿晒成流行的橄榄色。又用印度草药逐渐把头发洗染成极自然的浅淡的板栗色。当健康、高挑的她走在古城特有的青石板小路上时，她就象一朵招展、灿烂的太阳花。这样的女孩，是生活与青春的主人，有什么事情不敢想，不敢去尝试呢！"③次吉作为一个大学毕业生，有健美的身体、秀丽的容颜和知识的自信，足以使其主导

---

① ［英］安东尼·吉登斯：《现代性与自我认同》，赵旭东等译，生活·读书·新知三联书店1988年版，第275页。
② 于秀兰：《难以潇洒》，《朔方》1993年第6期。
③ 白玛娜珍：《我的拉萨女友们》，《西藏民俗》2000年第3期。

自己的命运。作品对一个做保姆的名叫"尼玛"的女性的描写也让人印象深刻,"我注意到了小小的空间里,另一个活着的生命:她有一个很好的名字:尼玛(即太阳)。我不由惊奇地注视她——这个被我忽视的少女已变了模样。她在抹眼泪。丰满的胸脯因哭泣而微微起伏,那饱满浑圆的双乳像要突破衣服的囚禁一般。她变了,她居然那么漂亮,灯光下红红的嘴唇显然是偷抹了我的唇膏!她是我妈妈家的保姆"。对于尼玛的描写,充分显示了女性身体所能引发的美感,尽管她并没有知识的光环和尊贵的身份。

四　散文文体的创新与实践

散文是一种主观性的文体,这种"主观性"更多地表现为作家心灵的多维呈现,而不能有半点的矫情与虚饰,它和体现着虚构特征的小说、诗歌、戏剧等文体的重要区别,就在于它总是体现着作家的某种文体风格。当我们说到散文文体的创新,其实就是文体风格的创新。那么,何谓文体风格?有人认为,"在散文的叙述中,作家的整个生命情感,他的才、气、学、习,以平常心灌注于语言的建构,从而体现为叙述者的叙述态度、叙述角度和叙述方式。由此构成的语言系统所体现的文体意味,便是作家的文体风度了"。[①] 这里所谓"文体风度",就是我们所说的"文体风格"。这个论断指出,作家的文化修养、审美情感和话语系统,决定着作家文体风格的形成。"五四"时期,随着女作家的陆续亮相,女性散文也逐渐确立了多种文体风格,如冰心的温馨清雅、丁玲的豪放洒脱、萧红的深情真挚。新时期以来,众多女作家纷纷出场,她们除了承接"五四"女性散文的传统,还体现着20世纪末万象更新的时代精神,注重个性的张扬和人格的重造,而文体意识也更为自觉,如梅洁就认为,散文是其"生命的一种载体

---

① 班澜:《许淇文体风度浅谈》,《文论月刊》1990年第8期。

第八章　西部少数民族女作家的散文创作

和存在形式","我十分喜爱这些自言自语、自哭自笑、自泣自诉的我与我心灵的对话,抑或是我对生活的问候和抚慰"。①从梅洁的观点,我们不难感受到新时期女性作家在散文创作中将生命与叙说融构在一起的努力,也不难体察到她们在散文艺术中一往无前的探索精神。而这两点,正是催生新时期女性散文文体成长的沃土与灵泉。我们知道,西部少数民族女作家的崛起是在新时期以来,这也意味着,她们对"文体"有着自觉的创新要求,应该看到,由于文化修养、审美情感和话语系统的复杂性与特殊性,其文体风格更易于形成。作为生命情态外化形式的散文文体,有个体的文体风格与群体的文体风格的分别,个体的文体风格可谓千差万别,而群体的文体风格则有着较大的相似性。我们在这里主要讨论西部少数民族女作家的群体的文体风格,并观察这种文体风格到底给女性散文带来了什么。

既然作家的文化修养、审美情感和话语系统决定着其文体风格的形成,那么,通过回顾前文,我们不难发现,西部少数民族女作家在其创作中所流露和表现出的民族意识、地域风情和女性话语,其实是与她们的文化修养、审美情感和话语系统紧紧联系在一起的,可以说正因为如此,才成就了她们文体风格的创新。众所周知,民族文化是民族存在的表征,而民族意识是民族文化的核体,民族认同则是民族意识的基石。西部少数民族女作家在散文创作中尤为重视民族意识的表现,但要有效表达其民族意识,没有深厚的文化修养是不可能实现的,这里的"文化修养"不仅是指其对一般意义上的人文文化和科技文化的把握,而且更是指其对母族的历史文化、精神气质、生活方式的了解、分析和研究。我们以梅卓的《吉祥玉树》为例,来看其所体现出的作者的文化修养。《吉祥玉树》共包含七章,第一章抒写玉树的地理环境,题目为"以山的名义";第二章抒写玉树的水资源及其文明形态,题目为"以水的名义";第三章抒写玉树出现的各类文化名人,题目为"以人的名义";第四章抒写了宗教文化影响下玉树人的生活情

---

① 梅洁:《我与散文》,《散文选刊》1993年第6期。

态，题目为"以天的名义"；第五章抒写了玉树丰富的民间文化资源，题目为"以地的名义"；第六章抒写了玉树的秀美山河及其旅游资源，题目为"以美的名义"；第七章抒写了可可西里的野生动物资源，题目为"以爱的名义"。这七章中几乎每一章都涉及青海藏族的历史文化、精神气质和生活方式的抒写，如第一章第三部分"百年沧桑"中，就叙述了百年来影响玉树历史进程的重大事件，其中有清廷为统治玉树地区所采取的管理措施，各个部落的地界、名称、所属的变迁，部落中的管理体制、办事机构和官员配置，抗战时期国民党政府对玉树地区所实行的政策，玉树藏族与军阀马步芳、马绍武、马忠义等进行的百折不挠的斗争，作者令人信服地叙述了玉树的沧桑巨变，体现了作者扎实深厚的文化修养。从这个意义上说，《吉祥玉树》可视为玉树的百科全书式的散文文本。

  西部少数民族地区通常也是宗教文化昌盛的地区，宗教文化不仅影响着少数民族的生活方式和精神世界，而且左右着少数民族的文化气质和心理特征。西部少数民族女作家同样受到宗教文化的深刻影响，其审美情感的生成受宗教文化的影响尤深，这也形成了其文体创新的一个必要条件。佛教文化在西部的传播范围之广、影响范围之大是有目共睹的，如藏民族就普遍信仰佛教，而西部少数民族女作家在其散文创作中，必然要表现那种由宗教情感而升华出来的审美情感。我们看到，在西部少数民族女作家的散文作品中，到处都有五颜六色的经幡、摇转不停的转经筒、越堆越高的玛尼堆，穿着袈裟的喇嘛、身着藏服的牧民，以及萦绕在耳边的六字真言，这些意象传达着女作家沉着宁静的情感情绪、一种从容不迫和一种超越了时空的幸福感，这样的感受是汉族作家极难获得的。佛教文化主张克制欲望，倡导众生不要执迷于物质享受而追求灵魂的修炼，在这种宗教文化的规约下，西部少数民族女作家的叙事，表现出了与汉族女作家的欲望叙事迥然不同的叙事方式，她们有意识地节制欲望的泛滥，即使感情充沛也会尽量避免直白浅露的宣泄。如梅卓的《人在高处》有一篇《康巴盛夏：吉祥玉树·修行与伏藏》，其中写到女作家吉美幽会了多年前的恋人甘多，作品从甘多的角度叙述了昨夜的温存，以及这温存对其情感情绪造成的影响，作品有意回避了对欲望的宣泄，将男欢女爱诗意化，这是作者对情感情绪表达的有效控制。如其所叙，"昨夜的温柔犹如一场春雨。甘多慢慢地习惯了这种绿色，他在绿色的植物间行走，松树和杨树不再对他有吸引力了，因为他内心的一种声音在拉他返回到刚才，那声音不遗余力的结果使甘多漠视了眼前愈来愈浓的春色，他重新想到了吉美。那个远远留在身后的女人，她奇怪的微笑越来越多地占据了甘多的心"。[①] 伊斯兰教在西部也流传广远，西部少数民族女作家，尤其是回族女作家受其影响很深，伊斯兰文化已成为她们的一种精神力量，由这种精神力量生发出的审美情感值得重视，如研究者所论，"由于自小浸润在这种宗教传统之中，伊斯兰教的一些重要精神指向已凝聚为一种深厚的普世情怀"，伊斯兰教之于她们，"与其说是带着许多清规戒律的信仰，不如说是与世俗生活水乳交融在一起的精神意识，是怀爱世界拥抱人生的胸怀，是应对纷繁复杂生活的精神力量"。[②] 伊斯兰教推崇朴素、清贫、洁净、隐忍、坚持、向善等精神品格，深深影响了西部少数民族女作家的精神指向与审美情感，她们借助于宗教文化以寄托其理想愿望，并获得了精神上的慰藉，这使其创作总是体现着别样的审美情感。

要清晰把握西部少数民族女作家的文体风格，我们还有必要观察和分析她们散文创作中的话语系统。我们都知道，语言与思维的关系是密不可分的，语言是思维的直接现实，反过来说，不同的语言又深度规范着人们的思维方式。西部是一个拥有众多少数民族的地区，许多少数民族都有本民族的话语系统，比如说藏族和维吾尔族。这就是说，西部少数民族女作家在养成性教育的前期，主要接受的是本民族的话语系统和思维方式，这使她们的生命和创作的根扎在了本民族特有的历史文化的土壤之中；而她们接受学校教育（特别是大学教育）的过程，也是接受汉语言和汉文化教

[①] 梅卓：《人在高处》，陕西师范大学出版社2002年版，第26页。
[②] 王志萍：《伊斯兰宗教情怀与新疆少数民族女作家创作》，《昌吉学院学报》2009年第4期。

育的过程，这又使她们超越了本民族文化视野的限制，能够广泛借鉴和汲取汉文化和汉族艺术的有益成分。源于此，她们就有可能形成双语思维方式和双语创作能力，即她们在两种语言进行思维的背景下，能够用汉语或本民族语言进行散文创作，双语思维和双语创作，即使她们拥有本民族看待世界的习惯性文化眼光，又使其拥有汉民族看待世界的阔大的文化视野，这最终形成了她们散文创作的优势，助力她们形成文体风格。与汉族作家相比，她们能够自如地展现本民族特有的审美意识、表达方式和语言风格，而与本民族作家相比，她们又有着开放、开阔的文化情怀，能够从现代观念和现代意识出发，敏锐体察到时代巨变对本民族的生产生活方式和观念形态所构成的冲击，以及本民族在走向现代生活的过程中所发生的微妙变革。叶尔克西的表白很好地印证了本文的观点，"这些年来，我一直让自己游弋于汉语与哈萨克语两种语言提供给我的世界中。我已经品到了，用两种语言的'眼睛'和两种语言的'心'，观察世界和感受世界的快乐"，"我体会到了，不同语言各具内涵的表达，可能比任何一种艺术形式都富有生命感"，"古典汉语中，那些被高度动词化了的名词和形容词；哈萨克语中，那些富有节奏和韵律的言语，无不让我感到生命本体的宁静与躁动，那是一种极其诗意的感觉，就好像生长在高山阴坡的树木，一经破土而出，就会向着高空的阳光伸展再伸展，以致它们的躯干，挺拔而又苍劲，它们会郁郁葱葱，长满整个阴坡的山梁"。[①] 叶尔克西是从新疆奇台县走出的哈萨克女子，在中央民族大学接受了大学教育，经历了汉文化和现代意识的充分洗礼之后，她便开始了对其母族的追忆、审视和思考，其散文集《永生羊》可视为这方面的代表性作品。作者远离城市的喧嚣与骚动，来到童年时代生活过的宁静而壮美的大草原，进行了一次心灵的漫游，她充分展现了哈萨克人古老而浪漫的生活方式，展现了大草原特有的风情与气息。但作者却没有一味沉浸在母族文化的美好记忆中，而是以汉文化为参照，

[①] 叶尔克西：《语言的天空——我的世界》，《文学界》（专辑版）2012年第12期。

对哈萨克民族文化传统进行了审视，探寻着这个古老民族在当代的出路。作者在双语思维的策动下，使其叙事显示了不同寻常的宽度与厚度。

通过上文分析，我们可以对西部少数民族女作家表现出的文体风格进行归纳了，这就是厚重而真挚、干净而疏朗、深沉而诗性的风格取向。她们表现出的这种风格取向显然有别于汉族女作家的风格追求，厚重、深沉与其文化修养和民族感情相关，相对于汉族女作家，西部少数民族女作家除了把握汉文化体系之外，更是对其母族的历史文化、精神气质、生活方式有深入的体验，这也为其厚重风格的形成奠定了基础；日益扩散的全球化和现代化的倾向，不仅使西部少数民族女作家深觉民族文化被同化的危机感，而且也对其提出了现实的要求，那就是在清晰呈现民族意识的同时，创作出富含民族文化底蕴的作品来，这为其深沉风格的形成生发了内在的驱动力。干净、诗性和疏朗的风格，与其深受宗教文化的影响，以及与双语思维相关，宗教文化如佛教文化和伊斯兰文化都趋向于克制欲望，主张情感情绪有节制的抒发，主张回到内心和静修，受宗教文化的影响，西部少数民族女作家普遍在表述中追求干净和简约，而凸显形而上的思考与省悟，这使其行文易于形成干净而疏朗的趋势，加之少数民族在日常交流中多形象思维，在双语思维的策动下，她们的表述也就被赋予更多的诗性品格。西部少数民族女作家所表现出的整体文体风格，在20世纪八九十年代乃至当今的散文格局中都具有重要意义，为散文文体增添了活力，在文体实践方面做出了贡献。

第九章　周涛的西部散文

周涛的散文代表着西部散文的一种高度。有研究者指出，"在中国当代作家群中，很少有人像周涛那样，长期生活于西部边疆，并且运用散文的长卷大作，对西部风情进行了这么广泛而深入的描绘，表现出了一个西部人对西部边疆的理解的深度和感情的浓度"。① 此论不虚，周涛祖籍山西榆社，1946年出生于北京，1955年随父母迁居新疆，从此便一直在新疆学习、生活和创作，对新疆长达60年的体验，使他的散文无论在题材取向、文化维度，还是在精神结构、风格特征，都表现出极显著的西部性。周涛起先以诗歌创作闯入文坛，曾作为"新边塞诗派"的主将之一，出版过诗集《神山》《野马群》和《周涛诗年编》等。从20世纪80年代后期，周涛逐渐将创作的重心向散文偏移，随着诗人周涛的退隐，散文家周涛开始崛起，此后的十多年时间里，出版散文集《稀世之鸟》《游牧长城》《山河判断》《感谢生命》等四十余种，"他用自己的行动证明了一点：他不仅可以成为优秀的诗人，还可以成为优秀的散文家；那些久居发达地区的学者可以进行'文化苦旅'寻找现代人精神的依据，他就可以'兀立荒原'、'游牧长城'进行'山河判断'，作一只精神上的'稀世之鸟'。在这一点上周涛显得自信而又自负，彰显为极具个性化色彩的散文表达。"② 周涛的散文立足

---

① 潘大华：《西部情结与文化视角》，《华中理工大学学报》（社会科学版）2000年第3期。
② 何清：《边缘写作者的精神资源——周涛散文论》，《杭州师范学院学报《（社科版）2006年第4期。

于西部，其影响却远远超越了西部，而使他成为20世纪90年代"大散文"的代表性作家之一。不难看出，研究周涛散文可以有多种切入点，而"西部散文"却是最基本的视角。本章将从这个视角探讨周涛散文的精神结构、文化维度和风格特征，以获得深入而系统的认知。

一 精神结构：生命意识与西部精神的交相辉映

研究周涛散文，不能不首先观察和解析其精神结构，因为这种精神结构的存在，使其散文总是弥散着某种魅人的光芒。纵览周涛散文，我们发现，生命意识和西部精神是其精神结构的主要构成。我们将循着这个线索，结合作品对其精神结构展开分析。

周涛曾如是说，"什么也没有生命重要，和生命相比，言论无非是一些唾液溅湿了的声音，美貌不过是一瞬间的浮浅表相，至于其他的那些短暂的东西，更是不值一谈，唯有生命，应该成长。最终一切之王都是生命之王"。[①] 因为对生命有着独到而深刻的理解，故周涛尤为珍视生命、热爱生命，而当这种意识灌注于文学作品，便形成了其鲜明的生命意识，周涛对此有确切的追求，如其所言，"文学的价值和意义在于给一代又一代的生命以精神支柱，借此以摆渡人生。假如文学还能够作为一只小舢船摆渡人生，它便有了永恒的意义"。[②] 在周涛的散文世界，对生命本质的探索和对生命现象的描绘水乳般地交融在一起，而作家深沉的思考与真挚的情感也总是被突显出来。周涛散文的这种生命意识，使其呈现出一种野马长风般的生命活力，对读者往往能形成强大的情感冲击力。那么，周涛散文具体是如何表现其生命意识的呢？我们认为，大致表现在四个方面：其一，对西部

---

① 周涛：《和田行吟》，见《周涛散文》（第1卷），东方出版中心1998年版，第168页。
② 周涛：《关于〈五人美文选〉及其他》，见《周涛散文》（第2卷），东方出版中心1998年版，第445页。

人生命状态的抒写；其二，对展现着生命激情的猛禽、骏马、野菊等自然物的描绘；其三，对各种被毁灭的小生命的痛惜与体悟；其四，对民族生命文化的审视与质疑。下面我们将对其逐一进行解析。

周涛在倾听和感知着西部人的生命状态，他从那些勇敢而憨厚的牧人、勤劳而沧桑的老者、忠诚而可爱的边防战士身上，看到了生命放射出的那种原初的美。我们来看《过河》这篇散文对西部人生命活力的赞叹。1972年的冬天，作者骑着一匹马到一个酒厂去办事，而到酒厂必须策马过河，但到了河边这匹马就是不敢过河，作者却无计可施，无奈之下他想先把马寄放在河边的毡房，自己过河办事。走进毡房，作者看到一个已进入垂暮之年的卧病在床的哈萨克族老太太，当作者比画着讲明来意，她便示意作者把她从床上挽起，并扶上马鞍。她那瘦小的身躯刚刚落鞍，马背竟然猛地往下一沉，似乎坐上去的是一个壮汉，她有力地控制着马，踏踏地跃入河中，这匹原本"懦弱"的马，最后勇猛地跃上河岸。当作者把老太太扶下马，并把她从独木桥上扶回对岸，在她的视线里挥手告别的时刻，他看到"天山，正在老人的身后矗立，闪闪发着光"。[①] 闪闪发光的何止是天山，更有这位老人的生命活力。

周涛对西部的草原、戈壁、雪山、荒野上一切充满生命激情的动植物，都倾注了极大的热情。在作者的眼中，无论是翱翔于天空的苍鹰、鹞子，乃至稀世之鸟朱鹮，还是奔跑于大地的马群、羊群，乃至"逃跑的火焰"红狐，都弥散着生命的激情，它们气质高贵，由于它们的存在，使荒凉的西部有了别样的生机。《猛禽》通过鹰的视点，叙述了一个美丽生命毁灭的故事，一只年轻的鹰搏击恶狼，但其利爪深陷恶狼的骨缝无法拔出，最后被恶狼活活拖死。这只年轻的鹰的胸中一直澎湃着生命的激情，文中叙述道，"这是一支流传在狂野长风里的古歌，每当风起时，他便听见，风声就变成了祖先尖利的啸叫，一下就点燃他胸脯前狂流奔窜的猛禽热血，一直

[①] 周涛：《过河》，见《周涛散文》（第1卷），东方出版中心1998年版，第11页。

涌向咽喉，使他兴奋、激动不安，渴望在拼搏中死去"。① 周涛对植物的生命同样关注，那些洋溢着生命激情的树木，已不再沉默，如其所叙，"这里就正是秋天"，"它辉煌的告别仪式正在山野间、河谷里轰轰烈烈地展开"，"在这辉煌的仪式中，它开始奢侈，它有了一种本能的发自生命本体的挥霍欲。一夜之间，就把全部流动着嫩绿汁液的叶子铸成金币。挥撒，或者挂满树枝，叮当作响，掷地有声"。② 作者所描述的动植物的生命激情，其实是作者生命激情的投射，从而使其成为他生命意识与人格精神的载体。

周涛散文生命书写的魅力，不仅在于其对生命的美丽与激情的描述，而且还在于其对生命的伤痛与毁灭的感悟，尤为可贵的是，作者不是高蹈于小生命之上，以俯视的姿态观看它们的受难或者死亡，而是能够站在小生命的立场感同身受，作者在这方面的感悟往往能够鞭辟入里且启人心智。《二十四片犁铧》中，拖拉机牵引着的 24 片犁铧，把游牧者世代放牧畜群的草原耕耘为田地，以播种麦子，这是一次可怕的耕耘和播种，其罪恶是极其隐秘的。就在这样的耕耘中，无数的小生命突然间惨遭屠戮，"草丛中有着不少的大雁、天鹅、叫天子、呱呱鸡之类的各种禽鸟的窝巢，有待孵的鸟蛋和刚刚孵出的雏鸟，这些以后会飞但现在还不能移动的生命，遇到了不可躲避的劫难。24 片犁铧的锋刃轻易地把它们一劈两半"，"还有蛇，它们的身体被腰斩成数段"，"还有田鼠的一窝肉红色的后裔，还有蚯蚓的庞大家族，还有更多的甲虫、昆虫的逃难者队伍"，"这些小生命在毫无准备的情况下被一个庞大的事物非常偶然地毁灭。深刻的悲剧还不在于此，而在于庞大的事物并不是专门为毁灭它们而降临的。它们完全无辜，但是它们遭到了灭顶之灾"。③ 没有人会为小生命的毁灭而哀悼，也没有人会为它们的死亡去惋惜，它们常常无缘无故地被毁灭，而作者却为它们的毁灭

---

① 周涛：《过河》，见《周涛散文》（第 1 卷），东方出版中心 1998 年版，第 15 页。
② 周涛：《伊犁秋天的札记》，见《周涛散文》（第 1 卷），东方出版中心 1998 年版，第 28—29 页。
③ 周涛：《二十四片犁铧》，见《周涛散文》（第 1 卷），东方出版中心 1998 年版，第 265—266 页。

而哀悼，为它们的伤痛而伤感，作者这是在提醒人们去珍视小生命的存在，去维护小生命的存在。这才是大生命境界，这种境界是对一切生命的尊重，无疑也是作者生命意识的真正升华。

周涛散文的生命书写具有一种空前开阔的文化视野，也就是说，他往往能够从一种生命现象由表及里地上升到历史文化乃至民族文化的高度，从而显现出作者在探索生命意义时所达到的深度。周涛是在汉民族文化的熏陶中成长起来的，但由于他长期生活的新疆是一个少数民族聚集的地方，这就使他多了一种比较，多了一双锐利的眼睛，也就能够发现由文化差异所导致的生命的差异。《和田行吟》对汉民族的生命文化的审视与反思是相当有冲击力的，且看作者所描述的一个维吾尔族农夫的生命状态："瞧瞧，农夫的胸骨坦然露出被阳光镀染的铜色，健康的胸膛衬托出白色银须，有了飞瀑直泻岩石的坚韧与灵动，苍松白雪，飞瀑青岩，正是生命所应该具有的最佳状态！"这是一种令人神往的生命状态，但它是按照生命本应具有的样子自然而然形成的状态，作者由维吾尔族这种自然的生命状态联想到汉民族非自然的生命状态，"我一直感到奇怪的和不解的，是当今社会何以能把那些扭捏作态、倚门卖俏当作美，我很难理解"，"社会正在制造一类新的、符合标准的'美'，它有力地取代着真美，改变着时尚"。[①] 作者继续追问，汉民族非自然的生命状态到底是怎样造成的呢？作者从维吾尔人的一次家宴领悟到了许多，"汉民族向来是以'食文化'傲视天下的，以为在吃的方面领先世界。其实，恰恰是中国餐反映了我们民族烂熟饮食文化的病态，证明了古老民族食欲的衰退和弱化。五颜六色，七蒸八炒，精雕细刻，名目繁多，这正是对一些食欲不健全的病人诱餐的方式"。[②] 在作者看来，"生命力衰退的族类，丧失了性的原始活力，故而发明了'玩女人'；丧失了吃的原始冲动，所以搞出花样翻新的所谓'食文化'"。[③]

[①] 周涛：《和田行吟》，见《周涛散文》（第1卷），东方出版中心1998年版，第169—170页。
[②] 同上书，第173页。
[③] 同上书，第174页。

在周涛散文的精神结构中，除强烈的生命意识外，更交替呈现着鲜明的西部精神。我们在前文进行了论证，认为所谓西部精神，即是由强悍的生命精神、韧性的生活精神、顽强的开拓精神、沉着的自由精神等构成的精神价值总和，它是在西部地理环境和人文生态的客观背景下，在漫长的历史动荡和文化积淀的过程中，胶合着现实的时代精神逐步形成的。我们在界定"西部精神"概念时，用了一个术语——"生命精神"，这个术语虽然与"生命意识"有交叉之处，但其区别还是非常明显的，前者强调生命形态的强大与强悍，而后者重在呈现生命形态的普遍性存在。周涛散文善于表达强悍的生命精神（这与西部艰难的生存环境有关），在《巩乃斯的马》《猛禽》《过河》等篇中都有突出的表现。譬如，这段文字就展现了巩乃斯马的生命力的强悍，"那雨来势之快，可以使悠然在晴空中盘旋的孤鹰来不及躲避而被击落，雨脚之猛，竟能把牧草覆盖的原野一瞬间打得烟尘滚滚。就在那场短暂暴雨的吃打下，我见到了最壮阔的马群奔跑的场面。仿佛分散在所有山谷里的马都被赶到这儿来了，好家伙，被暴雨的长鞭抽打着，被低沉的怒雷恐吓着，被刺进大地倏忽消逝的闪电激奋着，马，这不肯安分的牲灵从无数谷口、山坡涌出来，山洪奔泻似地在这原野上汇聚了，小群汇成大群，大群在运动中扩展，成为一片喧叫、纷乱、快速移动的集团冲锋场面！争先恐后，前呼后应，披头散发，淋漓尽致！"[①] 展现强悍生命的巩乃斯马群才最壮观。

《吉木萨尔纪事》在周涛的心中具有不轻的分量，因为这篇作品里有作者为数不多的写亲人亲情的故事。这篇作品有一个突出的亮点，就是对韧性的生活精神的展现。作品中的"父亲"曾经是一个引人注目的人物，在1938年作过决死队员，是1950年的外交官。"父亲"一生对党忠诚，但在"反右"斗争中却变成了"右派"，被开除党籍，发配到新疆的吉木萨尔做农民。在这人生命运的巨大落差面前，"父亲"并没有绝望，而是默默承担

---

① 周涛：《巩乃斯的马》，见《周涛散文》（第1卷），东方出版中心1998年版，第6—7页。

起了生活的重任。"父亲"把自己成功改造成了农民,当"我"来到父亲居住的村庄时,"我"没有认出前来等候的"父亲",只当是个农民,他"穿一件黑布棉衣,戴了一顶破皮帽子,手里提着个框子",当他凑近看"我"时,"我"才认出他就是"父亲","一张完全陌生的农民的脸孔在几秒钟之间骤然变幻,风霜雨雪,皱纹白发,劳累痛苦,希望孤独……几年分离后的风尘变化,在几秒钟内被揭开、剥去,还原、定格","定格为那个原来熟悉的父亲"。① "父亲"做了农民后,不仅自己种粮种菜,而且还养猪养鸡,安心地过日子。"父亲"身上所显示出来的最重要的精神,就是韧性的生活精神,由于这种精神的存在,使"我"有了"回到家里"的感觉,并使"我"对生活仍然充满期望,如其所叙,"我想,这就是我家。我一点儿也没觉得我家有什么变化,虽然在社会的现实面前,我的家庭已经彻底灭顶,一败涂地,毫无振兴的可能,但是我的家还在,我家的人都活着。他们的语调笑声,他们的习性气味,那种特殊的骨肉情感,生命活力和温馨生动的一团光热,活泼泼地在我身边洋溢着"。②

西部有着广大的蛮荒地带,自古以来就有人在这些地带开垦和播种,他们被称为"开拓者"。周涛散文中有许多开拓者的身影,他们或在荒芜之地扎根,或在边陲之地工作,或在沙漠之地酣战,或在崇山峻岭之间创造奇迹,他们克服了常人难以克服的艰难与困苦,忍受了常人难以忍受的孤独与寂寞,他们用自己的智慧、热血、汗水甚至生命谱写了一曲曲开拓者的颂歌。《蠕动的屋脊》叙述了作者游历青藏高原时的所见所闻和所感所想,而作品中所叙述的那些开拓者的身影竟是如此的感人。如作者未写昆仑山上驻扎的军人们如何忍受无边的孤独与荒凉,而是先写昆仑山对"我"形成的压迫感,"这一天的路,在感觉上像是走了整整一个世纪。一直,走进了黑夜。昆仑山腹地的漫长的、忍饥挨饿的黑夜之海洋,体验到了人世间极难感受到的滋味,历史的夜长廊,世界的大黑暗,空旷的凄凉和永恒

---

① 周涛:《吉木萨尔纪事》,见《周涛散文》(第1卷),东方出版中心1998年版,第60页。
② 同上书,第64页。

的悲哀全都涌上来,所有在夜暗中凝固的峰峦全都被一轮低垂的月亮唤醒,它们慢慢走动起来,缓缓移动着,成了一群蹲伏在凝固时空里活转来的巨兽,目送你,尾随你,有时竟出人意料地赶到前头等着你,看你还能不能认出它来"①,昆仑山所形成的巨大的压迫感,使"我"滋生了尽快逃离的想法,而如果长年累月在昆仑山上生活和工作又该是什么情形呢?作者是这样叙述的,"昆仑山上的军人们,被最可怕的荒凉和寂寞包围着、压榨着;被自然的和自身的两种险恶的处境所折磨,所攻击;他们长年累月的坚守是可以想见的艰难困苦了"②。作者似乎并未对这些昆仑山上的军人们进行正面的颂扬,但对其开拓精神的肯定却是不言而喻的。在这篇作品中,作者还叙述了古格王国所创造的文明,在这时作者不由得发出了赞叹,"谁能想象在这荒山野岭之上,竟有如此一座依山而筑、规模宏大、与山浑然如一体,虽已没有人影但仍然藏兵十万雄视千古的伟岸宫殿呢?"③ 这不啻也是对开拓精神的赞叹。

　　周涛认为自由是生命的本体要求,所以在其散文中我们总能发现沉着的自由精神,而其对生命自由的尊重与呼唤也格外动人。周涛如是说,"天行健,万物都在它的怀抱里寻求着自由和发展。哪一只鸟儿也不能强求鱼在天空飞翔,哪一种鱼也不能命令兽只能在水里浮游,不许上岸。当然它们中间也有可以串通的,界线模糊的,那是为了在限度下获得更多的生存自由。自然界的全部奥秘就写在这些生命里,它们能告诉我们的,比书本要多"。④ 周涛不仅是这样认识的,而且也是这样践行的,读他的散文,我们感到酣畅淋漓、天马行空、无拘无束,体现了充分的自由精神。周涛散文的自由精神是贯穿始终的,在他所创造的一系列意象中,我们经常发现自由精神的存在。《巩乃斯的马》中,即使是在夏日草原突临的暴风雨面

---

① 周涛:《蠕动的屋脊》,见《周涛散文》(第1卷),东方出版中心1998年版,第89—90页。
② 同上书,第98页。
③ 同上书,第101页。
④ 周涛:《散文的前景:万类霜天竞自由》,见《周涛散文》(第2卷),东方出版中心1998年版,第390页。

前，巩乃斯的马也保持着生命的自由，它们是一群自由的精魂。《红嘴鸦及其结局》叙述了这样一个故事，一只被人捉住的红嘴鸦气绝身亡。令人不可思议的是，这只红嘴鸦为什么如此固执？文中叙述道，"许多比它庞大、比它美丽、比它高贵或比它凶猛的动物，都归顺了人类。而它——一只草原上的乌鸦——仅仅是因为长着红嘴，却不肯归顺，不甘心当俘虏和玩物，竟然气死了自己"。① 红嘴鸦宁愿死也不愿失去自由，更不愿成为人们的俘虏和玩物，红嘴鸦以生命捍卫了自由的尊严。可见，对自由精神的张扬是这篇作品的中心主旨。

周涛散文的精神结构应该说不止是由生命意识和西部精神构成的，其他如底层意识、英雄情怀、边塞精神等都是其精神结构的构成要件，我们将其略去不叙，是因为它们与西部精神、生命意识在内涵上呈交叉。相对而言，西部精神和生命意识是其精神结构中最显著的两极，它们规范了周涛散文基本的精神流向，也使周涛散文具有了特殊的人文品格。

二 文化维度：游牧文化与农耕文化的比照融合

周涛的散文创作深受地域文化的影响。他曾明言，"地域，你不能不承认，它本身就是一种力量。这种力量对于许多人生存的支撑作用，早已远远超过他们自身的分量。地域作为世俗力量的一部分，是政治、经济、文化、历史、地理等诸多因素的综合显示，因而它是强大的，既具有诱惑力也具有制约力"。② 周涛是在新疆一个多民族地区长大的，其成长经历中渗透着丰富的地域文化的滋养，如其所叙，"大的反差和强烈的参照系，多种生活方式的影响和浮光掠影的知识结构，广阔的自然地貌形态及游牧人生活方式造成的易感性，维吾尔人的幽默感、哈萨克和蒙古人的长

---

① 周涛：《红嘴鸦及其结局》，见《周涛散文》（第1卷），东方出版中心1998年版，第262页。
② 周涛：《边陲》，见《周涛散文》（第1卷），东方出版中心1998年版，第148页。

诗品格，柯尔克孜人和塔吉克人的传奇色彩，传说、寓言、民歌、音乐、舞蹈以及伊斯兰的拱顶、宣礼塔上的咏经诗，铺满丝绸和地摊的小土巷……等等，都对我不能不产生心理上的、情态上的、整个素质和眼光上的深深的熏染"①。毋庸置疑的是，游牧文化对周涛的影响极为深远。但应该看到，周涛自启蒙时期就接触的是以农耕文化为基础的汉文化，上学后一直到大学毕业，都接受的是汉文化，因此我们说汉文化才是他的文化原乡。但成长过程中实际接触更多的则是游牧文化，换句话说，是游牧文化参与塑造了周涛的文化性格，周涛曾戏称自己是"西北胡儿周老涛"②。

游牧文化主要不是表现为物质、典章、制度和各种符号所记录的思想成果，而是表现在其精神气质方面，即表现在游牧民族的生活、行为、思维方式等方面。游牧民族因为生活环境和原始初民没有多少质的不同，所以他们的精神素质也最接近原始初民。游牧民族的生活特点是"逐水草而居"，其生存空间，多在高山戈壁间和西部寒冷贫瘠之地，如阴山山脉、贺兰山北部、乌兰察布高原、天山、阿尔泰山、阿尔金山、昆仑山和库鲁克山等天然牧场，这些地方草原连绵，流沙千里，气候变化异常，山崩、泥石流不时泛滥，雪崩、暴风雪频繁不断。游牧民族依据气候的变化，水草的荣枯，或停留，或迁徙，常千里跋涉。由这种身处其间的地理环境和生活习俗所导致的民族性格与以农耕文化为主导的汉民族是不同的，远古以来就逐渐形成的面临生存挑战的危机感，例如自然界凶禽猛兽的袭击，各种自然灾害的破坏，部落之间经常发生的武装冲突，决定了游牧民族必须高扬起初民精神中的活性因素，如冒险、进取、奋争、对抗、勇敢、无畏、进击、劫掠等，不如此，等待游牧民族的可能就只有死亡。因此，冒险精神、抗争精神和进取精神就构成了游牧民族最重要的文化心理，成为

---

① 周涛：《山岳山岳 丛林丛林·后记》，见《周涛自选集》，新疆人民出版社1992年版，第387页。

② 周涛：《山西篇》，见《周涛散文》（第3卷），东方出版中心1998年版，第179页。

游牧文化的显著特质。游牧文化的这种精神资源也间接塑造了周涛的文化性格。

　　游牧民族的积极进取、敢于开拓的精神取向，雄强自信、剽悍坚韧的人生姿态，豪放坦诚、粗犷雄健的自由天性，这一切共同形成了其不断向外扩张的民族性格，而当其内化于周涛的生命中，便成为他文化性格不可或缺的一部分。周涛为什么对游牧文化如此的亲和并乐于接受？我们可以从其成长过程中的一件小事看出端倪，周涛自叙少年时在北京训练打乒乓球，球馆曾邀请国家队梁卓辉教练做短期指导，梁教练建议他将直握改为横握，由进攻型改为防守型，结果从此后他变得烦躁不安，在防守中感到一种莫名的痛苦，摔球拍或故意把乒乓球踩扁，最后对打乒乓球失去了兴趣。[①] 从这件小事可以看出，周涛的天性是强悍的、进攻型的，这与游牧文化的本性天然契合，由此不难理解其对游牧文化的情有独钟了。

　　游牧文化对周涛文化性格的塑造，使周涛颇具李白的精神气质，他表现得狂放不羁而强悍自信，恃才傲物而愤世嫉俗，在王者气度中又似乎夹杂着霸气和蛮气，他给人容易造成的直接印象就是"狂"。因为他全然不去理会谨言慎行那一套古训，而是常发一些听起来惊世骇俗的言论。例如，当别人问起"你的存在是否妨碍了别人发展"的时候，他竟然爽快地答道，"我？我天下无敌——因为我唯一的敌人就是我自己"。[②] 他的自信有时几乎达到了"自负"的程度，譬如，他是这样评价自己的作品《时间漫笔》的，"我这篇《时间漫笔》，实事求是地讲，堪称神品。《新疆日报》不发，是他无知，不怪我。自朱自清之后，没有人写出过这样深刻地感悟时间的文章，洋洋4000余字，处处可见神来之笔，谈何容易！"[③] 周涛对自己从诗人向散

---

　　① 周涛：《我已经寻找过我自己》，见《周涛散文》（第2卷），东方出版中心1998年版，第429页。

　　② 同上书，第425页。

　　③ 周涛：《散文的前景：万类霜天竞自由》，见《周涛散文》（第2卷），东方出版中心1998年版，第404页。

文家的成功转型评价很高,"我对自己非常满意。我曾经是一个当之无愧的诗人,我的诗至今仍活在一部分中国人的心里,将来——很久以后还被一些人搜寻、研究,而且那时候会被人们发现更多的有意义的东西。/现在,一个散文家的周涛,影像正一天天地清晰、深刻起来。他承接着诗,承接着青年时期怒放的花丛,接过了那股发展生命的活力,延续中巧妙地、自然地变换了一个模样。变得多美妙,变得多合理,就像一个舞蹈家随着音乐的变奏所创造的毫不中断而又全新别致的舞步!"① 对于上述所举案例,如果抛开传统文化所倡导的"温、良、恭、俭、让"等评价标准来看,我们会发现周涛的表述是以知性和德性、人格和文格为话语背景的,远不是信口开河、不负责任的浪言。他的所谓"狂",既是一种否定性的激情表达,也是一种肯定性的热烈追求,是对谦卑恭顺的奴性人格的狂放,对保守虚伪的国民根性的狂傲,同时也是对潇洒奔放的生命形态的向往,对自由酣畅的人生境界的神往。他的所谓"狂",归根结底是游牧文化对其精神气质塑造的结果。周涛对游牧文化的接受和化用,当然有一定的负面效应,例如上文所说的容易引起读者的误解与误读,但更多的则是正面的启示。我们认为,这种正面启示是多方面的,但显著地表现在两个方面,其一是西部散文中浪漫主义精神的再度复活,其二是对以汉民族为主体的历史文化的深刻反思。

  我们在前文说过,浪漫主义是西部散文的一个传统。20世纪五六十年代,碧野、李若冰等西部作家怀着一腔豪情,以如椽之笔讴歌西部的山川风物和自然景观,显示了浓郁的浪漫主义特色。随后的西部散文创作,浪漫主义精神逐渐退隐。新时期以来,较早有张承志在西部散文中重新显现了浪漫主义精神的气象,而周涛的西部散文则旗帜鲜明地张扬浪漫主义文学精神,并使其在西部散文中再度复活。周涛认为"自由是散文的生命","所谓自由就是真实地、轻松自如地表达自己,无拘无束,生动活

---

 ① 周涛:《天地一书生》,上海人民出版社2008年版,第13页。

泼，像自然界的各种生命那样"①，他还反复强调"散文的解放"，认为"只有思想的解放才能带来散文的解放"②，众所周知，推崇自由解放精神历来是浪漫主义作家的标志性观念。周涛更是明确表示推崇"豪放"的文学，而其所说的"豪放"的文学，就是我们所说的体现着浪漫主义精神的文学。如其所论，"我毫无疑问地推崇豪放派，我只能被它感动、击中，并且坚信这一脉精神乃是我们民族精神中最可贵、最伟大、最值得发扬的东西，这也许就是我的文学性格"，"豪放是一种宏观把握，是天性流泻在现实生活大落差中的浩大瀑布，是超过了正常的才力和文学表现力的鬼斧神工"，"豪放最本质的力量，在于人格力量突破了一般社会伦理道德所构筑的栅栏"③。

　　周涛所钟情的浪漫主义精神在其创作中并不是孤立的存在，而是与生命意识、西部精神有机融合在一起的。浪漫主义的文学观，使周涛的文学表达"纵横恣肆，浓墨重彩"④，而当他的这种文学表达与生命意识、西部精神融合在一起，就形成了周涛散文雄浑壮美的文学风格（关于这方面的论述我们将在下文进行）。像所有的浪漫主义者一样，周涛也把大自然看作是精神上的寄托，而着力描写自然景色，以抒发其对大自然的审美感受。我们来看《历史与山河同在》这篇作品对博格达峰的抒写，"我不止一次地乘飞机掠过西部的大地，但每次飞临博格达峰一侧时，都会被其近在咫尺的威严容貌所感动。那不是一座山峰，而是一群蠢立着的伟大头颅，它们头戴冰雪之头盔，白须飘然，眼窝深陷，鼻梁高峻。它们表情里似含有无尽的冷穆与宽容，仿佛是一群古代草原帝国武士们的雕像，正无言地望着

---

　　① 周涛：《散文的前景：万类霜天竞自由》，见《周涛散文》（第2卷），东方出版中心1998年版，第389页。
　　② 周涛：《散文和散文理论》，见《周涛散文》（第2卷），东方出版中心1998年版，第417页。
　　③ 周涛：《我已经寻找过我自己》，见《周涛散文》（第2卷），东方出版中心1998年版，第427页。
　　④ 周涛：《散文的前景：万类霜天竞自由》，见《周涛散文》（第2卷），东方出版中心1998年版，第407页。

飞机小舷窗里的人们"。① 作者在这里将博格达峰拟人化为一群古代草原帝国的武士们,抓住了博格达峰雄奇伟岸的状貌特征,从"它们表情里似含有无尽的冷穆与宽容"这个表述来看,作者又体悟到了大自然永恒的丰富意蕴。周涛在这个段落的抒写中,显示了另一种审视自然的尺度和标准,那就是敬畏自然,并从自然的运行中去领悟人生大道,而这一切都得益于游牧文化的滋养。游牧民族所信奉的原始宗教,把自然视为人的同类,其通过拟人化的方式来解读自然,认为"万物皆有灵",这样所导致的结果是将自然人格化,"自然原来是一种模糊而神秘的东西,充满了各种藏身于树中水下的神明和精灵"②,从而使人敬畏自然、感应自然。

周涛将生命和激情融入到西部苍凉神奇的充满生命活力和原始野性的自然,用心来聆听着西部大地上的天籁之音:大漠驼铃、塞外西风、雪原清流,翱翔于峻岭崇山之上的雄鹰、奔腾在茫茫草原上的野马,以及荒凉险峻的莽莽昆仑、千年沉寂的塔克拉玛干、气势磅礴的壶口瀑布、焦渴冷漠的卧虎不拉沟、忧郁低吟的巩乃斯河。西部壮阔的自然风光在周涛的笔下,被打上了深深的情感烙印,洋溢着浓郁的游牧文化色彩,显示出悲壮崇高的美感和原始朴野的风情。周涛所抒写的西部大地上的生灵万物,无论是人还是动植物,都不再是人们所熟悉的柔婉、脆弱、娇小的形象,而是张扬着生命力量的刚健生猛的壮伟存在。我们不妨通过"戈壁上孤立的原始胡杨林"意象以证实上述论断,且来看:"在戈壁上,孤立的胡杨林往往会成为一种景观,似乎隐藏着某种含意、寓意或天意。百里空旷的大戈壁上,突兀地出现这样一个存在,而且往往特别高大,周围连一棵矮树都不长,这很容易引起人的敬畏,仿佛它不是一棵树,而是伟大和孤独","但是要是不只是一棵树,而是一片林子;不只是一片一般的林子,

---

① 周涛:《历史与山河同在》,见《山河判断——大西北札记》,学林出版社2000年版,第19页。

② [俄]塞尔日·莫斯科维奇:《还自然之魅——对生态运动的思考》,生活·读书·新知三联书店2005年版,第92页。

而是漫进戈壁深处,连接远处地平线的大片原始胡杨林生长区域的话,它给人带来的就不仅仅是敬畏了","那是宇宙洪荒的感觉,或许还应该是太空人初次踏上月球的感觉"。① 在空旷辽远的大戈壁,一切生命似乎都销声匿迹,而唯独这胡杨林却要将生命的力量尽情地挥洒,这是一个与命运永久抗争的存在,一个伟大而孤独的存在,它不能不激起我们沉寂已久的逐渐淡忘了的崇高情感,这是周涛的自然书写传达给我们的审美经验。

对游牧文化的接受和化用,除了助力周涛形成浪漫主义的文学精神和文学气象外,更使其在审视以汉民族为主体的历史文化之时,能够跳出汉民族本位的观念牵制,超越狭隘的汉文化的价值立场,突破历史教科书的既有结论,而获得一种与众不同的历史眼光和文化视野。《读〈古诗源〉记》对众多的历史人物进行了评价,作者能发前人之未发,而给人以较大的警示。如《读〈大风歌〉与〈垓下歌〉》,对楚汉相争中的两个历史人物——项羽和刘邦的评价,就显示了作者别样的历史文化情怀。在作者看来,刘、项之争其实是两种人生态度的历史性决战,以项羽的自杀为标志,代表着中华民族中真性情、真生命的恣肆汪洋的阳刚之气在乌江边走到了绝路,而虚伪、阴险、玩弄权术和心术的所谓"斗智"却开始蔓延。作者认为,放眼中国历史没有几个帝王的皇位不是偷来的(刘邦不过是始作俑者),相比之下,成吉思汗、努尔哈赤这些抢来的皇帝,倒是显得磊落得多。② 作者在评价刘、项二人时,抛弃了"成王败寇"之类的说法,而是从"性情"的角度重新观照他们,刘假而项真,刘胜而项败,从此政治权力中心开始泛滥假性情、玩心术了,而少数民族领袖如成吉思汗、努尔哈赤则以真性情示人,并凭借武力夺取政权,倒要另眼相看了。曹操历来被人看作是"乱世之奸雄",但周涛却从曹操的诗作《观沧海》《短歌行》和《龟

---

① 周涛:《北塔山纪事》,见《山河判断——大西北札记》,学林出版社2000年版,第56页。
② 周涛:《读〈古诗源〉记·记六》,见《周涛散文》(第3卷),东方出版中心1998年版,第11—14页。

虽寿》，读出了一个不同形象、不同内涵、不同意义的曹操。在《读魏武帝
〈短歌行〉》中，作者通过分析，认为曹操有不受社会伦理纲常约束的英雄
本色，他一生雄才伟略，身经百战奠定了帝王基业，却能体验并在诗作中
表达出生命极限的悲哀、人生意义在茫茫宇宙中的渺小，这是其真性情、
真性格的自然流露。① 在《读魏武帝〈观沧海〉》中，作者认为曹操的精
神、思想和感情远远超过了同时代人，因为他的超常性，使他成为当时和
数代以后正统思想维护者的天敌，和曹操相比，诸葛亮也不过是一个缺乏
独立精神的出卖智慧的商贩。曹操虽在政治斗争中诡诈、多疑，性情上却
不失豪迈大度、慷慨重诺的一面，这才是一个真实的政治家，不像刘备，
是一个彻头彻尾的假人，但曹操在身后承受着辱骂而刘备却备受赞扬，这
让作者对"国民性"展开了痛苦的思考。作者沉痛地指出，"泼在伟大历史
人物身上的肮脏污水，决不仅关乎他个人身后的荣辱，而是中华民族精神
之河的一条水系，就这样被污染、阻截了。与此同时，在人们辱骂曹操的
时候，效仿刘备的人就多起来了"。② 周涛还从分析李陵的《别歌》入手，
对李陵和苏武这两个历史人物的所作所为提出了新的看法，作者认为李陵
在被逼背叛了"君"的国家之后，在痛苦中升华为一个纯粹的爱国主义者，
虽然他从此再也没有返回祖国的大地。在常见的历史论述中，苏武是个了
不起的民族英雄，他在滞留匈奴的漫长岁月里，历尽磨难而归汉之心不死。
作者却认为，苏武没有李陵敢于承受精神大痛苦的勇气，所以他的事迹没
有李陵式的悲剧精神，也就没有深刻的含义可供后人思考。③ 可见，周涛绝
不囿于历史成见。

周涛散文的历史书写，不仅对历史人物从"性情"的视角进行了新
的观照，其更具冲击力的地方，是从"生命力"的角度，对游牧文化与

---

① 周涛：《读〈古诗源〉记·记二十一》，见《周涛散文》（第3卷），东方出版中心1998年版，第50—53页。
② 周涛：《读〈古诗源〉记·记二十二》，见《周涛散文》（第3卷），东方出版中心1998年版，第56页。
③ 同上书，第88—91页。

农耕文化此消彼长的历史规律做出了深刻的反思。周涛分析了游牧民族世代流传的两首古歌——《敕勒歌》和《匈奴歌》，认为古代游牧者悲凉而忧郁的歌声响彻于长城内外，如雄劲的北风，横扫那些脂粉和委靡，给人的内心带来的是强有力的振奋和刺激。农耕民族与游牧民族是以长城为界分隔开来的，由于种族、宗教的不同，以及地理和生产方式的不同，长城内外形成了两种异质性的文化。千多年来，由于文化的差异，游牧民族和农耕民族以长城为界，不断地你争我夺、你进我退。一般的史论认为，由于游牧民族的掠夺而引发的战争，是历史的倒退，是应该受到谴责的，但周涛却不这样看，他提出了一个不能不令人深思的问题，"中华民族漫长的封建社会和封建文化何以老而不衰、腐而不烂？"作者紧接着做出了自己的回答，原因就"在于游牧民族总是以侵略或入主中原的方式，为奄奄一息的封建社会注入新鲜的活力，野蛮的生命力，使之像濒于停转的水车那样获得新的力量，重又循环转动"①。按照周涛的推论，倘若没有游牧文化的侵袭和渗透，农耕文化早已腐朽不堪乃至于灰飞烟灭了。在《读〈羽林郎〉》中，作者分析了诗中所描写的长安城种族混杂、商贾往来的景象，指出这是由于汉朝打通西域、开辟丝绸之路后，胡商大贾、驼帮贩卒刺激了长安、洛阳的经济发展。不仅如此，来自波斯、西域等地的商业民族以其特有的价值观念、生活风俗参与并影响着中原社会。作者尤其分析了一个少数民族少女——胡姬，其神态和心态酷似今天一掷千金的富家女，她有了钱之后，对于挣钱和花钱也就有了全新的观念，进而对于人生价值产生了更为透彻、赤裸甚至冷酷的看法。胡姬尽管没有多少学问和知识，但并不意味着她没有思想，这反而使其"没有负担地、不绕圈子地、不在精神上摆架子地直接命中目的，毫不羞愧地捕获生存需要的猎物"。②

---

① 周涛：《读〈古诗源〉记·记十七》，见《周涛散文》（第3卷），东方出版中心1998年版，第42页。
② 周涛：《读〈古诗源〉记·记十一》，见《周涛散文》（第3卷），东方出版中心1998年版，第25页。

从上不难发现,周涛站在一个更高的视点来审视游牧文化和农耕文化,并将两者进行比照,这为读者透视两种文化提供了新的思路,周涛散文也因此充满了奇思妙想,显现了睿智澄明。

我们在这里用了较大篇幅,讨论周涛对游牧文化的接受与化用,这是不是意味着周涛的创作是以游牧文化为底蕴的呢?关于这个问题,周涛在不同的场合都有阐述。当记者问周涛如何看待自己作品的民族性,周涛的回答是,"民族性并不排斥吸收外来文化的精髓,而是一种在血脉上的承接,继承中华民族文化的主脉精神,然后在此基础上进行创造","支撑自己的文学精神的毫无疑问的是民族文化"。在同一次采访中,记者还问及周涛的创作与新疆地域文化的关系,周涛如是说,"没有新疆这块土地的养育就没有我。有评论家说我的《读古诗源》和《游牧长城》是用什么少数民族的文化来观照汉族文化,此说法完全不到位。我不过是借了古诗源和长城对中华民族的两种文化源头重新审视和借题发挥。心境坦荡,文风不羁,思维独特,都是新疆这块土地的风物人情给我的影响,是文化杂交的结果"[1]。周涛在上述问答中,说明了两个很关键的地方:"中华民族文化的主脉精神"和"文化杂交"。这就是说,他的创作是以农耕文化为主体的汉文化为底蕴的,在此基础上,有效地融入游牧文化,从而形成一种文化的大视野。关于以上论点,周涛有更明确的表达,"我是放羊的","我说我放牧着 5000 汉字啊,也像张骞一样,持汉节不辱,渴饮血,饥吞毡,汉心不改","你们没有认识过我真正的价值,我代表中原文化在这里生存,我树了一面旗帜,这就是我的意义","我要在这里留下汉文化的足迹,我要让他们承认汉族有天才和能力把西域的这块土地交融到自己的民族之中"[2]。从周涛的创作来看,他是这样认识的,也是这样践行的。

---

[1] 周涛:《关于〈五人美文选〉及其他》,见《周涛散文》(第 2 卷),东方出版中心 1998 年版,第 443 页。
[2] 周涛:《散文:思想与生命的对话》,见《在文学馆听讲座》,中国社会科学出版社 2002 年版,第 162 页。

三　风格形态：雄浑壮美与锐智澄明的诗性组构

　　我们在前两节讨论了周涛散文的精神结构和文化维度，我们认为周涛散文的精神结构是以西部精神和生命意识为主要构成的，而游牧文化与农耕文化的比照融合又造就了周涛散文开阔的文化视野。精神结构和文化维度是奠定周涛散文风格形态的基础，精神结构使周涛散文臻达一种精神高度，而文化视野使周涛散文形成了一种文化广度。以文学风格的内在机制而论，精神高度和文化广度更多地规定了周涛散文的内容形态，也就是大致规定了题材的择取、主题的凝练、精神的流向、品位的生成，关于这些问题，我们在前两节都已论述，在本节我们所关注的重点，则是周涛散文的表述形态。我们知道，内容是通过"有意味的形式"表述出来的，没有相应的表述形态，再厚重深刻的内容都将成为空中楼阁，更遑论文学风格了。要深入把握周涛散文的文学风格，除了内容形态，必须系统地了解其表述形态。

　　综观周涛散文的风格形态，我们可以用八个字加以概括：雄浑壮美，锐智澄明。这种文学风格的形成，从内容形态来看，雄浑壮美主要与其精神结构相关，锐智澄明则主要与其文化维度相关（本节不打算对此展开详细的论述，因前文均已涉及，但本节在分析表述形态的过程中，还要观察精神结构和文化维度是如何被体现的）。既然本节重在观察和分析周涛散文的表述形态，我们就应该搞清从哪些方面入手。散文创作重构思，思路第一，故我们有必要首先观察周涛散文的运思特点，因运思是形成表述形态的"纲"；散文的运思，具体是通过叙事、抒情、议论等手段来完成的，这是形成表述形态的"目"；纲举则目张，但这一切最终要落实为话语，故我们还应分析其语言的运用。下文将从上述层面展开分析。

　　周涛有言，"从本质意义上讲，没有诗意的、没有诗的某种东西的任何作品，都不成其为艺术，这是永恒的。一切艺术的最高境界是诗的境界，它最高的表达是诗化的"。① 从这个表述可以得知，尽管周涛从 20 世纪 80 年代后期从诗歌创作转向散文创作，而依然对诗歌不能忘怀，并在散文创作中持续追求着"诗的境界"和"表达的诗化"。缘于此，周涛常常将诗歌的想象逻辑和情感结构运用于散文创作（可将其称之为"以诗为文"），这就形成了其运思的基本特点。在周涛的大部分散文作品中，我们可以明显看出其向诗歌的靠近，如淡化对事件的来龙去脉的详细叙述，而是凸显叙述者"我"对自然、社会、人生的奇思玄想，注重情感的铺陈与流泻，注重通过对叙述者的心理感受和自然景物的描写，以营造诗意氛围。我们来看《和田行吟》这篇作品，按照通常的写法，叙事者"我"与友人游历和田的经过必然是叙述的重点，但作者并没有沿着时空之轴推移，如实记录沿途遭遇的各种事件，而是写成了精神漫游的"游记"，作者展现在读者面前的是自然奇观的描写，天马行空的联想，以及作者对社会人生和历史文化的多视角的思考。通观全文，看不出贯穿始终的叙事线索，叙事内容随着作者思绪、感情的变化随时在转换，体现了极大的跳跃性。从《和田行吟》不难看出周涛运思的基本特点，他是以诗性的方式把握世界，以感悟代替对生活的历时性考察。

周涛的这种运思方式，对文学风格的形成有什么意义？周涛有这样的观点，"我的作品几乎是一种生活原型，直接地切割了生活，它有撞击力、泥沙俱下、有雄浑的活力。我没那么清纯，不是蒸馏水（当然我不是说别人的作品是蒸馏水）。他们是一口古井，是一泓深潭，一汪碧水。但我是河流，带着沿岸的泥沙和尘土、草皮、枯枝败叶，以及牛羊蛋、马尿，稀里哗啦就下来了，但它那种生命力、强大的生活原动，充满了野性的力量"。②

---

① 周涛：《精神生活和诗的境界》，见《山河判断——大西北札记》，学林出版社 2000 年版，第 175 页。

② 周涛：《假如我有什么贡献》，见《山河判断——大西北札记》，学林出版社 2000 年版，第 178 页。

周涛在这里道出了形成其文学风格的内在机制，他的散文并不是对生活，尤其不对写入作品的生活进行纯化、净化，而是像滔滔大河，尽管可能泥沙俱下，但其雄浑强大的生命力则是那些纯化、净化的作品不可比拟的。可见，形成周涛文学风格的内在机制是运思的自由和诗化。

把握住了周涛散文运思的规律，接下来我们应该观察其叙事、抒情、议论的方式，以及语言运用的特点。周涛散文尽管不对某个具体事件进行追本溯源的叙述，却不意味着他不重视叙事，他能恰当地反映对象世界，简洁地表达思想感情，这是其叙述语言的特征。翻开周涛散文，我们可以发现，这里没有赘语，没有程式化的套话，也没有过多的修饰成分，但明白而晓畅，洗练而简约，并塑造出真实可信的艺术形象。譬如，在《蠕动的屋脊》中，作者以简约的语言叙述了海拔六千米的"界山大坂"上灰百灵的故事，"有趣的是，在这样的大境界上发现了小生趣。一只灰百灵子，总在我们停车的路边飞来旋绕，叫声也焦急，这就无意中出卖了它自己的秘密，它不懂得'此地无银三百两'这种经验。我们跑过去一看，石板缝底下，果然正有一窝羽毛未丰的雀雏。轻轻掀开，就全暴露在我们手掌之下，捧起来，那灰百灵叫得更急切"。[①] 这里的语言没有任何修饰成分，只是真实再现了当时的人和事，但读者的情感和思绪早被他的语言带到了雪原，带到了"界山大坂"，这就是周涛叙述语言的魅力和功力。周涛散文的叙事，一个值得注意的地方，就是写人传情时能够在鲜活处落笔，不呆板，不沉滞，措辞用笔如风行水上，轻灵跳荡而转折无痕。我们来看《行者》塑造的一个精神漫游者的形象，"他总是深夜来访"，"我打量着他，他处处与周围的习见的人群不同，怪异而令人生疑。我想，如果不是他失常了，就是浸泡在世俗生活中的我们麻木了"，"难道探险家与诗人之间有什么想通的东西吗？或者探险家在本质上都是诗人？总之都是不安于平庸生活的人，都渴望去掀开那神秘的一角。最后的结局也一样，因为走得太远了，

---

① 周涛：《蠕动的屋脊》，见《周涛散文》（第1卷），东方出版中心1998年版，第89页。

他们被好奇心引领得远远离开了众人"。① 作者抓住了精神漫游者的主要特征：不安于平庸的世俗生活，被好奇心引领得远离了众人。他的行为方式也与常人不同，他访问亲友不是在白天而是在深夜，他我行我素，情之所至而兴之所至。作者对漫游者的塑造，实现了传情与传真的效果，我们读了这段文字，对这个人物形象印象深刻，而且对诗人的内心世界也有了不同的认知。从漫游者形象的塑造可知，作者的叙述方式灵活自由，思维敏捷而跳转自如。

散文的叙事离不开描述，就是说散文的叙述和描述是相辅相成的。如果说叙述的目的是展现一个过程、一段经历，以构成一个纵向的平面流程的话，那么，描述的意义就在于使言说对象形象化，即将叙述者的感官印象转化为具体的形象、生动的情状，从而形成一个横向的立体画面。没有描述，叙述就显得空洞，就失去了可感性。我们说周涛散文是"壮美"的，倘若没有了描述，这壮美的风格也就失去了重要的依托。可以说，正是由于叙述和描述的经纬交织，才使得叙事既有宏观的轮廓，又有微观的细貌，也才使得叙事完整而生动。周涛散文极为重视描述，这尤其表现在意境的创造方面，因此在描述言说对象时，作者往往选择最形象、最凝练的字眼，浓墨重彩地描述事物，以达到如诗如画的艺术境界，这便形成了周涛散文描述语言的整体趋向。我们来看周涛在《伊犁秋天的札记》是如何描述赛里木湖并创造意境的，"它深邃到使人不敢轻率地去游泳，仅只挽起裤腿在岸边浅涉一番，就足以使人领略到它的内涵，它强大而令人畏惧的吸力；而它的清澈透明，则让人一望见底却倒吸一口凉气，那见底的明澈里，反射着无数层游动的光影、光环、光斑，造成无法分辨的幻象，使真实与虚幻浑然一体，因而更加捉摸不清。这是那种比混浊更深奥百倍的明澈！"② 作者在这里以"深邃"和"清澈"作为中心词对赛里木湖进行了描述，但采用的手段是多样的，其一是动作性强（如"浅涉一番""倒吸凉气"），

---

① 周涛：《行者》，见《周涛散文》（第2卷），东方出版中心1998年版，第202页。
② 周涛：《伊犁秋天的札记》，见《周涛散文》（第1卷），东方出版中心1998年版，第35页。

其二是视觉的多重冲击（如光影、光环、光斑的交织、游动），其三是合理的联想（如"比混浊更深奥百倍的明澈"）。景物是深邃而清澈的，情感是怎样的？我们发现，在作者所创造的赛里木湖意境里，分明弥散着叙述者的敬畏、好奇、激赏等多种情感。原来，景是情中景，情是景中情，作者以情景交融的方式创造了一个令人回味无穷的赛里木湖意境。事实上，周涛惯于以情景交融的方式创造各种意境，在他优秀的叙事作品中都注重意境的创造，而这些意境的存在，使他的叙事显得雄浑而壮美。

周涛散文追求"诗的境界"和"表达的诗化"，这也规定了其抒情语言的基本走向：豪放明朗与含蓄内敛的有机融合。不难发现，周涛在散文叙事中，有时将其内心情感通过明朗的语言表现出来，让读者直接感受到其汹涌澎湃的情思；有时又强调其主观情愫的含蓄蕴藉，使读者在咀嚼回味后才能体会出其诗情和诗味。为达到这样的审美效果，周涛特别注意选择具有情感色彩的语言，这些语言强化、渲染着语句中潜藏的情感的激流或细流，构成了其独特的抒情语言风格。我们以《哈拉沙尔随笔》为例，来看其两种抒情语言的运用。先来看其豪放明朗的抒情语言风格，"在这条永不衰竭的伟大河流中，每一朵黄色的浪花——每个普通的人，都在其中随之腾耀、浮沉，以一瞬间的短暂生命去挣扎、去表演、去构成她滔滔不绝的永恒"，"哦，黄河！你这条浑浊的不清不白的、你这条曲折的多灾多难的但是却咆哮威严、浑厚朴实、奔腾有力的伟大之河啊，谁要是不理解你的浑浊、你的泥沙、你的羊粪蛋儿和草棍棍，谁就永远也不能理解你"①。这段文字，作者通过任性的情感倾诉，以连珠炮般的排比句式，形成了一种雄浑的抒情笔调。它所表达的情感强烈而奔放，痛快而淋漓，但又指向鲜明、气势磅礴，极富鼓动性和震撼力。再来看下面一段文字，"有一种更伟大的东西，正深藏在人们的缄默里。叩问它，是一件困难的事，就像要了解父亲最悲惨的往事和母亲受过的凌辱那样"，"生活在焉耆的这支

---

① 周涛：《哈拉沙尔随笔》，见《周涛散文》（第1卷），东方出版中心1998年版，第121页。

回族人啊","失去了故土的,流洒了热血的人们哪,你们,哲赫仁耶教派的也好,虎夫耶教派的也好,告诉我,你们,中国的犹太人——""你们是怎样失去了家园的?""你们是怎样来到哈拉沙尔的?""你们的内心隐藏着的、眼神里躲闪着的,是一部什么样的真实传说和悲惨史诗呢?"①与雄浑的抒情笔调相比,这段文字所采用的属于那种不显山不露水的抒情方式,作者的感情是浓烈的,情感体验也是深挚的,但作者却像是呈现了一座表面看不出异常迹象的火山,让情感的激流地火一般在地下运行。这是一种含蓄内敛的抒情风格,强调内在的抒情元素,而抒情语言则更含蓄、隐秀。

　　周涛散文有一个突出的特点,就是在叙事中夹杂着犀利的议论和哲理的阐发,我们说他的散文有着锐智澄明的风格,主要是就其犀利的议论和哲理的阐发而言的。所有的议论都相似,即表现论说者对于社会、自然、人生等的认知与判断。需要注意的是,散文中的议论和纯粹议论文的议论,所采用的方式、手段的区别却是明显的。纯粹议论文中的议论要用事实说话,通过抽象的逻辑推理来说理或证明什么,所以极重视事实和逻辑。散文中的议论,则是伴随着叙述、描述和抒情,随机生发的一种理性之思,是情感和情趣的合理升华。在周涛的散文中,体现了思维敏锐、锋芒毕露的特点,既述志言怀又启人心智,其议论语言锐利而精当,这不仅使其议论具有较高的文化品位,而且自始至终都呈现着理性精神。我们以《和田行吟》为例来看其议论,作者叙述他和友人乘车离开英吉沙县,来到通往和田的一个漫无边际的大戈壁,驱车独行旷野,他们的心胸变得何其阔大,而这个大戈壁介于昆仑山和塔克拉玛干之间,再往前行,一块绿洲突然出现,这是生命禁区和死亡之海间夹着的一个偶然而悠久的存在,这块绿洲养育了周边的县市村镇,养育了几百万人口。置身于此,使作者领悟到在两个峻厉的死神面前,生命何其伟大又何其珍贵,由生命的领悟又升华到

---

① 周涛:《哈拉沙尔随笔》,见《周涛散文》(第1卷),东方出版中心1998年版,第115页。

对当代文艺的领悟，于是就有了这样的议论，"让病态的人和病态的艺术去呻吟、去自命不凡吧，让那些梦游症患者和精神病患者去争抢他们的梅杜萨之筏吧，我们远离这些，我们到自己的土壤里寻求疗救的功效，我们相信，生命的艺术的伊甸园就在我们自己的土地上"，"你和我，我们是在这样一种普遍的文化环境下来到和田的。那就是在'艺术和人的精神已空前沦丧的时刻'，'普遍存在的正是一种精神上的软弱，残酷的现实又几乎是在蹂躏着这种软弱'，在这种赞美自杀并进一步引诱自杀的空气中，我们到这样一个毫不时髦的地方来，并不是为了制造时髦，而是为了生命的健康，人文品格的确立。我们会在这里找到力量、信心、自尊和挑战者的风范！"① 可见，上述议论是犀利而睿智的，具有明确的针对性，又是自然生发的，是在叙述中的议论，而不是为议论而议论。再来看哲理的阐发（哲理也是一种议论，但相较而言，哲理的所指更具有普遍性），作者叙述到，他和友人来到喀什，这是个作者曾生活和学习多年的地方，神秘的建筑、奇异的人群、隐现的灯火、清真寺、古城堡，这一切重又唤醒了作者的记忆，使自己感到仍然是当初那个远去异乡的少年，故地重游令作者无限感慨，于是便有了这样的人生领悟，"我是一个远赴西天取经但却空手而归的人，什么经也没有取上。但是我饮了那里的水，吃了那里的无花果和葡萄，真正的'经'渗入了我的身体，成为了我的一部分，真正的经是看不到的，它与我同在。"② 作者这里所谓"真正的经"，指的就是文化的影响，这种影响从表象不一定看得见，它往往渗入到一个人的精神世界，成为其生命的一部分，它不可磨灭，而与人的生命同在。作者无疑道出了一种普遍的精神现象。

以上我们研讨了形成周涛散文风格形态的内在机制。我们说作者的运思规律，以及在这种运思规律的支配下，所采用的叙述、描述、抒情、议论等语言的表述手段，是形成其风格的内在机制。通过分析我们得

---

① 周涛：《和田行吟》，见《周涛散文》（第1卷），东方出版中心1998年版，第165页。
② 同上书，第162页。

知,周涛常常将诗歌的想象逻辑和情感结构运用于散文创作,这就形成了其运思的基本规律。就叙述而论,他能恰当地反映对象世界,简洁地表达思想感情,这形成了他叙述语言的特征。叙述离不开描述,周涛散文极为重视描述,这尤其表现在意境的创造方面,因此在描述言说对象时,作者往往选择最形象、最凝练的字眼,浓墨重彩地描述事物,以达到如诗如画的艺术境界,这便形成了周涛散文描述语言的整体趋向。周涛同样注重叙事中的抒情,他特别注意选择具有情感色彩的语言,这些语言强化、渲染着语句中潜藏的情感的激流或细流,构成了其独特的抒情语言风格。周涛散文中的议论,是伴随着叙述、描述和抒情,随机生发的一种理性之思,是情感和情趣的合理升华,他的议论体现了思维敏锐、锋芒毕露的特点,既述志言怀又启人心智,其议论语言锐利而精当。从上述不难看出,周涛散文文学风格的形成有其内在机制,是其审美情趣和表现手段结合的必然结果。

四 周涛散文的文学史意义

周涛散文有着重要的文学史意义,而这个结论的得出,基于这样的观察:周涛到底为西部散文乃至当代散文带来了什么。在我们看来,周涛散文的文学史意义,主要从如下方面表现出来:对消费主义的抵抗和对文学尊严的守护,"解放散文"的倡导者和践行者,西部自然、文化、历史的不倦的体悟者和歌者。下面我们将结合语境、访谈和作品展开分析。

周涛从诗歌创作转向散文创作始于 20 世纪 80 年代后期,90 年代是其散文创作的高峰时期,这个时期中国社会正在经历着历史性的巨变。在市场经济的强烈冲击下,文学丧失了以往的神圣光环,"愈来愈多的人倾向于相信,文学正在消失;或者说,文学退隐了。一个漫长的文学休眠期已经开始。大部分公众已经从文学周围撤离。作家中心的文化图像成了一种过时的浪漫主义幻觉，一批精神领袖开始忍受形影相吊的煎熬"。① 在中国式消费社会降生之后，既有的文学秩序发生了深刻的裂变，文学几乎是在一夜之间就被市场化、媒体化和大众化，代表新市民审美趣味和价值理念的文学迅速蔓延开来，并且随着网络文学的兴起，中国现代文学苦心建构的深度模式也土崩瓦解，文学走向了平面化、去中心化、非文学化及祛深度叙事的道路。散文创作领域虽然看起来非常热闹，但透过热闹的表象，人们不难发现，那些带有明显消遣性质的抒发个人小悲欢的快餐式散文作品已经泛滥开来，这些所谓"作品"，张扬的是一种浅层次的、女性化的审美趣味，内容琐屑且思想苍白，缺乏令人振奋的阳刚之气，更缺乏丰富深刻的精神内涵。周涛对此表达了自己毫无掩饰的反感，"艺术家（广义的）现今变得非常讨厌，非常脱离群众，非常不健康。他们披头散发（只差没有'弄扁舟'），歇斯底里，把高尚的艺术搞得荒诞、肮脏、莫名其妙，他们成了不可理喻的一群"。②

周涛显然在抵抗着消费主义的同化，他的这种努力被研究者称为"来自大西北的文化抵抗"③。周涛的抵抗，鲜明地表现在对延安文艺传统的坚持，这些传统诸如文学创作不脱离人民、作家要深入生活、强调文学的精神引领作用等。周涛是这样谈文学创作与人民群众不可分离的关系的，"天才在成为天才之前，是一个普通的人；在成为天才的过程中，完全依靠人民；在成为天才之后呢，必须代表人民的利益和愿望，否则就会被人民抛弃"，文学天才也是一样的，"文学家写了作品，是要给人民看的，是要在根本上被读者承认的，读者就是人民，他不买账你再清高也没用"，"天才人物有时往往有一种超前性，这并不证明他可完全脱离人民而自在为超人，超前在本质意义上更有赖于人民，期待于人民，符合人民的更长

---

① 南帆：《后革命的转移》，北京大学出版社 2005 年版，第 1 页。
② 周涛：《真正的艺术是奉献》，见《山河判断——大西北札记》，学林出版社 2000 年版，第 170 页。
③ 吴平安：《来自大西北的文化抵抗——论周涛散文的文化精神》，《文艺评论》2010 年第 3 期。

远的精神需求"。① 周涛在这里明确指出，一个优秀的作家是不可能脱离人民的，他的作品自始至终代表着人民的愿望诉求，并且符合人民群众的精神需要。周涛的这个观点似乎每个作家都是熟知的，但熟知并不意味着一定照做，我们看到，在个人主义、商业逻辑甚嚣尘上的20世纪90年代，散文创作领域能够重视人民群众精神需要的、有效表达人民愿望诉求的作家可谓凤毛麟角，这样来说，周涛的观点在消费语境中反而显现出空谷足音的震撼力。周涛的散文创作特别重视接地气，在评价"五四"以来的散文的时候，认为那些学者散文读起来书斋气太重而烟火气不足，这不是他理想中的散文。那么，他自己是怎么做的呢？"我的散文完成的是和普通人、和生活更为紧密的拥抱，这在他们的作品中不大多见。他们没有比较实际的生活体验和跟一般群众那样密切的联系、作品的浓郁的生活气息、强烈的时代气息。"② 周涛在这里再一次强调了创作要密切联系人民群众，只有这样才能创作出强有力的作品来。

一个作家要密切联系人民群众，就不能不重视生活体验。周涛极重视对生活的深入和领悟，他所指的"生活"包括现实生活和精神生活。在他看来，一个作家的深入生活重在领悟，如果不能从现实生活，以及人类的历史和生活中领悟出意义来，所谓的深入生活就无异于恶意的劳动惩罚。周涛更看重对精神生活的深入，认为没有对精神生活的深入，便不可能在现实生活中发现深刻的东西。一个作家要创作出好的作品，要成为一个有影响的作家，就必须在现实生活和精神生活两个层面深入体验，当然也是阶段性的，一个时期重在现实生活的深入，一个时期重在精神生活的体验，还有一个时期要更重视人类的历史和学术生活。③ 周涛的针对性是很强的，

---

① 周涛：《天才与人民》，见《山河判断——大西北札记》，学林出版社2000年版，第166—167页。

② 周涛：《假如我有什么贡献》，见《山河判断——大西北札记》，学林出版社2000年版，第178页。

③ 周涛：《精神生活和诗的境界》，见《山河判断——大西北札记》，学林出版社2000年版，第174—175页。

90年代的散文创作,不能否认一些优秀的作家是乐于和善于深入生活的,如余秋雨、张承志、史铁生,但更多的作家则习惯于向壁虚构,习惯于抒发自己的一点小悲欢、小感受、小纠结,就是不愿到广阔的天地、到广大的群众中去深入体验生活,这种不正常的现象实际将散文创作推进了死胡同,所以周涛的观点也是有感而发,其意欲扭转颓败文风的指向是很明确的。深入生活的标志是对生活领域的占领和把握,对此,周涛提出了"没有大地就没有大文章"的观点,"你不占领一个大土地、大的领域,小小一岛,四处漂流,走遍世界也雄大不了"。[①] 周涛的创作则占领和把握住了以新疆为主要阵地而辐射整个西部的现实生活和精神生活,他不止一次说过,"新疆是那样一种丰富,一种具有极大融汇力的丰富,包括她众多的民族构成,包括她的来自全国各个兄弟省区的勇敢的各族人民","新疆还创造和形成着一种独特的美,她的美本身就含有对鲜明反差事物的包容"。[②] 西部在周涛的心中是神圣的,也是丰富的,我们读周涛散文总被其强烈的西部性所感染,这与其对西部的体验和理解是分不开的,在他看来,"美国西部的拓荒精神和牛仔文化给全世界留下了广泛而深刻的印象;但是中国西部近百年来却是沉默的,它曾经有过的繁荣和几千年来人与自然抗衡中表演过的无数惊心动魄的故事和场景,不但没有表达出来,反而正在湮灭","实际上中国西部的故事一点儿也不比美国西部少,其粗犷的力度和多种文化冲撞的光芒,如能表达,则更精彩。历史曾在这里大开大阖,时间在大摧毁和大空旷中期待着大物质与大精神的新构架"。[③] 周涛无疑是成功的,其成功的保证就在于对生活领域的占领和把握。

周涛主张散文创作要深入人民群众的生活,重视到大天地去体验和把握现实生活与精神生活,最后形成一个相对稳定的阵地,这就为创作出大

---

① 周涛:《没有大地便没有大文章》,见《山河判断——大西北札记》,学林出版社2000年版,第180页。

② 周涛:《新疆!新疆!》,见《周涛散文》(第1卷),东方出版中心1998年版,第211—212页。

③ 周涛:《西部与西部》,见《山河判断——大西北札记》,学林出版社2000年版,第5页。

文章准备了条件。我们说周涛的这个文学主张是对延安文艺传统在时代语境中的传承，也是对消费主义、商业逻辑的抵抗。周涛的文学活动不仅表现出上述指向，而且也表现出对文学尊严的守护。无论如何，文学活动终究是一种精神活动，对精神生活的抒写就是对文学尊严的守护，而文学的价值和意义就在于给无数平凡的生命以精神层面的支持。这就是说，只有崇高的心灵才能写出优秀的作品，进一步讲，散文作家如果缺乏高尚的精神品格和坦荡的人文情怀，缺乏广泛的人生体验和深刻的生命感悟，这样创作出来的东西不过是个人的呻吟或文字的游戏而已，决不会有长久的生命力。我们从周涛的这些观点，可窥见其对精神生活的重视和对文学尊严的守护，在周涛表达其如何看待文学的言论中，出现频率较高的词是"奉献""英雄""精神主脉"等。

周涛认为伟大的艺术家都有艺术上的奉献精神，"如果说奉献，真正的艺术是奉献"，"如果说公仆，一切艺术巨匠是整个人类精神的伟大公仆"，"正是在一个投机害人，假冒伪劣的时尚潮流中，艺术的尊严渐渐显露出来——像喧嚣泡沫中闪露的礁石那样坚硬"。[1] 周涛的意思是说，文学活动要凸显精神价值，而要凸显精神价值，一个作家就可能忍受寂寞，就可能只有奉献而没有回报，而伟大的作家是不会迎合世俗的，越是在消费语境中，就越要呈现精神价值，因为它关涉文学的尊严和意义。但在消费语境中要守护文学的尊严不是一件容易的事情，周涛虽深谙此道，却不愿随波逐流，如其所言，"在一次又一次非文学的'文学浪潮'拍击下像礁石一般地保持清醒的头脑是不是有点儿不容易？""在最需要以功利主义的方式改善的生活际遇中耻于用文学做一点一滴的交换是不是一种清白、一种只有自己知道的牺牲？"尽管守护文学的尊严是艰难的，是要做出牺牲的，但周涛坚信，"人类的社会发展进步是靠着更多的人们坚持信念、埋头苦干来推

---

[1] 周涛：《真正的艺术是奉献》，见《山河判断——大西北札记》，学林出版社2000年版，第171页。

动的"。① 人们不禁要问，周涛到底要表现怎样的精神价值呢？除了前面所说的奉献精神，周涛还有很浓厚的英雄情结，以及对民族"精神主脉"的呼唤。周涛所说的"英雄"并非功勋卓著、扬名立万的名人，亦非光宗耀祖、发家致富的能人，而是"为国家、民族乃至全人类做出了不可磨灭的大贡献的人"，以及"摒弃了个人的渺小私利目标的人"，他们的共同点就是"有充分的余力承载更大的痛苦、追求更多人的幸福"②。可见，周涛所指的英雄，不单纯是指做出了大贡献的人，也包括那些舍弃了小我成就了大我但默默无闻的人，这是一种大境界、大情怀，这样的英雄有很多，"在生活中，许多真诚、善良的人都在创造着不为人知的业绩。他们是英雄但从不自认为是，特别是别人也不认为他们是英雄，但是我认为正是这些人支撑着我们的社会和生活，激励着我们的精神和信念，是我们的民族和国家真正的希望和活力！"③ 周涛认为，能够流传后世的作品必然是体现了中华民族精神主脉的作品，中华民族的精神主脉是一种大气概，是一种雄浑有力的非常人道的完美的传统，与生活、自然、人生的联系异常紧密，它无处不在，具有最大的超越性。周涛以余光中为例，说其散文缺少的正是对中华民族精神主脉的融注与呈现，尽管他在遣词造句、意象的创构方面花了很大的工夫，却始终没有形成大气象，原因就在于此。这精神主脉不是光靠做学问、学贯中西就能得到的，而必须从大地、自然和生活中感受并加以吸收。④ 说到底，周涛所谓"中华民族的精神主脉"，可以理解为大地精神、自然精神和生活精神。奉献精神、英雄情怀和精神主脉等共同体现了周涛散文的精神追求。

可以看出，周涛散文对消费主义的抵抗和对文学尊严的守护具有不可

---

① 周涛：《民族和国家的活力所在》，见《山河判断——大西北札记》，学林出版社2000年版，第186—187页。
② 周涛：《贡献自己》，见《山河判断——大西北札记》，学林出版社2000年版，第185页。
③ 周涛：《民族和国家的活力所在》，见《山河判断——大西北札记》，学林出版社2000年版，第187页。
④ 周涛：《没有大地便没有大文章》，见《山河判断——大西北札记》，学林出版社2000年版，第180页。

否认的现实针对性与文学史意义。有研究者指出,"周涛要拯救的不是散文,或者说不仅仅是散文,他要匡正的是一代文风,由文风透露出的一代世风,由世风折射出的世道人心"。①信哉此论。

周涛在20世纪90年代初提出"解放散文"的文学主张,这个文学主张的提出有着很深的渊源。我们知道,现代散文发端于"五四",出现了鲁迅、周作人、冰心等散文名家,而在三四十年代,散文创作一直处于低迷状态。新中国成立后的五六十年代,散文曾有过短暂的复兴,以杨朔、秦牧、刘白羽等为代表的创作则主要是政治抒情体散文,作家的主体意识被消弭在了公共话语之中。进入80年代之后,僵化的散文观念被解构,作家的主体意识开始回归,到90年代,在众多作家的共同努力下,散文创作形成了多元并存、百花齐放的局面,终于迎来了一个"散文的时代"。但90年代散文繁荣的背后,却潜藏着巨大的危机,这种危机在两个方面凸显出来,其一是精神内涵的贫弱,其二是向消费文化的倾斜。90年代的散文创作仍延续着80年代的观念,在对政治抒情体散文的持续解构中,也在弱化政治文化对文学的影响。问题在于,对政治文化的无限度弱化必将导致精神高度的降低乃至完全消失,放眼90年代的散文我们不难发现,很多所谓"作品"的精神内涵严重不足,正是由于缺失政治文化的滋养造成的。另一种危机的产生则与市场经济的冲击相关,随着中国式消费社会的降临,大众文化开始崛起,很多作家于是转向通俗散文的写作,这种通俗散文"说到底是商品经济的产物,通俗文化的变种,它们以消遣、娱乐为目的,以大众需要为取向"。②显然,由通俗散文的大量涌现造成的散文繁荣是虚假的繁荣,表现了散文发展的畸变。

面对20世纪90年代这种虚假的散文繁荣,周涛表现了一个有责任感的作家必要的冷静。他如是说,"对当今中国文坛的所谓'活跃',我总是抱着一点戒心的。因为很多的活跃,已经证明是短命的,是一群急于扬名的

---

① 吴平安:《来自大西北的文化抵抗——论周涛散文的文化精神》,《文艺评论》2010年第3期。
② 陈剑晖:《论90年代的中国散文现象》,《文艺评论》1995年第2期。

人们的不安和躁动"。① 周涛根据自己的观察，总结出了当代散文病态的八大症候，这就是"一曰病人养病鸟"（散文家的创作缺乏生活气，已使散文死气沉沉）；"二曰正宗丈夫心理"（有些作家认为自己才是"写散文的"，不愿看到别人涉足散文）；"三曰沉默主义"（散文界面对有价值、有创意的作品默不作声）；"四曰心地狭隘有巫婆气"（搞文学的宗派主义，画地为牢，相互攻击如婆媳斗法）；"五曰范文笔调"（散文界流行着新八股，循规蹈矩，思维僵滞）；"六曰武大郎提倡短小"（散文家心胸狭小，局限了视野，加上生活底蕴不足，所以只能写些短小的东西）；"七曰二郎神的脑门不长肉眼"（回避现实，粉饰生活；散文病态，此为病根）；"八曰九斤老太越生越小，南郭先生索性指挥"（散文质量每况愈下，而滥竽充数的人又霸占着散文阵地)②。在周涛看来，散文界存在着的这种种病态，严重阻碍了散文的发展，散文要获得发展，就不能不改变这种状况。

  周涛几年后曾回忆说，"因为有感于散文的'病态'，所以才有了'解放散文'的要求"，但"解放散文"的提出，也给周涛带来了很多负面的评价，对此，周涛有过如此的陈情，"我的抗争和挑战，难道没有为大家争取一个生存家园的意义吗？难道不是在同整个文学环境的污染做抗争吗？我们正在和一种庞大无形的东西作战，而这种庞大无形的东西正是文学界自身滋长、蔓延的，那就是：堕落"。③ 可见，周涛提出"解放散文"的文学主张，有着鲜明的现实针对性和愿景期待。那么，周涛所谓"解放散文"的具体内涵是怎样的？我们先来看周涛的散文观。"什么是散文呢？散文的散字，就是散步的散，也是散漫的散，'铁马秋风大散关'的散，散文的意思就是自由文，自由是散文的生命"，而"所谓自由就是真实地、轻松自如

---

① 周涛：《散文和散文理论》，见《周涛散文》（第2卷），东方出版中心1998年版，第416页。
② 周涛：《散文的前景：万类霜天竞自由》，见《周涛散文》（第2卷），东方出版中心1998年版，第390—392页。
③ 周涛：《散文小议》，见《周涛散文》（第2卷），东方出版中心1998年版，第421—424页。

地表达自己,无拘无束,生动活泼"①。现在看来,周涛的散文观指涉两个方面,其一是散文创作应该从大众文化的桎梏中得以解脱,且不受商业逻辑和现实利益的制约,从而使作家能自由地进行创作;其二是散文创作要打破一切内容或形式上的规范,使其能够尽情地释放作家的思想情感,成为生命表达的真正载体。"解放散文"主张的提出与周涛的散文观有着直接的关联,可以说,正是在其散文观的引领下,他才提出这样的文学主张。

周涛认为,散文之能否真正"被解放"首先有赖于思想观念上的解放,"只有思想的解放才能带来散文的解放,一切观念、形式的变革无不是在思想力量的冲击下改革形成的"②。如果思想观念"解放"了,那么,今天的作家也就能够站在历史的高度,从散文创作业已形成的惰性和惯性中使散文解脱出来,使之重新具有活泼的生命力和自由的创造力。散文的思想观念被解放之后,接下来就是散文创作内容的解放问题了,周涛用"放纵"这个词加以概括,如其所论,"'放纵'是什么意思?放,就是解放,开放;纵,就是纵情。社会的发展进步就是不断地,更深入地解放人们的思想,拯救人们美好的感情,而不是压抑它们"③。所谓"放纵",就是使散文成为人们尽情尽兴地表达思想感情的文体,使其从一切旧的或新的写作模式中得以解脱。周涛对此还做了进一步的说明,即"还散文以天足,还散文以天然的姿态和生命,让思想和感情自由奔放地表达,要痛快淋漓!"④ 周涛认为当代散文最大的病态就是不能深度表达当代人的心灵,他提出的解决方案是"要用当代人的眼睛,当代人的思想,当代人的笔墨当代人的方式去表达今天的人们的意识形态"⑤。当代散文普遍缺乏精神力量、缺乏心灵的震撼力,根本原因在于,"很多作家的文化素养、政治素质、社会责任感

---

① 周涛:《散文的前景:万类霜天竞自由》,见《周涛散文》(第2卷),东方出版中心1998年版,第389页。
② 周涛:《散文和散文理论》,见《周涛散文》(第2卷),东方出版中心1998年版,第417页。
③ 周涛:《散文的前景:万类霜天竞自由》,见《周涛散文》(第2卷),东方出版中心1998年版,第402页。
④ 同上书,第410页。
⑤ 同上书,第392页。

及个人品质都远远不够,远远达不到优秀作家的水准。不少作家虽然活着而作品却早已经死了"。①

除了散文观念和散文内容上的变革,周涛认为散文的表达方式也不能不进行变革。"章法啦,技巧啦,都是人创造的,它是一种经验,一种模式,提供给后人学习借鉴,但它替代不了创造着的人。有力量的作家总是藐视章法不屑于技巧的,这正是创造的心态。"② 周涛的意思是,大散文、好散文无所谓章法,也无所谓技巧,一切都只要遵从思想感情的表达需要即可,散文传统中的起承转合、以小见大、形散神不散等理论在这里均遭其摒弃。这倒不是说周涛是一个不重视散文文体的作家,他的观点是有针对性的,对于一个生活积淀不够、精神境界不高的作家来说,散文创作的经验和理论当然是必须的,他还以"小溪"为喻对此做了说明,"没有力量没有落差没有充沛水源的人,只能流成一条小溪,只能沿河床古道、人工干渠缓慢地流或者欢快地流,当然小溪小河也可供人濯足洗衣,也可自成一景"③。但对于生活积淀深厚、精神境界很高的作家(即他所谓"有力量的作家")而言,经验和理论反而会成为约束他自由挥洒的障碍,因此必须加以摒弃,其结果则是"我就是章法"。周涛对他的这个观点有过必要的阐释,"我说的章法,是你精神境界的高度,你的巴颜喀喇山的海拔高度,还有你生命创造活力的蓄水量,你的发源地会不会枯竭,这两个方面具备了,你自成章法。你才可以'黄河之水天上来'"。④ 散文是一切文体中最自由的文体,周涛所谓"我就是章法","我怎么想怎么写,我表达我自己,不照别人书上的模式"⑤ 等观点,其实是对散文的尊重,也是对散文本质的回归。在这个意义上,周涛提出"解放散文"就不是故作惊人之语,而是真

---

① 王族、南子:《周涛:"山河判断在俺笔尖头"》,《三月风》2001 年第 7 期。
② 周涛:《散文的前景:万类霜天竞自由》,见《周涛散文》(第 2 卷),东方出版中心 1998 年版,第 412 页。
③ 同上。
④ 同上书,第 413 页。
⑤ 周涛:《我已经寻找过我自己》,见《周涛散文》(第 2 卷),东方出版中心 1998 年版,第 434 页。

正发现了当代散文文体发展的坦途,值得每个散文研究者去重视。

周涛不仅是"解放散文"文学主张的积极的倡导者,而且也是这种文学主张的持久的践行者。我们细读周涛的散文作品,如篇幅较长的《秋天伊犁的札记》《蠕动的屋脊》《哈拉沙尔随笔》《和田行吟》等,看不到丝毫的匠气,看不到刻意的起承转合,也看不到对任何散文写作模式的追随,其叙事、抒情、议论等表达方式都是随机出现,显得灵动自如。读这些作品,我们感到其汪洋恣肆、自由洒脱、气象宏大,真正实现了对散文的"解放"。周涛散文表现出的这种文学气象,我们只在余秋雨、史铁生、张承志等少数作家的作品中才能感觉到,这说明"解放散文"并非一朝一夕之功,除了作家自身的素养局限外,散文观念的更新仍然没有广泛地被接受与落实。周涛并不悲观,他说过,"文化的革命正是这样,并不一定总是轰轰烈烈的。艰苦卓绝的意义,荷载彷徨的苦闷,勇猛和韧性,判断和抉择,这一切在个体心灵中爆发的大规模冲突都是在平静表面的后面进行的。但是它最终产生的影响力,是深刻而久远的,散文的革命正是这样"。[①] 诚如周涛所论,"解放散文"的主张已经产生深远的影响,人们的散文观念正在发生改变。"解放散文"需要的只是时间。

周涛是西部自然、文化、历史的不倦的体悟者和书写者,其文学活动(包括散文创作和诗歌创作)早已与西部不可分离,他散文作品中传达出的雄浑而激越的西部之声,是西部散文最有力的声音,更为重要的是,他的散文大大拓宽了西部散文的书写疆域,西部的一切都可作为散文题材,这使他成为最有代表性的西部作家之一。有研究者指出,"周涛不是西部的访客,他在这儿落脚,在这儿安家。这儿既是他的生活所在又是他的精神家园。他把一生都托付给了西部。他对西部的深入和了解,使他已超越激动而归于平静。平静是由激动酿就的,因此,这种平静就显示出力量,就像这西部山水,是经过地球板块无数次冲撞后,才会如此熨帖地躺卧在我们

[①] 周涛:《散文和散文理论》,见《周涛散文》(第 2 卷),东方出版中心 1998 年版,第 417 页。

的眼前，成为一道永久的风景线"。① 此论不虚，周涛把一生都托付给了西部，这使他对西部的自然、文化和历史都有着浓深的情感，也使他对西部的注视和审美转化成了一种特殊的生存方式，转化成了他对西部大地及其历史文化的理解与亲和。

  周涛虽身居城市，但他的心在荒野，他对于西部的山川、大漠、戈壁等自然奇观，以及野马、苍鹰、红狐等充满野趣的动物，给予了特别的关注，他试图从西部的自然万物中感受和领悟到那种最质朴的美和人类失却已久的精神品格，这使他所展示的自然万物具有了超凡脱俗的意味。周涛的散文似乎在神游四方，但不是为了给西部的山水名胜立传，他要从西部的神秘和苍凉、浩大和广漠中探寻到更有意味的东西来，发现人性一样美好的东西来。周涛是这样总结他与西部的关系的，"我与山河的关系即我与文化的关系。西部的历史文化长期浸泡出的气味影响着我，那么我就必须得弄清楚这种气息到底是什么？当然，这么多年同时还有许多气息也在吸引看我，但最终还是这种气息吸引了我。在我看来，山河无疑就是文明的载体"。② 周涛对西部历史的解读，集中体现在《游牧长城》这部长篇散文中，举凡关于陕北人的议论，关于白羊肚毛巾的隐秘的扎法，关于地理名称的精神层面的反思，关于秦兵马俑的揣度，关于信天游的体悟，关于圣地延安和毛泽东的独特认识等，都使作者自身的精神指向得到了极致表达。在《游牧长城·甘肃篇》中，作者写到了黄河、武威、河西走廊、嘉峪关、长城、莫高窟等甘肃境内涉及历史典故的名胜，但作者在其从中寄寓了深刻的历史思考，譬如对于黄河的抒写，"她是这样一个母亲：5000年岁月的白发之下，他的一代代数以千万计的儿子累死、饿死、冤死、战死在这里，长城是他们的集体墓碑。但是在吞咽了人间最难以忍受的苦难之后，她仍然活着，盘绕在儿子的墓碑侧畔，永不离去了。她的丧子之痛、念子之深、盼子之切，使她免不了爆发为一次悲愤欲绝、捶胸顿足的疯狂，淹没一季

---

① 王国伟：《西部的歌》，见《周涛散文》（第1卷），东方出版中心1998年版，第1页。
② 王族、南子：《周涛："山河判断在俺笔尖头"》，《三月风》2001年第7期。

庄稼，摧毁一片房屋，打碎一些坛坛罐罐，就像一般女人发怒时一样啊。"①黄河母亲滋养了世世代代的人们，但世世代代的人们却在黄河两岸上演了无数的战争悲剧、社会悲剧和人生悲剧，残骸遍地，哭声震天，只有长城无言，为世世代代的人们送上无声的哀悼。黄河的历史，就是中华民族充满悲剧意味的奋斗史、抗争史和文明史，作者关于黄河的思考是深沉的，能带给我们相当大的冲击，这都是作者的历史理性精神使然。有研究者认为，"《游牧长城》是周涛为自己划定的精神疆域。在这里，周涛表露了自己的情感矢量与价值向度以及人生欲求。在北中国长城诸省这样一个巨大的文化块面上，周涛为自己的心灵定位，并测量着诸种文明的深度"。②这段话精准地概括了周涛的历史理性精神。周涛对西部文化有着很深的解悟，而这种解悟往往能够上升到人生层面、社会高度，并且伴随着作者在特定的瞬间涌现出的情感情绪，使人一方面感受到西部文化的厚重久远，另一方面也感受到作者对西部文化的源自内心的激赏。譬如其在《游牧长城·甘肃篇》对敦煌莫高窟的抒写，"哦，敦煌莫高窟。敦厚辉煌莫如其高的艺术宝库。关于你，我知道得还是太少，我准备得还是太不充分了；当我走近你的时候，我看到500个洞窟似500只佛眼无声地望我，它们有一个共同的流沙披散于土崖的荒凉额顶；这座洞窟的整体就是一座造型怪异、内蕴深含的雕构，它外貌的荒凉和内脏的灿烂同样令人惊异，它的处境所呈现的被遗弃状和它的内心所呈现的永恒固守一样强烈；它是那样一种随时有可能被重新埋没的永恒，又是一种因为极其偶然的原因才得以重现辉煌的安详"。③从这段文字不难体会，周涛对于西部文化的抒写是多么的具有特色与韵味。

周涛散文在当代文学史上具有重要的意义。在20世纪90年代的"散文

---

① 周涛：《游牧长城·甘肃篇》，见《周涛散文》（第3卷），东方出版中心1998年版，第142页。
② 韩子勇：《周涛散文沉思录》，《当代作家评论》1994年第6期。
③ 周涛：《游牧长城·甘肃篇》，见《周涛散文》（第3卷），东方出版中心1998年版，第173页。

热"中，周涛发出了不同的声音，他对消费主义的抵抗和对文学尊严的守护，体现了一个作家必要的社会责任感和应有的身份意识。周涛的抵抗，鲜明地表现在对延安文艺传统的坚持，这些传统诸如文学创作不脱离人民、作家要深入生活、强调文学的精神引领作用等。奉献精神、英雄情怀和中华民族的精神主脉等共同体现了周涛散文的精神追求，这些精神追求使周涛散文具有了一种相当的精神高度。有人指出，"从文化意义上评判周涛的价值，尚未被许多人所认识"，"比之二张，周涛的文化抵抗至少是同样艰苦卓绝而又有声有色的"①，还有人是这样判断周涛散文的价值的，"当金钱、物质逐渐挤占人的心灵，磨蚀人们对美的感觉时，阅读周涛散文可以使我们保持心灵的纯净，保持对生活的想象力，并在一定程度上拯救我们的艺术感觉和生命感觉。这既是我们推崇周涛散文的原因，也是周涛散文意义之所在"。② 这都是比较客观中肯的评价。周涛不仅是"解放散文"文学主张的积极倡导者，而且也是这种文学主张的持久践行者。周涛在分析当代散文八大病症的基础上，提出了"解放散文"的主张，首先是散文观念的解放，今天的作家要站在历史的高度，从散文创作业已形成的惰性和惯性中使散文解脱出来，使之重新具有活泼的生命力和自由的创造力。当代作家要准确表达当代人的心灵，就"要用当代人的眼睛，当代人的思想，当代人的笔墨方式去表达今天的人们的意识形态"。周涛主张"我就是章法"，试图打破一切散文理论的约束，"放纵地"表现自己的思想感情。周涛的散文作品，如《秋天伊犁的札记》《蠕动的屋脊》《哈拉沙尔随笔》《和田行吟》等，看不到丝毫的匠气，看不到刻意的起承转合，也看不到对任何散文写作模式的追随，真正实现了对散文的"解放"。周涛"解放散文"的主张，为当代散文真正的发展繁荣指明了一条坦途。周涛是西部自然、文化、历史的不倦的体悟者和书写者，他的散文大大拓宽了西部散文的书写疆域和表达范式，这使他成为最有影响力和代表性的西部作家之一。

---

① 吴平安：《来自大西北的文化抵抗——论周涛散文的文化精神》，《文艺评论》2010年第3期。
② 韦器闳：《周涛散文：超越规范与张扬自我》，《当代文坛》2001年第3期。

第九章 周涛的西部散文

周涛散文首先是西部散文,这就形成了研究周涛散文的基本视角。从这样的视角看,我们就有必要分析周涛散文的精神结构、文化维度和风格形态。

纵览周涛散文,我们发现生命意识和西部精神是其精神结构的主要构成。周涛散文的生命意识大致表现在四个方面:其一,对西部人生命状态的抒写;其二,对展现着生命激情的猛禽、骏马、野菊等自然物的描绘;其三,对各种被毁灭的小生命的痛惜与体悟;其四,对民族生命文化的审视与质疑。在周涛散文的精神结构中,除强烈的生命意识外,更交替呈现着鲜明的西部精神。所谓西部精神,即是由强悍的生命精神、韧性的生活精神、顽强的开拓精神、沉着的自由精神等构成的精神价值总和,它是在西部地理环境和人文生态的客观背景下,在漫长的历史动荡和文化积淀的过程中,胶合着现实的时代精神逐步形成的。西部精神和生命意识规范了周涛散文基本的精神流向,也使周涛散文具有了特殊的人文品格。

周涛的成长经历中有着丰富的地域文化的滋养,其中游牧文化对周涛的影响极为深远。这就形成了周涛散文的文化维度:游牧文化与农耕文化的比照融合。游牧文化对周涛的影响体现着两个方面,其一是助力周涛形成了浪漫主义的文学风格,其二是使周涛形成了一种新的文化视野,这种文化视野使周涛能对以汉民族为主体的历史文化进行深刻的反思。

周涛散文的风格形态,我们可以用八个字加以概括:雄浑壮美,锐智澄明。这种文学风格的形成,从内容形态来看,雄浑壮美主要与其精神结构相关,锐智澄明则主要与其文化维度相关。从表述形态来看,作者的运思规律,以及在这种运思规律的支配下,所采用的叙述、描述、抒情、议论、语言表达的手段,是形成其风格的内在机制。周涛常常将诗歌的想象逻辑和情感结构运用于散文创作,这就形成了其运思的基本规律。在周涛的大部分散文作品中,我们可以明显看出其向诗歌的靠近,如淡化对事件来龙去脉的详细叙述，注重情感的铺陈与流泻，注重通过对叙述者的心理感受和自然景物的描写，以营造诗意氛围。

　　周涛散文在当代文学史上具有重要的意义，这主要从如下方面表现出来：对消费主义的抵抗和对文学尊严的守护，"解放散文"的倡导者和践行者，西部自然、文化、历史的不倦的体悟者和书写者。周涛的散文立足于西部，其影响却远远超越了西部，这恰好印证了周涛的观点，"我们始终坚持文学无边缘，地理的边缘恰好是我们的文学中心，心之所系"。[①]

[①] 王族、南子：《周涛："山河判断在俺笔尖头"》，《三月风》2001年第7期。

第十章 马丽华的西部散文

马丽华是极具代表性的西部作家,她和周涛、张承志、刘亮程等作家一起,使西部散文成为 20 世纪中国散文史上不可或缺的重要组成部分。"马丽华的皇皇巨著、洋洋洒洒二百多万字的西藏纪实作品系列,让人们在领略了西藏的自然人文、万千物象的大美的同时,也感受到了作者由激情浪漫走向了理性烛照的审美历程。"[①] 马丽华在西部作家群中也是极具个性的,其创作思路、审美情趣、题材取向、表达方式、风格趋势等,与其他西部作家大异其趣却共同构筑了西部散文的风景线,值得注意的是,她的创作始终是以西藏为中心的,对西藏持久的观察、体验和书写,使她从"齐鲁之邦的我"变成了"西藏高原的我"[②]。

出生于 1953 年的马丽华,1976 年从山东临沂师专中文系毕业就进入了西藏,直到 2003 年调至北京。在长达 27 年的漫长岁月里,她将青春、激情、才华都献给了西部,而她的以西藏为中心而涉及西部其他地域的创作也成就了她的声誉。马丽华 1986 年出版散文集《追你到高原》(西藏人民出版社),20 世纪 90 年代初连续出版长篇纪实散文《藏北游历》(解放军文艺出版社 1990 年版)、《西行阿里》(作家出版社 1992 年版)、《灵魂像风》(作家出版社 1994 年版)(这三部长篇纪实散文合集为《走过西藏》,由作家出版社 1994 年

[①] 吴健玲:《一个浪漫主义者的心路历程——从审美体验看马丽华的创作》,《广西民族学院学报》(哲社版)2006 年第 2 期。

[②] 格勒:《西行阿里·序》,中国社会科学出版社 2002 年版,第 4—6 页。

出版),1997年出版散文集《终极风景》(吉林人民出版社),1998年出版散文集《西藏之旅》,2002年由中国社会科学出版社出版散文集《苦难旅程》《十年藏北》《藏东红山脉》《西藏文化旅人》。除上述散文集外,马丽华还出版了学术专著《雪域文化与西藏文学》(湖南教育出版社1998年版),报告文学《青藏苍茫——青藏高原科学考察50年》(生活·读书·新知三联书店1999年版)、《探险大峡谷》(辽宁少儿出版社2000年版)、《老拉萨——圣城暮色》(江苏美术出版社2002年版)、《西藏寺庙与居民》(江苏美术出版社2002年版),诗集《我的太阳》(人民文学出版社1998年版),长篇小说《如意高地》(十月文艺出版社2006年版)。可见其著述之丰。

在马丽华多文体的创作中,以散文的成就为最大。马丽华的散文创作,经历了青年时代的"审美眩晕"向中年时期"审美困惑"的审美过渡,这也是一个由激情浪漫向理性纪实转型的过程。马丽华中年时期的西藏叙事,以积极进取的汉儒文化为风骨,融合了藏民族的文化立场,并以文化人类学的前沿理论为参照,基于田野考察和对历史文献的研读,从容而诗意地再现了西藏及其雪域文化。马丽华所塑造的西藏,不同于藏族人眼中的西藏,更不同于西方探险者笔下的西藏,这是一个祛神秘化、祛妖魔化的西藏,但也是一个文学意义上的西藏。马丽华诗人的浪漫天性和源于齐鲁文化的进取精神,以及她悲天悯人的诗性情怀,不可能使她仅仅满足于作一个西藏及其雪域文化的客观记录者,在她那些看似客观的叙述中,不时流溢出动人的审美情思、多元的价值取向和深刻的终极关怀。马丽华的西藏叙事,给我们展示了一个浪漫主义者的心路历程。有人认为,"马丽华以她的浪漫诗情和人文敏悟建构起了一个'马丽华的西藏'(在成为'西藏的马丽华'的同时)——这一建构集中在其'走过西藏系列'中,即按照她的话来说由'农村、牧区和古史之地'构成的'一部民间的形而上的西藏'"[1]。这个论断,较准确地勾勒了马丽华西藏叙事的基本趋向及其价值意

---

[1] 尼玛扎西:《颠簸的生存之流与激变的时代之潮——评马丽华的散文创作》,《西藏文学》2000年第6期。

义。本文拟从西藏风情的再现、文化立场的定位、文学风格的形成等方面，对马丽华散文进行细致的观察、分析和解读，以求系统深入地认识和把握马丽华散文。

一 走过西藏：西藏风情的全景式再现

文学的地域性，从表层来看，就是对特定地域的地理环境和人文环境的抒写；从深层来看，就是对特定地域的人的精神气质和观念系统的反映。我们阅读马丽华散文，首先看到的是其对西藏的地理环境和人文环境的全景式再现，具体呈现为自然风物、民俗文化、宗教场围、历史氛围等，而这样的书写赋予马丽华散文以浓郁的地方特色和深厚的文化底蕴。

马丽华始终怀着浪漫的心态去体味西藏那绝尘去俗的自然风物，而这些自然风物带给作者的往往是美学意义上的震撼与愉悦。她这样描述自己面对西藏自然风物时的审美感受，"土林的组成形态相似于美国西部，大峡谷，但不似后者的狰狞险峻，而是严整平阔，从容不迫得多"，"极目处是喜马拉雅岩石与积雪的峰峦，风起云涌，苍茫如海。在这种时刻，在我举目远眺，直到目光不及的处所，感到世界的大包容和目光的大包容的同时，正感受着只有在西藏高原才能体会到的我只能称之为的——'审美晕眩'。这是一种化境，是超越，虽然短暂。是我所神往的这一方独具的情境与情怀"。① "审美晕眩"是马丽华对自己激情状态的准确概括，"人处于激情状态时，伴随着的是一种晕眩"②，而激情是"由积极的人生态度与生活态度所导致的一种情感形式"③，处于激情状态的人"喜爱登高和远眺"，"喜欢巨大的事物"，且"入迷"而"无私"。马丽华的西藏自然书写，正是其激

---

① 马丽华：《走过西藏·西行阿里》，作家出版社1997年版，第242页。
② 曹文轩：《二十世纪末中国文学现象研究》，作家出版社2003年版，第305页。
③ 同上书，第301页。

情状态的真切映像。

西藏高原位于青藏高原的主体区域,而青藏高原素有"世界屋脊"之称,是世界上海拔最高、面积最大、隆起最晚的高原。青藏高原地形复杂,景象万千,有逶迤高峻的山脉,有深切陡峭的峡谷,以及冰川、戈壁、裸石等多种地貌,西藏高原的地貌大致可分为喜马拉雅山区、藏南谷地、藏北高原和藏东高山峡谷区。由于地形、地貌以及大气环流的影响,西藏的气候也是多样的,从东南向西北依次存在的气候类型,有热带、亚热带、高原温带、高原亚寒带、高原寒带等。西藏也是中国湖泊最多的地区,湖泊面积约占全国湖泊总面积的30%以上,1500多个湖泊散落于群山莽原之间,其中面积较大的湖泊有纳木错、色林错和扎日南木错,都在一千平方公里以上,湖泊的周围则是丰饶的天然牧场。因为地形地貌的差异、气候类型的多样和湖泊数量的众多,西藏拥有不可胜数的奇花异草和珍稀动物,也形成了西藏雄伟壮观、神奇瑰丽的自然风光。马丽华几十年间持续行走在西藏高原的各地,当她"回望西藏,以往的那些岁月时日,流年似水,渗入冻土层了;如风如息,荡漾在旷野的气流里了;化成足迹,散布在荒山谷地上了"。[1] 西藏的高山、雪原、大湖、草原、冰川、戈壁,都带着朴拙的美感进入了马丽华散文。马丽华"永远用欣赏的、赞叹的目光和口吻观照、讲述这一切",因为在她看来,"人生原本更简单——就为了这一片蓝天,一方草原,远天下孤独的野牦牛一个黑色剪影,黄枯的山脊上一群滚动的羊子,就为了这一声鸟鸣、一丝微风……不是占有它们,就为了此生能亲眼看一看,亲耳听一听,这一辈子就很值得了。更何况感受到的不胜其多,已是奢侈。人生对万物有情,万物才有情于人生呵!"[2]

在马丽华散文中,"人生对万物有情"具体表现为对自然界的山水、植物和动物,进行了人格化的叙事,而这无疑是受了藏民族自然观的影响。

---

[1] 马丽华:《走过西藏·自序》,作家出版社1997年版,第11页。
[2] 马丽华:《走过西藏·藏北游历》,作家出版社1997年版,第58页。

在藏民族看来，天地自然都是生命的表现形式，人即自然，自然即人，自然是人的生命母体，而人是大自然生生不息的生命过程的一个环节、一个部分，基于此，就有了藏民族对大自然的敬畏，就有了对圣湖神山的崇拜，就有了天葬的习俗，就有了生死轮回的观念，也就有了那种对命运的从容与淡然。对大自然进行人格化叙事，与马丽华的浪漫主义情怀是相当契合的，我们甚至可以说，所有的浪漫主义者在观照大自然时，都会自觉不自觉地进行这样那样的人格化叙事，如李白的写作就是如此。我们来看马丽华对西藏的神山圣湖——念青唐古拉和纳木错的抒写，"伟岸的念青唐古拉是藏北高原的南方门户，西藏四大著名神山之一，雄踞藏北数以百计的保护神山之首。念青即藏语'大神'。与它素有夫妻美称的天湖——纳木错，是西藏第一大湖"，"这一对神山圣湖不仅外貌雍容华贵，传说还施予它们无上的财产和权力。它们是神界贵族。湖畔草原是它们的牧场，四周山族是它们的佣人。那些佣人山司放马、放牛、牧山羊、绵羊，以及喂狗的、磨糌粑的，各负其责。民间传说中的念青唐古拉大神的形象令人感到亲切，充满人欲人情，由于它的狭隘与善妒，就愈发可爱了"。[①]这就是马丽华自然书写的人格化叙事。

马丽华的自然书写，还常常能从大自然的状态延伸到人生状态的思考，从而使自然风物成为人的精神气质的外化，如其对纳木湖的抒写。"纳木湖碧波涟涟，一个永远风平浪静的海洋。还是在多年前的一个夏日里，我曾乘坐捕鱼者的小船滑行在水面，探身将手长时间地浸入清亮亮的水中。置身于雪山蓝湖间的享受，至今犹不能忘怀。内地都市，人海车潮，拥挤喧嚣，钢筋水泥的方匣子把人们叠罗得离大地越发远了，没有一个人迹罕至的角落，遇到伤心的事儿想要号啕一场都没个去处。遥相比较，这里的寂静与辽阔真是太奢侈了。现代人的心灵深处，应该常泊这一片宁静之海。"[②]当然，马丽华自然书写中更多的，则是怀着惊喜的心情去描述西藏的自然

---

① 马丽华：《走过西藏·藏北游历》，作家出版社1997年版，第22—24页。
② 同上书，第25页。

奇观，作者总是能够自如地调动多种感官，对自然奇观进行多维度的描述，如其对长江奇观冰塔林的描述。"从砾石堆上四面张望，晶莹连绵的冰峰、平坦辽阔的冰河历历在目"，"远方白色金字塔的格拉丹东统领着冰雪劲旅，天地间浩浩苍苍"，"慢慢从砾石堆上走下来，慢慢沿冰河接近冰山。这一壁冰山像屏风，精雕细刻着各种图案。图案形态随意性很强，难说像什么，从狭小的冰洞里爬过去，豁然又一番天地。整座冰塔林就由许多冰的庄园冰的院落组成"，"风声一刻不停地呼啸，辨不清它的来路和去向，大约自地球形成以来它就在这里穿流不息。把冰河上的雪粒纷纷扬扬地扫荡着，又纷纷扬扬地洒落在河滩上，冰缝里。"① 作者在这里调动了视觉、听觉和触觉，多维度地再现了冰塔林的壮美峻厉对其形成的多重感受。马丽华的自然书写，除了盛赞自然之大美，还写到自然灾害，以及人在自然灾害面前的无能为力，这使其自然书写具有了完整性，如其对前往阿里的路上突遇险情的描述。"天空遽然阴暗，不知从哪里涌来的雨云雹云，刹时间巨闪大雷，喀嚓嚓惊心动魄。指肚大的雹粒嘭嘭乒乓砸得车篷山响，三两分钟间道路山野一片白茫茫。车灯光柱投射之处，山和路已看不分明，好不容易分辨出开阔地上的一处断路，急打方向盘，拐向依稀着车痕的便道，前面的路又模糊了。满车人空前地全神贯注和高度紧张。"② 本来在崎岖的山路上行车就莫测吉凶，令人不安，更何况遭遇遮天蔽日的冰雹雨封锁道路，作者对这场大暴雨的描写可谓惊心动魄，使人印象深刻，由此不难想象西藏高原瞬息万变的天气和可能造成的毁坏。这就是马丽华自然书写的魅力，震撼、动人、真切，而且让人浮想联翩。

马丽华散文对于西藏民俗风情的书写同样引人瞩目。我们知道，民俗文化不仅是一种空间性存在，而且也是一种时间性存在。不同地域的人们由于生存环境的不同，而形成不同的生活方式，生活方式的不同会从物质文化、制度文化和行为文化上表现出差异，进而衍生出不同的民俗风情来。

---

① 马丽华：《走过西藏·藏北游历》，作家出版社1997年版，第198—199页。
② 马丽华：《走过西藏·西行阿里》，作家出版社1997年版，第276—277页。

地域性存在的民俗文化以时间的方式被传承，更重要的是，它会进入人们的精神世界，沉淀为一种集体无意识。缘于此，对于特定地域的民俗风情的书写，是地域文学的题中应有之义。西藏的民俗文化，涉及物质民俗（指藏民族的生产生活方式及相关的习俗礼仪）、社会民俗（包括婚丧嫁娶、家族村社和人生礼仪的相关内容）、精神民俗（以信仰、节庆、民间文艺为其代表），"西藏民俗文化囊括和涵盖着人类民俗文化的一切领域和方面，同时，又自成体系，内容极为丰富，具有浓郁的民族与地域特色"。① 马丽华散文对西藏的民俗风情进行了系统的观照，再现了藏民族的日常生活、精神状态和情感诉求。

我们来看马丽华散文对那曲赛马会的叙述。赛马会是那曲镇一年中最隆重的节日，似乎是一夜之间赛马场上就突现一座帐篷城，那些特意为赛马游乐而制作的帐篷如一朵朵盛开的莲花。在广阔的藏北草原牧区，赛马会是比藏历新年更热闹的民间节日，唯一的全部族集会的机会，它在牧人心中的地位、它所引发的向往之情，自然就超越了一切。自古以来，藏北高原以地方、以部落为单位，每年至少举行一次大型的赛马会，有些地方根据宗教节日或临时需要（如部落头人举行生日或婚礼庆典等）多到两、三次。赛马会通常在藏历的六、七月间气候最好的几天里举行。牧民们早早就着手赛马会的准备工作，赛马不再使用，以便养精蓄锐，在冬季最寒冷月份的三个"九"，即藏历十月二十九、十一月二十九和十二月二十九这三天的上午，给赛马洗冷水澡，他们认为只有这样，在夏季比赛时马才能跑得快，奔跑起来呼吸不困难。赛马的日常饮食也很讲究，一般不喂精饲料，尤其是油腻食品，那样的话比赛时可能影响马的呼吸，而是给赛马饮山羊奶，奶中还要加糖，据说可以治疗气管炎和哮喘病。夏季初开始训练赛马，一直到比赛，马主人护理自己的赛马，比照看襁褓中的婴儿还要尽心尽力。作者对赛马的情境描写尤为出色，如其所叙，"好，现在赛马

---

① 陈立明：《西藏民俗文化论》，《西藏民族学院学报》（哲社版）2002 年第 4 期。

开始。参赛的马都披红挂彩,极尽装饰之能事。不仅马头令人眼花缭乱,簪上鹰翎雁翎孔雀翎,马尾巴也红红绿绿飘飘洒洒。参加大跑的是少年骑手,焕然一新地穿戴戏装一样的行头:色彩鲜明的绸缎单衣,从头到脚一种色调。老远看便是一个红点、绿点、黄点、紫点。参赛人马上场,骑手们王子一般高踞马背,马主人贴着马头拉紧缰绳,虔诚地环绕场中央巨大的焚香台转一遭。焚香台香烟缭绕,台前一大群席地而坐的红衣喇嘛在念经祝祷。随后参赛人马走向预定的起跑点","当各色彩点从远方刚刚出现的时候,引颈翘盼的人群开始骚动起来。随即喝彩声、口哨声、奚落的笑声响成一片"。[①] 作者还耐心地介绍了赛马的分类、比赛的奖励、赛马之外的其他体育比赛,以及赛马会期间的娱乐活动。那么,牧民们何以如此看重赛马会?赛马会到底蕴含着牧民们怎样的期待呢?作者对这些问题进行了追问。作者认为赛马会的意义首先体现为一种精神需要的满足,地广人稀的大草原是孤独的,而当牧场青绿、牲畜膘情好转之时,一年中美好而短暂的黄金季节到来了,牧民的心也骚动起来,渴望聚会与交流;其次是生活需要的满足,赛马会期间,各地商人(包括山南、日喀则、拉萨及汉族地区的)蜂拥而至,带来了各种日用品,而且在政府的组织下,大规模的物资交流会也被组建起来;还有就是参赛心理的满足,牧民不仅要求生存,更要求一种光荣的生存,赛马会为其提供了唯一的机会,牧民的英雄主义理想,似乎全倾注在赛马夺魁上了,一旦夺魁,赛马和马主人便会扬名藏北,走进传奇之中。作者对赛马会——这藏北民俗的挖掘不可谓不深、不透。

在"走过西藏系列"中,马丽华散文对西藏的民俗风情进行了全方位的展现,举凡西藏的乡村、建筑、服饰、神话、传说、婚俗、礼仪、俗语、地名、神名、节令、游艺等都有或多或少的介绍和描述。我们来看马丽华散文对"天葬"这个西藏风俗的描述,"死亡与天葬的过程是一整套严格、

---

① 马丽华:《走过西藏·藏北游历》,作家出版社1997年版,第139页。

严密、琐细的祭礼仪轨,它所传达的是灵魂不灭的理想、生死轮回的观念和纯粹的本土宗教精神。这一仪式甚至在死者尚未断气时就要开始进行","对于濒临死亡之人所要做的重要事情,是让其断绝一切凡念。为此,要给他服用由活佛加持过的特制药丸,要在他耳边高声呼喊他平日所尊崇的活佛或本尊的名字,使他以宁静的心绪踏上往生之途","在将亡故之人送往天葬台之前还有许多事情要做。要请僧人或巫师念诵有关经文,并卜算送葬吉日;请画师绘制相关佛画唐卡供奉于寺院或家中佛龛","注意撤换死者所用的皮毛质料的衣服被褥。因为一根毛如一座山,死者将因此不得超生。将脱光衣服的死者头抵膝盖,作初生婴儿状,以白布包裹。要在遗体旁摆上饮食,名之'喂灵魂',点灯烧香煨桑供奉。严禁狗和猫接近遗物,否则死者将死而复生,为害生灵","在择定的吉日,人们送他去往天葬台,走完他今生斯世最后的旅程"。[1] 我们看到,天葬的过程是一个仪式化的过程,在这个过程中,每一种行为都寄寓着藏民族对于生命和灵魂的理解。从马丽华散文的民俗书写不难看出,对西藏民俗风情的再现,不仅使其具有了浓郁的地方色彩、生活气息和文化意味,而且揭示了藏民族生活的本质。丹纳曾言,"所有的艺术作品,都是由心境和四周习俗所造成的一般条件所决定的"。[2] 西藏的民俗风情不仅成为马丽华散文的叙述素材,丰富着其创作内容,而且已经成为一种文化符号,传达着作者对社会、人生的洞察与思考。

西藏是一个宗教文化极为兴盛的地方,主要宗教为雍仲本教、藏传佛教和民间宗教,此外,还有伊斯兰教和天主教。雍仲本教起源于古象雄的冈底斯山一带,是西藏最为古老的佛法,远在印度佛教传入西藏前,本教就在雪域高原广泛传播,其将一切有情众生都看作是普度的对象,导人向善,救人济世。藏传佛教是藏族人最重要的精神信仰,它已不是单纯的宗教,而是同西藏的文化体系、哲学思想、民风民俗、文明进程紧密联系在

---

[1] 马丽华:《走过西藏·灵魂像风》,作家出版社1997年版,第626页。
[2] 丹纳:《艺术哲学》,安徽文艺出版社1998年版,第46页。

一起的。宗教文化之所以在西藏兴盛，与其地理环境和人的精神需求密不可分，"在西藏这样的艰苦地区，假如没有宗教精神的支撑，假如没有更好一些的来世的诱惑，生存也许更其艰难。对于这些地区来说，精神的皈依首先是对于安全感的寻求，在高层意义上，则是出于将个体卑微有限的生命融入崇高和无限之中的渴望"。① 对于安全感的需求，对于苦难生存环境的超越，对于崇高的精神境界的渴望，使藏民族创造了一个超越了俗世的神灵系统和神灵世界，"西藏人臆想并架构了一个庞大繁复的神灵系统，他们需要它的存在并相信了它的存在。世世代代的人就生活在魔幻世界与现实世界之间。或许，对于一个地道的西藏人来说，如果没有这样一个神灵系统来参与生活，该会感到不自由，不安全，不宁静"。② 宗教信仰使藏民族尤其是生活在底层的人们，有了精神的寄托，有了向善的目标，也使他们的人生有了不同的意义。研究者指出，"信仰、佛、神对于藏民族的人们来说，既体现了藏民一种心智上向善的努力，也体现了他们一种超越世俗生活的精神追求，并化成了他们民族精神的血液"。③

马丽华散文对西藏佛教文化有着多方面的映像，如宗教制度、宗教器物、宗教行为、宗教意识、宗教艺术。宗教制度涉及组织、等级、礼仪、法规、庆典、修行等，宗教器物包括庙宇、寺院、典籍、佛像、贡品等，宗教行为指在宗教场合或非宗教场合由宗教团体或信徒表现出来的体现宗教信念的行为，宗教意识指教徒相信超自然力量的存在、相信这种超自然力量可以改变人的命运、对这种超自然力量的崇拜等，宗教艺术指体现宗教信仰、故事和教义的艺术，如绘画、音乐、雕塑、文学等。这就是说，马丽华散文蕴含了丰富的宗教文化知识，但这种"知识"不是直接以讲解的方式出现，而是穿插于叙事之中，即通过游历中的叙述者的所见所闻所感所想，或通过故事中的人物，或通过注释的方式加以呈现，这样所形成

---

① 马丽华：《苦难旅程》，中国社会科学出版社2002年版，第12页。
② 马丽华：《雪域文化与西藏文学》，湖南教育出版社1998年版，第15页。
③ 吴道毅：《南方民族作家创作论》，民族出版社2006年版，第57页。

的叙事,一方面增加了行文的文化含量和厚重感,一方面又避免了知识讲解的僵化与生硬。我们以《在神山冈仁波钦的一次精神之旅》[①] 为例,来看其如何介绍被视为神山的冈底斯山的。作者在这篇散文中,主要叙述了其与友人绕神山而走的经过,以及在绕神山而走的过程中所得到的精神启示。冈底斯山在宗教观念中具有崇高的地位,佛教中最著名的须弥山即指此山。冈底斯山是印度教、耆那教、本教、佛教共同信仰的世界中心,是四种宗教的万神殿,奥林匹斯山。关于冈底斯山的神话传说多得不可胜数,如同断了线的珠宝随处散落,一个家住在冈仁波钦峰下的塔尔钦的信徒,名叫曲尼多吉,用藏文写成《冈底斯山简介》,将这些神话传说进行了整理和汇编。"这位住在塔尔钦的黑瘦的曲尼多吉,去过印度,放过十年的羊,精通英、藏文、印度文,现在是西藏旅游部门的工作人员。常年住塔尔钦,神山多多转过,对这条转山道的一石一木了若指掌,就在这篇'简介'中费神地罗列了沿五十七公里之途所发生过的所有故事及遗留的圣迹。仅脚印一项,上至释迦牟尼、观世音菩萨、度母、罗汉、空性母、护法神、英雄格萨尔及王妃珠牡、洛桑王及王妃引超拉姆、藏传佛教各高僧活佛,法王,普通喇嘛,一一留下脚印;乃至毫无地位可言的普通妇女——这位妇女在饥寒交迫中背着孩子坚持转完了全程,神便留下了她的脚印以褒扬其虔诚。"[②] 这段叙述,从佛祖释迦牟尼到普通喇嘛乃至不起眼的信徒,涉及了各级各类宗教人物,但作者却举重若轻地进行了叙述,丝毫感觉不到这是在"知识讲解",因为作者将宗教知识已渗透在了人物的故事之中,这不是特例,举凡涉及宗教知识的作者常采用这种叙述方式。

马丽华散文还给我们描述了众多僧尼的人生命运,但作者并没有单向度地展示其神秘性,而是特别突出了人性的存在,这使一个个僧尼成为现实中的人,而非传说中的人。譬如在《边缘风景:活佛克珠的戏剧人生》[③],

---

① 马丽华:《走过西藏·西行阿里》,作家出版社 1997 年版,第 338—368 页。
② 同上书,第 344 页。
③ 马丽华:《走过西藏·灵魂像风》,作家出版社 1997 年版,第 512—534 页。

作者叙述了活佛克珠的人生历程，克珠自小父母双亡，历经磨难，靠自学而博学，熟读藏文的佛教经文和古典名著，在"农业学大寨"的年代，克珠就开始用藏文写诗，且娶妻生子，在宗教寺院香火复燃的时代，克珠从作家转身为雅鲁藏布江南岸的扎囊县结林村一个寺庙的活佛。克珠其实是站在僧与俗、凡与圣、城与乡、旧与新、是与非之间，这一切都向他展示着魅力，在向他发出召唤，外人只看见他沐浴在阳光中，他内心所经历的风雨磨难只有他自己知道。作者在此文的最后，对克珠的人生困境表示了深切的同情，"在永无休歇的未来岁月之流中，在永无穷尽的人生轮回中，你的灵魂已被规定在劫难逃。假如真有来世的话，假如灵魂真可以转世的话，你可能会生生世世地生活于感情与理性、世俗与宗教的夹缝中而内心不得安宁——你是否知道其中的奥秘？""让我来告诉你，是由于你的先辈们曾经使用过的那同一颗灵魂的秉性所决定了的"。①

马丽华散文同样关注宗教艺术，"文化是一种生活方式，宗教也是一种生活方式。在西藏，宗教、文化密不可分，形成了西藏宗教文化这一生活方式"。② 在《东四县风采》这篇散文中，作者详细叙述了索县赞丹寺的宗教舞蹈。这类神舞强调形式感，结构与情节被仪式化，节奏缓慢，表演者极少与观众进行交流，而突出了神界的优越感。藏历年前的三天，是酬神舞蹈的三天，每一天的舞蹈内容及程序基本相同。从凌晨一时开始，全寺喇嘛集中在红宫的经堂念经，直念到清晨九时。随后，喇嘛们爬上敞篷大车，沿山路蜿蜒而下进入场地。场地上已搭起帐篷，活佛与高级喇嘛面南而坐。两个戴白色面具的白衣少年出场，担当"打扫舞场"的准备工作，接着出场的是由青年僧人扮演的"活佛"，"活佛"矜持地舞之、蹈之，最后在场地中央画一个三角符号，确认此地适合众神降临。"活佛"退场后，坚定硬朗的"咚嚓咚嚓"的鼓钹声响起，降妖伏魔的"鹿"神上场了，鹿舞刚健有力，动作幅度大，体现了与妖魔搏斗时的正气凛然。在众神祇亮

---

① 马丽华：《走过西藏·灵魂像风》，作家出版社1997年版，第534页。
② 马丽华：《走过西藏·西行阿里》，作家出版社1997年版，第407页。

相之前,是法号的仪仗,两人合抬的两管镀金长号呜呜作响,与唱诵经文的人声融为一体,在蓝天白雪之间回荡。以上所叙都是开场仪式,可见其充满了宗教象征意味,情节简单而明了。到了正剧开场,"十四位大神陆续出场,戴着饰有骷髅的面具,有的牛头马面,有的青面獠牙;彩锻服饰五色缤纷,富丽堂皇,长及地面的前襟后襟绣着狰狞的护法神脸谱图案。只有一个面具是白面菩萨,大约文殊。众神舞姿是超慢动作,扬起臂半天才落下,抬起脚又一个半天","终于,在众神圈内,四位身穿红白条纹服装、手指脚趾装备铁爪的骷髅跳起来'天葬主人舞'","其后仍是漫长而重要的众神之舞,消磨着过于漫长的时间。"① 作者对宗教舞蹈的叙述可谓详尽,由此我们可知,宗教舞蹈与普通舞蹈的区别很大,从服饰、面具到角色、舞蹈动作,都有很大的不同,它更强调形式感和仪式化,强调宗教气氛的酝酿与延续。作者不止叙述宗教舞蹈,还叙述宗教音乐、宗教文学,及宗教绘画和石窟艺术,如在《日土——湖泊环绕的地方》② 这篇散文中,作者介绍了"丁穹拉康"洞窟壁画和"齐吾普"岩画群,这使我们对宗教艺术形成了较全面的印象。

  雪域高原有着悠久的历史和灿烂的古代文明,这里曾是丝绸之路和唐蕃古道的重镇,是吐蕃文化和鲜卑文化的昌盛之地。这为马丽华散文提供了丰富的历史书写素材,而作者试图走进西藏的历史深层,通过对历史文献、考古资料的解读和考察历史遗迹,以体味历史氛围、触摸历史真相,并探寻雪域文化的内涵及其文化人类学意义。尽管如此,我们必须清楚,马丽华毕竟不是历史学者,其历史书写也不同于考古考证,而是夹杂着大量的"道听途说"(也就是神话传说之类的介入),更应该看到,马丽华散文的历史书写不时跳出历史材料的考证与分析,凸显了作为叙述者"我"的存在,"我"面对种种历史遗迹、历史事件、历史文献及神话传说时的所思所想所感所悟。诚如作者所言,考证和书写"西藏的文明史、民族史、

---

① 马丽华:《走过西藏·藏北游历》,作家出版社1997年版,第171页。
② 马丽华:《走过西藏·西行阿里》,作家出版社1997年版,第395—421页。

王统史、宗教史","显然已超出我的兴趣和能力所及。我只热衷于感觉某地而不打算考证某地"。数年间，作者从雅鲁藏布江中游的江南到江北，进行了一次壮阔的历史之旅，并将其游历写成了散文，但作者特意提醒读者，"只是不要将这本书作为信史来读，不要作为田野考察报告来读"。① 从马丽华的表白可知，其历史书写仍然是审美的，仍然是作者展示西藏地域风情的一部分，厘清了其写作思路，也就能更好地对其历史书写加以把握。

马丽华散文的历史书写，着力点是对藏民族生活方式的观照，其与民俗书写的主要区别在于，历史书写更注重对这种生活方式的历史沿承性的追溯，这是我们在研究其历史书写时要特别注意的。譬如，在《雅鲁藏布流经的地方》这篇散文中，作者叙述了地处雅鲁藏布江中游南岸的一个名叫扎囊的山沟，这个扎囊沟内素有手工业传统，编织、金属、雕刻、漆绘等手工业作坊到处都是，还有一个村庄叫赞域，以制陶而闻名。赞域坐落在沟内一侧开阔的洪积扇上，漫坡上全是藏式石头房，周遭的山色呈橙红色，砾石遍地，不宜耕作，自然环境决定了这里的生产方式就是靠山吃山，以制陶为业。因为这样，这个村庄显示了与其他以农业生产为主要生产方式的村庄的差异，全村六十七户人家，制陶专业户就有五十七户，农田不过四百亩，牲畜也不过一千来头，是驮运陶器的毛驴、提供酥油的奶牛和作为肉食皮毛来源的羊子。在简要介绍了赞域的生产方式之后，作者按历史典籍、民间传说和历史事件的顺序对赞域制陶的历史进行了追溯，赞域的制陶传统至少源自新石器时代末期，而且似乎从此就没有中断，"《扎囊县文物志》记载，经考古工作者测量的这一遗址规模，大约有二十五万平方米。村人不晓年代，只依稀记得一个古老传说：一位名叫波丹那的神仙老人传授了这一手艺。并且令村人自豪的是，这是赞域人的专利，外人学不去。集体化时期公社曾组织四个生产队的社员学做陶，从赞域请来携带着全套工具的师傅。（几个社员）会了操作也成了型，但烧制失败。大家就

---

① 马丽华：《走过西藏·灵魂像风》，作家出版社1997年版，第568—569页。

说是风水问题。看来赞域制陶将长久地独此一家了"。① "赞域这一村名的含义也很古老并具浓郁的地方特色。域是地方的意思,赞是藏地特有的那种保护凶神。赞域即是赞神的家乡。村庄的这位保护神是藏地著名大赞巴瓦本堆——愤怒七兄弟。"② 作者还花了大量的笔墨,详细叙述了制陶的工艺过程,这种过程沿袭了原始的生产方式,看不到任何的现代工具和意味,这种生产方式决定了赞域的生活方式。在西藏,制陶人的传统地位不高,仅略好于被视为最低贱者的铁匠和屠夫,被称作含有贬义的"陶民"。身份的低贱使婚姻变得艰难,陶家女嫁不出去,只好在本村寻婆家,而村中小伙子外出卖陶的机会多,不少人可以领回媳妇来,所以村中女青年过剩。较之农民,制陶人的收入要高出许多,他们生在制陶世家,没有人愿意改行。由于身份地位和传统心理的影响,赞域这个村庄在过去没有出家当僧人的,且几乎没有读书人。从这个段落,不难看出作者历史书写的指向是什么。

徜徉于历史遗址,感受历史氛围,并根据考古成果、文献资料和民间传说对某些历史事件进行适当的追溯,在历史事件的追溯中不时抒发作者的历史情思,是马丽华散文历史书写的又一个突出特征。《札达——土林环绕的地方》对这个特征体现得尤为明显。作者在开篇以"阿里三围"的传说为切入点,引出了日土,其对日土的班公湖、宗遗址、矿藏、寺庙等都作了相应的介绍,但其叙述的焦点则是位于日土县城以北乌疆乡的壁画和岩画。作者先对神殿洞窟"丁穹拉康"作了数据和状貌方面的描述,数十年前洞内壁画保存完好,常有四方百姓专程前来朝拜,20世纪60年代,一群农场工人将山洞当作食宿站,壁画经烟熏火燎而变得面目全非,他们还对壁画人物进行了毁坏。但有些壁画从局部仍依稀可辨,其中一幅舞蹈图是日土当地的古典歌舞"协巴协妈",舞者神态安详优美,另有一幅地狱图,舞者呈苦难恐怖状。丁穹拉康有一个神话传说,"山洞神殿自天而降,

---

① 马丽华:《走过西藏·灵魂像风》,作家出版社 1997 年版,第 586 页。
② 同上书,第 588 页。

仙女三姐妹看到这山洞未免低了些，一仙女以头相顶，不料想洞顶又被拱得过高，另一仙女只好从上面又往下压了压，才算满意了，就形成了我们今天看到的样子。当年仙女们修整山洞的圣迹还能看到。平措旺堆说，听老辈人说，从前此地很繁华，何时衰落了，荒凉了，没人说得清楚。"① 作者还对壁画的产生年代作了追溯，认为从绘画风格来判断，其绘制年代似乎早于古格王宫的壁画，从壁画的造型、设色、手法等方面，以及飞天裙裾处理、曼荼罗图案来看，当属南北朝时期，因为酷似敦煌北魏壁画。作者面对这西藏古典艺术，不禁发出了感叹，"你们看，这些人物的造型多么概括生动，用线多么富有力度和弹性，设色多么简约而鲜明，尤其经久难变的矿物色，在一篇幽暗、斑驳的氛围中更显得多么辉煌夺目；面对它们，我们如何体会不到西藏古格文化高古弥珍的意境，这种以浓墨厚彩烘染出来的悲悯世界，正是西藏其它地方的宗教艺术所匮乏的"②。作者在这段描述中，突出了"我"的审美感受，抒发了其历史情思。

我们说马丽华散文是西部散文，主要是针对其对西部的地理环境和人文环境的持续性书写而言的，从上文的分析可以看出，其对西藏的自然风物、民俗文化、宗教场围、历史氛围等进行了多方面的审美呈现。马丽华始终怀着浪漫的心态去体味西藏那绝尘去俗的自然风物，而这些自然风物带给作者的往往是美学意义上的震撼与愉悦。马丽华散文对自然界的山水、植物和动物，进行了人格化的叙事；常常能从大自然的状态延伸到人生状态的思考，从而使自然风物成为人的精神气质的外化。马丽华散文对于西藏民俗风情的书写同样引人瞩目，举凡西藏的乡村、建筑、服饰、神话、传说、婚俗、礼仪、俗语、地名、神名、节令、游艺等都有或多或少的介绍和描述，再现了藏民族的日常生活、精神状态和情感诉求。西藏是一个宗教文化极为兴盛的地方，马丽华散文对西藏佛教文化有着多方面的映像，如宗教制度、宗教器物、宗教行为、宗教意识、宗教艺术等。雪域高原有

---

① 马丽华：《走过西藏·西行阿里》，作家出版社 1997 年版，第 411 页。
② 同上书，第 410 页。

着悠久的历史和灿烂的古代文明，这为马丽华散文提供了丰富的历史书写素材，马丽华散文的历史书写，首先是对藏民族生活方式的观照，尤其注重对这种生活方式的历史沿承性的追溯；徜徉于历史遗址，感受历史氛围，并根据考古成果、文献资料和民间传说对某些历史事件进行适当的追溯，在历史事件的追溯中不时抒发作者的历史情思，是马丽华散文历史书写的又一个突出特征。

二 文化立场：文化人类学视野中的雪域高原

要走进马丽华散文的深层，我们就不能不观察马丽华的文化立场，因为文化立场是文化叙事的原点，只有把握住了作者的文化立场，我们才能厘清其以何种心态、何种方式叙述西藏及其雪域文化，也就能够理清作者西藏叙事的基本理路了。西藏是一个有着悠久历史的文化积淀极为深厚的少数民族省份，而雪域文化以宗教文化为主要构成，表现出鲜明的个性特征。少数民族、以宗教文化为主体的文化构成、悠久的历史文化传承，西藏的这种文化特征是每一个西藏叙述者都必须面对的。西藏叙事容易陷入两个误区，其一是外来游历者抱着文化中心主义的固执观念，以猎奇的心态看待西藏，将西藏当作一个文化的他者，并对西藏作浮光掠影的叙述；其二是叙述者本来就是西藏的此在者，对西藏及其雪域文化缺乏必要的远距离观看，故其叙述对于非藏族读者来说，难以形成真实的西藏形象，反而更增添西藏的神秘性。来自齐鲁之地的马丽华，自身并无宗教信仰的背景，那么，其会选择怎样的文化立场来叙述她眼中的西藏及其雪域文化呢？曾与马丽华一起在阿里考察数月的文化学者格勒，在《〈西行阿里〉序》中指出，"《西行阿里》虽是一部文学作品，但其意义和价值显然已超出文学的范畴。这要归功于作者近年来对人类学的关注。至少从《藏北游历》起，我感到马丽华的作品开始向着人类文化的反思伸探"，"马丽华的作品在文学与人类学两座高耸的悬崖之间架起了一座桥梁，并将她个体心灵的深入对应于西藏古老文化心理的剖露与反思，从而引起国内外一些人类学和藏学专家们的共鸣"①。格勒在这里指出了马丽华散文表现出的基本的文化立场：文化人类学立场。这是对马丽华散文的文化立场的准确定位。

所谓文化人类学立场在这里是指文化相对主义立场。文化相对主义是文化人类学的一个重要派别，兴起于 19 世纪末 20 世纪初，其发生的背景是人类学者对种族主义、文化殖民主义的厌恶和对落后国家文化的尊重，该学派以美国学者弗朗兹·博厄斯为代表。文化相对主义者认为，每一种文化都有自己的价值体系，也就是说，人们的信仰和行为准则来自特定的地理环境和社会环境，任何一种行为，如信仰、风俗等都只能用它本身所从属的价值体系来评价，不可能有一个一切社会都承认的绝对的价值标准。②在文化相对主义者看来，此前的人类学、社会学的学者以自我民族为中心，来解释不同民族的文化，即研究者以自己群体的价值标准来评价别的民族文化，充满了偏见和误区，是根本站不住脚的。尊重文化的差异性，寻求多种异质文化和谐共处的路径，是文化相对主义的核心命题，如赫斯科维奇所论，"文化相对主义的核心是尊重差别并要求相互尊重的一种社会训练。它强调多种生活方式的价值，这种强调以寻求理解与和谐共处为目的，而不去评判甚至摧毁那些不与自己原有文化相吻合的东西"③。文化相对主义为文化研究和文化叙事提供了新的依据与方法，但其也存在着本身的理论困境，如只强调某种文化的独特性而忽略其存在的严重缺陷，只强调某种文化的纯洁性而反对与其他文化交往，这就可能导致某种文化的衰微乃至消失。

文化相对主义理论深刻影响了马丽华的西藏叙事，她接受了这种理论，

---

① 格勒：《〈西行阿里〉序》，见《走过西藏》，作家出版社 1997 年版，第 641—642 页。
② 参阅乐黛云《文化相对主义与跨文化文学研究》，《文学评论》1997 年第 4 期。
③ [美] 赫斯科维奇：《文化相对主义——多元文化观》，纽约蓝多出版社 1972 年版，第 32—33 页。

并在其创作中体现出鲜明的文化相对主义立场,如其所叙,"我不主张对这个地方(指藏北,笔者注)进行道德的评判和价值的判断,主要是不能够。藏北之行的见闻与感觉,都对我以往既成的观念进行了挑战——也许个体的观念体系本来就有懈可击","我是如此心悦诚服地接受了当代文化人类学界有关文化模式、思维方式并无高下优劣之分的观点,认为任何轻视和无视别一生存形态的思想都是愚蠢的五十步笑百步"。但雪域文化就无可挑剔,无须发展了吗?那些徘徊于生存线上的苦难的人们,年复一年甚至一辈又一辈地甘于贫穷,不思改变,将全部希望寄托于来世,作者面对这一切也会无动于衷吗?她是这么说的,"作为本地社会生活的参与者,自以为对这个地方的社会发展进步尚且负有一定责任的作家,我的良心不允许自己津津乐道于基本生存线上下的自然状态的生活,我不能够心安理得地欣赏把握那种愚钝和迷茫的目光。"这就意味着,作者不可能以一种纯粹客观的态度,对雪域文化进行叙述,而是在看似客观的呈现中寄寓其价值取向,"我甚至不能以批评的语气叙说哪怕我所认为的陈规陋习。那不仅是不明智的,也有失公允,主要是没有多少意义。我如实记录下来,人们自可分辨"。① 对文化人类学理论的接受和化用,形成了马丽华散文审美观照和文学表达的新视野:文化人类学视野。这种文学视野和文化立场的形成与确立,对马丽华散文有什么意义?

格勒的话是有启发性的,"文学中的散文与诗、小说等似乎有所不同,它可以随心所欲地表达出作者的主观意识以及有关民俗的、历史的、宗教的、哲学的、道德的价值思考。马丽华充分利用了散文的这个特点,以她亲眼所见、亲耳所闻的第一手材料,和一颗对藏民族文化深深眷恋之心,努力向人们展示出一个远离近代文明,但又绚丽多姿的古老文化世界"。② 格勒的意思是说,马丽华基于田野调查和切身感受的散文写作,使其在西藏叙事中蕴含着丰富的文化含量,包括民俗的、历史的、宗教的、哲学的、

---

① 马丽华:《〈藏北游历〉后记》,见《走过西藏》,作家出版社1997年版,第659页。
② 格勒:《〈西行阿里〉序》,见《走过西藏》,作家出版社1997年版,第642页。

道德的价值思考，这样的叙事给人们真实、真切地展示了西藏及其雪域文化。马丽华散文的这种写作方式，可以用"民族志诗学写作"来加以概括。民族志诗学的核心思想在于，"把文本置于其自身的文化语境中加以考察，并认为世界范围内的每一特定文化都有各自独特的诗歌，这种诗歌有着独自的结构和美学上的特点。它强调应该充分尊重和欣赏不同文化所独有的诗歌特点，并致力于对这些特点的揭示和发掘"①，而"民族志诗学写作的魅力并不仅仅在于文本与田野的互文性，视野与方法的独特性，还在于其本身所蕴含的人文情怀，以及写作和表达方面的自由和多种可能性"。② 从这样的意义上来说，马丽华散文体现了民族志诗学写作的倾向与特点。

这就是说，马丽华接受了文化人类学的前沿理论——文化相对主义，以此为基础，形成了其文化立场与审美观照的新视野，并表现出民族志诗学写作的趋向。马丽华散文采取民族志诗学写作的方式，对于西藏叙事而言不仅是适合的，而且也是需要的。众所周知，由于藏民族文化与汉民族文化的差异性，使汉民族的读者很难理解雪域文化，并对其形成清晰的概念，而民族志诗学写作，可以引领读者有效消除笼罩在西藏上空的迷雾，了解藏民族文化形成的历史根由。民族志诗学写作的意义更在于，作者运用文化人类学田野作业的方法体验和了解雪域文化，并以叙述者"在场"的方式，"借助于对地域特色、风土人情、历史典故、神话传说、自然风光等的精心描写，执拗地追求一种特定文化价值的参照，从中探溯藏民族文化的内涵、价值及其对于当代人类的意义"。③ 关于马丽华散文采取民族志诗学写作，对西藏地域风情所作的全景式展现，我们在上节已作了详细的介绍，这里无须赘言。我们在本节主要讨论这样几个问题：站在文化相对主义立场上的马丽华，是以怎样的方式进入和深入雪域文化，以获取尽可能多的写作资源的；作者在叙事中是如何处理汉民族文化与藏民族文化之

---

① 杨利慧：《民族志诗学的理论与实践》，《北京师范大学学报》（社科版）2004 年第 6 期。
② 丹珍草：《阿来的民族志诗学写作》，《民族文学研究》2010 年第 1 期。
③ 格勒：《〈西行阿里〉序》，见《走过西藏》，作家出版社 1997 年版，第 641 页。

间的差异性的,换句话说,是如何对雪域文化进行跨文化阐释的;在马丽华散文的民族志诗学写作中,是如何有效渗透作者的审美情感和价值判断的。这几个问题,都与马丽华散文的文化立场相关,厘清了这些问题,也就能够洞悉其文化立场的借鉴意义了。

马丽华在西藏20多年的漫长岁月里,可以说用双脚丈量过了西藏的雄山丽水,直到走进藏民族的精神世界。虽然马丽华最初只是一个西藏的外来者,只是一个充满浪漫豪情的进藏的应届大学毕业生,但她很快就爱上了这片苍凉的大地,而与西藏结下了持续一生的不解之缘,这种缘分是如此之深,甚至可以说西藏的一切都深深地融入了她的生命之中。多少年后,当她翻阅自己考察西藏各地的那些照片时,才真切感悟到西藏之于自己的意义。"原来我的青春、我青春的全部美丽与光彩,竟然都是西藏的乡野荒原赐予从而迸发的!还有我人生中最有价值的部分,我的精神财富,我的诗意、灵感和文采,我所曾经获得的快乐与光荣,无一例外地,呈现出它们的本源。以至于使自己恍然觉出,除此之外的生活简直就算不得生活;除此之外的日子,那些冗杂与繁忙,均可忽略不计了;除此之外的人生空洞无物,一应努力均属无谓。"① 西藏之外的生活、日子和人生,对于马丽华来说,都将黯然失色,都将无足轻重,这是极言西藏之于她的重要性。透过她的这段表述,我们不难感受到其对西藏那种浓得化不开的深情,对西藏那种超越了文化差异的感知和信任。正是这种对西藏的深情、感知和信任,为其进入和深入雪域文化,也为其确立文化人类学立场创造了条件。这就能够明白,马丽华始终以平等的态度来对待西藏,其叙事"虽然出自一个生长于黄海之滨的汉族作者之手,却无一丝一毫的民族偏见","尤为可贵的是作者为自己'可以在故乡人面前毫不自卑地称道自己为西藏人',而感到自豪。这正是当代人类学家必备的基本态度"。②

---

① 马丽华:《足迹与心迹——〈走过西藏〉修订版代后记》,见《马丽华散文》,浙江文艺出版社2011年版,第206页。
② 格勒:《〈西行阿里〉序》,见《走过西藏》,作家出版社1997年版,第643页。

审视、认识和理解异质文化需要真诚、善良的心性，需要宽阔的胸怀和过人的智慧，更需要长时间的接触和体验。我们从马丽华散文中不难读出，其所表述的一切，都来自一个长期生活在雪域高原，长期吃着牛羊肉和糌粑，长期喝着酥油茶，接受了雪域文化熏染和浸润的作者的视角和感受。关于《西行阿里》的创作，作者有过这样的说明，"我写阿里的初衷，旨在于传达我们一代人对于这一此前尚属陌生的地区的发现和认识，写我个人的经历和感受；把有关阿里过去、现状的介绍，作为思想与感情上的一种努力，以使读者感同身受，使本书成为共同感觉的东西"，"我还格外感到了我所描述的该地的自然、历史、民族、宗教所具有的引申意义。作为当代世界的一个参照，可能提供一个思索的契机；作为有关未来的终极思考的观照，也许不无意义"，"因为从对人类差异的认识中，我们会对人类社会的新可能性产生灵感"。① 这段话说明了其叙事的基本预设。马丽华作为西藏的一个深入的踏勘者，更作为藏民族现实生活和文化生活的在场者，其所看到、听到和触摸到的，不是一个外来的游客，不是一个单纯的文化人类学者，甚至也不是一个世代生活在西藏的人所能想象的，她从西藏及其雪域文化发现了自己，发现了生命的价值，同时也发现了人类学的意义，这使作者在叙述西藏时，必然要表达其独特的生命感受、丰富的情感体验和相应的价值判断。

马丽华散文坚持文化相对主义立场，以平等和尊重的姿态对西藏进行文学观照，并尽可能真实呈现西藏，这使人们对西藏有了切近的认识，而有效弱化了人们想当然的看法。但马丽华并非一个纯粹的文化相对主义者，作为一个作家必然有其不可忽略的价值判断，况且文化的差异始终是存在的，这就是说，作者是尊重雪域文化的，但尊重不等于认同，更不等于接受。作者对此有过比较明确的表述，"我惯常以'西藏人'自诩，自以为这片高大陆民族的客座成员"，"然而我毕竟是个外来者。同一切外来者一样

---

① 马丽华：《走过西藏·西行阿里》，作家出版社 1997 年版，第 431 页。

感到了深入异地精髓之难，从而止步于难以逾越的心障前"，"外来者的血缘、语言、心态、观念、民族、政治、宗教……之类因素阻碍了深层进入"，"所以我对西藏的认知和感受仍然受限"。① 在阿里一个著名寺庙里，作者被一个青年僧人低声唤作"加姆"（藏语，即"汉女人"）和"加其"（藏语，即"汉狗"），不仅使马丽华深感伤害，更使其觉察出文化差异的切实存在。文化相对主义有其无法回避的弱点，这在上文已经说过，而文化差异又确实存在，这都使马丽华散文处于一种可能的叙事困境之中，怎样做才能相对真实地呈现西藏，又能恰当地表述自己的价值判断呢？马丽华是这样看的，"任何'忠实记录'都是相对而言，都有局限"，因此，"你可以包容，但你必须坚守；当你什么都是，你就什么也不是了"。② 马丽华所言不虚，没有绝对忠实的记录，所有的记录都是有"坚守"的记录，其所坚守的主要还是价值判断。作者谈到《灵魂像风》的写作中，不再对西藏及雪域文化满足于做一个冷静的观察者和忠实的陈述者了，她"忍不住耐不住地写到对传统的宗教方式的看法：不赞同为了一个无人担保的来世作毕生等待；直言不讳地劝阻罗布桑布以朝圣为终生职业；情不自禁地提醒过有关'佛'这一概念"。马丽华有选择地表述西藏，而重在呈现雪域文化所关涉的精神追求，这样的叙事所表达的西藏，"是一部民间的形而上的西藏。经过有意无意的筛选、剥离、取舍、强调，大约地显现出一个精神世界，一种价值取向，一缕我当年所神往的相异文化的光辉。被忽略的，被省弃的，是我所认为暗淡无光琐屑不堪的形而下的部分，我不喜欢的部分"。③ 有所忽略、有所省弃的叙事才能凸显重点，这是确定无疑的，那么，马丽华价值判断的依据到底是什么呢？还是在《灵魂像风》的写作中，她在藏南谷地"通过一整年乡村生活的切近观察，深入接触了基层各色人等，

---

① 马丽华：《走过西藏·西行阿里》，作家出版社1997年版，第432—433页。
② 马丽华：《"走过西藏"系列2006年修订说明》，见《藏北游历》，中国藏学出版社2007年版，第229页。
③ 马丽华：《〈走过西藏〉1997年再版后记》，见《走过西藏》，作家出版社1997年版，第665页。

思想轨迹发生了重大转折，随后的这些年里一直沿同一方向运行，本人走出了相对主义，越来越倾向发展进步的主题"。① 可见，"发展进步"是其价值判断的主要依据。

从"发展进步"这样的角度来审视和反思西藏及其雪域文化，实际上是要对其进行跨文化阐释。跨文化阐释是对异质文化的意义进行合理的"猜测"或"评估"，这显然是对文化相对主义立场的超越。要实现跨文化阐释的合理性，就必须将文化相对主义与文化普遍主义相结合，即在尽量保持异质文化原貌的同时，分析出其具有普遍意义指向的东西来。文化普遍主义是与文化相对主义相辅相成的文化人类学流派，其主要观点是，世界历史中的各种文化在经过不断的碰撞和涤荡之后保留下来的文明，具有普遍适用性和普遍永恒性。文化普遍主义认为，人类文化具有相对趋同的价值标准、相似的目的性和共同的发展规律，例如人们对丰衣足食的需要，对安全感的需要和寻求庇护所的需要，都是普遍的、相似的。以此而论，藏民族文化必然有其普遍的意义指向，马丽华对此也是深有感触，"十多年前就宣称自己犹如古老神祇那样，了解到世世代代不说也知的古老心愿；当下作为半是文学人半是社会工作者的我，更进一步理解了传统社会向现代社会转型期的心态，那就是不分民族人群，所追求的没有什么不同"。②《十年藏北》《苦难历程》《藏东红山脉》就是马丽华从文化相对主义走向与文化普遍主义相结合，并确立"发展进步"主题时候的产物。在《十年藏北》中，作者抑制不住满心的欢欣，对改革开放后十年间藏北大地所发生的变化进行了热情的讴歌，她看到那曾经沉溺于神山圣湖崇拜、将幸福寄托于来世的牧民，其精神面貌和物质生活都有了质的飞跃，已积极行动起来，参与到时代的发展洪流中了，古老的雪域高原开始涌动现代化的春潮。马丽华不仅极力发掘和宣扬西藏大地上正在发生的发展和变化，而且

---

① 马丽华：《足迹与心迹——〈走过西藏〉修订版代后记》，见《马丽华散文》，浙江文艺出版社 2011 年版，第 208 页。
② 马丽华：《藏东红山脉》，中国藏学出版社 2007 年版，第 258 页。

还尽可能将其关注转化为对民生的帮助。《藏东红山脉》记述了作者走访三岩的安居工程、边坝的扶贫工作,驱车到海拔 4000 多米的三色湖探察并为其做宣传,她还介绍藏医藏药,鼓励人工虫草的培育,也写到很多为西藏的发展默默奉献的干部。当然,西藏的发展变化也意味着一些老风景的消失,例如驮盐文化和盐粮交换正在消失,降神巫师和防雹喇嘛等传统职业也走向了末路,马丽华认为这都是正常的,"我觉得传统文化如同一条河流,就像雅鲁藏布江,你看它从源头冰川起步,沿途汇集各路小水,天上雨水和地下泉水,终于浩浩荡荡。当然也蒸发也流失,时有改道,急转弯处就如雅鲁藏布大峡谷"。① 马丽华终于摆脱了在传统与现代之间游荡的两难困境,自觉参与到西藏的现实生活中,投身到雪域高原巨变的历史进程中了,而这一切都基于她深情的人文关怀,即希望雪域高原上生存艰难的民族能够过得更好。

综上所述,马丽华散文的西藏叙事在文化立场的选择上,始终立足于文化人类学。在《走过西藏》的创作时期,马丽华以文化相对主义为基本立场,以田野调查和切身感受作为创作的基础,这使其叙事总体上表现出民族志诗学写作的趋向。民族志诗学写作,可以引领读者有效消除笼罩在西藏上空的迷雾,了解藏民族文化形成的历史根由,其意义更在于,作者以"在场"的方式,真实、真切地呈现了西藏及其雪域文化。马丽华对西藏的深情、感知和信任,为其进入和深入雪域文化,也为其确立文化人类学立场创造了条件。马丽华作为西藏的一个深入的踏勘者,更作为藏民族现实生活和文化生活的在场者,她发现了自己,发现了生命的价值,同时也发现了人类学的意义,这使作者在叙述西藏时,必然要表达其独特的生命感受、丰富的情感体验和相应的价值判断。但越是热爱雪域高原,越是了解藏民族,越是深入西藏腹地,马丽华就越不能作一个客观的旁观者和冷静的叙述者,她不可能面对西藏的苦难而无动于衷,在《灵魂像风》的

---

① 马丽华:《藏东红山脉》,中国藏学出版社 2007 年版,第 277 页。

写作中，她开始选择和省弃，开始走出文化相对主义的思维惯性了。马丽华尝试将文化相对主义与文化普遍主义相结合，即在尽量保持雪域文化原貌的同时，分析出其具有普遍意义指向的东西来，她逐渐确立了"发展进步"作为其叙事的主题，《十年藏北》《苦难历程》《藏东红山脉》等就是这时期较有代表性的作品。

三　风格趋势：史诗性风格的探索与生成

要全面把握马丽华散文，我们还需对其风格趋势进行讨论。对于风格趋势的讨论，其实也是对其文学价值的讨论。有研究者认为，马丽华散文尤其是其《走过西藏》系列，"说明了散文这种文体所可能的多样化功能及无限广阔的前景。同时也印证了马丽华独一无二的创造性：从某种意义上说，她开创了一种文体，至少在中国当代文学史上是如此"。[1] 还有人认为，"因为马丽华将西藏文化和文学的结合，因为她的纪实性的大散文，我们看到了文学宽阔的空间，看到了文学可能的对文化诗意的载体功能"。[2] 这些论点都是针对马丽华散文的文体特征而言的，并对其给予了高度的评价，这对我们风格趋势的讨论是有启发的。

马丽华散文通常被看作是"纪实性的大散文"，仔细想来，这个说法还是太笼统，只涉及了一个大致的框架，还没有触及风格本身。首先是"纪实性"这个限定不具有明确指向，因为散文就是纪实性的文体，并不是马丽华散文是这样，纪实性是散文的命脉与底线，即是说好的散文无不是叙写作者所经历的真实的事件、对某人某事所产生的真实的感情和对人对事所持有的真实的想法。那散文何以用"大"和"小"来论呢？"大散文"的说法，是贾平凹于1992年率先在《美文》创刊辞中提出来的，在具体考

---

[1] 周政保：《作家的质量》，《山西文学》1996年第6期。
[2] 刘俐俐：《构筑当代精英文化乌托邦的歌者——马丽华创作论》，《西藏文学》2000年第6期。

察和分析了新时期以来散文创作的实际状况后,贾平凹认为散文创作无论是在质量还是数量上,都没有呈现应有的气象,如其所论,"散文界是沉寂的,充斥在文坛上的散文一部分是老人们的回忆文章,一部分是那些很琐碎很甜腻很矫揉造作的文章,我们的想法是一方面要鼓呼散文的内涵要有时代性,要有生活实感,境界要大,另一方面鼓呼开拓散文题材的路子"。① 贾平凹对当时文坛盛行的浮艳、古板、陈陈相因的文风显然大为不满,而提出"大散文"概念,意在"鼓呼扫除浮艳之风;鼓呼弃除陈言旧套;鼓呼散文的现实感,史诗感,真情感;鼓呼更多的散文大家;鼓呼真正属于我们身处的这个时代的散文"②。"大散文"概念的提出,实际上是散文观念上的一次革命,我们知道,从中国古代沿至现当代,散文多以"小品""尺牍"等面目出现,追求典雅精致的小格局,这样的作品不可谓不雅、不美,但总感觉天狭地小,缺乏汪洋恣肆的气势和魄力。现当代以来,散文在很长一个时期都未能形成大格局,"五四"时期的散文就一直在小格局中徘徊,多以小品、随笔、信函等形式出现;20世纪60年代的散文复兴中,那些被人视为代表性的作品,也沿袭着"写景—抒情—议论"的套路,风格单调,篇幅不过一两千字而已;进入90年代,一些作家开始有意识地拓展散文的文体空间,他们在散文领域纵横驰骋,其作品充分展示了散文特有的气象与韵味,呈现出一种前所未有的宏大篇幅和长篇巨制,如周涛的《游牧长城》《哈拉沙尔随笔》,余秋雨《文化苦旅》《山居笔记》中的许多篇章,张承志的《牧人笔记》,贾平凹的"商州系列",史铁生的《我与地坛》等。

"纪实性"虽然是很多人对马丽华散文的一个认定,但意义不大,而"大散文"较符合马丽华散文的文本现实(即"有生活实感,境界要大"),却也是就其整体印象而不是就风格趋势而言的。那么,马丽华散文的"独

---

① 贾平凹:《中国散文的九个问题》,《新闻周刊》2002年第14期。
② 贾平凹:《〈美文〉发刊辞》,《美文》1992年创刊号,见贾平凹主编《散文研究》,河北大学出版社2001年版,第4—5页。

一无二的创造性"到底体现在哪里？你可以说是散文题材的创造性（对西藏风情的全景式展现），可以说是体验方式和表达方式的创造性（民族志诗学写作的实践），还可以说是文化立场的创造性（文化人类学视野的形成），这样说都没有错，但还不是最准确的说法，在我们看来，其创造性最主要地体现在一种新的散文风格的探索与生成上。这种新的风格趋势，就是史诗性散文风格。史诗性散文风格不是在任何别的时代，而是在90年代出现，与散文热的兴起，与作家的探求，以及人们对散文的期待相关。散文文体经过新时期十多年的演变和观念的更新，人们期待能有大的突破，越来越多的读者转向散文，余秋雨、贾平凹、周涛、史铁生等作家得风气之先，对散文文体进行了大胆的革新，而贾平凹等在恰当的时间恰当地提倡"大散文"，散文领域的革新便渐成气候。厘清了史诗性散文风格可能形成的背景，我们再来讨论马丽华散文的风格，以及把握其"独一无二的创造性"也就有章可循了。那么，该如何解读和把握马丽华散文的史诗性风格呢？

"史诗"是一个源自西方的诗学概念，通常指叙事性文学，这类文学多取材于重大历史事件，主题庄严崇高，体例宏伟壮观，故事多具神话奇幻色彩，主人公为英雄人物或半神式认为，如黑格尔就认为，"史诗就是一个民族的'传奇'故事，'书'或'圣经'。每一个伟大的民族都有这样绝对原始的书，来表现全民族的原始精神"。[①] 史诗概念引入中国后，激发了作家和理论家的极大兴趣，但在引入的过程中，逐渐由"史诗"转向"史诗性"追求，而具有史诗性的文学，一般是指表现重大历史事件和时代整体氛围的叙事文学，20世纪30年代以矛盾为翘楚的"社会剖析小说"就典范地体现了史诗性的追求，此后史诗性便成为现代中国文学一个重要的审美指向。研究者指出，"五四以来，伴随对西方文学观念的引入，史诗观念也传入中国，扮演着十分重要的角色，被作为最高的文学样式和美学观念，用来评价和衡量一个时期的文学成就或作家作品的审美力量，茅盾、巴金、

---

① ［德］黑格尔：《美学》（第3卷）下册，朱光潜译，商务印书馆1981年版，第108页。

老舍、李劼人、路翎等现代作家的长篇小说创作就显示出某种史诗性特征"。① "史诗性"创作追求,"来源于当代小说作家那种充当'社会历史家',再现社会事变的整体过程,把握'时代精神'的欲望(其实,不仅长篇,一些叙事诗和戏剧作品,也表现了相似的趋向)"。② 从以上论述可知,"史诗性"主要是针对叙事诗、长篇小说和戏剧作品而言的,并不针对散文。这是因为,散文历来在小格局中徘徊,篇幅不过一两千字,现代散文也多谈身边琐事、人生感悟、儿女情长和闲情逸致,与史诗性似乎根本就不沾边。正是在这样的意义上,马丽华散文的史诗性追求就显示了其探索性与独特性。但散文叙事毕竟不同于叙事诗、长篇小说和戏剧作品,这就涉及一个基本的问题:如何认定散文的史诗性追求。我们认为,史诗性风格追求的散文应至少具备三个要素,这就是:(1)大篇幅,大格局;(2)大气象,大境界;(3)文化内涵,哲性思考。马丽华散文是具备上述三个要素的,下文将结合作品以阐释三要素的具体内涵。

　　史诗性风格的散文首先应具备大篇幅、大格局,马丽华《走进西藏》系列中的几个单篇散文,都是长篇巨制,《藏北游历》十九万字,《西行阿里》十六万字,《灵魂像风》十八万字,以单篇散文而论,篇幅超过十五万字的散文在马丽华之前几乎没有出现过。当然,篇幅的大小只是属于表象直观,更重要的是看其所叙述的内容有无史诗性,有些回忆录、思想随笔、生活琐记的篇幅也不小,但不具备史诗性特征。史诗性散文所叙述的内容,应能够折射和镜像有关历史变迁、时代风云、社会变化、文化走向,乃至人类命运等大景观,而马丽华散文所呈现的正是种种大景观,诚如研究者所论,马丽华"不是将自己放逐、漂泊、流浪,去寻找西藏不可触摸的遥远的幸福,而是以一种自觉的工作的态度,一个恰好在场的普通人的视点,去观察、思考周围正在发生的一切,并努力而认真地表现西藏这一特有文化现象中的'客观真实',表现出一个真真切切、实实在在的进行中的西

---

① 王本朝:《史诗性与当代文学的美学迷思》,《求是学刊》2014年第5期。
② 洪子诚:《中国当代文学史》,北京大学出版社1999年版,第108页。

藏","她以一种跨越时空的思情,从一个特定的地域延泛并标示出与整个人类生存状态相通的寓意指向"。① 我们再来讨论马丽华散文的"大格局"问题,关于这个问题,我们可以由大到小,从三个层面展开讨论。藏北、阿里、藏南等地区,囊括了西藏绝大部分的疆域,马丽华散文的《走过西藏》系列显然不是满足于对西藏的个别区域进行文学性观照,而是构成了一种大格局,一种将西藏全景式再现的格局,《藏北游历》《西行阿里》和《灵魂像风》互相呼应,呈现出某种递进关系,从而构成了《走进西藏》的"三部曲",这样的散文格局在马丽华之前未曾见到,可见,"三部曲"在结构布局上形成了大格局。在单篇散文的结构布局上,作者也力图全景式呈现一个地域的地理环境和人文环境,藏民族的物质世界和精神世界,与此地相关的社会、历史、文化,以及宗教信仰和神话传说,同样显示了其大格局。譬如,《藏北游历》包括"西部开始的地方""文部远风景""北上无人区""藏北:一片不可耕的土地""日益不原始的漠风""东四县风采""冰雪大江源"七章,这些章节全方位、多角度、系统化地再现了藏北特有的地理环境和人文环境,其苍凉而丰富、原始而迷人的自然景观,久远而浑厚、拙朴而魅惑的人文景观令人久久不能忘怀,更重要的是,这种结构布局能够使读者对藏北高原形成全面的感知。马丽华全景式再现藏北的意图,在《〈藏北游历〉后记》中有过阐述,如其所叙,"由于要出书的原因,我把这篇已发表于文学期刊的两年前完成的文稿重又增补润色一番,增加了那些曾出于某种考虑而删掉了的部分,补充了我所认为的非如此不能全面反映今日藏北的片断"。② 在具体章节的安排中,仍然显示了大格局,这种大格局体现在对一个具体地方的历史、文化、地理等所进行的全景式再现,而尤为注意再现那些极具地域特色的东西,譬如《西行阿里》中的第二章"普兰——雪山环绕的地方",作者再现普兰自然景观的,如普兰的惊险之旅、神湖玛旁雍错、鬼湖拉昂错;再现人文景观的,如咋达布热圣地、

---

① 闫振中:《浅谈马丽华的散文创作》,《西藏文学》2000年第6期。
② 马丽华:《〈藏北游历〉后记》,见《走过西藏》,作家出版社1997年版,第658页。

边境小城的古商道、国际市场、尼泊尔商人、古老宫殿、印度香客、印度苦行者、洛桑王子及其2500个"妃穴"、普兰歌舞、普兰彩石等,这是对普兰全方位的把握和抒写。从上不难看出,马丽华散文所具有的大篇幅、大格局,是作者探索史诗性风格的必然结果。

  阅读史诗性风格的散文作品,你不能不感到一种恢弘的气势与博大的境界,这气势与境界犹如壶口之瀑、黄山之云,沉雄而辽阔,犹如海啸山崩、风暴突来,浩荡而博大。这种气势的形成,与主题的重大和内涵的丰厚有密切关联。史诗性风格的散文,多从现实、历史、人生、自然中发掘具有意义深度的题材,作者置身于某种特定的环境,却能居高临下地透视文化,直面现实,又能切中肯綮地反思历史,解剖人生,作者以其灵魂去映照历史与现实,以其生命体验去感受外部世界,从而给人造成审美的厚重感和诗性的深度感。譬如,在《灵魂像风》的最后一章"何处是你灵魂的故乡"中,有这么一段描述,"在我回顾描述了仍在延续的传统人生,记挂着那些悠久岁月中的村庄和寺院,那些人影和音容时,一种忧郁的心绪漫浸开来。我觉得心疼。觉得不忍和不堪。从什么时候开始,一种不自觉的意念从脑海深层渐渐上升,渐渐明晰,浮现于海面,并渐渐强化起来。我凝视着它——这是对于什么的不以为然","不是对于生活本身,人群本身,不是对于劳作者和歌舞者,甚至也不是对于宗教","是对于灵魂和来世的质疑吧——是,或者也不尽然","灵魂和来世的观念尽可以存在,与基督和伊斯兰的天堂地狱并存于观念世界","只是,灵魂和来世观念如此深刻地影响了一个地区一个民族,如此左右着一个社会和世代人生,则令人辗转反侧地忧郁不安","——谁从中获益?""——老百姓本来可以过得更好一些","——人生,造物主恩赐于人的多么伟大、丰盛的贵重礼品,你其实只有一次生命。纵然果真有来世,也应该把今生看作是仅有的一次","——缺乏的是一次人本主义的文艺复兴"。[1] 藏传佛教深刻影响了藏

---

[1] 马丽华:《走过西藏·灵魂像风》,作家出版社1997年版,第630页。

民族的人生观和世界观，人们坚信灵魂不灭，并用此生的苦修以实现来世的幸福，世世代代的底层社会的藏族人都是这么过来的，虽然他们在有生之年历尽艰辛，饱尝磨难，却仍然延续着一种程式化的生活而不思改变，作者面对藏民族的历史、文化、人生，进行了沉痛而深刻的反思。作者以其生命体验去感受、以其忧郁的灵魂去映照藏民族的这一切，这样的叙事必然能造就一种气势，一种宏大而磅礴的气势，其所生成的美感和冲击力是那些闲适性散文无法比拟的。

我们再来讨论大境界的问题。散文的意境与诗歌的意境在本质上是一致的，但在表现方式上则是有区别的，"散文意境可以说是散文作家把握自然和社会人生，并将主观内情与客观物境交织渗透而构成的艺术境界"，"'文境'更偏向于写境，它性爱随意散淡自由，不曲意追求含蓄深藏，却更乐于自然平实和酣畅淋漓。它的基本特点在于以求'实'之境传融'情'之'理'，使人如入真景、如临实境，继而获得美的享受和生活的启迪"。[①]选题的重大为大境界的生成奠定了基础，那些具有史诗性风格的散文作品，能给人们展示出深邃、开阔和博大的审美意境。追求大境界的散文作家，总能走出常人狭小的生活空间，狭窄的文化视野和狭低的美学审视，而呈现出主体思绪和情感空间的粗粝与博大，以张扬某种大写的文化人格和持久的生活激情。我们且来看马丽华在《西行阿里》的第一章"扎达——土林环绕的地方"所创造的象泉河谷意境。"暮色沉沉，我感到象泉河在深邃的谷底汹涌扭动，季节使它膨大而浑浊。这一条了不起的河流，哺育过象雄进而哺育过古格，远去，则又去开发滋养另一些国度和人群。象泉河谷因它富庶，历史人事因它无中生有。扎达是象泉河发源地，扎达因此不朽。我在此地所见闻的一切都是它的作品，假使没有它——我还不习惯这样设问——然而假使没有它，那些村落，牛羊，稼穑，草野，那些往逝风景，以及我的探问感慨……""象泉河滔滔而无言"，"明天就要离开扎达去往普

[①]　陈剑晖：《散文意境的特征及其构造》，《华南师范大学学报》（社科版）2008年第4期。

兰。我站在扎达萧瑟的旷野上,任晚风拂面。对面山壁上星散的窑洞此刻黑黝黝静悄悄,如过往古人不闭的眼睛,瞩望着象泉河谷的岁月,千年沧桑"。[①] 象泉河流域是西藏古代文明的主要发祥地之一,历史上的象雄王国、古格王国都曾以该流域为中心而创造过灿烂的文化。作者在黄昏时分游历象泉河谷,怀古思今,不禁感慨万端,这条无言而浑浊的河流,创造了人文,创造了历史,它凿刻出无数空间,也凝固了悠悠岁月,漫步在象泉河谷,似乎依然能听到从历史深处传来的喧嚣,而过往的古人依然在注视着这经历了千年沧桑的河谷。象泉河谷意境因涉及空间的浩大和时间的渺远,以及融入了作者特定的情感情绪、对历史的追怀和对文化的沉思,而显得博大浑厚。象泉河谷意境是作者创造的众多大意境中的一个,但它显然是"文境"而非"诗境",作者所用语言并不追求含蓄蕴藉,而是运用了自然晓畅的语言,其效果却是使人如入真景、如临实境。从象泉河谷意境的创造中,我们还可以总结出两个经验来,其一是大意境的创造需要"大气"的贯注,大气来自于作家的情感孕育和精神内质,来自于作家的文化人格和灵魂映照,关于马丽华散文"大气"的形成,根据前文的分析已不难理解,马丽华对西藏深厚的感情,对西藏的了解与体悟,以及文化人类学视野和浪漫主义精神气质,都形成了马丽华散文特有的文学气象,这也正是其"大气"的基础;其二是大意境的创造需要感性与理性的有机融合,文学创作只有"考证"是不够的,还需要作家的"体征",考证是理性的,是客观的,是历史文化知识的呈现,而体征是感性的,是主观的,是作家个体视角和个人经验的体现,上述例子中的"我感到象泉河在深邃的谷底汹涌扭动""我站在扎达萧瑟的旷野上,任晚风拂面""如过往古人不闭的眼睛,瞩望着象泉河谷的岁月,千年沧桑"等都是作者体征的传达。

新时期以来的散文作品普遍具有文化内涵和文化品位,而史诗性散文尤为注重文化内涵的厚重和文化品位的高致,这也是由其取材的重大和视

[①] 马丽华:《走过西藏·西行阿里》,作家出版社1997年版,第273页。

角的独特所决定的。追求史诗性散文风格的作家,多从文化视角而不是别的视角以介入历史、自然、社会、人生,注重开掘题材的文化内涵,并进行有深度的文化反思,故其叙事总能使人产生历史文化、社会文化、地域文化等方面的认知。在《灵魂像风·朝圣者的灵魂》的开篇,作者叙述道,"至今我还不时想起雪绒山谷,每想起就感到了它的深不可测。几年来三番几次前往,终于也没有读透它。这里的宗教源流、历史故事、神话传奇和民间生活就如同多年生的灌木盘根错节,枯荣流转而生生不息。即使是偶或驻足于此间的云,掠过山谷的风,也都被陶冶得富含文化了","更何况这里的僧俗,甚至途经此地的人"。① 这段叙述表明,作者力图以文化的探询为主线,而勾连起西藏的历史、自然、社会、人生,并其以穿越历史与现实的魄力,去探索藏民族的文化意识与文化心理,展现了丰富而深刻的文化内涵。诚如研究者所论,"游走于史学与文学之间的马丽华,拂去尘埃,披沙沥金,再现了考古以外的'全息'文化景观"。②

史诗性散文还具有浓郁的哲性思辨色彩,这是由作家的思想的高度和深度所决定的,哲性思辨色彩使文本显示出特有的厚重感。我们知道,长期以来,散文之"载道"的观念根深蒂固,缺少思想的独立性,缺少锐气和新颖,这使很多散文给人以面目相似之感,由此形成了复制化的文风。史诗性散文是对"文以载道"观念的一次较为彻底的革新,作家对表现对象有着生命的投注,有着现代人的审美凝视,故更富于哲学意味与个性色彩。在《〈藏北游历〉后记》中,有这样一段话,"人类曾经有过的哲学试图论证灵魂不朽,人类的全部神话固执于对死的否定。灵魂与物质的实在观念和现实世界无关,无论人类社会已进入怎样高级的阶段,人类的灵魂并没有发生根本的改变。人类有可能起源于此,人的灵魂应该以此为故乡,古往今来地与永恒不灭的大自然和谐共存","透过藏北高原的空寂迷茫,

---

① 马丽华:《走过西藏·灵魂像风》,作家出版社1997年版,第597页。
② 黄桂元:《马丽华的西藏文化之旅》,《文学自由谈》2011年第2期。

怀着寻求灵魂故乡的心，终能从中领略它的壮美辉煌"。① 关于灵魂的讨论，不仅是一个由来已久的哲学命题，而且也是一个永恒的文学命题，叙说灵魂，是将文学引向深入的一个有效途径。作者在这里指出，灵魂来自于大自然，而最终要复归大自然，大自然是灵魂唯一的故乡，只有认识到这些，才能真正领略大自然的壮美辉煌。这种充满哲性思辨色彩的话语，在马丽华散文中不时出现，它们显示着作者思考的高度和感受的深度，因为它们的存在，使行文曲折跌宕，峭拔浪峰，打破了平稳叙事的惯性。例如，在《西行阿里·在神山冈仁波钦的一次精神之旅》中，作者叙述了初次绕冈仁波钦神山转经时的内心感受和哲性思考，如其所叙，"就是这条砾石的路，草坡的路，山崖的路，这条冬雪夏雨的路，阳光季风的路，走过了多少代人，那些操着不同语言怀有不同信念的人，那些已逝者、此在者、未生者。我就走在无数代人已走过、还将有许多代人要走来的山道上，内心平和，步伐轻快，生平第一回感到了步行的韵致，节奏，频率，风度，快感"。无数代人在通往冈仁波钦神山的山道上走过，还有许多代人将要向山道走来，无论阴晴雨雪、风吹日晒，也无论历史、时代、社会如何风云变幻。这是为什么呢？冈仁波钦山之所以被视作"神山"，是因为它有着一种巨大的场能，而这场能就是"由无数纤细气流总汇而成——由煨燃的柏枝桑烟袅袅而来，由'嗡、玛、尼、呗、咪、哞'循环往复的六枚音节喃喃而来，由每一虔诚心灵最原始地发出，由每一心愿之屡履传达，由苦修者的山洞里每一深思熟虑中集结流散……终于形成这一罕见的有序的场"，"由于朝圣者所许之愿所还之愿尽皆美好纯净，这个场通体透明纤尘不染"。② 在冈仁波钦神山转经的人们，精神上能够得到一种净化，一种升华，原因就在于神山所具有的场能，而这场能说到底是人们的"所许之愿所还之愿"形成的，这些"愿"是美好纯净的，是超越世俗的，作者在这里的叙述是思辨性，是对哲理的阐发，能够给人以启发和警示。

---

① 马丽华：《〈藏北游历〉后记》，见《走过西藏》，作家出版社1997年版，第660页。
② 马丽华：《走过西藏·西行阿里》，作家出版社1997年版，第348页。

综上所述，马丽华散文具有史诗性风格，这"史诗性"主要体现在三个方面：首先，是大篇幅、大格局，马丽华《走进西藏》系列中的几个单篇散文，都是长篇巨制，这在现当代文学史上是罕见的，更重要的是这些散文能够折射和镜像西藏的历史变迁、时代风云、社会变化、文化走向等大景观；马丽华散文显然不是满足于对西藏的个别区域进行文学性观照，而是构成了一种大格局，一种将西藏全景式再现的格局，《藏北游历》《西行阿里》和《灵魂像风》互相呼应，呈现出某种递进关系，从而构成了《走进西藏》的"三部曲"，在结构布局上形成了大格局。其次，是大气象、大境界，马丽华散文多从现实、历史、人生、自然中发掘具有意义深度的题材，作者置身于某种特定的环境，却能居高临下地透视文化，直面现实，又能切中肯綮地反思历史，解剖人生，作者以其灵魂去映照历史与现实，以其生命体验去感受外部世界，从而形成了一种大气象；选题的重大为马丽华散文大境界的生成奠定了基础，其给人们展示出深邃、开阔和博大的审美意境，作者走出了常人狭小的生活空间，狭窄的文化视野和狭低的美学审视，而呈现出主体思绪和情感空间的粗粝与博大，张扬了某种大写的文化人格和持久的生活激情。最后，是文化内涵与哲性思考，马丽华散文从文化视角而不是别的视角以介入历史、自然、社会、人生，注重开掘题材的文化内涵，并进行有深度的文化反思，故其叙事总能使人产生历史文化、社会文化、地域文化等方面的认知；马丽华散文具有浓郁的哲性思辨色彩，这使文本显示出特有的厚重感，这也是对"文以载道"观念的一次较为彻底的革新，作家对表现对象有着生命的投注，有着现代人的审美凝视，故更富于个性特征。马丽华散文对史诗性风格的探索，使其显示了巨大的美学价值。

第十一章 西部文学的文学史叙事

一 "西部文学"作为思潮与流派

所有作家都是具体存在着的,西部作家当然也不例外。但一个作家的"写什么"和"怎么写",其实并不完全取决于他自身。正如丹纳所言,"艺术家不是孤立的人","艺术家本身,连同他所产生的全部作品,也不是孤立的。有一个包括艺术家在内的总体,比艺术家更广大,就是他所隶属的同时同地的艺术宗派或艺术家家族"①。丹纳在这里提出的"同时同地的艺术宗派或艺术家家族"值得深思,因为它特别强调了艺术的地域性族群现象。钱钟书的观点与丹纳异曲同工,指出这种地域性规范也可以从其负面来观察,"一个艺术家总在某些社会条件下创作,也总在某种文艺风气里创作。这个风气影响到他对题材、体裁、风格的去取,给予他以机会,同时也限制了他的范围。就是抗拒或背弃这个风气的人也受到它负面的支配,因为他不得不另出手眼来逃避或矫正他所厌恶的风气"②。

丹纳所谓的"宗派"或"家族",钱钟书所谓的"风气",都可理解为地域性文学思潮与文学流派现象,它们使"同时同地"的作家在"题材、

---

① [法]丹纳:《艺术哲学》,傅雷译,人民文学出版社1963年版,第5页。
② 钱钟书:《中国诗和中国画》,见《七缀集》,上海古籍出版社1985年版,第1页。

体裁、风格的去取"上,表现出某些相似或相同的特点,从而促发地域文学在诗学形态上的趋同现象。西部小说作为一种地域文学,它的诗学形态又是什么?无疑,我们可以用"现实主义"来归纳,这个"现实主义"主要是指一种审美理想和一种文学精神,其根本特点是对社会现实生活(具体指西部社会人生)的强烈关注与参与,从柳青到路遥,从路遥到雪漠,从雪漠到石舒清莫不如此。即使在某些浪漫主义(如张承志)或现代主义(如扎西达娃)的西部作家身上,我们同样可以看到这种关注现实的文学气质。一个突出的例子就是,20世纪90年代以来随着中国式消费文化语境的生成,国内很多作家转向欲望化书写或个人化书写,而西部作家采取置身大潮流之外的姿态,持续探索着西部社会人生的出路,表现出了深刻的现实主义的文学精神,像贾平凹的《秦腔》、雪漠的《大漠祭》、董立勃的《白豆》都是消费文化语境中现实主义的叫响之作。同理,检视西部作家的创作,我们也极难找到那类游戏或亵渎文学的不严肃的作品。西部文学表现形态的催生与衍化,自然离不开思潮与流派的共同推动,而对西部文学思潮的回顾及对西部文学流派的追踪,实际上也是对"西部文学是否应该被文学史叙述"的回答与阐释。

　　文学思潮不可能是偶然出现的文学现象,而其发生也并非出于单纯的文学要求,因社会的发展而引起的政治、经济与文化上的变化,往往成为导致文学思潮发生的直接的社会原因。"西部文学"的提出,首先是以一定的文学实践为前提的(如历代边塞诗人大量的西部歌咏,新中国成立前域外探险家的西部叙事,尤其是柳青、玛拉沁夫那一代作家的西部书写,以及张贤亮、王蒙等作家的西部作品);其次,还与80年代初期"现代化"的时代要求密切相关,正是"现代化"在西部大地上的迟缓推进,促使西部作家、理论家与东南沿海地区进行横向比照,也正是在这种现代化进程的比照中,"西部"才显示了它"被遮蔽"的生产生活方式的落后、沉滞与凝重,也才使其固有的自然地理与历史文化资源得到了重新的审视与体认,而这也使他们敏感地意识到文学资源的存在。由此看来,

"西部文学"的提出便成水到渠成的事情了。我们只要重温当年西部文学倡导者们所说的,就会明白,现代化进程是"西部文学"思潮发生的重要原因,他们大多认为:"西北乃至西部,作为现代化建设的战略后方和战略要地,其辽阔的土地和丰富的资源,必将成为经济发展的雄厚基础;其悠久的历史和灿烂的文化,以及在这种历史和文化养育下所形成的民族性格和民族精神,必将在时代的呼唤下进一步复苏和觉醒。这种情势,客观上就为壮阔雄美的中国西部文学的出现、繁荣和发展提供了条件和可能,所以说,'西部文学'的提倡和呼号,尽管是由理论家个人率先提出的,实际上也如泰纳所言,是时代精神和周围风俗的推动。"①

"西部文学"既已作为思潮而出现,必以张扬某种文学观念为标志,这种文学观念及与之相适应的审美理想、创作追求、理论构架乃至批评范式,共同构成了引导西部文学潮流走向的思想基础,不仅深刻影响了20世纪八九十年代的西部作家,在21世纪更显示了其坚挺的理论后劲。现在看来,1985年前后,以《当代文艺思潮》为中心,荟萃了众多的理论家,共同探讨西部文学思潮应该张扬什么样的文学观念诸问题。如昌耀认为,"'西部'不只是一种文学主题,更是一种文学气质、文学风格。而且,不能不强调'西部'的'当代'概念","我所希望的'西部文学'自然首先是指根植于大西北山川风物及其独特历史、为一代胜利的开拓者乃至失败的开拓者图形塑像的开拓型当代文学","它敏于对一切变革作出反应。它必然具有新的艺术眼光、新的审美形式、并相信能给予人以新的审美享受"。② 肖云儒的看法则更为细化、具体,认为"西部文学在题材内容上,主要是西部边塞的、军旅的、民族的、乡土的、开发的。精神气质上,主要是各类开拓性业绩中迸出来的积极向上的人生态度和奋斗精神,以及在这种业绩中形成的民族团结精神和爱国爱乡感情。生活环境上,大多是长河大漠、城

---

① 谢昌余:《要有争雄斗奇、开风气之先的当代气魄》,载《当代文艺思潮》1985年第3期。
② 昌耀等:《就西部文学诸问题答〈当代文艺思潮〉编辑部问》,载《当代文艺思潮》1985年第3期。

堞烽烟、窑洞帐房、驰马放牧、雪山并架、戍边屯垦等等典型的西部风情和西部民俗,西部特有的味。人物性格和心理素质上,艰苦搏斗、曲折多样的命运铸就了豪爽朴拙、率直刚强、矢志不移的特色,构成西部人特有的神。情节闻所未闻而成传奇,色彩斑驳艳丽而显浓烈。……这一切,使得雄风壮美成为西部文学主要的美学特征——旷达、恢宏、雄奇、古朴,自然有机巧灵秀,决不是小家碧玉。读这一类作品,我们常常在现实感的深处,感到一种沉雄的历史感和崇高的审美感"。[1]谢昌余对当年的讨论做了总结,描述了西部文学思潮的大致轮廓,"西部文学将是一个由西部各民族的历史文化和现实生活所养育,由西部的自然山川、人文地理和经济生活、时代环境所培植的,具有地域性、民族性、时代性的独具特色的多民族的文学","是一个熔化了历史精华、为当代精神所浸透的有独特的西部精神、西部气质、西部风骨、西部气魄和西部性格的文学","是一个有历史绵延感、又有开拓和开发精神的文学……它将以一种动态组合的形式铸成它的精神气质和文化性格","是一个有共同的美学纲领、相近的诗学主张、多样的艺术风格、崭新的艺术手法、容含社会性、时代性、人道主义、博爱胸怀、纯真崇高的道德伦理、悲壮沉宏的审美价值的文学"[2]。西部文学思潮有一个渐进的过程,20世纪80年代初期理论家所倡导的文学思想及其创作主张,随着现代化的进程和创作实践的深化才逐渐清晰起来,这在新生代西部作家身上体现得尤为明显,他们在鉴别与吸收80年代研讨成果的同时,将那种充满豪情的乐观主义内化成了深沉冷峻的反思,而坚持走"为人生"的创作道路,并最终与文学大潮分道扬镳。这既是西部文学思潮持续存在的表征,也是西部文学走向成熟的某种标识。

流派的形成与文学思潮有着互动的联系,它们有时是同时出现的,几乎如影随形,二者的联系或表现为一种文学思潮促成了某个流派甚至多个

---

[1] 昌耀等:《就西部文学诸问题答〈当代文艺思潮〉编辑部问》,载《当代文艺思潮》1985年第3期。
[2] 谢昌余:《在"中国西部文艺研讨会"上的发言》,载《当代文艺思潮》1985年第6期。

流派的形成与发展，或表现为某个文学流派以其广泛而深刻的影响促成了某种文学思潮的产生。两者的区别在于，"文学思潮的特点体现在对某种文学观念的倡导上，以文学思想的更迭体现文学活动对社会变革的回应；而文学流派则是创作活动的产物，致力于创作实践和通过创作成果显示群体特色是这种文学活动的特点"。[①] 从文学事实来看，是西部文学思潮催生了几个文学流派，如西部小说流派、西部散文流派和西部诗歌流派，它们都是对这种思潮的感应与具现。我们说西部小说是一种文学流派，可能会引起人们的怀疑，但对"流派"却没有必要作机械的理解，相近的文学见解、共同的艺术追求和特有的群体风格特色，才是流派形成的基础与前提，至于是否组织了社团或者发表了宣言纲领，对于流派的存在而言也并非必备的条件，像20世纪30年代的"京派"，也没有发表任何宣言或结社，但人们仍将其看作是一种实实在在的文学流派，西部小说流派的产生应与此相类似。余斌在80年代就这样来概括西部小说的流派特色，"西部小说的最大特点是它对西部人的命运倾注了最大的关注和温情"，"它几乎一起步就表现出一种西部文化意识的萌动，对西部人的命运作历史、文化的总体把握"，"因此，西部小说不仅不涉笔传统意义上的重大题材，而且常常以政治的淡化来凸现人的问题本身。从这个角度来看，西部小说并不循序重复内地小说的轨迹，它可能跳过某些阶段而取一种迎头赶上的态势"，"就这样，西部作家一个个走出来了。他们当中有张贤亮、邵振国、邵兰兰、王家达、牛正寰、景风、浩岭、张锐、赵光鸣、文乐然、刁铁英、艾克拜尔·米吉提、扎西达娃、马原、色波、意西泽仁、金志国等。由李斌奎、李本深、唐栋等西部军旅作家组成的则是色彩迥异的一群，他们常常在西部和内地的二重背景下展示西部军人独特的命运，为中国西部文学敲着震撼人心的定音鼓，这是需要另作研究的。自然，人们不会忽视王蒙、张承志、鲍昌、刘克等客籍作家，他们的作品不但为西部小说增添异彩，并且

[①] 王先霈、孙文宪主编：《文学理论导引》，高等教育出版社2005年版，第103页。

影响着西部文学的面貌"。① 即使在今天看来，余斌的概括仍然是相当有分量和有代表性的，"对西部人的命运作历史、文化的总体把握"的概括何其准确而精彩，不妨看作是对西部小说流派的整体概括，这不仅在《白鹿原》《心灵史》和《尘埃落定》这类大部头作品中表现得极为鲜明，就是在《人生》《麦客》《吉祥如意》和《清水里的刀子》这类中短篇也体现得相当真切。虽然关于"西部"的小说叙事可能层出不穷，而真正意义上的西部小说必然会体现出流派特色，因为在"写什么"和"怎么写"的问题上，后起的西部作家也一定会被"他所隶属的同时同地的艺术宗派或艺术家家族"所制约和规范，这也正是文学流派力量的生动体现。

  在影响流派生成的诸多因素中，与文学活动相关的那些因素则构成流派生成的内部原因。从文学本身来讲，体现了成规延续的师承关系被许多研究者所重视，宋代刘克庄在分析"江西诗派"的生成时，就强调了师承关系的重要性，"至六一、坡公，巍然为大家数，学者宗焉。然二公亦各极其天才笔力之所至而已，非必锻炼勤苦而成也。豫章稍后出，荟萃百家句律之长，究极历代体制之变，搜猎奇书，穿穴异闻，作为古律，自成一家，虽只字半句不轻出，遂为本朝诗家宗祖，在禅宗中比得达摩，不易之论也"。② 而清人张泰来则认为，"诗派，人之性情也。性情不殊，系乎风土"③。可见，在探讨流派生成的原因时，古人特别强调地域文化因素的能动。我们探讨西部小说流派的生成，有必要综合刘、张两家之说，也就是既留意师承关系也注重地域文化因素。以石舒清而言，他追步路遥的文学人生，路遥则师承了柳青的美学理想，而柳青在延安解放区文学则发掘了西部叙事的源头，这是西部作家师承关系之一例。西部的地理人文环境和历史文化传承，又共同造就了无论是路遥、石舒清还是柳青都具有的深挚

---

① 余斌：《论中国西部文学》，载《当代文艺思潮》1986年第5期。
② 刘克庄：《江西诗派小序》，见丁福保编《历代诗话续编》，中华书局1983年版，第478页。
③ 张泰来：《江西诗社宗派图录》，见王夫之等编《清诗话》，上海古籍出版社1963年版，第62页。

的忧患意识、苦难意识和现代意识,这些意识由于与师承关系的合力而形成了西部小说"为人生"的现实主义传统。西部作家因为思想的大致趋近,有着共同关心的文学与社会问题,在文学观念和审美趣味上有共同语言,都认同和遵循现实主义的创作原则,这才是促成西部小说流派的重要基础和根本原因。

20世纪80年代中后期,经过数年的讨论,西部小说流派终于成形,其标志是众多的作家如张贤亮、贾平凹、张承志、扎西达娃、杨志军、赵光鸣、陆天明等在其创作中自觉地展现了西部的"山川风物及其独特历史",以现实主义的创作精神"对西部人的命运作历史、文化的总体把握"。而从90年代中后期以来,可看作是西部小说流派的分化期与成熟期。"分化"是指某些作家从西部小说流派的阵营中的脱离与转向,而成熟则是指那些以更为自觉、更为独立的姿态从事现实主义创作的作家的成熟,他们对西部山川风物及其历史文化的认知是深刻的,而其表述也是更诗意化的、更具历史意味的,如阿来、雪漠、红柯、董立勃、郭文斌、石舒清、马步升等,他们在消费文化语境中的文学活动,不能简单地、常规化地与国内盛行的文学思潮进行链接,或者说,从国内的文学大潮看,他们的创作也许是分散的,是不统一的,但如果从西部小说的流脉上来看,他们又都具有较为显著的一致性或趋同性,这也从侧面证明了西部小说流派的切实存在。

二 西部文学的"入史"与"如何入史"

文学史的书写当然不能以史家个体的好恶为出发点,而是应该以描述文学史的全景图,也就是尽量真实地还原文学历史的丰富性与多样性为目标,在这样的意义上,西部小说理应得到文学史家的关注与描述。况且,就西部小说的创作实绩而论,数十年来取得的成就硕大,以参与作家之众、作品数量之丰、叙事体式之多、持续时间之久来看,早已具备"思潮"与"流派"

的意义，也更具有文学史叙事的必要。如果说有文学史家真正认识到了西部小说流派的价值意义，也有了言说的预设，那么他将如何叙述？我们只要看看中国文学史，就不难发现以"地域"命名的文学流派，如古代文学史上有"江西诗派""公安派""竟陵派"，现代文学史上有"京派""海派""东北作家群"，等等，应该说，西部小说流派"作为"当代文学史叙事的一个环节，并不是无先例可循。但我们也同时发现，在地域文学流派的叙述中，史家总是企图以文学主潮的共性来涵盖地域文学的特殊性，故此也就极容易造成地域文学的模糊形象，问题出在哪儿？在我们看来，文学史叙事要真正描述出文学历史的丰富性与多样性，要清晰呈现地域文学的风貌，必须在把握"时间维度"的同时，还要适当考虑"空间维度"的存在。这不仅是因为有些文学主潮本身就是依赖于空间维度产生的，如宋代影响甚大的"江西诗派"，则是由地域性思潮而成为全国性思潮的；而且还因为，文学主潮在空间运作中必然会发生种种衍化与变异，如"寻根文学"思潮一经产生就明显表现出了空间性的嬗变，韩少功着力呈现极具巫风气味的"楚文化"，而李杭育的"葛江川系列"则再现了绵长清扬的"吴越文化"。

鉴于上述原因，史家在将时间维度设置为主线索叙述西部小说流派之时，应着重控制两个重要的时空切入点，其一，是20世纪80年代西部小说之文学史叙事的可行性，可在"伤痕""反思""寻根"等大潮之外，安排"西部小说"之专章，这是因为，这个时段的西部小说与文学主潮形成了若即若离的关系，却呈现出了其较为鲜明的空间特性。举例来说，我们在前文着重分析了路遥的创作，将路遥安排在80年代的任何一个文学大潮中都显勉强，但倘若在"西部小说流派"这个章节来叙述，不仅极为恰当，而且其文学人生也将得到更深刻的阐释。其他如张贤亮、张承志、贾平凹也与路遥有相似之处。此外，像杨志军、陆天明、赵光鸣、柏原、邵振国这些"无名"的西部作家亦将有可能被文学史"重新发现"。其二，是在"新世纪文学"的叙事板块中可以设置"西部小说流派"的章节，其原因也表现在两个方面，首先是西部小说21世纪以来的确成就突出，空间特性比八九十年代得到了进一步固化与强化，流派的格局也更加趋于完整；其次是西部作家在这个文学时期表现出的追求和姿态与大潮相去甚远，对文学性的坚守和对文学理想的执着，使他们的文学活动某种程度上有效扭转了"伪后现代派小说"在叙事领域形成的颓风，他们确为实实在在的一个创作群体。

既然说到西部小说如何入史的问题，难免有人会问，是否有研究者尝试将西部小说做类似于文学史的叙事，其价值意义到底如何。如果检视国内出现的学术性著作，会发现也不是没有人力图将"西部小说"（或西部诗歌、西部散文）作为自成流派的文学版块从百年中国文学的总体走向上进行描述，如陈超著《中国探索诗鉴赏辞典》（河北人民出版社1989年版，1999年再版时更名为《20世纪中国探索诗鉴赏》），在体例安排上就颇具借鉴性。谢冕对陈著曾做过这样的评价，"它把自中国新诗诞生以来出现的、具有现代主义倾向的诗歌现象作了一次总体性的整理"，"我们从中得到一次关于中国新诗另一面同样是恢宏景观的明确印象"[①]。"中国新诗另一面同样是恢宏景观的明确印象"，这不也是文学史叙事所极力追求的目标吗？陈著以时间维度为主线索并兼及空间维度，而将20世纪中国探索诗（现代诗）的趋势以六大流派做了概括，显示了陈著别出心裁的研究思路，这六大流派分别是象征派诗群、现代派诗群、九叶派诗群、朦胧诗诗群、西部诗诗群、新生代诗群。陈著有着"西部诗歌流派"的概念在场，因此，总是能抓住西部诗的核体意象和艺术气质进行鞭辟入里的阐释，昌耀、林染、杨牧、章德益、梅绍静、张子选等西部诗人的文学精神及诗美内涵，也在其阐释中开始显山露水。如陈著在分析昌耀的抒情诗《巨灵》时指出，"昌耀的诗总有一股旁人难以企及的笨重壮硕的艺术精神。他似乎不屑于浅斟低唱一己的情愫，而是要将土地的全部丰富性展示出来。读他的诗使我们领略到了吞吐大荒真力弥漫的气象。这种气象险而不怪、硬而不瘦、阔而

[①] 谢冕：《"异端"的贡献——评〈中国探索诗鉴赏辞典〉》，载《中国图书评论》1991年第3期。

不空，原因是诗人在写自然时，总有一种深沉的历史穿透力运动其间，犹如一口长气，使诗显得庄严扎实百感横集"①，可谓是昌耀风神的不易之论。分析章德益的抒情诗《大西北，金色的史话》时，又有这样直抵诗歌内核的概括，"这里的大西北，已经超越了它纯粹地域性的意义，而成为人类历史与现实的象征，成为人类生命意志的深层展示和生存圆与人的关系的思考。这首诗，没有以猎奇的心理去展览西部的奇诡风光，诗人以悲慨的、不屈的情愫，直面了生存的艰辛"②。对张子选诗歌的分析同样耐人寻味，如在解读张子选的抒情诗《无人地带》时指出，"《无人地带》就这样成为新生命诞生的地方，成为孤独的思想者必须涉足的圣殿。而这些感悟，是张子选用青春为代价，深入荒原、深入西部阿克塞，灵魂被石头划破后流出的思考的血滴"，"西部诗，你的魅力就是这样用整整一代开拓者的血液和骨头构成的"③，由此可见，陈著对西部诗的理解和阐释之深。但陈著的意义却远不止于此，西部诗在得到空间性的确认之后，能够给人们造成极为强烈的阅读印象，举凡从语词的选择到诗句的组合，从意象的生成到意境的营构，从诗情的释放到哲理的阐发，西部诗都显现了不同于其他现代诗歌流派的品格。阅读效果和流派印象的产生，无疑与陈著对西部诗的体例安排大有关联，这种运作与单纯的西部诗赏析不同，因为那样的话相对而言总会缺少比照，而经过这种比照性的线性链接，西部诗的特殊性便跃然纸上。且经过这样的叙述，西部成长中的诗人或许会因之对自身的创作理想从朦胧走向清晰，并憧憬从个体走向整体，从而使流派力量不断得到壮大。此外，那些"无名"的西部诗人借此也走向了"有名"，被读者重新发现。这些都是文学史性质的叙事可能产生的差异效应。由此，我们再来推断"西部小说"进入文学史，其价值意义到底如何，似乎已经不言自明，因为无论如何，陈著早在二十年前就"回答"了这个问题。

---

① 陈超：《20世纪中国探索诗鉴赏》，河北人民出版社1999年版，第676页。
② 同上书，第730页。
③ 同上书，第747页。

附录：中国西部散文作家简介

A

阿拉丹·淖尔（1970— ），女，裕固族，甘肃肃南人。作品散见于《青年文字》《中国作家》《散文》等报刊，被选入《被遗忘的经典散文》《最具阅读价值的散文随笔》等多种选本。出版散文集《萨日朗》。中国作家协会会员，中国少数民族作协理事。

阿拉堤·阿斯木（1958— ），维吾尔族，新疆于田县人。伊犁财贸学校翻译专业毕业，后在北京文学培训中心学习。在《民族文学》《作家》等报刊发表小说、散文，著有中、短篇小说集《雅地尔卡》《金矿》《阳光如许》等，系中国作协会员，伊犁州文联副主席。

阿来（1959— ），藏族，出生于四川藏区马尔康县山村。马尔康师范学院毕业。在《诗刊》《人民文学》等报刊发表作品，出版诗集《梭磨河》、散文集《大地的阶梯》《就这样日益丰盈》、长篇小说《尘埃落定》《空山》等，作品被译成英、德、法文。现为中国作协会员，四川省作协主席。

阿贝尔（1965— ），四川平武人。毕业江油师范学校，后获大学文凭。诗歌、散文和小说刊发于《山花》《中华散文》《散文》等几十种纯文学期刊，作品入选《21世纪年度散文选2003散文》《2004中国散文排行榜》等多种选本。出版散文集《隐秘的乡村》。现为四川省作协会员。

阿古拉泰（1957—　），蒙古族，生于内蒙古科尔沁草原。毕业于东北师范大学。诗歌、散文散见于《民族文学》《人民文学》等报刊，有作品译介到国外，著有《蜻蜓岛》《随风飘逝》等诗文集，主编《新世纪散文集》等多种选本。现为中国作协会员，《内蒙古青年报》总编辑，编审。

阿舍（1971—　），女，原名杨咏，维吾尔族。毕业于北方民族大学中文系，散文、随笔、小说等作品散见于《福建文学》《朔方》《大家》《香港文学》等。作品选入《宁夏青年作家作品选》《当代散文精华》等版本。现供职于银川晚报社，系宁夏作家协会会员。

安元奎（1963—　），土家族，贵州省思南县人。毕业于贵州教育学院中文系。在《山花》《散文世界》等报刊发表作品数十万字，出版散文集《行吟乌江》，散文入选《当代青年散文一百家》等。现供职于思南师范学院，高级讲师，贵州作协会员。

B

白才（1952—　），笔名溪远，生于内蒙古扎萨克旗（今伊金霍洛旗）。内蒙古师范学院函授汉语言文学专业毕业。作品散见于《草原》《鄂尔多斯文学》《散文》等报刊。散文入选《西部散文100家》等版本。现在鄂尔多斯市公安文联工作。内蒙古作家协会会员，西部散文学会副主席。

柏桦（1966—　），女，傣族，云南文山人。先后在中央民族大学、中国人民大学读哲学、文学，研究生学历。在《边疆文学》《民族文学》等报刊发表作品，出版诗集《小小女孩》，作品入选《散文诗精选》等。现为《边疆文艺评论》副主编，云南省作协会员。

白玛娜珍（1967—　），女，藏族，西藏拉萨人。毕业于解放军艺术学院及中国新闻学院。在《西藏文学》《民族文学》等报刊发表作品，著有诗集《在心灵的天际》、散文集《生命的颜色》、长篇小说《拉萨红尘》《复活的度母》等。供职于西藏作协,中国作协会员。

鲍尔吉·原野(1958—),蒙古族,祖籍内蒙古自治区哲里木盟科左后旗,生于内蒙古呼和浩特市,在赤峰市长大,毕业于赤峰师范学校,现为辽宁省公安厅专业作家,辽宁省作协副主席。出版散文集《草木山河》等数十部作品。小说、散文、诗歌、文学报告等均多次获奖。鲍尔吉·原野与歌手腾格尔、画家朝戈被称为中国文艺界的"草原三剑客"。

碧小家(1954—),原名白福成,新疆古城子人,毕业于昌吉教育学院中文系。在《散文》《绿洲》等报刊发表作品数百篇,出版有散文、小说、历史文化等作品集十余部,有作品被选入初中阅读教材。现供职于某日报社,新疆作协会员。

宝音巴图(1965—),蒙古族,内蒙古阿拉善右旗人。毕业于内蒙古师范大学历史系。在《草原》《十月》《世界文学译丛》《民族文学》等报刊发表散文、诗作,出版散文集《大地的烙印》。现在阿拉善盟民族中学从教,内蒙古作协会员,中国散文学会会员。

C

曹建川(1972—),笔名非我,祖籍四川。毕业于西安石油学院,所学专业为经济管理。现供职于青海油田。创作有散文集《穿越青海长云》、长篇小说《魅惑敦煌》。散文入选《中国西部散文百家》等多家版本。青海省作协会员,中国石油作协会员。

程静(1972—),女,籍贯河南洛阳,出生于新疆伊犁。毕业于新疆维吾尔自治区党校。现供职于伊犁晚报社。做过编辑,新疆作协会员。在《西部文学》《人民日报》等报刊发表散文、散文诗,著有散文集《我的舞蹈》。有散文诗入选《新中国六十年文学大系》。

陈洪金（1972— ），生于云南永胜县，毕业于云南曲靖师专政教系。作品散见于《散文》《大家》及国外华文报刊，著有散文集《灵魂的地址》《乡村：忧伤的河流与屋檐》、诗集《岩石上的月亮》等多种。现供职于丽江市社科联，中国作协会员。

陈明云（1948— ），四川省江安县人。师范学校毕业。作为知青下过乡，当过教师，现为县文化馆馆员。著有散文集《竹海开外风》《山里山外》《听蛙竹海》。作品选入《中国新文艺大系·散文集》《精短散文荟萃》等多种选本。中国作家协会会员。

陈漠（1966— ），陕西省安康市人。毕业于新疆大学新闻学院。曾在新疆某部服役，后在电台、出版社及报社供职。在《大学》《青年文学》等数十家报刊发表作品。出版散文集《风吹城跑》《谁也活不过一棵树》《蒙地》等。散文选入《中国西部散文》等。系副编审，中国作协会员。

陈拓（1964— ），藏族，甘肃省临谭县人。毕业于甘南民族学校、中央党校。甘肃省作协会员。在《西藏文学》《散文》等数十家报刊发表作品200余篇。出版散文集《游牧青藏》，散文收入《甘肃省文学作品选萃》《散文百家百期精华选》等。

陈有仓（1961— ），生于西宁市湟源县。大学本科学历。曾在乡村任民办教师，后进入县直机关。散文随笔、小说作品散见于《青海湖》《安徽文学》《雪莲》等报纸杂志。编辑出版《河湟婚俗》。现从事宣传工作。青海省作协会员。

常龙云（1963— ），四川省达县人。毕业于四川文理学院数学系，在《青年文学》《四川文学》等多家报刊发表作品200余篇，作品入选多种文集，出版散文集《寻找诗意生活》。当过中学教师、党校教员，系四川作家协会会员。

次多（1949— ），笔名多尔吉，藏族，西藏拉萨人。毕业于西藏大学中文系。曾插队务农，当工人。作品散见于《西藏文学》《民族文学》等报刊，著有诗文集《母亲的恩情》，散文被选入《百年美文》等及藏族人教版课本。现为西藏作协副主席,中国作协会员。

崔子美(1962—),陕西志丹县人。先后在延安农机学校、北京人文大学汉语言文学专业学习。作品散见于《延安文学》《青年作家》等数十家报刊,入选《新延安文艺·散文卷》多种选本,著有散文集《流年心影》《诗性高原》等。现从事党史研究工作,陕西省作协会员、中国散文学会会员。

存一榕(1960—),哈尼族,出生于云南普洱。获成人教育法律大专文凭。先后在《边疆文学》《民族文学》《中华散文》等数十种刊物发表散文、诗歌、小说等170余万字。作品收入《新世纪文学作品选》多种选本。现供职于景洪某药业公司,云南省作家协会会员。

D

淡墨(1938—),本名陈朝慧,云南巧家人。毕业于云南大学中文系。在《十月》《边疆文学》等数十家报刊发表作品。出版散文诗集《大峡谷之恋》、散文集《守望者的麦田》《淡墨散文精品选》等。云南师范大学教授,曾任学报主编,中国散文诗研究会副会长。

第代着冬(1963—),苗族,本名吴建国,重庆市武隆县人。在《红岩》《民族文学》等数十家报刊发表作品,出版散文集《乡村歌手》《荒村浮云》、长篇小说《邱家大院》。作品入选《第三代诗人探索诗选》等多种版本,现供职于重庆市级机关,中国作协会员。

第广龙(1963—),甘肃省宁县人。毕业于陕西教育学院中文系。在《散文》《诗刊》等报刊发表作品,出版诗集《水边妹子》《第广龙石油诗精选》、散文集《感恩大地》等。现供职于长庆油田企业文化部,中国作家协会会员,中国石油作协副秘书长。

丁小村(1968—),本名丁德文,陕西西乡县人。毕业于陕西师范大学中文系。在《中华散文》《中国作家》等海内外报刊发表散文随笔，以及《玻璃店》等中短篇小说百余万字，著有诗集《简单的诗》。现为汉中市《衮雪》杂志副主编，陕西作协理事。

杜福全（1979— ），云南省永善县人。中等师范学校毕业后，自考中文专科毕业。曾教书、做机关秘书。散文及评论等数十万字作品散见《岁月》《当代小说》等报刊，出版大型文化散文画册《神州永善》（与人合作）。现供职于永善县文联，中国散文学会会员。

段遥亭（1968— ），陕西白水人。毕业于渭南师范学院中文系。曾为法院书记员、报社记者。在《西部》《青海湖》等多家报刊发表作品70多万字，出版散文集《受伤的耗牛头》。散文作品选入《当代散文精品》等版本。现居乌鲁木齐，中国散文学会会员。

F

方健荣（1971— ），笔名大野，甘肃敦煌人。毕业于甘肃教育学院。在《诗刊》《飞天》《葡萄园诗报》（台湾）等数十家报刊发表作品300余篇（首）。出版散文集《敦煌之缘》《天边的敦煌》。甘肃作协会员，敦煌市作协副主席。

冯剑华（1950— ），女，籍贯安徽省太和县。毕业于复旦大学中文系。作品散见于《人民文学》《散文》等报刊，散文选入《中国西部散文》《百年美文》等多种版本。曾为煤矿工人、军人，现为宁夏文联副主席，《朔方》杂志主编，中国作协会员。

冯秋子（1960—），女，原名冯德华，内蒙古人。1983年大学毕业，先后当过教师、出版社编辑、报社记者。1983年开始发表作品。1995年加入中国作家协会。出版有散文集《太阳升起来》《寸断柔肠》《生长的和埋藏的》，主编过1990年至2002年全国优秀散文随笔集《人间：个人的活着》。

1985年后历任作家出版社编辑,《文艺报》副刊部记者、编辑、副主任、主任,副编审。

风马(1958—),本名时培华,祖籍山东省单县。曾在鲁迅文学院进修。散文、小说等散见于《散文》《十月》《上海文学》等报刊。著有《风马散文选》,以及长篇小说《生灵境界》《去势》等。现任青海省作协副主席,中国作协会员。

傅查新昌(1961—),锡伯族,出生于新疆察布查尔县乡村。曾在鲁迅文学院学习。在《西部文学》《收获》等刊物发表作品,出版小说《父亲之死》《泰尼巴克》,及散文随笔集《我就这么活着》《地皮酒》等。供职于乌鲁木齐市区地税局,新疆财经大学客座教授。中国作协会员。

G

嘎子(1959—),本名黄定坤,出生于四川西部藏区。毕业于西南师范大学中文系。做过中学教师,杂志编辑。在《红岩》《西藏文学》等刊物发表中短篇小说、散文、随笔逾百万字,出版长篇小说《越走越荒凉》。现供职于一家科技刊物,受聘重庆市作协文学院创作员。

盖湘涛(1944—),吉林省长春市人。长春工程学院毕业后分配至西部。在《诗刊》《人民文学》等报刊发表作品,出版诗文集《翡翠》《雪域高原》、长篇小说《血染的人生》等多种。作品选入《当代中国散文精选》等数十种选本。系高级工程师,中国散文学会会员。

高宝军(1973—),陕西吴起人。毕业于陕西省广播电视大学,研究生学历。作品40余万字散见《十月》《延河》等几十家报刊,出版散文集《乡村漫步》《大美陕北》及《吴起古城寨堡初考》。系中国作协会员,西部散文学会副主席。

高建群(1953—),祖籍陕西临潼。高中毕业后曾在新疆边防从军,在陕北生活工作近 20 年。主要作品有长、中篇小说《最后一个匈奴》《遥远的白房子》、散文集《西地平线》《胡马北风》等。散文选入《百年陕西文艺经典》《百年美文》等。现为陕西文联副主席，中国作协会员。

高耀山（1943— ），甘肃环县人。在《朔方》《作家》等数十家报刊发表作品 300 多万字，出版散文集《沙光山影》《黄土绿叶》、长篇小说《风尘岁月》等。作品选入《中国西部散文》等多家版本。曾为银川市文联副主席，《黄河文学》总编。中国作协会员。

葛建中（1963— ），籍贯河北定州，毕业于青海师范大学中文系。在《青海湖》《民族文学》等报刊发表诗歌、散文作品 100 余万字，另有文学史论《青海当代文学五十年》（合著）、长篇报告文学《青藏大铁路》等。现为青海电视台影视部编导、副研究员。中国电视艺术家协会会员。

鸽子（1972— ），本名杨军，云南禄劝人。毕业于云南大学中文系。在《散文》《雨花》《诗天空》等国内外百余种刊物发表诗、散文。著有诗集《鸽子的诗》《一个人的炼金术》等 4 种。现供职于云南省科协，高级政工师。云南省作协会员，中国艺术摄影学会会员。

古原（1968— ），回族，出生于宁夏西吉，先后毕业于固原师专中文系、宁夏党校少数民族干部本科班。在《朔方》《民族文学》等报刊发表小说、散文数十万字，作品入选《世纪散文精品》等多种选本。现任固原日报社副总编辑，宁夏作协会员。

孤岛（1964— ），本名李泽生，出生于浙江千岛湖。杭州大学中文系毕业后自愿支边到新疆。《在中国作家》《散文》等刊发表诗歌数百首，散文、报告文学百余万字，出版诗集《雪和阳光》、散文集《新疆流浪记》。作品选入《中国当代散文检阅》等几十种选本。现为《西部》文学编审，西部散文学会副主席，新疆作协会员。

谷运龙（1957— ），羌族，四川茂县人。曾在鲁迅文学院作家高级研修班学习。散文、小说散见于《民族文学》《散文》等报刊，出版小说集《飘逝的花瓣》、散文集《谷运龙散文选》。现供职于四川阿坝州政府，巴金文学院签约作家，中国作家协会会员。

关瑞（1972— ），甘肃酒泉人。毕业于西北师范大学中文系。散文、诗见于《散文》《飞天》《芳草》等报刊。现供职于酒泉日报社，中国散文学会会员。

郭文涟（1958— ），祖籍山西翼城，出生于新疆克拉玛依。毕业于伊犁师范学院中文系。散文、诗歌散见于《散文世界》《亚洲中心时报》等数十家报刊，著有散文集《远逝的牧歌》《岁月起落里的歌声》等多种。现供职于伊犁州政协，中国散文学会会员，新疆作协会员。

郭雨桥（1943— ），原名郭永明，内蒙古四子王旗人。毕业于内蒙古师范大学中文系。作品有长篇小说《巍巍罕山》、散文随笔集《森吉德玛与野情谣》《郭氏蒙古通》等，编译有《鄂尔多斯民歌》《中国民谣集成·内蒙古卷》（合作）等。蒙古文化学者，中国作协会员。

H

海泉（1955— ），蒙古族，内蒙古新巴尔虎左旗人。毕业于中央民族学院汉语言文学系。曾在牧区插队，自治区民委供职。在《花的草原》《散文》等报刊发表小说、散文、诗歌、评论等二百多万字，出版长篇小说《混沌世界》。现为中国作协会员，内蒙古文学翻译家协会副主席。

郝贵平（1947— ），陕西长武人。咸阳师范学院中文系毕业后，赴塔里木油田。出版散文集《大荒漠瞭望》、长篇系列散文《我的绿洲河》等多部。作品选入《中国散文百家》等。中国作家协会会员，中国散文学会会员。

和谷（1952— ），陕西铜川人，毕业于西北大学中文系。在《散文》《人民文学》等百余家报刊发表作品，著有散文集《原野集》《无忧树》，以及《和谷诗选》等。曾为挖煤民工、水泥厂工人、报刊记者、主编。现供职于陕西省文联,中国作协会员。

何映森(1946—),四川省南部县人。大学文化程度。出版散文集、诗集《雪杜鹃》《多彩的思絮》《小路悠悠》等,主编《当代四川散文大观》(3卷)。曾在西藏部队服役,现供职四川省政协,副编审,中国作协会员,四川省散文学会副会长。

海桀(1958—),本名尹海杰,祖籍河南,自幼生长于青海。大专文化。在《十月》《散文》等数十家报刊发表小说、散文等作品约200万字。出版长篇小说《欲界无疆》《绝杀》等。现为青海作协副主席,中国作协会员。

厚夫(1965—),本名梁向阳,陕西延川县人。曾求学于西安教育学院、上海复旦大学。现为延安大学教授、硕士生导师,中国作协会员。著有学术专著《当代散文流变研究》、散文集《走过陕北》《行走的风景》。散文、评论作品入选《中国西部散文》等版本及中学语文教材。

霍竹山(1965—),陕西靖边人。毕业于绥德师范学校,深造于西北大学文学院。作品散见《诗刊》《朔方》六十多家报刊,作品入选《中国最佳诗歌》多种选集,著有诗集《陕北恋歌》《红头巾飘过沙梁梁》、散文集《聊瞭陕北》(合著)等。中国作协会员,榆林市作协副主席。

胡庆和(1956—),重庆市万州人。高中毕业回乡务农,后在康藏高原兵站服役。在《人民日报》《西南军事文学》《青年作家》等报刊发表文学作品。现为《甘孜日报》常务副总编辑,高级编辑。系中国散文学会会员,四川省作协会员。

胡杨(1966—),甘肃敦煌人。大学文化。在《中国作家》《人民文学》等数十家报刊发表作品。出版《西部诗选》《敦煌》及西北地理历史文化丛书15本,作品入选多种选本及《中学生阅读教材》。现供职于嘉峪关市电视台,中国作协会员,甘肃文学院荣誉作家。

胡延武(1944—),笔名庭梧,云南马关人。毕业于云南大学。在《大家》《散文》等报刊发表作品100多万字,出版散文集《秀山的魅力》

《梧庐随笔》，及短篇小说、诗歌、文学评论多部。散文收入《布老虎散文卷》等几十种。中国作协会员，曾为云南作协副主席。

胡宗统（1964—），陕西志丹县人。毕业于陕西省党校经济管理专业，硕士研究生学历。在《骏马》《延安文学》《西部散文家》等报刊发表散文、散文随笔等作品，出版专著《探赜税事》。现供职延安市地税直属分局，系中国散文学会会员。

黄毅（1961—），壮族，新疆下野地出生，祖籍广西。毕业于喀什教育学院。干过农活及教师、编辑、记者诸工作。出版诗集《倾心花朵》《黄毅世纪诗选》，散文集《骨头的妙响》《画境语境》等。现供职于新疆文联某杂志社，常务副主编，新疆作协会员。

荒原（1978—），本名张钊，新疆伽师人，毕业于新疆电大行政管理专业。多年来致力于南疆民族风情文化的探究。散文、随笔作品散见《西部散文家》《文学》等报刊。现供职于新疆和田地区团委。中国散文学会会员。

J

伽蓝（1980—），女，本名王敏，成都市人。毕业于新疆大学汉语言文学专业。散文、小说和评论散见《绿洲》《西部文学》等刊，出版有文化散文集《龟兹物语》，主编《沙漠玫瑰——新疆肖像绘画卷》。现为新疆大学人文学院讲师，中国散文学会会员。

吉布鹰升（1970—），笔名流水，彝族，四川昭觉人。毕业于四川师范大学汉语言文学专业。在《人民文学》《华夏散文》等刊物发表散文。著有散文集《昭觉的冬天》，诗文集《彝人笔记》。现供职于昭觉县委党校，讲师，中国散文学会会员。

季栋梁（1963—），宁夏灵武人。毕业于固原师专中文系。在《人民文学》《当代》发表作品200余万字。出版长篇小说《奔命》、散文集《和木头说话》《人口手》等。作品入选《年度最佳散文》《最佳小说》多种选本。现供职宁夏回族自治区政府。宁夏作协理事,中国作协会员。

蓟荣孝(1970—),青海乐都人。毕业于青海师范大学生物学系。散文随笔作品散见于《散文百家》《西部散文家》等报刊,出版散文集《流淌的记忆》。现为乐都县高级实验中学一级教师,青海省作家协会会员。

蒋蓝(1965—),四川自贡人。当过工人、野外勘测员、电大兼职教师、图书策划人等。2000年加盟非非主义。在《十月》《花城》等海内外数十家报刊发表作品,入选50余种选集。出版《思想存档》《动物论语》等著作。现供职于《成都晚报》,中国作协会员。

姜兴中(1963—),甘肃玉门人。甘肃工业大学毕业。在《人民文学》《长城》等全国50余家报刊发表作品260余万字。出版长篇小说《税务局长》、散文集《背着村庄行走》等。现供职于玉门市地方税务局。甘肃省作协会员,玉门市作协副主席。

蒋雪峰(1965—),四川江油人。毕业于四川财贸管理干部学院。作品散见于《人民文学》《四川文学》等多种报刊。作品收入《中国诗歌年鉴》等选本。出版作品集《琴房》《那么多黄金、梦和老虎》。现为税务师,四川作协会员,江油市作协主席。

泾河(1976—),本名兰煜,回族,宁夏泾源人。先后毕业于中专学校和宁夏回族自治区党校。在《青年文学》《诗刊》等十几家报刊发表作品,出版诗集《绿旗》。作品选入《宁夏青年作家作品选》等。现供职于宁夏回族自治区党委某部门,宁夏作协会员。

K

康剑(1964—),江苏睢宁县人。毕业于新疆党校政治专业。现供职于新疆布尔津县人民政府,系新疆作家协会理事,新疆摄影家协会会员。

作品散见于《十月》《西部文学》等刊物。出版有图文集《人间仙境九寨沟》《王者之水喀纳斯》。

康雄虎（1977— ），陕西子长县人，毕业于延安大学物理系。诗歌、散文数十万字及学术论文散见《草地》《延河》等报刊，作品收入多种版本，出版散文随笔集《冰冷的火焰》，及编著十余部。现役拉萨某武警学院，中国作家协会会员，中国军事写作协会理事。

L

拉木嘎土萨（1963— ），学名石高峰，纳西族，云南宁蒗人。毕业于云南师范大学中文系。在《民族文学》《萌芽》等报刊发表诗歌、散文，散文收入《青年散文选》数十种版本，出版《梦幻泸沽湖》《走丽江》等6本散文集及诗集。现供职于云南省社科院，副研究员，中国作协会员。

老湖（1972— ），本名陈守湖，侗族，贵州天柱人。毕业于贵州大学中文系。散文作品发表于《散文》《民族文学》等刊，入选《原生态：散文十三家》《新散文百人百篇》等选本，著有散文集《草木书》。现供职于《贵州都市报》社，主任编辑，贵州作协会员。

雷平阳（1966— ），云南昭通人。毕业于昭通师专中文系。在《人民文学》《诗刊》等刊物发表作品。出版《雷平阳诗选》，散文集《云南黄昏的秩序》《像袋鼠一样奔跑》《普洱茶记》等。系昆明市文联《滇池》副主编，云南作协签约作家，中国作协会员。

李城（1959— ），甘肃临潭县人。毕业于兰州师专中文系。在《格桑花》《飞天》《散文》等刊物发表作品，出版散文集《屋檐上的甘南》《行走在天堂边缘》。现供职于甘南藏族自治州委宣传部，主任编辑，甘肃省作协会员。

李华（1953— ），重庆人。毕业于宜宾教师进修学院汉语言文学专业。在《四川文学》《创作》等数十家报刊发表作品，出版、编著散文集《民间语言》《名城自贡》等文学作品37部。现为自贡市作协主席，中国作协会员，四川作协主席团委员。

李进祥（1968— ），回族，宁夏同心县人。吴忠师范毕业，自考大学中文本科学历。小说、散文散见于《朔方》《小说选刊》等报刊，出版长篇小说《孤独成双》。作品选入《宁夏青年作家作品集》等多种，并翻译到法国。现任职于同心县文教部门，中国作协会员，吴忠市作协副主席。

李若冰（1926—2006），陕西泾阳人。1938年参加延安抗战剧团。解放后经常与石油勘探者一起深入西部大漠戈壁。著有《在勘探的道路上》《柴达木手记》《山·湖·草原》等。曾任陕西省作协党组书记，陕西省文联主席，中国作家协会理事。

李天斌（1973— ），黎族，贵州关岭人。先后毕业于镇宁民族师范学校、贵州省党校。作品在《岁月》《散文诗》等报刊发表。散文选入《散文中国2007》等多种版本。与人合著散文集《尘世的味道：散文新锐十人集》。现供职于关岭县委，中国散文学会会员。

李汀（1971— ），四川青川人。西南科技大学法律专业本科毕业。先后在《散文》《中华散文》《四川文学》等报刊发表作品百余篇，散文被选入《21世纪散文年度选》《2006年散文选》等。四川作家协会会员。

李兴义（1959— ），甘肃宁县人。陇东学院中文系毕业。现供职庆阳市教育局，甘肃省作协会员。散文、诗、小说等作品发表于《中华散文》《飞天》《阳关》等几十种报刊。出版诗集《情语悄悄》，长篇小说《红泪》《夜事》。

李智红（1963— ），彝族，云南永平人。毕业于云南艺术学院戏剧文学系。在《边疆文学》《欧洲时报》等国内外数百家报刊发表作品400多万字。出版诗集《永远的温柔》、散文诗集《高原神曲》、散文集《布衣滇西》等。中国作协会员，大理州作协副主席。

梁晓阳（1972— ），广西北流市人。毕业于广西师范大学中文系。在

《西部》《广西文学》等报刊发表作品 60 多万字。出版中短篇小说集《紫烟里的天堂》，创作自传体长篇小说《静静的马场》和长篇散文《伊犁游走录》等。新疆作协会员。

了一容（1976—　），东乡族，宁夏西吉人。毕业于固原师专中文系。曾在天山草原牧马、巴颜喀拉山淘金。在《诗刊》《小说选刊》等报刊发表作品一百多万字，有作品被译介国外。出版中短篇小说集《去尕楞的路上》等。现供职于《朔方》编辑部，中国作协会员。

林染（1947—　），河南汝南人。在国内外 500 多家报刊发表诗、文。出版诗集《敦煌的月光》《林染抒情诗选》等 9 部，作品入选海内外多种诗歌、散文集和儿童文学选本及中小学教材、大学全国通用教材。部分作品被译成英、法、日等文字。中国作家协会会员。

凌仕江（1979—　），四川自贡人。现供职西藏军区文工团创作室，中国散文学会会员，中国作协会员。在《解放军文艺》《青年文学》等报刊发表作品。出版散文集《你知西藏的天有多蓝》《西藏的天堂时光》、诗集《唱兵歌的鸟》等。散文入选多种选集。

林子（1965—　），女，本名朱小林，陕西榆林人。毕业于陕西广电大学中文系，曾在鲁迅文学院学习。在《延河》《散文》等报刊发表作品数十万字，出版散文集《放歌生命》《收藏岁月》，作品入选《华夏散文精选》等版本。现供职于榆林市水保重点办，陕西作协会员。

刘成章（1937—　），陕西延安人。毕业于陕西师大中文系。著有散文集《黄土情》《羊想云彩》等，散文选入《中华散文百年精华》等数十种版本。历任延安歌舞团编剧，陕西出版总社副社长，陕西作协党组副书记。系中国作家协会会员，一级作家。

刘亮程（1962—　），新疆沙湾县人。曾种地，放羊，当农机管理员。现为中国作协会员，新疆作协副主席。在《天涯》《大家》数十家报刊发表作品，著有诗集《晒晒黄沙梁的太阳》、散文集《一个人的村庄》《库车行》、长篇小说《虚土》等。

流沙河（1931— ），原名余勋坦，四川金堂县人。在成都读中学时开始写作。1957年被错划为右派，被迫回家乡做锯木工谋生，历12年。后在四川省文联工作。出版短篇小说集《窗》，诗文集《农村夜曲》《芙蓉秋梦》等。中国作协会员，曾为四川省作协副主席。

刘照进（1969— ），土家族，贵州沿河人。先后在思南师范学校、鲁迅文学院求学。在《中华散文》《青年文学》《中国散文评论》等报刊发表散文及评论数十万字，出版散文集《陶或易碎的片段》。中国作家协会会员，铜仁地区作家协副主席。

刘志成（1973— ），陕西神木人。曾就读鲁迅文学院作家班。在《草原》《中华散文》等报刊发表作品一万多字，出版散文集《魂牵梦系黄土地》《边地罹忧》等。散文选入《中华散文百期百篇》《高中语文选修课本》等版本。供职于鄂尔多斯市文联，中国作协会员。

陆衡鹰（1968— ），壮族，广西靖西县人。毕业于中南民族学院历史专业。曾受聘外资企业，在两广及云南边地打工、经商谋生，现在新疆巴楚生产建设兵团农场。在《延安文学》《西部文学》《新大陆》等几十种报刊发表诗、散文随笔。中国散文学会会员。

陆军（1970— ），本名丁陆军，甘肃通渭人。先后毕业于西北师范大学、复旦大学，硕士。在《飞天》《西部文学》等几十家报刊发表中短篇小说及诗歌、散文随笔、评论和英汉翻译作品约180余万字。现供职于定西市政府信息中心，甘肃作协会员。

卢一萍（1972— ），原名周锐，四川南江人。毕业于解放军艺术学院文学系，就读上海作家研究生班。先后在部队从事过炮手、侦察兵、排长、文化干事等工作。作品有散文集《世界屋脊之书》《众山之上》，长篇小说《黑白》《激情王国》等。中国作协会员，新疆军区专业作家。

罗漠（1967— ），苗族，贵州思南人。贵州民族学院中文系毕业。先后在《花溪》《民族文学》《青海湖》等报刊发表作品数十万字。出版小说集《乡村与城市边缘》，散文集《摄氏8度》（与人合作）。供职于铜仁日报社，主任编辑，贵州省作协会员。

M

马步升（1963— ），甘肃合水人。毕业于庆阳师专历史专业、北京师范大学研究生院文艺学。在《中华散文》《上海文学》等数十家报刊发表作品约300万字，出版散文、小说集多部。作品选入《中华散文百期精华》及中学语文阅读材料。供职于甘肃省社科院，中国作协会员。

马海铁（1967— ），甘肃通渭人。毕业于青海师范大学哲学专业。作品散见于《诗刊》《新大陆》（美国）等国内外报刊，出版诗集《秘密的季节》。作品入选《中国九十年代诗歌精选》《中国西部人文地图》等选集。现为青海省作协副主席，中国作协会员。

马永丰（1979— ），陕西志丹人。先后毕业于延安师范学校英语专业、陕西教育学院汉语言文学专业。作品散见于《十月》《安徽文学》等杂志，出版散文集《醉倒在月光下》。中国散文学会会员，陕西省作协会员。

孟澄海（1962— ），甘肃山丹人。毕业于河西学院中文系。年轻时曾居祁连山麓，现供职于甘肃民乐一中，中教一级。在《散文》《山东文学》等几十家报刊发表作品50余万字。甘肃作家协会会员，中国散文学会会员。

梅卓（1966— ），女，藏族，青海化隆人。青海民族学院汉语言文学专业毕业。作品散见《青海湖》《民族文学》等报刊，出版中、长篇小说《青稞地》《太阳部落》、散文集《藏地芬芳》《吉祥玉树》等多种。系青海省作协主席，中国作协会员，一级作家。

牧北（1979— ），本名张金平，陕西延安人。延安卫生学校毕业后自考汉语言文学大专毕业。在《延安大学》《西部散文家》等报刊发表作品，出版中篇小说集《黑山羊》、电影文学剧本《一路上有你》等。陕西作协会员。

N

纳·乌力吉巴图（1958— ），蒙古族，内蒙古巴林右旗人。毕业于内蒙古大学蒙古语言文学系，曾就读日本琦玉大学。作品散见于《草原》《民族文学》等报刊，选入内蒙古中小学语文课本及多种选集，出版散文小说集《清清的古里古台河》、译著《鬼卵》等。现为内蒙古作协副主席，《花的原野》主编，编审，中国作协会员。

聂中民（1984— ），甘肃武山人。四川建院土木工程系毕业。诗、散文作品散见《三峡文学》《北方作家》等报刊。著有诗歌散文集《走进你的城市》。作品选入《诗家园》等选本。现为自由职业者，中国散文学会会员。

牛放（1963— ），本名贾志刚，四川平武人。作品散见《民族文学》《江南》等报刊，入选《〈四川文学〉创刊50年作品选》等多种选本。出版诗集《展读高原》、散文集《牛放散文选》等多种。现为《四川文学》副主编，二级作家，四川省作协主席团委员。

P

彭殿基（1959— ），贵州毕节市人。在《散文百家》《山花》《花溪》等报纸杂志发表散文、诗作，出版作品集《山语》，散文收入《当代散文精选》多家出版社的版本。现供职于民进黔西南州委。中国散文学会会员，贵州作家协会会员。

彭澎（1969— ），贵州毕节人。毕业于贵州教育学院历史系。诗、散文作品散见《山花》《西部》等数十家报刊。著有诗集《你的右手我的左手》、散文集《酒中舍曲》。现供职于毕节地区文联。中国作家协会会员，贵州文学院签约作家，毕节地区作协副主席。

彭升超（1981— ），云南巧家县人。毕业于云南昭通师范学校、云南师范大学汉语言文学本科。在《诗歌月刊》《边疆文学》等报刊发表诗、散文等作品，诗入选《中国教师诗歌集》。现为巧家县某中学教师，中国散文学会会员。

彭兆清（1952— ），怒族，云南贡山人。毕业于云南中医学院，后在鲁迅文学院学习。在《民族文学》《边疆文学》等60多家报刊发表一百多万字作品。著有中短篇小说集《诅咒崖》、散文集《流动的驿站》等6本。现为怒江州政协副主席，中国作协会员。

Q

祈建青（1956— ），土族，青海互助人。获自学大专文科文凭。在《人民文学》《解放军文艺》数十家报刊发表作品，出版散文随笔集《玉树临风》，散文选入《当代散文精品》等。现为青海军区政治部副主任，青海省散文报告文学学会会长，中国作协会员。

祁玉江（1957— ），陕西子长县人。毕业于延安农校畜牧兽医专业，后在中央党校学习。高中毕业后曾种地，当民办教师。在《延河》《十月》《人民日报》等数十家报刊发表散文随笔一百多万字，出版散文集《山路弯弯》《山外世界》《山高水长》等七本。现供职于志丹县委，中国作协会员。

秦汉（1957— ），本名刘友军，陕西米脂县人。西安陆军学院毕业。在《西部文学》《文学家》等报刊发表作品，著有诗集《巩乃斯放歌》、散文集《吾乡吾土》及电影文学剧本《楼兰劫》等16部。现供职于巴音学院，主任记者，中国作协会员，库尔勒市作协副主席。

裘山山（1958— ），女，浙江嵊县人。毕业于四川师范大学中文系。著有长篇小说《我在天堂等你》等3部、小说集《白罂粟》等5部、散文集《女人心情》《五月的树》《一个人的远行》等4部。现在成都军区《西南军事文学》主编,中国作家协会会员。

R

人邻(1958—),祖籍河南洛阳。毕业于北京大学中文系作家班。诗歌、散文及美术发表在《花城》《诗刊》等几十家报刊。散文收入《散文百人百篇》等。出版诗集《白纸上的风景》、散文集《残照旅人》等。现就职于兰州某研究所,中国作协会员。

阮殿文(1973—),笔名斯蒙,回族,云南鲁甸人。毕业于云南民族学院中文系。作品散见于《边疆文学》《中国作家》等刊物。著有诗集《面对湖水我不想再流泪》《我的另一个母亲》,散文选入《西部散文百家》等。系中国作家协会会员。

S

赛娜·伊尔斯拜克(1973—),女,柯尔克孜族,新疆伊犁人。毕业于新疆大学俄语专业。发表文学评论、创作、翻译作品数十万字,独著《探寻——柯尔克孜族当代文学扫描》,合著《中国柯尔克孜族民俗文化》等。现供职于新疆文联,新疆作协会员。

单振国(1965—),陕西神木人。毕业于陕西财经学院城市金融专业。在《中华散文》《草原》等百家报刊发表作品200多万字。作品入选《中国美文100篇》多种版本。出版散文集《土地的歌谣》《幸福树上的鸟》、长篇小说《爱的另一只眼睛》。系陕西作协会员。

尚贵荣（1960— ），陕北神木人。毕业于辽宁大学中文系。在《山西文学》《诗刊》等报刊发表作品，出版散文集《流浪的云霓》《野马西风》《塞外随笔》多种，作品选入《中国西部散文》等。现为《草原》总编，内蒙古作家副主席，中国作协会员。

尚建荣（1975— ），甘肃文县人。毕业于某师范学校。作品散见于《散文》《诗刊》《北方文学》等报刊，出版诗集《纸上的春天》。作品选入《中国散文诗精选》《2006中国年度散文》。现供职于甘肃省文史馆，甘肃省作协会员。

沈苇（1965— ），浙江湖州人。浙江师范大学中文系毕业后到新疆。先后在地方电视台及时报社做编辑、记者工作。现为中国作协会员，新疆作协专业作家。著有诗集《在瞬间逗留》《高处不胜寒》等4部，散文、随笔集《新疆盛宴》《正午的诗神》。

史德翔（1952— ），甘肃定西人。毕业于北京师范大学中文系。在《丝路》《飞天》等报刊发表诗、散文作品数十万字，出版散文集《心中的银杏树》。现供职于疏勒河水资源管理局。甘肃作协会员，甘肃省文学院签约作家。玉门市作协副主席。

史小溪（1950— ），原名史旭森，陕西延安人。毕业于西安建筑科技大学机械专业。在《散文》《中国作家》等报刊发表作品。出版散文集《纯朴的阳光》《泊旅》等10本。散文选入《华夏20世纪散文精编》百余种。中国散文学会理事，中国作协会员，编审。

斯日古楞（1957— ），蒙古族，内蒙古锡林郭勒人。毕业于中国人民银行管理学院。在《民族文学》《诗刊》等报刊发表诗、散文作品，出版诗集《多情的草地》《悠远的牧歌》《流泪的太阳》等。现供职于呼市某银行，高级经济师，中国作家协会会员。

苏怀亮（1957— ），内蒙古鄂尔多斯人。毕业于内蒙古师大中文系。在《草原》《长江文艺》等报刊发表散文、诗歌50多万字，出版散文随笔集《西皮流水》《木石村庄》《负重的双翼》。现为主任编辑，中国散文学会会员，内蒙古作协会员。

苏胜才（1955— ），又名苏棣，甘肃静宁人。毕业于银川师专汉语言文学专业。在《十月》《朔方》等报刊发表作品，出版长篇小说《河边冰草》、散文随笔集《昨夜西风》等。现为金昌市文联《西风》文学副主编，中国散文学会会员，甘肃省作协会员。

苏震亚（1955— ），甘肃会宁人。大学本科学历。作品散见《诗刊》《人民文学》等全国30多家报刊，著有诗集《望远方》《抒情方式》和散文集《远方有大海》等。现供职于白银文学杂志社。中国作协会员，中国散文学会会员，白银作协常务副主席。

孙文珍（1968— ），女，陕西洛川县人。延安大学中文系毕业。散文等作品散见《延安文学》《西部散文家》等，出版散文集《握住秋风》《走过青春》（合作），现供职于延安日报社副刊部，主任记者，中国散文学会会员，陕西作协会员。

T

汤世杰（1943— ），湖北宜昌人。1967年毕业于长沙铁道工程系。著有长篇小说《土船》《情死》，长卷散文及散文集《灵息吹拂》《在高黎贡在》《冥想云南》等。散文选入《建国五十年文学作品选》及初、高中课本。中国作协会员。曾任云南作家协会副主席。

铁穆尔（1963— ），裕固族，甘肃肃南县人。西北民族大学历史系毕业。在《飞天》《民族文学》几十家报刊发表作品，出版散文集《星光下的乌拉金》、专著《裕固民族尧熬尔千年史》等。散文选入《当代散文精编》等。现为中国作协会员，甘肃省作协副主席。

W

　　完班代摆（1964— ），苗族，本名龙至敏，贵州松桃县人。毕业于西南民族大学中文系。在《民族文学》《山花》等报刊发表作品 100 多万字，出版作品集《松桃舞步》《错误的暖色》。中国作家协会会员，铜仁地区作协副主席。

　　王凤英（1969— ），女，河南鲁山人。青海师范大学中文系毕业后入伍。在军内外杂志上发表 200 余篇（首）诗歌、散文和小说，出版长篇小说《雄虓图》（上中下）。作品选入多种版本。现任西宁指挥学院文化教研室副主任，副教授，青海省作协会员。

　　王更登加（1978— ），藏族，时用笔名雪山魂，甘肃天祝人。毕业于甘南藏族州师专藏语言文学专业。现在某学校教书。作品散见于《诗刊》《民族文学》《西藏文学》等刊物，著有诗集《西去向苍茫》。系甘肃省作协会员，中国散文学会会员。

　　王鹏翔（1968— ），彝族，贵州水城县人。毕业于贵州民族学院中文系。作品散见于《山花》《香港散文诗》等报刊，选入《西部散文百家》等。著有散文集《诗情高原》《村庄的背景》等。当过记者、编辑，机关秘书、乡镇干部，现为县文联，贵州作协会员，六盘水市作协副主席。

　　王庆九（1969— ），四川营山县人。毕业于西南师范大学美术学院、四川教育学院。长期工作在川西北高原阿坝藏、羌地区。在《民族文学》《草地》等报刊发表散文、散文诗，作品入选《散文诗精选》等选集。现为四川作家协会会员，四川美术家协会会员。

　　王若冰（1962— ），甘肃天水人。毕业于天水师范专科学校中文系。现在天水日报社工作，中国作家协会会员，甘肃文学院特邀评论家。出版诗集《巨大的冬天》、长篇文化散文《走进大秦岭》、散文集《天籁水影》

(合著)等。

王小忠(1980—),藏族,甘肃甘南人,毕业于合作民族师专汉语言文学专业。在《诗刊》《北京文学》等全国数十家报刊发表小说、诗歌、散文400余篇(首),作品选入《中国当代诗库》等版本。现在草原深处教书,中国散文学会会员,甘肃作协会员。

王新军(1970—),甘肃玉门人。曾就读上海中国现当代文学硕士研究生班。在《上海文学》《人民文学》等30多家报刊、出版社发表出版《最后一个穷人》等长、中篇小说及短篇小说、诗歌、散文200余万字。现为玉门市文联常务副主席,中国作协会员。

王炜(1974—),陕西志丹县人。毕业于陕西教育学院汉语言学专科。作品数十万字散见《诗刊》《十月》等报刊。

王自忠(1964—),回族,宁夏同心人。毕业于宁夏固原师专英语系。散文、小说作品发表于《延河》《回族文学》等刊物。现任教于宁夏同心县第二中学,高级教师,宁夏作家协会会员。

王族(1972—),甘肃天水人。入伍时曾在西藏阿里、南疆疏勒等地,现居乌鲁木齐。在《人民文学》《诗刊》百余家报刊发表诗、散文,出版诗集《高原的脉痕》《在西北行走》、散文集《藏北的事情》《马背上的西域》等12部。系中国作协会员。

魏荣钊(1965—),笔名巴楚,土家族,贵州德江人。毕业于贵州民族学院汉语言文学专业。作品散见于《山花》《花溪》等报纸杂志。著有散文集《独走乌江》《走在神秘河》、长篇小说《迁徙》。现任职于《当代贵州》杂志社,中国作协会员。

唯色(1966—),本名茨仁唯色,女,藏族,四川康巴德格县人。毕业于西南民族学院汉语言文学系。曾供职于康巴藏汉区和《西藏文学》。出版诗集《西藏在上》、散文集《西藏笔记》《绛红色的地图》及访谈集《西藏记忆》等。西藏作家协会会员,自由撰稿人。

吴佳骏(1982—),重庆大足县人。自考中文大专毕业。作品散见于

《青年文学》《天涯》等刊。多篇作品被拍摄成电视散文，并入选《2005 中国最佳随笔》等，出版散文集《掌纹》《院墙》《原生态散文 13 家》（合作）。中国作协会员，重庆市作家协会会员。

吴克敬（1954— ），陕西扶风人。西北大学文学硕士。创作各类作品 200 万字，出版小说、散文集《渭河五女》《状元羊》《俗人散文》等，散文、随笔入选人民文学、长江文艺等出版社所编年度优秀作品选。现为西安市文联副主席，中国作协会员。

吴景娅（1962— ），女，重庆北碚人。毕业于西南大学中文系。在《青年文学》《散文》海内外华人报刊发表作品 200 多万字，散文选入《中国百家散文》多种选本。出版散文集《镜中》《与谁共赴结局》等。现为重庆《新女报》副总编，中国作协会员。

吴学良（1965— ），贵州水城人。著有散文集《生命的痕迹》《摆渡红尘》，文化专著及文学理论集《说吧，家园》《割裂与整合》等十种，散文选入《西部散文百家》多种版本。现为六盘市文联副主席，《新都市文学》主编，贵州作家协会理事。

X

习习（1967— ），女，本名任红，兰州市人。散文作品 100 万字见于《天涯》《人民文学》《青年文学》《散文》等，并收入《中国西部散文 100 家》诸多选集。著有散文集《浮现》等。现为兰州某刊编辑，中国作家协会会员。

萧建新（1967— ），陕西洋县人。毕业于陕西教育学院英语专业。诗、散文见《绿风》《中华散文》等多家刊物。主编《2007 年度最受中学生欢迎的散文诗》。作品入选《年度中国散文诗精选》《中国散文诗 90 年》等多种集子。西部散文学会会员，自由写作者。

谢家贵（1962— ），苗族，湖南沅陵人。先后毕业于石河子大学、北京大学作家班。现供职于新疆生产建设兵团农三师文联。系中国作协会员，新疆报告文学学会副会长。在《绿洲》《当代》等报刊发表散文、小说等作品，著有《来自亚洲腹地的报告》《鹰面突出的地方》等11部。

谢耀德（1969— ），笔名弋人，新疆木垒人。毕业于抚顺石油学院。曾在鲁迅文学院学习。在《诗刊》《十月》等刊物发表作品，著有诗集《从龟兹到高昌》《雪落天堂》。作品入选《当代散文精粹》等。现供职于独山子润滑油厂，新疆作协会员，中国石油作协会员。

辛轩（1965— ），甘肃天水人。毕业于甘肃省教育学院中文系。在《飞天》《文化研究》等报刊发表作品，出版散文集《明月牡丹园》《天水揽胜》及长篇小说《女儿沟》等，作品选入《全国中小学文选》等，现供职于天水市文化艺术研究所，二级作家，甘肃作协会员。

熊红久（1967— ），湖南莱阳人。毕业于中国政法大学法律专业。散文、诗散见于《诗刊》《伊犁文学》《西部文学》等报刊，作品被多种报刊文摘转发。散文收入《中国散文年鉴》等。现为博州文联常务副主席，新疆作家协会会员。

修柯（1970），本名杨蕴伟，甘肃张掖人。毕业于甘肃河西学院汉语言文学专业。在《飞天》《雨花》等全国60余家报刊发表散文随笔、小说等。当过教师、行政机关办事员，现为酒泉日报社编辑，甘肃省作协会员。

徐成淼（1938— ），上海人。复旦大学新闻系毕业。发表作品约300万字，出版《散文诗的精灵》《燃烧的爱梦》《往事依然精彩》《一代歌王》等；散文选入《被遗忘的经典散文》等。系贵州民族大学教授，中国作协会员，中外散文诗研究会副会长。

徐怀亮（1965— ），内蒙古伊金霍洛旗人。高中毕业后，先后任中小学民办教师、企业秘书等。在《草原》《人民日报》等几十家报刊发表作品数十万字，出版诗、文集《蓝色的旅程》，散文选入多种版本。现供职于伊旗乌兰煤炭集团有限责任公司。自由撰稿人。

许淇（1937— ），上海人。1953年肄业于苏州美术专科学校绘画系，后赴内蒙古支边，历任工会干部、教员、编辑、主编、专业作家及包头市文联主席，内蒙古作协名誉主席。著有《第一盏矿灯》《北方森林曲》《城市意识流》《美的凝眸》等10余种。中国作协会员。

Y

言子（1962— ），女，本名向燕，生于四川宜宾，籍贯云南。在《中国作家》《中华散文》《散文》等几十种报刊发表中、短篇小说、散文随笔及散文诗作品，并完成四部长篇小说创作（未出版），现居绵阳，为自由撰稿人。

闫振华（1970— ），陕西安塞人。高中毕业。散文、随笔散见于《西部散文家》《延安文学》《华文作家报》等多家报刊。现为自由职业者。系中国散文学会会员，华文作家协会会员。

杨村（1963— ），苗族，贵州剑河县人。毕业于黔东南高等师范专科学校中文系。在《民族文学》《散文百家》等刊物发表作品约100万字，出版小说集《爱情离我们有多远》、散文集《让我们顺水漂流》，作品入选多种选本。贵州省作协会员，黔东南州作协副主席。

杨浩（1959— ），女，蒙古族，山西平陆县人。云南师范大学数学系毕业。先后任教师，报刊编辑。在全国报刊发表作品上百万字，出版小说集《跋涉》、散文集《恩爱梧桐》等。现为《边疆文学》副编审、副主编，云南作协理事，中国作协会员。

杨建华（1974— ），四川达县人。毕业于四川师范大学中文系。作品散见于《草地》《星星》《延安文学》全国数十家报刊，作品入选《中国青年诗潮》等选本，出版诗集《鸟不归巢》、散文集《云水花开》。四川作协会员、四川音乐家协会会员。

杨泽文（1963— ），傈僳族，云南云龙人。先后求学大理师范学校、云南大学。在《散文》《边疆文学》等近百家报刊发表诗歌、散文随笔700余（首）篇，出版散文集《卑微者最先醒来》、诗集《回望》。现为《大理文化》副主编。大理作协副主席，中国作协会员。

杨启刚（1966— ），布依族，贵州都匀人。毕业于贵州民族学院法律系。作品散见于《民族文学》《人民日报》多种报刊。出版散文集《一场灯火》、诗集《遥望家园》、文学评论集《文学新浪潮》。散文收入《百家散文精选》等选本。中国作协会员，黔南州作协主席。

杨天林（1960— ），宁夏盐池人。毕业于宁夏大学化学系，博士学位。在《朔方》《散文》等报刊发表作品50多万字。作品被翻译介绍到美国、日本等国。现为宁夏大学化学化工学院教授，硕士研究生导师，宁夏作家协会会员。

杨闻宇（1943— ），陕西西安人。毕业于西北大学中文系。出版散文集《灞桥烟柳》《野旷天抵树》《绝景》等，散文选入《被遗忘的散文经典》《中华散文百年精华》几十家版本。历任兰州军区政治部创作室编辑、专业作家，中国作家协会会员。

杨献平（1973— ），河北沙河人。曾在甘肃省某卫星基地工作。作品散见于《人民文学》《解放军文艺》等刊。出版散文集《沙漠的精神》《聆听与想》《流沙上的马蹄》、诗集《忧伤的歌谣》《在西北行走》（合出）等。中国散文学会会员，中国作协会员。

杨雪（1960— ），四川泸州人。毕业于阿坝师专中文系。在《诗刊》《散文》等全国近百家报刊发表作品，出版诗文集《美丽的风景》《乡愁的背后》《梦里故园》等7部。现为泸州市作协主席，二级作家，中国作家协会会员。

阳飏（1953— ），北京市人。大学学历。散文、诗等作品散见于《人民文学》《散文》《诗刊》等百余家报刊，出版诗集《阳飏诗选》《风起兮》《墨迹颜色》。现在兰州市文联工作。《兰州文苑》主编，中国作家协会会员，甘肃省文学院荣誉作家。

羊子（1969— ），本名杨国庆，羌族，四川理县人。毕业于四川师范学院汉语言文学系。在《民族文学》《世界艺术》等刊物上发表作品。出版诗集《大山里的火塘》《一只凤凰飞起来》。四川作协会员，副研究员。

姚胜祥（1967— ），侗族，贵州万山人。自考中文专业大学本科文凭。作品散见于《中华散文》《雨花》等数十家杂志。散文入选《2007天涯散文年选》等版本。现供职《文史天地》杂志社，为贵州作家协会会员，贵州省文学院签约作家。

姚瑶（1976— ），侗族，贵州天柱人。先后求学于贵州电力技术学院和昆明理工大学。现就职于贵州电网凯里供电局。散文、随笔、诗等作品散见《花溪》《民族文学》《西部散文家》等数十家报刊。系贵州作家协会会员，中国电力作家协会会员。

叶尔克西·胡尔曼别克（1961— ），女，哈萨克族，新疆北塔山人。中央民族大学汉语言文学系毕业。中国作协会员，新疆作协副主席。在《民族文学》《红岩》百余家报刊发表作品，出版散文集《永生羊》《草原火母》，小说集《黑马归去》、翻译《蓝雪》《天狼》等。

叶舟（1966— ），原名叶洲，甘肃武威人。西北师大中文系毕业。在《人民文学》《诗刊》百余家报刊发表作品，出版有诗集《大敦煌》、散文集《花儿—青铜枝下的歌谣》《世纪背影》、长篇小说《形容》等多种，现供职于兰州晨报社，副编审，中国作协会员。

野鹰（1962— ），又名古岳，本名胡永科，藏族，青海民和人。中央民族大学汉语言文学系毕业。在《散文》《新华文摘》等国内40余家报刊发表作品。散文收入《中国少数民族文学经典》等多种选集，入选（沪教版）初中语文课本。

叶梓（1976— ），本名王玉国，甘肃天水人。大学中文系毕业。作品散见于《人民文学》《诗刊》等，著有诗集《向西》、散文集《穿过》，作品入选《中国散文诗90年》《2003年中国精短美文百篇》等版本。现供职于天水日报社副刊部，甘肃省作协会员。

意西泽仁（1952— ），藏族，四川康定人。现任四川省作家协会副主席，《四川文学》主编。中国作协会员，一级作家。出版长篇小说《珠玛》、散文集《巴尔干情思》《意西泽仁散文随笔精选》等。作品收入《中国新文艺大系》等50多种选集，有的被译成外文。

余达忠（1963— ），侗族，贵州黎平人。大学毕业。先后任中学、大学语文教师。散文等作品散见于《山花》《中华散文》等报刊。出版专著《侗族居民》《侗族文化诠释》《侗族生育文化》等。现为某大学教授。贵州省作协理事。

余继聪（1971— ），云南楚雄人。毕业于云南师范大学中文系。在《民族文学》《中华散文》等报刊发表100多万字文学作品，出版散文集《炊烟的味道》。作品入选《散文精华本》等。供职于楚雄民族中学，中国作协会员，兼《中国散文家》常务副主编。

于坚（1954— ），四川资阳人。毕业于云南大学汉语言文学专业。主要作品有长诗和诗集《0档案》《诗集与图像》、散文集《棕皮手记》《云南这边》等10多种。作品选入《中国先锋诗丛》《当代散文潮流》等版本。现为《边疆文艺评论》副主编，中国作协会员。

原上草（1964— ），本名赵文元，甘肃省武都县人。在《民族文学》《新大陆诗刊》（美国）等百余家报刊发表作品。出版诗集《苦旅》、文学评论集《文学杂谈》、散文集《在那遥远的地方》等。中国诗歌学会会员，青海作协全委会委员，《金银滩》文学执行副主编。

Z

曾训骐（1966— ），四川资中人。毕业于南充师范学院中文系。做过中学教师、新闻记者。作品散见于《散文时代》《中篇小说选刊》等刊物。

出版散文集《梦游历史》《破碎的星空》、小说散文集《你的胴体我的脸》等。中国近现代史料学会会员，四川作家协会会员，自由撰稿人。

扎西达娃（1959— ），藏族，四川甘孜州巴塘县人。1974 年 12 月起先后在西藏从事舞台美术、编剧工作，后调入西藏作协专业文学创作。著有长篇小说《骚动的香巴拉》、中短篇小说集《西藏隐秘岁月》多种。现为西藏作协常务副主席，中国作协全委会委员。

张秉毅（1964— ），内蒙古准格尔旗人。毕业于复旦大学中文系。在《草原》《十月》等十家报刊发表作品，出版短篇小说集《旧乡》、散文集《手上的墨迹》，及电影文学剧本《云往西》等。内蒙古作协会员，鄂尔多斯市文联副主席，一级作家。

张冷习（1972— ），内蒙古达拉特旗人，祖籍陕北府谷县。毕业于鄂尔多斯教育学院中文系。作品散见于《诗刊》《中华散文》《草原》等报刊。出版诗集《塞上花园》、散文诗集《狼之歌》、杂文集《有事生非》等。现为中国诗歌学会会员，内蒙古作协会员。

张乃光（1950— ），白族，云南大理人。现任大理州文联副主席、州作协主席，中国作家协会会员。作品散见于《民族文学》《中华散文》等百余家报刊，收入《中国当代散文》多种，出版散文集《爱的流泉》《秋天的湖》《走进视野》等。

张于（1963— ），重庆人。在《中国作家》《人民文学》等 10 家刊物发表作品。作品入选《年度中国精短美文》《海峡两岸诗选》等，出版诗集《浮世绘》，艺术随笔集《画布上的情书》《手写体》等。擅长表现主义油画。中国作协会员。

赵贵邦（1965— ），青海湟中县人。毕业于青海建筑工程职业技术学院。在《绿风》《青海湖》等报刊发表过诗作、小说及散文随笔，作品选入《高大陆上的吟唱》《诗选集》等多种版本，出版诗集《燃烧的雪》（与风澜合作）。青海省作家协会会员。

赵钧海（1958— ），生于新疆惠远，籍贯河北藁城。高中毕业后曾为农场工人，干过宣传、编辑等。现任克拉玛依市文联主席，中国作协会员。发表小说、散文 100 余万字，散见于《西部》《地火》等数十种报刊，出版有《赵钧海小说选》《克拉玛依庆典》等。

赵力（1956— ），湖南汨罗人。十岁时随父进新疆。中央电大党政班毕业。在《浙江文学》《解放军文艺》数十家报刊发表作品，出版诗文集《塔什库尔干》《走读喀什》等 4 部。作品入选《中国西部散文》等 20 多种选集。系新疆作协会员，中国散文学会会员，喀什作协副主席。

赵秋玲（1962— ），女，生于西宁，祖籍山东。先后在青海广播电视大学、北京鲁迅文学院学习。在《当代》《中国作家》《大家》等全国数十家文学期刊发表作品，出版《心灵的方舟》。现供职于西宁晚报社副刊部，中国作家协会会员，西宁市作协副主席。

朝阳（1963— ），本名阿朝阳，青海互助人。童年和少年时代在大山里牧羊，放马。部队复员后考取互助师范学校。诗歌、散文、小说等作品散见《中华散文》《民族文学》等几十家报刊，选入多种版本。现为《雪莲》编辑部副主编，青海作协会员。

正雨（1951— ），本名刘醒初，甘肃文县人。毕业于西北师范大学。现任甘肃省文史馆馆长，中国作协会员。作品散见于《青年文学》《飞天》等报刊。散文选入《2002 中国年度最佳散文》《中国当代散文排行榜》等。出版散文集《逝去的裕河》《怀念那棵树》等。

周书浩（1970— ），四川通江人。毕业于四川师范大学中文系。小说、散文、诗歌、评论等散见《散文》《诗刊》《当代文坛》等 100 多种报刊。诗、散文入选十几家出版社的选本。现供职于巴中日报社，四川作协会员。

周涛（1946— ），山西榆社人，少年随父迁徙新疆。毕业于新疆大学中文系。现为新疆作协副主席，中国作协全委会委员。著有诗集《八月的果园》、散文集《稀世之鸟》《红嘴鸭及其他》等 20 余种。作品被选入《中华散文百年精华》等百余家选本。

周闻道（1956— ），本名周仲明，四川青神人。毕业于乐山师范学院中文系，文学硕士。在《花城》《香港文学》等百余家报刊发表作品300多万字，出版散文集《点击心灵》《对岸》及时评集等专著10部，现供职于眉山市发改委，四川作协会员，"在场主义散文"发起人。

朱奇（1935— ），湖南湘乡县人。1950年参军到大西北，后转业到青海省文联。出版诗集《春华初集》，散文集《草原秋色》《到黄河源头去》《唐蕃古道之旅》等。作品选入《新时期优秀散文精选》及中学生课外阅读选本等，被翻译成英、法、泰文介绍到国外。曾任青海省作协主席，系中国作协会员。

朱子青（1974— ），甘肃泾川县人。现居乌鲁木齐。高中毕业后种地、当兵、当编辑，自考毕业于新疆大学汉语言专业。在《天涯》《芳草》等报刊发表作品40余万字，出版散文集《我深爱的这片土地》《母亲，最后的疼痛》、长篇《一夜之间》。新疆作协会员。

左波东（1967— ），女，本名左金惠，景颇族，云南德宏人。毕业于德宏州民族师范景颇语专业。用景颇文、汉文在《德宏文艺》《民族文学》等报刊发表散文、短篇小说等。散文入选民族出版社等版本。现供职于德宏州文联《文蚌》编辑部，中国散文学会会员。

宗满德（1961— ），笔名王凡、半步斋等，甘肃永登人。大学学历。在《飞天》《散文》等报刊发表作品约100万字，出版散文集《半碗月亮》，散文选入《百年美文》等选本。现在皋兰县委任职，甘肃省作协副主席，中国作协会员。

注：1. 按音序排名；2. 女作家特注，不注即为男作家；3. 少数民族特注，不注即为汉族。

后　　记

在这部作为国家社科基金项目最终成果的专著出版之际，忽然觉得颇为感慨，有很多话要说。首先，能成功申报国家社科基金项目并顺利结项，对我的学术生涯而言，无疑具有重要的意义，因为这个高级别项目的存在，不仅使我的学术研究有了更为明确的方向，而且促使我不断进行系统深入的思考，并将这些思考转化为可见的成果，这个过程虽然是艰难的，但也是令人兴奋的，在完成初稿的时刻，我的内心涌起一种艰难过后的喜悦，这种喜悦可能只有与攀岩者登上山顶的时刻是相似的。其次，国家社科基金项目研究的展开，相对于一个研究者来说，是一项浩大的工程，从文本资料的收集与整理，到所有文本的阅读与梳理，到理论支持的寻找与确立，到研究框架的形成与调整，最后到研究方案的执行与落实，考验的不仅是学力与眼力，更是耐力与定力，因此也可把项目的研究过程看作是学术的修炼过程，经受过这种历练的研究者，至少在学术心理上将会更加成熟。最后，这个国家社科基金项目的成功申报，对我来说是一个转折点，那时我还在陕西师范大学读博士二年级，可以说正处于内外交困的艰难时期，学术上还没有开拓出属于自己的领域，经济上每个月只有不到两千块的基本工资，而要维持一家人的生活，没有多余的钱去购买研究资料，我的孩子当时读高三，还要为他的高考操心，我几乎每天都在焦虑中度过，在我申报的项目公布之时，我有了如释重负的感觉，虽时隔多年，现在回想起那一时刻，仍然让我激动。

后　记

　　我国家社科基金项目的申报与完成，离不开我的导师赵学勇先生的指导与帮助。在申报"中国当代西部散文研究"这个项目之前，我连续申报了四年都没有成功，使我的自信心严重受挫，后在先生的鼓励和指导下，总结了历年申报书的缺陷，结合自己的前期成果，在把握学术前沿的基础上，申报了这个项目。在项目的研究过程中，先生对我的研究方案提出了关键性的意见，使我少走了许多弯路。我从事西部文学研究，是先生一手带进来的，新世纪初在兰大读硕期间，先生就让我接触和研读西部文学，硕士论文写的是《地域文化与西部小说》，读博期间，承担了先生主持的国家后期资助项目《中国西部小说的历史形态与精神重构》的部分研究工作，博士论文也是以此为基础完成的。关于西部散文的研究，是我在西部小说研究基础上的合理延伸，今年我又成功申报了教育部人文社科项目《新世纪中国西部电影研究》，因为前期积淀较好，我有足够的信心做好这个项目。这部专著的出版，既是我这些年不断努力的结果，也是赵学勇先生辛勤指导的结晶，更是先生与我师生情谊的见证，感谢先生陪我走了这些年！

　　感谢中国社会科学出版社的郭晓鸿女士，她对工作的认真和细致，使我获益匪浅，此前的专著《中国西部小说叙事学》也是由她作责编的。感谢天水师范学院文学与文化传播学院的同仁们，特别感谢中国现当代文学学科组的同仁们，这么多年大家共同致力于中国现当代文学学科的发展，探讨前沿问题和焦点问题，使我很受启发。感谢所有在我的学术、工作和生活中给予过帮助的人们。

2019 年 4 月 29 日